龍　馬　四

薩長篇

津本　陽

JN254181

集英社文庫

目次

龍馬　四

薩長篇

●単位換算表

一寸＝一〇分＝約三・〇三センチメートル
一尺＝一〇寸＝約三〇・三センチメートル
一丈＝一〇尺＝約三・〇三メートル
一間＝六尺＝約一・八二メートル
一丁（町）＝六〇間＝約一〇九メートル
一里＝三六丁＝約三・九三キロメートル
一歩（坪）＝一平方間＝約三・三平方メートル
一反（段）＝一〇畝＝三〇〇歩＝約九九一・七平方メートル
一匁＝一〇分＝一〇〇厘＝三・七五グラム
一貫＝一〇〇〇匁＝三・七五キログラム
一斤＝一六〇匁＝六〇〇グラム
一ポンド＝約四五三・六グラム
一升＝一〇合＝一〇〇勺＝約一・八リットル
一石＝一〇斗＝一〇〇升＝約一八〇リットル

激浪

京都から敗走してくる長州《ちょうしゅう》藩兵のうちには、神戸海軍操練所の生徒がいた。操練所の修業生は、幕府旗本の子弟のほか、諸藩の家臣から有能な若者を募集した。

それまで大坂の専称寺《せんしょうじ》に設けられていた海軍塾の塾生約九十人をふくめ、総数二百人の大所帯になっていた。

常備の蒸気船は観光丸《かんこうまる》と黒龍丸《こくりゅうまる》が指定され、操練所頭取《とうどり》には、幕府軍艦操練所教授方肥田浜五郎《ひだはまごろう》が着任することになった。

勝麟太郎《かつりんたろう》（海舟《かいしゅう》）は西南諸藩出身の生徒たちに、過激な行動をいましめていたが、長州藩士の幾人かは京都へ奔《はし》り、戦いに参加した。

彼らは帰国の途中、専称寺に立ち寄り、麟太郎に会いにくる。

元治《げんじ》元年（一八六四）七月二十三日の夜遅く、ひそかにたずねてきた長州藩士に、麟太郎は諭した。

「長門守《ながとのかみ》（毛利定広《もうりさだひろ》。のちに元徳《もとのり》）は播磨《はりま》の室《むろ》の津《つ》に滞船いたし、進退窮しておられると聞くが、ひとまず帰国して慎まれて然《しか》るべきであろう。過激輩無謀に出張すれば、俺《おれ》たちは摂海《せっかい》（大坂湾）で砲をもって防戦いたす。過激輩のなすところを、国主がひとしく加勢するのは、考えちがいだろうと、俺がいっていたと伝えてくれ」

傍《そば》にいた龍馬《りょうま》が、麟太郎にいった。

「淀川《よどがわ》も十九日から川止めになっちゅうし、新選組《しんせんぐみ》が大坂まで出張しよって、潜伏しゆう浮浪の徒を詮議《せんぎ》するがに、傍若無人のはたらきをしよるそうながです。川止めすりゃあ、京都の人らあはざんじ諸式《しょしき》に窮しよりますき、ひょっと一揆《いっき》騒動にもなりかねません。私が京都へ出向いて、様子を見てきますきに」

麟太郎は応じた。

「うむ、天保山《てんぽうざん》の辺りに檜垣廻船《ひがきかいせん》が、数十艘《そう》滞船いたしおるそうだな。京坂の騒動で物の値があがり、江戸へ積みだす品物が揃《そろ》わねえというじゃねえか。京坂だけではなく、江戸で物価があがったら天下の大患をひきおこすぜ。いま京都へゆくのは危なかろうが、出向いてきてくれるか」

「承知いたしました。いて参じます」

龍馬は、おりょうに会い、安否をたしかめねば、夜も熟睡《うまい》をむさぼることができず、じきにめざめた。

二十四日の朝、龍馬は身支度をととのえ、京都へむかった。

京橋《きょうばし》を渡り、淀川堤を辿《たど》ってゆく。往来は焼け出された京都の市民が、炎天のもと、大風呂敷《おおぶろしき》の荷を担ぐ者、重たげな家具を積んだ大八車を曳《ひ》く者など、汗にまみれ、延々と行列をつくっていた。

つよい陽射《ひざ》しを避けるため、破れ番傘をさしている男女が多い。

森小路村《もりしょうじ》、土居村《どい》を過ぎ、森口《もりぐち》（守口）の町並みにさしかかった。道端には冷水《ひやみず》、飴湯《あめゆ》、枇杷葉湯《びわようとう》などを売る屋台が並んでいる。

道端にそびえている椋《むく》の大樹のかげから、突然、稽古着《けいこぎ》に竹胴をつけた侍が三人あらわれた。

いずれも鉢金《はちがね》をつけ、年嵩《としかさ》らしい一人は浅黄《あさぎ》の夏羽織を肩にひっかけている。

新選組だ、と龍馬はおちついた眼差《まなざ》しをむける。

「貴公は、いずれのご家中ですか」

油断ない身構えで聞いてきた。

「拙者は軍艦奉行勝安房守《あわのかみ》家来、坂本龍馬です」

龍馬は、麟太郎の記した神戸海軍操練所の門鑑を懐中からとりだして見せた。

「いずれへ参られまするか」

「二条城でござります」

新選組の隊士らは、門鑑と龍馬の顔を幾度もたしかめるように眺めていたが、やがて蟬《せみ》しぐれのなかで告げた。

「ご無礼つかまつった。お通り下さい」

龍馬は会釈して通り過ぎる。いつのまにか路上に弥次馬《やじうま》があつまっていた。

二里あまりを、人混みの馬糞《ばふん》くさい土埃《つちぼこり》にまみれて歩き、仁和寺《にわじ》村の集落が見えてきたとき、堤の上でするどい誰何《すいか》の声がおこった。

菅笠《すげがさ》をかぶり、白木綿の袖《そで》なし襦袢《じゅばん》に褌《ふんどし》ひとつの、人足のような風体《ふうてい》の男が二人、新選組隊士らしい七、八人の壮漢に取りかこまれている。

ひとりの男が答えた。

「わたいらは、怪しい者やおまへん。東堀川《ひがしほりかわ》の材木屋の仲仕《なかし》やっとりましたけど、焼け出されて、生まれ故郷の大坂の関目《せきめ》へ、去《い》によるとこだす」

龍馬は道端に足をとめた。

巧みな大坂弁をつかっているが、他国者《よそもの》と分かる。

「こっちの男は、連れか」

「そうだす。ちと頭が八文《はちもん》で、よう受け答えがでけまへんのや」

隊士が莚《むしろ》で包んだ棒に目をやり、たずねた。

「莚のなかには、何が入っているんだ」

「ただの棒だす。荷物を振り分けに担ぐのに便利だっさかいなあ」

「あけてみろ」

「へい」

男はしゃがみ、莚をほどきかけて、傍にたたずんでいる朋輩《ほうばい》にするどく声をかけた。

「逃げろっ。ここは俺が引きうけたぞ」

八文という男は、荷物を脇《わき》にかかえたまま、堤を駆け下り、飛ぶように逃げる。あとに残った男は、なめらかな動作で莚のなかから刀を引き抜く。

隊士たちは予期していたのであろう、抜き打ちに男を斬《き》ろうとしたが、はずされた。

男は堤を二尺ほど滑り落ち、猛然と駆けあがってくると、刀身を左から右へ横一文字に振った。

隊士のひとりの動作が、男の動きに遅れ、眩《まぶ》しく陽をはじく刀身が一閃《いっせん》すると、濡《ぬ》れ手拭《てぬぐ》いをはたく音とともに、鉢金をつけた首が宙に飛び、黒血が棒のように奔騰した。

――こりゃあ、ただ者《もん》やないねや――

龍馬は人足姿の男が、京都から逃れてきた長州藩士にちがいないと見た。男は新選組隊士らが、稽古着の下に鎖帷子《くさりかたびら》をつけているかも知れないと見て、首を横からはねたのである。

とっさの場合にそこまで読むのは、よほどの手練者にちがいない。しかし、これでおしまいだと、龍馬は悼むまなざしをむける。

うしろにまわった新選組隊士が、男の尻《しり》を斬ろうと、刀を右肩に担いだとき、男はいきなり左片手で血刀をうしろへ大車《おおぐるま》に振った。

隊士は頬《ほお》の肉を削られ、のけぞってあおむけに倒れる。その右手に迫ったいまひとりの隊士が、ふたたび男の剝《む》きだしの尻を狙《ねら》い、横なぎにした。

斬りあいはそれまでであった。臀筋《でんきん》を横に断たれた男は、血をふりまきながら、坐《すわ》りこむ。彼はもはや立つこともできない。

男は血走った眼《め》を見張り、敵の刀が頭上に降ってくるまえに、わが刀で首の血《ち》脈《みやく》を気合とともに断った。

堤から駆け下り、森ロの集落へむかい、田圃《たんぼ》の畦《あぜ》を飛ぶように走ってゆくいま一人の男にむかい、ゲベール銃を構えた新選組隊士が、ゆっくりと狙いをつけている。

「仕損じるなよ」

「眼をつむってても当ててみせるよ」

自信ありげな口をきいた隊士が、引金をひく。

鞭音《むちおと》のような銃声が野面《のづら》に鳴りわたり、逃げる男が突きとばされたように地面に倒れ、動かなくなった。

銃口から硝煙の立ちのぼる銃を手にした隊士が、朋輩をふりかえり、歯を見せた。

「どうだ、いい手際だろう」

龍馬はその場から、足早に立ち去った。

大坂では長州藩蔵屋敷が打ちこわされ、市中の至るところで、新選組が大勢の長吏《ちようり》を指揮し、潜伏している長州人を捕縛していた。

捕えた者は容赦なく拷問を加えたのち、斬り捨てているという。

森口から淀まで七里の道を、高下駄《たかげた》で埃を蹴《け》って歩いてくると、火傷《やけど》を負い、晒《さらし》を巻いた怪我人《けがにん》が、駕籠《かご》、大八車に乗せられてくる。龍馬はすれちがう町人に聞く。

「京都はこじゃんと（たくさん）焼けたがか」

町人は埃と汗に汚れた顔をむけ、うなずく。

「十九日の昼頃《ひるごろ》に河原町《かわらまち》の長州屋敷から火を出しよって、南へ南へと燃えひろがって、二十二日まで燃え通しどすわ。上京《かみぎょう》と下京《しもぎょう》あわせて二万八千軒も燃えたいうさかい、まあ洛中《らくちゅう》は丸焼けどすなあ。なんせ、北は御所近辺から、南は御土居藪際《どいやぶぎわ》まで、東は寺町《てらまち》、西は東堀川まで、焼け野原どす。東本願寺《ひがしほんがんじ》さん、仏光寺《ぶっこうじ》さん、曇華院《どんげいん》から公卿《くぎょう》屋敷なども灰になったんどす。旦那《だんな》はんは、京都へいかはるんどすか」

「いんゝちと知り人の安否をたしかめにいかにゃ、いかんきのう」

「そうどすか。土州《どしゅう》のお方みたいやけど、お気をおつけやす。京都はいま甲冑《かっちゅう》つけた盗《ぬす》っ人《と》が、昼間からうろつきよりまっさかいなあ。身ぐるみ剝《は》がれまっせ」

「おおきに、用心していてくらあよ」

龍馬は伏見《ふしみ》から、幕軍の警備のきびしい伏見街道を避け、畑のなかの畦道を北へ辿った。早暁《そうぎょう》に大坂を出て、十数里の道程を休みなく歩いた龍馬は、夜になっても蒸し暑い風につきまとわれ、衣服をしぼるような汗に濡れている。

三条白川橋《しらかわばし》に近い金蔵寺《こんぞうじ》に着くと、門は閉められていた。

龍馬は着替えと身のまわりの道具、おりょうへの長崎みやげのフランス手鏡などをいれた荷を、まず塀のうえにあげ、身軽によじのぼり、静まりかえった寺内に飛び下りる。

おりょうが住む二間の離れに走り寄り、寝部屋の戸を叩《たた》く。

「おりょう、きたぜよ。龍馬じゃ」

家内でかすかな物音がして、小窓の戸があく。

龍馬は、ほのじろい顔に呼びかける。

「いんま、大坂からきたがぜよ。お前《ま》んに会いたいき、歩き通してきたけんど、こげな夜中になってしもうた」

「あんた、ほんまにあんたどすか。ちょっと待っとくれやす」

おりょうは表戸をあけ、浴衣地《ゆかたじ》の閨着《ねやぎ》のまま、龍馬にとびついてきた。

「汗と埃で汚れもつれちゅうき、ちっくと待ちよりや。井戸端でシャボンを使うてくるきに」

だが、おりょうは強い力で龍馬にしがみつき、離さない。

汗だらけで、鬚《ひげ》のざらつく顔になめらかな頰をすりつけ、龍馬の唇にやわらかな唇をおしつけ、舌をからみつかせてくる。龍馬の首筋に爪《つめ》をたて、力まかせに引き寄せ唇を吸うおりょうの頰が濡れてきた。

息がきれ、顔をはなしたおりょうは、涙をふりこぼしながら呻《うめ》くようになにごとか口走る。

「なんぜよ。あんまりことあわてるき、いいゆうことが分からんじゃいか」

龍馬はしゃがみこんだおりょうの背を撫《な》でる。

「逢《あ》いたかった。あんたに逢いたかった。もうこの世で逢えんままに、火に焼かれて死ぬのかと思うてたんどす」

龍馬はみじかい笑い声をたてた。

「俺もお前んもたいちゃあしぶといきのう。めったくたにゃ死なんぜよ」

井戸端で体を洗う龍馬の背を流していたおりょうは、閨着と湯文字をぬぎすて、夜目にもあざやかな練絹のような裸になった。

「げにまっこと白いのう。浮き出て見えゆうが」

「シャボンで流しとくれやす。これからあんたに抱いてもらわんならんさかい、念いりに洗うとくなはれ」

龍馬は淡い星明かりのなかで、おりょうの体にシャボンを塗ろうとして、身内を刺すような感情をおさえかね、細い腰を抱きしめる。

「早う洗うて、部屋へいきまひょ。なあ、早うしとくなはれ」

二人はその夜、一睡もしなかった。

おりょうはむつみあううち、感情がたかまってくると、声をあげて泣いた。

「あんた、どこにおるんや。しっかり、しっかり私をつかまえて。離さんといて。どこへもいかんと、死なんといておくれやす」

龍馬は、足首の細く締った、あでやかなおりょうの体を抱きしめ、ささやく。

「俺はお前んと、一生添いとげるぜよ。どこにおったち、お前んのことばあ思うちょるきに」

たかぶった感情のおさまったおりょうは、ようやく平静な声で答えた。

「思うてくれはっても、いつでも傍にいてくれなんだら、淋《さび》しいさかい、おりょうはどこぞへいってしまいまっせ」

「どこへいくがぜよ。俺といっしょに暮らすがじゃろう。人を脅すようなことをいうがも、えいかげんにしいや」

「いや、ちょっとさわらんといておくれやす。しばらくは、こそばゆいさかい」

龍馬はおりょうをこわれものを扱うような手つきで抱く。

「ああ痛い」

「どこが痛いがぜよ」

「顎《あご》どす。あんたの鬚でこすられたんや」

翌朝、龍馬は住職に日頃の礼を述べ、一分金十数個を布施としてさしだしたのち、金蔵寺を出て二条熊野《くまの》神社に隣りあう、越前松平《えちぜんまつだいら》屋敷をおとずれた。

藩主松平茂昭《もちあき》の側役《そばやく》で、航海術、騎兵操練法で知られた堤《つつみ》五市郎（正誼《まさよし》）がいて、龍馬を迎えた。

屋敷の前庭には、一面に莚が敷かれ、若侍たちが褌ひとつで、合戦に使った大砲、鉄砲などの兵器を中間《ちゅうげん》に運ばせ、煤《すす》をはらい、油を塗って、ていねいに手入れをしていた。

堤はいった。

「弊藩の持ち場である堺町御門《さかいまちごもん》には、山崎天王山《やまざきてんのうざん》から入江九一《いりえくいち》、久坂玄瑞《くさかげんずい》（義助《よしすけ》）、真木和泉《まきいずみ》らの数百人が押し寄せた。

われらは町家の路地口、二階の屋根にひそみ、銃砲を撃ちかけてくるあやつらに、大砲、小銃で応戦し、退けた。ところが、御門の東側にある鷹司《たかつかさ》家の邸内に、長州藩士が入りこみ、小銃、大砲を撃ちかけてきた。

われらは鷹司家を取り囲み、堺町御門外から射撃をする。そのうちに、一橋《ひとつばし》家の大砲が応援にまわってきたので、邸内に斬りこんだが、長州勢は二十いくつの屍骸《しがい》を残して、逃げていったよ」

「久坂さんらあは、そのときに死んだがですろうか」

龍馬は面識のあった久坂、入江らの死を惜しむ思いがおさえられない。

「戦場で生捕りにした長州藩士の話では、久坂は両殿様への申しわけのために、寺島忠三郎《てらじまちゅうざぶろう》とともに腹を切った。入江も切るといったが、久坂がそれでは後事を托する人がいないととめたので、鷹司家の穴門から出て逃げようとした。

ところが、外は敵味方でごった返している。入江は槍をとりなおし、弊藩の者を一人倒したが、自分も眼を突かれ、眼球がぶらさがったので、邸内の塀際で自害したそうだ」

鷹司家が炎上するのと前後して河原町の長州藩邸では、留守居役の乃美織江《のみおりえ》が屋敷に火をかけ、立ち退《の》いた。

連日の晴天猛暑で乾燥しきっていた市中に、猛火がたちまちひろがっていった。

堤はいった。

「朝廷では、二十三日に征長の勅命を発せられた。いまただちに幕府が征長の兵をさしむければ、長州藩はひとたまりもなく敗北するにちがいない。

しかし、例のごとく、江戸の幕閣と京都の一橋殿とのご意向はまとまらぬゆえ、好機を逸することになるに違いない」

龍馬は、麟太郎から一橋慶喜《よしのぶ》と幕府の間柄が、順調ではないことを聞かされていた。

公武合体派の有力諸侯の支援をうけている慶喜が、禁裏御守衛総督として上京したのち、幕府閣老たちは、慶喜が幕府廃止をめざしていると疑いをふかめ、彼の意見を阻害しようとする。

長州征伐の勅命をうけた慶喜が、七月二十四日に中国、九州、四国の二十一藩に出兵の命を下し、それぞれの部署を定めると、幕府はその一部を変更したものを、再度幕命として発する様子であると、堤はいった。

龍馬はたずねた。

「いんま幕府が長州を征伐してしもうたら、また俗論守旧のやつばらが、頭をもたげてくるがじゃないですろうか」

堤はうなずく。

「さて、そこじゃ。こんどの大火事で京中の諸物の値《あたい》が高騰し、一揆騒動もおこりかねぬ形勢じゃ。それゆえ弊藩でも、米蔵にあるかぎりの米麦を門前に出し、施米《せまい》をいたしておる。

薩藩《さっぱん》では嵯峨《さが》天龍寺《てんりゅうじ》の長州残敵を征伐に出向いた際、長州兵粮米《ひょうろうまい》五百俵を見つけしゆえ、市中の火事がおさまらぬ二十一日に、東洞院《ひがしのとういん》錦小路《にしきこうじ》の藩邸で、窮民に施米をした。

所司代でも、米価高騰をおさえるため、玄米五斗入り一万俵を安値で火災の難をうけし者に払い下げ、なお一人につき一升の米を無償で渡す切手を配ったようじゃ。かようにいたすのはなにゆえかと申さば、大坂よりの米麦、雑貨の運送がとまっておるゆえ、諸物価が鰻《うなぎ》のぼりとなり、窮状に耐えかねた人民が、大騒動をおこしかねぬのを怖《おそ》れておるためだ。

かように何事にも無策にて、後手、後手とまわる幕府が、長州を滅亡させ、いきおいをつけしならば、つぎは薩摩《さつま》を狙うにちがいない。そうなれば、外国がつけこんできて、日本が四分五裂の動乱となるやも知れぬのじゃ。

そこで貴公に頼みたきことがある。薩摩藩の軍賦役大島吉之助《おおしまきちのすけ》（西郷隆盛《さいごうたかもり》）は、この機に長州藩を一挙に破滅させるつもりのようじゃ。これまで、勢力を競いあってきた長州が潰《つぶ》れたならば、薩摩のいきおいがあたるべからざるものとなると見ておるゆえであろう。

大島という人物は、薩摩藩を背負って立つにふさわしい男でのう。何事にも私心がない。今度の戦《いくさ》で捕えた長州藩兵に、美食を与え養っておるとのことじゃ。捕えた者はかならず斬罪《ざんざい》とする会津《あいづ》藩のやりかたとはちがう。

常にわが藩のことのみをおもんぱかり、他をかえりみないきらいはあるが、道理を説き聞かせれば、たちまち翻意する肝《きも》のふといところがある。

いずれ春嶽《しゅんがく》（越前の前藩主松平慶永《まつだいらよしなが》）さまより勝殿になんらかのご相談があろうと思うが、大島吉之助を動かせば、長州存続の望みはある。

長州が幕府に亡《ほろ》ぼされしとき、薩摩は唇亡びて歯寒しの諺《ことわざ》の通り、つぎに狙われかねぬという情勢を、大島に説き聞かせられるのは、勝殿よりほかにはなきゆえにのう。その節はよろしく頼むと、伝えて下され」

「承知してござります。勝先生がせっかく人材をひろう天下に求めるがに、神戸操練所をこしらえたばかりじゃき、いまさら幕府の俗論党をのさばらせるわけにゃあいかんですろう。先生にはこの件を、きっちり申し伝えます」

龍馬は越前藩邸を出ると、東洞院錦小路の薩摩藩邸をたずねた。

おりょうがいっていた。

「鴨川《かもがわ》の向こうは火と煙が天に昇って、昼でも陽がかげって、夕方みたいで、灰が道にも庭先にも雪のように降ってきたんどすえ」

火災の難に遭った町人は、大事な品は井戸や庭の土のなかに埋め、身のまわりの品と食べものを持って、山手へ避難していた。

混雑のなかで、子供を見失った親が、血眼《ちまなこ》で探し求めている。親を失った子供たちも、泣き喚《わめ》きつつ、都大路《みやこおおじ》の灰燼《かいじん》の舞い立つなかを、さまよい歩いていた。

病人を戸板にのせ、運んでいる者も目につく。

焼け残った寺の門前、町家の軒下には、莚をひろげ夜を過ごした男女が、疲れきった顔をならべていた。

薩摩藩邸の前は、黒山の人だかりであった。行列をつくってつめかける被災者に、中間が米を盛りあげた大桶《おおおけ》から、一升枡《ます》で一人あたり二升ずつ米を恵んでやっている。

五百俵を一万人に分配する作業に、三十人ほどの中間があたっている。辺りには甘い米の粉のにおいがただよっていた。

龍馬は神戸海軍操練所の門鑑を門番に示し、頼んだ。

「塾生の伊東《いとう》四郎左衛門が、いまここなく（ここ）へきちゅうはずじゃが、坂本が会いたいといいよると、伝えてくれませんろうか」

薩摩藩士伊東四郎左衛門（祐亨《すけゆき》）は、海軍塾から操練所へ移った生徒で、薩摩藩から派遣されている二十一人の修業生の最古参であった。

門番は龍馬の名札をうけとった。

「しばらくここでお待ちなったもんせ。じきに呼んで参りもす」

龍馬がたたずんでいると、藩士が連れだって門を通り抜けてゆく。

彼の髪のかたちを見て、「土佐者《とさもの》じゃな」という声も聞いた。

しばらくして、伊東があらわれた。彼は龍馬に見劣りしないほど体が大きい。

「これは龍馬さん、何事《ないごつ》でごわすか。京都は火事のあとで物騒ごわんそ」

「先生に、京都の様子を見てこいといわれて来たがじゃ。いま越前藩邸で堤氏《うじ》に会うてきたが、征長の勅命が出たきに、なにかとせわしいがじゃろう」

「そんな事もなかです。なかへお入りになって砂糖水なと飲んでやったもんせ。

それより暑気払いに、芋焼酎《いもじょうちゅう》がよかですか」

龍馬は風通しのいい座敷へ通された。

灰にまみれた足を井戸水ですすいだ龍馬は、出された焼酎を飲み、干し魚を噛《か》みくだく。

伊東は龍馬より一日早く、京都へ出ていた。龍馬は聞く。

「神戸へいつ戻《も》んてくるがぜよ」

「ここの手伝いをすませて、四、五日あとにゃ帰り申す。なんぞ私《あたい》で役に立つことがあれば、お手伝いし申《も》んそ」

「京都でこげな大火事をおこした長藩の評判は悪かろうがよ」

伊東は、かぶりをふった。

「そんなことはなかじゃろと、思い申す。京都じゃ町奉行が高札を出しょり申したが、そん写しがあい申す」

彼は座を立ち、高札の写しを持ってきて、龍馬に見せた。

「この第二条に書いちょり申す。これが幕府の本音と見て、まちがいなかごあんそ」

龍馬は文面を読む。

「一、元来長藩人、名を勤王に托し、種々の手段をもうけ、人心をまどわし候《そうろう》ゆえ信用いたしおり候者もこれあり候《そうら》えども、禁闕《きんけつ》へ発砲候逆罪明白にて、追討仰せいでられ候。もし信用いたし候者も、前非を悔い、改心候わば、ご宥免《ゆうめん》下せられ候。もし隠しおき、後よりあらわれ候わば、朝敵同罪たるべく候こと」

読みおえ、顔をあげた龍馬に、伊東がいった。

「長藩人の評判が悪ければ、かような高札は掲げ申さん。大島どんは、幾人も密偵を使うちょり申すが、いまだ京中に潜伏いたしおる長藩人は、三百人を超えると見ておらるっと聞いちょい申す」

龍馬は長州藩士たちが、京都で人目をおどろかすほど金使いが荒かったのを知っていた。京都の市民は、彼らの尊王論に心を動かされないまでも、儲《もう》けさせてくれる顧客に対する親愛の情を、いまも持っているのであろう。

龍馬はたずねた。

「大島殿いうお人は、家中の信望があついがかよ」

伊東は茶碗《ちゃわん》の焼酎をひといきに飲みほして、いった。

「おのれの信ずる道のためなら、いつでも命を放り出せるのは、乱暴者《ぼっけもん》の多かごたる薩摩の家中でん、大島どんひとりごあんそ」

伊東の口ぶりから、龍馬は大島吉之助という人物が、薩摩藩を動かす実力者であると察した。伊東はいう。

「大島というのは、幕府をはばかる仮の名で、本名は西郷《せご》どんごわす。先君順《じゅん》聖院《しょういん》（島津斉彬《しまづなりあきら》）公の懐刀《ふところがたな》といわれ、諸藩に名の聞こえた至誠の人ごわす」

龍馬は大島に会ってみたいと思って、伊東にいった。

「そげな大立者を、ちっくと拝んでいきたいねや」

「よかごあんそ。用がなけりゃ、会うてくれ申《も》んそ」

伊東は縁側を踏み鳴らして去り、じきに戻ってきた。

「大島さあは、いま客が帰って、ひとりでおり申す。坂本さんに会うてもよかというてくれ申した。いっしょにいき申んそ」

龍馬は伊東にともなわれ、幾度か廊下を折れ、十畳ほどの座敷に導かれた。

座敷はほの暗く、床の間に頭をむけ、肥えふとった大男が、足を投げだして寝ころんでいたが、龍馬を見ると起きあがった。

薩摩絣《さつまがすり》の帷子に、裾《すそ》みじかな木綿袴《もめんばかま》をつけた男は、よく光る大きな眼を龍馬にむけ、笑顔でいった。

「体のぐあいがようなかもんで、こんままご無礼いたし申す」

彼は両足を投げだしたまま、龍馬がひきこまれるような、やさしい笑みを見せている。

龍馬は手をついた。

「大島殿のご高名は、かねがねうかがっちょります。今日はお顔を拝むことができて、まっことうれしゅう存じおります」

「貴殿に拝まれるほど、よか顔じゃなかごあんそ」

吉之助は突然、腹をゆすって、天井にひびくほどの大きな笑い声をたてはじめた。龍馬と伊東も、ひきこまれて笑う。龍馬は肉の厚い、脂光《あぶらびか》りのする吉之助の顔が、視野いっぱいにひろがったように感じた。

——俺は、こげな男にゃいままで会うたことがない。まっこと構えちょらんき、どこっちゃあ隙《すき》が見つからんちや——

龍馬は思いきっていった。

「大島殿に勝先生と会うてもろうて、天下という大魚の捌《さば》きかたを、話しおうていただきたいもんですのう」

吉之助は気軽くうなずく。

「いつでも、お目にかからせていただき申んそ。俺は阿呆《あほう》ゆえ、何の会釈もでき申さんが、それでもようごあんすか」

「もちろんでござります。世のなかに、ご自分を阿呆といわれるばあ、頼りになるお人はおりませせなあ」

吉之助はまた笑った。

「坂本さあも、阿呆にゃわけの分からんことをいうお人ごわす」

龍馬はそのままひきさがった。

吉之助に時局の話をもちかけても、本音は決して吐くまいと思ったからである。

伊東は龍馬を錦天神《にしきてんじん》の境内まで送ってきた。龍馬は途中で話した。

「幕府の役人らあに、大島殿のような腹のすわったお人がおればえいが、皆わが身のことばあ考えよる奸物《かんぶつ》ばっかりじゃき、世のなかはこの先、ひっくりかえるような騒動がつづくぜよ。幕府が長州攻めをやり、横浜から四国艦隊も長州を攻めにきゆう。たがいに無駄死にをせんように、気をつけにゃあいかんぞ」

伊東は答えた。

「俺は朋輩どもといっしょに、操艦術を身につけて鹿児島に帰り申す。なんちゅうてん、蒸気船で航海する技を身につけることが、第一の望みであり申す」

「その意気込みじゃあ。たがいにこじゃんと（みごとに）きばろうぜよ」

龍馬は金蔵寺に、二十六日の夕方までいた。彼はおりょうとともにいるとき、時の移るのを忘れた。

彼はいう。

「おりょうは、魚でいうたら、脂ののった鯛《たい》の刺身じゃのう。いっしょにおるあいだは、なんぼでも堪能《たんのう》させてくれる。俺はお前んとは、どげなことがあったち別れんぜよ」

おりょうは、しがみついてくる。

「その言葉はほんまどすか。信じてええのやろか」

「ほんまじゃき。俺は思うちょることをいいよるだけじゃ」

「それでも、もう別れんならん」

「じきに、またくらあよ」

「危ないことをせんと、死なんといておくれやす。あんたがおらんようになったら、私も死ぬしかないのや」

おりょうは白川橋の袂《たもと》まで送ってきて、龍馬の姿が見えなくなるまで見送っていた。

龍馬は涼しい夜道を歩いて帰るつもりで、ゆっくりと足をはこんだ。

淀から八幡《やわた》村へ渡る、長さ百三十七間四尺の大橋を渡る頃、日が暮れた。

淀川沿いの街道は、夜になっても人の往来が多かった。旅人は男ばかり、数人で歩いている。

道ばたには、うどん、そばなどの行灯《あんどん》を置いた屋台があきないをしている。

淀から枚方《ひらかた》まで四里の道程のなかばを過ぎた、汀《みぎわ》村の辺りへくると、屋台の灯影もまばらになってくる。

汀村を過ぎてまもなく、行く手から足音がして、五、六人の旅人が駆け戻ってきた。

「どうしたがぜよ」

龍馬が声をかけた。

「辻斬《つじぎ》りが出よったんだす」

龍馬は油断なく、旅人たちの様子をうかがう。

「お前んらあも、辻斬りの仲間やないがか」

「めっそうもない。その先で人が斬られたのを、見たんどっせ」

「よっしゃ、お前んらあは俺の先を歩け」

龍馬は背後の闇《やみ》に気を配りつつ、ゆるやかに足をはこぶ。

「あそこや」

ひとりが震え声でいう。

「早う提灯《ちょうちん》の火を消さんかよ。飛び道具で狙われるぜよ」

龍馬の声で、旅人たちは提灯をたたみ、辺りは闇になった。

龍馬は道端の古松に背をつけ、様子をうかがう。しだいに眼が慣れてくると、周囲の様子がうかがえる。

路上に倒れているのは一人であった。傍に振り分けの荷物が落ちており、道中差しも腰から抜きとられていないのは、辻斬りをやったが物を奪う間のないうちに、一団の旅人がきたので、おどろいて附近のくさむらにでも隠れているのだろう。斬られた男は、まだ息があるのか、きれぎれに唸《うな》り声をたてている。

「ちくと待ちょりや。動いたらいかんちや」

龍馬は低い声で旅人たちにいう。

もう五、六人の旅人がやってくれば、一団となって村へ走らせ、怪我人を戸板に載せて、医者の手当てをうけさせるのだが、いま下手に動いては、かえってやられるおそれがある。

しかし、あまり長くこのままでいては、手当てをすれば生きられるかも知れない怪我人を死なせることになる。

これだけの人数でも村へ知らせに走らせるかと、龍馬が思ったとき、闇のなかに人影が二つあらわれた。

――なんじゃ、二人かよ――

浪人らしい、匕首《あいくち》と大刀を腰にたばさんだ二人は、道に散らばった荷物を拾いはじめた。龍馬は力帯に長さ七寸の棒手裏剣を、三本差していた。

重量のある棒手裏剣は、三間以内の間合から投げれば、突き刺さらないまでも、骨を砕くことができる。

龍馬は二本を両手に握り、音もなく歩み出た。

二間ほどの距離に歩み寄ったとき、浪人たちは龍馬に気づき、刀を抜きかけた。

「えいっ、えいっ」

龍馬は気合とともに棒手裏剣を投げる。浪人たちは呻き声とともに倒れた。彼らは立ちあがり、逃げようとするが、よろめき膝《ひざ》をつく。

龍馬は旅人たちに告げる。

「あこの村へ走って、村役人を片時《へんし》も呼んでこい。戸板を持ってきいや」

旅人は先をあらそうように、村へむかい走ってゆく。

龍馬は辺りの気配を警戒しつつ、小丸《こまる》提灯に火をつける。浪人たちは道を這《は》いながら逃げようとしたが、苦痛に耐えかねるように、地に伏した。

龍馬は路上に落ちている棒手裏剣を拾う。血はついていなかった。


翌朝、明けがたに龍馬は御船手《おふなて》安治川《あじかわ》番所に到着した。

この日、講武所方の乗り組んだ翔鶴丸《しょうかくまる》が天保山沖に着き、観光丸の索具や黒龍丸に積みこむライフル砲を運んでくる。

龍馬はそれを査収して神戸への運送につきそう役目を果たすのである。

番所の風呂に入り、出された朝飯を食っていると、聞きなれた翔鶴丸のホイッスルが鳴りわたった。

龍馬がバッテイラという伝馬船《てんません》を漕《こ》ぎつけると、船長佐々倉桐太郎《ささくらきりたろう》が迎えた。

龍馬は船倉に積まれた六インチライフル砲六門を見て、感心した。

「黒龍丸が、着発信管のついちゅう砲弾を撃つ、こげな立派なライフル砲を積みよるがか。世のなかも変わったもんぜよ。俺は昔、土佐の仁井田《にいだ》の浜で、もろ肌ぬぎになって、二百七十匁玉《もんめだま》を七丁ばあ飛ばしたことがあったけんど、あげなものを大砲と思うちょったときがあったがじゃのう」

龍馬は佐々倉から、大久保越中守《おおくぼえっちゅうのかみ》（忠寛《ただひろ》、のちの一翁《いちおう》）が七月二十一日に幕府勘定奉行勝手方を命ぜられ、その五日後の二十六日に、職を免ぜられ、勤仕並寄合《よりあい》という閑職に左遷されたことを聞き、おどろいた。佐々倉は情報収集に機敏である。

「そりゃあまた、どいてですろうか」

勘定奉行は、幕府財政を預かる要職である。将軍家茂《いえもち》上洛のために、幕府がついやした費用は莫大《ばくだい》で、傾いた財政のために、熟練した越中守の行政手腕が必要になったはずである。

佐々倉は越中守が五日間で勘定奉行を罷免《ひめん》された理由について、語った。

「大久保殿は、御勘定奉行になられたとたんに、上様《うえ》にすみやかに上洛なされるよう、おおいにおすすめなされ、将軍家もご同意遊ばされた。ところが、だんだんと俗論がおこり、大久保殿はただちに御役御免となったのだ。大久保殿のご意見は、将軍家が再度上洛遊ばされ、朝廷と協力して政事をおこなうべきであると、頑として主張され、板倉《いたくら》（勝静《かつきよ》）殿をはじめ閣老方と烈《はげ》しくいい争った。そのときは京都蛤御門《はまぐりごもん》の兵乱がおこっていたのだが、江戸にその報が届いておらなかったのだ」

龍馬は大久保の不運と、閣老たちの不明を慨嘆した。

「さすが大久保様は、長州のこんどの暴挙を、とうに読んでおられたがじゃのう。たいしたもんじゃ。そげなえらいお人を御役御免にしよるとは、幕府もはや先が見えたのう」

龍馬は神戸生田《いくた》の森の麟太郎屋敷へ戻り、京都の情勢を告げた。

褌ひとつの麟太郎は、茣蓙《ござ》のうえに寝ころび、肘枕《ひじまくら》で龍馬の報告を聞いた。

彼は気落ちした表情を隠さなかった。

「長州は、因州《いんしゅう》藩と内応していたらしいな。因州藩邸は、有栖川宮《ありすがわのみや》邸と隣りあっている。長州勢が攻め寄せると同時に、主上が有栖川邸にお移りになり、因州藩士に仮装して有栖川邸を守衛する長州藩士七、八十人が、鳳輦《ほうれん》を叡山《えいざん》に動かし奉る手筈《てはず》であったのだ。

事がそのように運べば、宮門を守っていた一橋、会津、薩摩ら諸藩兵が、主上を奉ずる長州藩兵を攻めれば逆賊となりかねねえんだ。

そうなれば、長州藩は一転して官軍となるところだった。だが、因州藩はいよいよというときに、長州を裏切ってまったく動かなかったのさ」

龍馬はおどろいて聞く。

「先生はそげな事を、どこでお聞きになられたのですろうか」

「門人の因州人、鈴木直人《すずきなおと》らが、京都から神戸に戻ってきて、そういったよ。いままで長州を助けて尊王の道を歩んだが、もはや術策は尽きた。このうえは帰国して、大あばれしてやるといきまいているよ。因州の生徒数十人は、二、三日うちに皆塾を出て、帰国するよ」

龍馬は唇を嚙んだ。

「いっそ、そうなっちょったほうがよかったですろう。いまの幕府の腐れ役人らあは、なんちゃあできやせんき、何もかも手遅れになって、長州が外国艦隊に取られるようなことになりかねん。先生、どうすりゃえいですろう」

麟太郎は団扇《うちわ》で胸を煽《あお》ぎつつ、吐きすてるようにいった。

「俺が神戸に操練所をつくれば、江戸の閣老、若年寄《わかどしより》どもは、婦女子の妬《や》っかみのように邪魔をしやがる。長崎の製鉄機械を江戸に持っていこうとして、こんどはアメリカから取り寄せた製鉄機械も、江戸廻《まわ》しになるらしい。軍艦奉行ひとりが、どれほど上様に海外の実情を申しあげても、幕閣の大勢を動かせねえさ」

天井を眺め、しばらく黙っていた麟太郎がつぶやいた。

「ひとつだけ、おもしろい策があるよ」

「えっ、策があるがですか」

「ある。六年前の春と夏のはじめに、咸臨丸《かんりんまる》で鹿児島へいったことがある。斉彬公という稀代《きたい》の名君に謁して、オランダ教官もおどろくほどの反射炉をそなえた鋳砲工場、製鉄所、製銃工場、硝子《ガラス》工場、電信機製作所を見た。

斉彬公の手足となって動く御庭役に、西郷吉之助という、なかなかの器量人がいると聞いたんだが、そいつが、いま京都の薩摩屋敷で軍賦役をつとめている大島吉之助らしいな」

龍馬は炯々《けいけい》と光る黒い大きな眼の男を思いだした。

「そいつは、いまは長州を叩きつぶして、奥州《おうしゅう》あたりへ五万石ほどの捨て扶持《ぶち》をやって国替えさせろと、幕府にすすめているらしい。

つまり、斉彬公の遺志を継いで、薩摩藩に幕府とならび立つ力量を持たせてえわけだ。

しかし、幕府は腐っても鯛さ。薩摩一藩じゃどうにもならねえ。西南雄藩といわれるほどの大藩は幾つかあるが、皆俗論党がはびこっていて日和見《ひよりみ》だ。つまるところ、幕府と勝負をつけようというほどの意気込みがあるのは、長州と薩摩だけだ」

「越前はどうですろう」

「春嶽公は賢君だが、荒事《あらごと》には向かねえ、根っからの殿さまさ。薩摩の吉之助を説いて、長州と手を組ませりゃ、幕府を押し倒す力を出すかも知れねえ」

「そいたら、先生も破滅しますろう」

「俺の一身など、どうでもいい。日本国が、西欧諸国の属領になるか否かの瀬戸際だ。国を支える力のあるものに、政事をとりおこなわせねば、皆毛唐の家来になっちまうんだ。お前に、薩摩屋敷をたずねて、大島吉之助を一目でいいから見てこいといったのは、そんなわけがあったんだ」

龍馬は首を振った。

「先生のいわれることは分かるがですが、そげなことは、いうべくしてできんですろう。こんどの戦で薩摩に煮え湯を飲まされた長州が、仇《かたき》と手を組むわけがないですろうが。もともと去年、長州人が京都から追い払われたがも、薩摩と会津の策謀ながです。犬と猿を仲良うさせるがは、無理というもんですき」

「いや、吉之助という男は、ただものじゃねえ。斉彬公につきそっていたほどの器量者だ。長州の降参人は皆許して、藩邸で養っているっていうじゃねえか。無益の殺生をやらねえのは、奥の深い男だということだ。至誠をもって話せば、至誠をもって応じるという奴《やつ》さ。どうだ、お前が見たところでは、どんな奴に見えたかえ」

「悪党には見えざったがです。自分で阿呆じゃというちょりましたが、変わった男にゃちがいないですろう。太鼓にたとえりゃ、小さく打てば小そう鳴り、大きく打てば大きゅう鳴るような仁《じん》ですろうか」

麟太郎は団扇をとめ、笑い声をあげた。

「お前も、たまにはいいことをいうんだなあ」

龍馬は、麟太郎が四月なかば、大坂で薩摩藩家老小松帯刀《こまつたてわき》に会ってのち、しばしば薩摩藩士の訪問をうけていたのが、大島吉之助との接触をはかっていたためであろうと、察しがついた。

二人が話しあっていると、薩摩藩軍役奉行伊地知正治《いじちまさはる》と、かつて麟太郎の門人であった大坂蔵役吉井幸輔《よしいこうすけ》（友実《ともざね》）がたずねてきた。

「噂《うわさ》をすれば影とやら、というが薩摩者がきおったか」

麟太郎は衣服をつけ、伊地知らに会った。

二人の客は酒肴《しゅこう》でもてなされ、夜が更けてから、兵庫港に碇泊《ていはく》している薩摩藩蒸気船、胡蝶丸《こちようまる》へ帰っていった。

「どげな話をされたがですか」

龍馬が聞くと、鱗太郎は答えた。

「なに、たいしたことではない。長州藩にあざむかれ、東国で一揆をおこした水戸人《みと》の話さ。頑愚の至りといっても、まったく憐《あわ》れなものだ」

兵庫港には胡蝶丸のほかに安行丸《あんこうまる》、翔鳳丸《しようほうまる》と三隻の薩摩藩蒸気船が碇泊しており、石炭、種油の買入れにつき、藩士がしばしば操練所をおとずれた。

龍馬も、吉井、大山彦八《おおやまひこはち》ら薩摩藩士と顔なじみになっていた。

八月八日、風雨のなか、京都から一橋慶喜の使者、御目付永持亭次郎《ながもちこうじろう》が鱗太郎をたずねてきた。

永持は重要な情報を、鱗太郎のもとへ持ってきた。

先月の二十七日、二十八日の両日にわたり、イギリス八隻、フランス三隻、オランダ四隻、アメリカ二隻の合計十七隻で編制される四カ国連合艦隊が、横浜を出港し、下関《しものせき》攻撃に向かったというのである。

永持はいった。

「艦隊の砲は二百七十余門にて、水兵三千人、海兵隊二千人以上を乗り組ませておるとのこと。一橋殿は、万一艦隊が摂海に入りこむときは、貴公が応接して立ち去らしめよとの仰せにござる」

鱗太郎はにべもなくいった。

「それはイギリス公使オールコックのやりそうなことさ。あいつは武力で日本に根拠地を持ちたいのさ。ところで幕府のお偉方は、どうしてあいつらが横浜を出るまえにとめなかったのかね」

「七月十八日に、英、米、蘭の公使と若年寄立花《たちばな》殿、外国奉行竹本《たけもと》殿、土屋《つちや》殿が会見いたしたが、相手側はこの一年のうちに長州の貿易妨害につき、幕府が何らの策もとらなかったとして、みずから海峡の妨害を除くために海陸軍指揮官にたのむほかはなかったと申してござる。

このため、外国奉行は外国艦隊が占領した下関海峡の沿岸は、将軍の領有となるまで保有することを約する、という覚書をとりかわしたのです」

鱗太郎は顔に朱をそそぎ、激怒した。

「なんという約定をとりきめられたのだ。奴らのうち、とりわけイギリス人は日本の港を領有したがっている。その口実を、こちらから与えてやったのか。ばかなことにも程があろう。

拙者が長崎でとりきめし、攻撃を二カ月延期するとの約をもかえりみず、横浜鎖港などと、まともな頭じゃ考えられねえ寝言をほざいているうちに、こういうことになっちまったんだ。

下関を取れば、四国艦隊はかならず摂海に入ってくるさ。外国が兵庫、大坂をおさえりゃどうなる。日本をおさえつけ、思うがままに操れるんだ。朝廷の公卿なんざ、クルップ砲を百発も撃ちかけられりゃ、震えあがって奴らのいうがままになるにきまっているさ」

麟太郎は慶喜あてに海軍増強が急務であり、将軍が上洛して混乱状態の政治情勢を急速に立ちなおらせる必要があると記した書状を、永持に托した。

八月十日、紀州《きしゅう》藩士五、六十人が、神戸警衛に出張してきた。彼らはしきりに附近を探索している。

龍馬は麟太郎にいった。

「あいつらは操練所の諸藩修業生のうちに、長州に通謀する者《も》んがおって、京都から脱走した長州人をかくまっちょると疑いゆうがです」

麟太郎は笑いすてた。

「そんな奴らには、嗅《か》ぎまわらせておけ。下関でたいへんなことが起きるというときに、見当はずれのふるまいをするばか者さ」

十二日の夕方、大目付永井主水正尚志《ながいもんどのかみなおゆき》から書状がきた。

「周防灘《すおうなだ》の姫島《ひめしま》に、英、仏、蘭の軍艦十七、八隻が滞泊している。まもなく下関を攻めるにちがいない。

いま、長州征伐の勅命が天下に下された。しかるに、外国が先んじて戦争をはじめると、はなはだ不都合である。

すみやかに姫島に出向いて、外国人を説得し、しばらく戦争を延期させよ。これは一橋公の命令である」

という内容であった。

麟太郎は吐きすてるようにいった。

「冗談をいっちゃいけねえよ。俺は今年の春、長崎であの連中に、戦を延引してくれるよう頼んだ。そのうえ、横浜でも頼んだぜ。三度も同じことを頼みにいったって聞くもんか。外国奉行の説得さえ、聞かなかった連中が、下関と目と鼻のところまできているのに、なんでいまさら俺の頼みを聞くものか。

こうなったらしかたがねえ。死ぬ覚悟で説得にゆくさ。俺といっしょに死んでくれる奴はいってくれ」

「俺らあも、お供しますぜよ」

龍馬は黒木小太郎《くろきこたろう》、高松太郎《たかまつたろう》、近藤昶次郎《こんどうちょうじろう》らとともに、出発の支度をはじめた。

翌朝、麟太郎たちは、順動丸《じゅんどうまる》で出帆した。

筒袖上衣、股引《ももひき》、陣笠《じんがさ》をつけた龍馬は、船首に立ち、海風に髪を吹きなびかせ、眼をほそめ海波のつらなりを見渡す。

撃沈される危険をはらんだ船旅であるが、龍馬は緊張感がここちよかった。彼は海上に出ると、なぜか心が弾《はず》む。

姫島に到着したのは、十四日の八つ（午後二時）過ぎであった。

どこにも異国船の影がない。島の者に聞くと、五日にすでに下関に向かったという。

姫島には、戦闘がおこったとき下関に滞留していた廻船が戻っており、船頭が麟太郎に戦況を詳しく報告した。

「五日、六日の二日にわたって、山のような異国の軍艦が、田《た》の浦《うら》沖に入り、小《こ》んまい軍艦は岸に寄って、撃ちまくりよりましたけえ、長府《ちょうふ》の砲台は根こそぎやられよりました。土手から根固めの石垣まで撃ち散らされて、長州のお侍は、うしろの山へ引きよりました。

異国の兵隊が剣をつけた鉄砲を持ちよって、大勢岸へあがりよります。台場《だいば》辺りにゃ、地雷火を埋めよったんで、それが破裂して、異人が死んだり、怪我しようたと聞きよりました。

夜中にもどんどん撃って、おそろしいことでしたが。とても寝られなんだですら」

下関を攻撃した四カ国連合艦隊は、アームストロング砲三十五門をそなえたイギリス艦隊旗艦ユーリアラス号以下、コルベット型艦ターター号（備砲二十一門）、バロサ号（備砲二十一門）、コンケラー号（備砲四十八門）、外輪単檣《たんしょう》帆船型艦レオパード号（備砲十八門）、アーガス号（備砲六門）、コケット号（備砲十四門）、バウンサー号（備砲二門）の八隻。

フランスのフリゲート型艦セミラミス号（備砲三十五門）、コルベット型艦ジュプレックス号（備砲十門）、通報艦タンクレード号（備砲四門）の三隻。

アメリカのコルベット型艦ジェームスタウン号、ターキャン号の二隻（備砲不明）。

オランダのコルベット型艦メタレン・クルイス号（備砲十六門）、ジャンビ号（備砲十六門）、アムステルダム号（備砲八門）、メデュサ号（備砲十六門）の四隻。

備砲二百七十余門、水兵三千人、海兵隊二千人を乗り組ませた十七隻の大艦隊である。

イギリス海軍通訳アーネスト・サトウの記録によると、砲撃を開始したのは、八月五日の午後四時十分であった。五日の早朝、兵卒の服装をした長州人が、ユーリアラス号に乗りこんできてたずねた。

「なぜこんなにたくさんの軍艦が押し寄せてきたのか」

提督は彼らに面会せず、ただちに陸上へ戻れと告げた。

長州人の一人は、たいへん無邪気な態度でアーネスト・サトウにいった。

「貴公らが下関の沖を通りぬけるつもりなら、準備のために陸へ戻らねばならない」

サトウがたずねた。

「何の準備かね」

長州人は平然といった。

「戦闘のためだよ」

ユーリアラス号が一発を発射すると、他の艦も一斉射撃をはじめた。

長州側の砲台は、猛烈な砲火で応戦し、海岸が白煙で包まれてしまうほどであったが、砲弾は軍艦に達せず、跳弾が海面を白く沸きたたせるばかりであった。

龍馬たちが集めた情報によると、長州藩砲台は、ほとんど沈黙し、暮れ六つ（午後六時）頃には砲声はやんだという。

火薬庫が爆発して、四つ（午後十時）頃まで焔《ほのお》が天を染めていた。

連合艦隊の陸戦隊が、守備兵が退却して無人となっている前田《まえだ》村砲台三カ所にボートを乗りつけ、二十数門の八十ポンド、二十四ポンド、十八ポンド砲の火門へ釘《くぎ》を打ちこみ、使用不能とさせ、野砲十数門を破壊した。

長州藩では奇兵隊《きへいたい》、膺懲隊《ようちょうたい》の六百人、長府藩兵五百人を中心とする二千余の歩兵で頑強に戦った。

六日朝、イギリス兵千四百人、フランス兵三百五十人、オランダ兵二百人が上陸して砲台四カ所を占領し、屯所に放火した。

長州勢はしきりに野砲を放ち、銃撃戦を挑み、進撃する陸戦隊を六度撃退したが、ついに力つきて退却した。

乱戦の最中、長州兵はオランダのボート一隻を取り、オランダ兵一人を斬殺し、他を捕虜とした。

この日の戦闘で、長州藩は四十二門の大砲を破壊され、七日には彦島《ひこしま》南端の弟子待《でしまつ》、山床の両砲台を、陸戦隊に占領され、砲六十余門を奪われた。

戦闘が終わったのち、門司《もじ》の浜に軍艦七隻が碇泊し、そのうち一隻を浜へ引き揚げ、修理していたという。

九日に、フランス商船一隻が姫島に到着し、乗り組んでいた通詞《つうじ》春田喜三郎という男が、勝麟太郎に報告した。

「七日と八日には、台場の大砲を軍艦へ積み取るため、千五百人ほどがまた上陸いたしました。

昼の九つ（正午）頃、長州人が小船に白旗を立て、英艦にきて和を乞《こ》うたそうでござります。十日の午《うま》の刻（正午頃）に、長州侯がイギリス軍艦へくると、約束したと聞いておりまする」

「長州側の死人、怪我人は多かったのか」

「いいえ、はなはだ少なかったようでござります。異人は、地雷火が発したので、深入りをやめたそうで、長州の奇兵隊はなかなかのはたらきをいたしたと評判でござります」

麟太郎は嘆息していった。

「あれだけの艦隊をさしむけられたのでは、長州の砲台など、いくら撃ちまくったところで、大人と子供の喧嘩《けんか》だね。しかし、戦わねえよりはいい。大艦のおそろしさが身に沁《し》みて分かるからね」

龍馬は聞く。

「薩藩は去年の戦ののち、イギリスと仲直りしよりましたけんど、長州もそがいになりますろうか」

「長人は利害に聡《さと》いから、たちまち変わり身をやってのけるさ。これから幕府の征伐をうけることになるが、なんとか凌《しの》ぎをつけるだろうさ」

麟太郎は龍馬と門人たちにいった。

「皆、この先はどうなるか、誰《だれ》にも見当がつかなくなるぜ。わが身を処するに、ひとつの考えにこりかたまっているようじゃ、やり損じるぜ。幕府がなりたつよりも、日本がなりたつ道を歩まなけりゃ、インドや清《しん》国のあとを追うことになりかねねえからな」

八月十五日朝、順動丸が兵庫へ帰るため姫島を出帆するとき、四国艦隊に随行したフランス商船三隻が寄港するのと、すれちがった。

舷側《げんそく》にもたれた船員たちが、こちらを指さし、あざ笑うようなそぶりをする。

龍馬は手を振り、大声で喚いた。

「赤猿らあが、なにを笑いゆう。いまに見ちょれ。俺らあがお前んらを、こじゃんとやりすえちゃるき。笑いゆうがも、いまのうちじゃ」

鱗太郎は兵庫港に戻ると、ただちに京都二条城へ急飛脚を立て、下関の状況を注進した。

幕府は八月十三日、征長の部署をさだめていた。

芸州《げいしゅう》藩以下、備中《びっちゅう》、備前《びぜん》の諸藩は、芸州口から攻め入り、岩国《いわくに》を経て山口に至る。

因州藩以下の山陰諸藩は、石州口《せきしゅうぐち》から萩《はぎ》を経て山口にむかう。

阿波《あわ》藩以下、土佐藩をのぞく四国勢は、徳山《とくやま》から山口へ攻め入る。

肥後《ひご》藩以下の北九州諸藩は、海路をとり山口へ、薩摩藩以下の南九州諸藩はおなじく海路をとり、萩から山口へ進攻する。

総督は尾張《おわり》前大納言慶勝《よしかつ》ときまった。

だが、慶勝はひたすら辞退し、長州征伐はいつ実行されるか、目途もつかない有様であった。

征長総督は、はじめ紀州藩主徳川茂承《とくがわもちつぐ》が幕閣から推されていたが、一橋慶喜らが難色を示した。麟太郎はその事情を龍馬に打ちあけた。

「紀伊《きい》侯はいたって気が弱く、藩中にも人物がおらぬ。京都での評判がはなはだわるいため、所司代、閣老に慶喜公が説いて、尾州《びしゅう》老侯と替わらせた。かように万事、江戸と京都で意見がくいちがうようでは、天下の政《まつりごと》がうまく運ぶはずもあるまい」

龍馬は黙ってうなずいていたが、思いきったようにいう。

「先生、近頃、海軍塾における紀州家の塾生らあの放蕩《ほうとう》ぶりにゃあ、目にあまるもんがありますぜよ。たまりますもんか、茶屋で押し借りらあ平気でやるがですき。塾中の掟《おきて》に照らし、放逐せんといかんがやないですろうか」

紀州藩から預かった塾生は、一時は二十人を超えていたが、いまは半数以下に減っている。麟太郎はいった。

「紀州家の者どもを放逐しろ。ついでに越前家の奴らもきつくたしなめ、いうことを聞かねえようなら、いっしょに追っ払っちまえ」

越前藩士たち十人の放蕩も、目にあまるものがあった。

越前の前藩主松平春嶽は麟太郎と親交があつく、神戸海軍塾建築資金として、千両を出資していた。龍馬も、横井小楠《よこいしょうなん》、三岡八郎《みつおかはちろう》(由利公正《ゆりきみまさ》)と旧知の間柄で、越前の塾生たちはそのような事情を知っていて、傍若無人のふるまいをする。

龍馬は首を傾《かし》げた。

「あいつらあは、春嶽公のお声がかりじゃきに、やみくちゃにゃあ、やめさせられん。俺がこじゃんと、いい聞かせちゃりますらあ」

八月十九日、龍馬は紀州家塾生たちが塾中掟に違反したため、麟太郎の指図により放逐するといい渡した。

塾中の風紀をたださなければ、海軍塾が不逞《ふてい》浪士の溜《た》まり場であるとの疑念を抱いている幕府側が、どのような措置をうちだしてくるか知れない状況であった。

その日、龍馬は大坂藩邸にいた薩摩藩士森真兵衛と同行して、京都へ出向いた。

世上の風聞を再度探索してくるよう、麟太郎に命ぜられたためである。

「京都へいくなら、少々危ない目に遭ってもいいだろう。金蔵寺へゆけば、お前さんの大事な歓喜天が待っているからな」

麟太郎は笑顔を見せた。

龍馬と森真兵衛は、大坂八軒家《はちけんや》を夜明けまえに出る三十石船に乗った。

八月も末に近い昧爽《まいそう》の川風は、肌につめたいほどで、あたりが明るくなってくると、野面に秋霧がたっていた。

舳《へさき》に立つ船頭が、水棹《みさお》を捌《さば》けなくなるほど水深が浅くなると、両岸に人足がならび、綱で船を曳く。

龍馬は森とともに伏見に着くと、伏見薩摩屋敷に泊まり、翌朝、京都錦小路藩邸にむかった。

伏見街道の要所では、町奉行所、所司代、新選組隊士が通行人を見張っていた。菅笠をかぶっている龍馬は、油断のない視線を、左右に配っている。

森と同行しているので、危険はないであろうが、壬生浪《みぶろ》と呼ばれる新選組の壮士たちは、市中探索を口実として、町家に押し入り、財物を掠《かす》めとる不逞の輩《やから》である。

相手が薩摩藩士と知ったうえで、喧嘩を売ってくることがないとはいえなかった。

五条大橋が見える辺りまできたとき、道端の茶屋の軒先にたてかけてある葦簀《よしず》のかげの縁台に腰かけている、幾人かの壮士が目についた。

浅黄色の羽織を見た龍馬は、新選組と気づいた。

――あいつらあは、酒を飲んじょるきに、てがいにくる（からんでくる）ねや
――

赤黒く酔った顔を一瞥《いちべつ》して、通りすぎようとしたとき、彼らが大股《おおまた》に往来へ出てきて、正面に立ちふさがった。

森真兵衛は笑みをふくんだ顔で、新選組隊士に声をかけた。

「お前《は》んらは、おいの行く手をふさぐつもいか。そぎゃんこつをやりゃ、ただじゃすまさんぞ」

森は腰を落とし、左手で大刀の鯉口《こいぐち》を切った。

真剣勝負のとき、激昂《げっこう》して相手を威嚇《いかく》する者は、警戒せねばならないほどの手練者ではない。微笑をふくみ応対する者は、気がおちつき、全身の力を抜いているので、斬りあいになっても体がかるがると自在に動く。

新選組の壮士たちは、斬りあいの場数を踏んでいるので、森が油断ならない相手であると一目で読んだ。

彼らは丁重に告げた。

「拙者どもは市中見廻りの新選組です。卒爾《そつじ》ながらご尊名を承りたい。またいずれのご家中ですか」

森はゆるやかな口調で答えた。

「俺どもは薩摩藩士森真兵衛と才谷梅太郎《さいたにうめたろう》（坂本龍馬の変名）ごわす。お疑いがあいなら、錦小路の屋敷《やしきい》までご同道願い申す」

龍馬は森と肩をならべ、むかいあっている四人の壮士を見ていた。
・鎖帷子をつけ、額に鉢金を巻き、手槍《てやり》を持った者がひとりいる。
――厳重な身支度をしちゅうけんど、狙いどころは両横面と首筋じゃ――

背の高い龍馬は、横面の打ちこみが得意であった。

「引き」と呼ばれる手首の捻《ひね》りがつよい龍馬の打ちこみは、烈しく正確で、横一文字に刀を振れば、一撃で相手の命を絶つことができる。

道場稽古のとき、龍馬の上体の動きのはやさは目立った。一撃をはずされても、連続技をたてつづけに出し、近間《ちかま》のかけひきに相手をひきずりこみ、有無をいわさず一本をとってしまう。

――こいつらあ、人を殺すがは慣れちゅうようじゃ――

四人連れで、街道を見張っているところへ、狙っている相手がひとりで通りかかれば、かなりの腕前の者でも、蜘蛛《くも》の巣にからめとられる虫のように無力にされてしまうだろう。

風が吹くと、灰かぐらが舞いたつ京都の町なかに潜入してくる長州人や尊攘《そんじょう》浪士は、人目に立たないよう行動するため、たいてい単独か二人連れである。新選組は、京都守護職直属の治安執行機関として、「抵抗スル者アラバ、適宜斬殺スルモ可」という特権を与えられていた。

彼らの両眼がビードロ玉のように異様なかがやきを帯び、気味わるく据《すわ》っているのは、斬人の経験をかさねてきたためであった。

龍馬は、多数を相手に戦うとき、ひとところにとどまらず、いちばん右端の者に襲いかかって斬り、追ってくる者を牽制《けんせい》しつつ右手へ逃げ去る刀法を、高知城下の小栗流日根野弁治《おぐりひねのべんじ》道場で学んでいた。

左手ではなく、右手へ逃げるのは、敵が刀を右半身に構える姿勢で左方へ追いかけにくいためであった。

身の丈五尺九寸の龍馬が、毛深い丸太のような両腕を組み、いろいろと観察しているうち、新選組の壮士たちは身を引いた。

「ご無礼つかまつりました。お通り下さい」

傲然《ごうぜん》と胸をそらせていた森は、龍馬をうながした。

「こげん危なか所に長居は禁物ごわす。早々に参り申《も》うそ」

薩摩藩錦小路藩邸に着いたのは、九つ（正午）の時鐘《ときがね》が鳴る時刻であった。

龍馬は昼食のあと、旧知の吉井幸輔に会い、征長の出師《すいし》準備がすすめられているかをたずねた。幸輔は傍にいる高崎《たかさき》左太郎（正風《まさかぜ》）と顔を見あわせ、溜息《ためいき》をついた。

「幕府は征長のかけ声ばかりをいたし申すが、将軍が親征に出馬いたす様子はいまだなかごつでごわす。

諸大名が進発の支度にとりかかれば、長州もおそれいって服罪いたすじゃろうと、昔ながらの征夷大将軍《せいいたいしょうぐん》の威光が、いまに通用するように、思うちょい申す。江戸城では、二百五十余年の太平の世がつづきしゆえ、兵具も不整頓ごわす。物頭《ものがしら》どもは年寄りばかりで、配下の組子《くみこ》とて役にも立たぬ年寄りやら、子供が大勢おり申す。

武器を修繕し、組子を壮者に入れかえるためには、まずひと月はかかり申んそ。九月末に進発して、一日五里、あるいは七里の行軍にて、ようやく大坂に着到いたすでごあんそ。何にしても、気の長かこつごわす」

薩摩藩では、一橋慶喜を征長総督として、早急の出兵を献言したが、慶喜は心中にそれを望みつつも、幕府閣老たちから専断のそしりをうけるのをおそれ、動けなかったという。龍馬はいった。

「尊藩には、大島吉之助という切れ者んがおられるがです。なんとか策略をたてれんもんですろうか」

高崎左太郎は、吉井幸輔らとともに、高名な示現流《じげん》の遣い手で、幕府側から暗殺される危険もかえりみず、夜中に外出する猛者《もさ》であったが、腕をこまねくばかりである。

「坂本さん、めずらしかお人がおいでじゃなあ」

障子紙にひびくような力づよい声がして、座敷に入ってきたのは、大島吉之助のもとで密偵をつとめている中村半次郎《なかむらはんじろう》（のちの桐野利秋《きりのとしあき》）であった。

彼は下関を四国艦隊が攻撃したとき、海峡西岸の小倉《こくら》藩が使者を旗艦につかわしたという情報を聞きこんだという。

「わが藩は幕府に功労ある家門によって、幕命に従うて、これまで異国船に敵対したこともなかので、気にせんでよかというたとでごわす。下関へ異艦がむこうたら、また、前もって小倉藩に幕命があったそうでごわす。

決して動ずることなく、そのなすがままに任せよとのことであい申した」

これらの噂が京坂、西国にひろまって、四国艦隊の下関攻撃は、幕府が依頼しておこなわせたものかとの疑惑が、たかまっていると半次郎はいった。

たとえ長州に罪があったとしても、皇土を異人の手を借りて征したのは、皇国の人のなすべきことであろうか。その行為は国体をはずかしむることで、これを詳しく糺問《きゅうもん》しなければならないという意見が強くなっているという。

「西国の大名衆は、この説を耳にして、征長の命にゃ従わんというちょい申す。備前、因州、芸州じゃ、まず攘夷《じょうい》を断行してのちに、征長をやるという意見が沸くようでごわす。

また尾州では、内輪もめをしちょい申す。尾州老侯が征長総督となれば、その近臣のいきおいがつよくなって、御当主のお力が弱まるので、老侯をかならず出しちゃいけんなどと、なんでんよかもめごとをやっちょる様子でごあんさ」

また中村半次郎は、京都市民の京都守護職松平容保《まつだいらかたもり》に対する反感が、はなはだしいといった。

その理由は新選組隊士が市中探索を名目として、財貨を市民から奪うなどの悪行をあえてするためであるという。

「いまじゃ、新選組と会津藩の見分けもつけかねる者が多うなって、会津藩士が通りかかるのを見れば、盗っ人がきたというちょい申す」

龍馬は高崎、吉井、中村とともに、暮れ六つの時鐘を聞くまで、盃《さかずき》をとりかわした。

高崎が誘った。

「これから祇園《ぎおん》あたりへ繰りだし、遊興いたし申そ」

龍馬は辞退した。

「そりゃあまっこと、ありがたいことですけんど、今夜は白川の金蔵寺へいっちゃらにゃあいかんと思いよりますきに」

高崎たちは笑い崩れた。

「それはよか。恋女房のところへゆくのを、引きとめるごたる、無粋なまねはいたしもはん。早う出向いてやったもんせ」

龍馬は頭をかき、席を立った。

高崎らとともに四条橋を渡り、祇園町の表通りで別れ、縄手《なわて》通りを右に折れ、白川沿いに金蔵寺のほうへゆく。龍馬の足どりがしだいに速くなった。まもなくおりょうに会えると思うと、落ちつけず、小走りになった。

麟太郎がおりょうのことを歓喜天といったのは、おりょうが快楽の頂きにのぼりつめるとき、手足の指を折りまげるようにたわめるからである。

龍馬は閨《ねや》の行灯のほの明かりのなかで見た彼女の姿態を、麟太郎に告げた。麟太郎は即座にいった。

「それは尤物《ゆうぶつ》だな。めったにいない女さ。大事にするんだな」

龍馬は、おりょうのあらわす閨の反応のうちで、おどろかされたことがもうひとつあったが、それは麟太郎に告げなかった。二人だけの秘密にしておきたかったためである。

古川丁《ふるかわちょう》という町筋を通り抜け、白川にかかる小橋を渡ったとき、常夜灯のかげから人影が四つあらわれた。

浅黄地の麻羽織の袖に、だんだら染めが見える、新選組の男たちであった。

龍馬は道端の塀に背を押しつけ、闇をすかしてみる。四人のほかに伏勢《ふせぜい》はいない様子である。

――しもうた。棒手裏剣を背負い袋にしのべたままじゃ。まあえいか、刀を遣うちゃれ――

龍馬は声をかけた。

「お前《ま》さんらあとは、昼に五条橋のはたで会うたのう」

隊士のひとりが、舌なめずりをするような口調でいった。

「仰せの通り、貴公が薩摩屋敷から出て、ひとりになるのを待っていたんだ。やはり薩摩藩士じゃなかったな。土佐訛《とさなまり》じゃないか。貴様の正体は、薩藩にかくまわれている不逞浪士だ。いまからふん縛って、壬生《みぶ》屯所へ連れてゆく。いうことを聞かねえなら、この場で斬りすてるさ」

龍馬は相手がいい終わるまえに、腰の忠広《ただひろ》を抜き、右八双《はっそう》に刀身を担ぐなり、すさまじい気合を放った。

龍馬の気合は、江戸神田誓願寺《かんだせいがんじ》前の北辰一刀流《ほくしんいっとう》玄武館《げんぶかん》道場で有名であった。門人が百人稽古していても、龍馬の気合がもっとも大きいといわれた。

「うおらさあーっ」

近所の町家から、人がおどろいて走り出てきたほどの気合を放った龍馬は、右端の隊士に横一文字の打ちこみを放った。

龍馬は近間《ちかま》の勝負を好んだ。広い道場で、敵と間合を大きくひらき、敵が進んでくれば退き、打ちこんでくれば体をひらき、さんざんじらせておいたうえで、相手の動きの裏をとって、ポンと一本をきめる妙手のような技は、真剣勝負には通用しない。

常に先手、先手と打ちこんでゆき、気力で相手を圧倒しなければ反対に先手を取られ、わが首が落ちることになる。

龍馬に打ちこまれた隊士は、飛びさがり、かろうじて助かったが、左胸に全体重をかけた体当たりをうけ、足が宙に浮き、吹っ飛んで朋輩の腰に尻もちをつくような形になった。

二人が倒れたので、他の二人は斬られたかと逆上した。

「どうした。怪我はどこだ」

「いや、怪我はない。こやつが体当たりをくらって俺にもたれこんだだけだ。あいつを追え」

隊士たちが狼狽《ろうばい》した一瞬のあいだに、龍馬は路傍の闇のなかへ姿を隠していた。

「どこへいった。追え、呼子を吹いて手先を呼べ」

龍馬は敏捷《びんしょう》に闇から闇を伝い、金蔵寺にたどりつくと、塀を乗りこえた。

彼が放った横一文字の打ちこみは、わざと狙いをはずしていた。その気になって打ちこめば、首を両断するのはたやすいが、人を殺すのはできるだけ避けたい。

本願寺門徒である龍馬は、幼時から祖母の久《ひさ》と母の幸《さち》に殺生をつつしめといい聞かされてきた。

わが命が絶たれるような、切羽《せっぱ》つまった立場になったときのほかは、血を見るような立ち廻りはしたくない。

龍馬は金蔵寺の離れの戸を、忍びやかに叩いた。

「おりょう。俺じゃ、あけとうせ」

室内で物音がして、小窓がわずかにあいた。

「俺じゃ。早うあけとうせ。音をたてちゃあいかんぜよ」

おりょうは静かに戸をあけ、龍馬の手を引き、家内にいれる。

彼女は龍馬の汗ばんだ肌に、顔を押しつける。

「ちっくと走ってきたきに、汗にういたぜよ」

「なんぞあったんどすか」

「いん、新選組四人と斬りあいになりよったけんど、えいぐあいに逃げたがよ」

「えっ、怪我はないんどすか」

「なんちゃあない。この通りじゃ。裸にして、拭《ふ》いとうせ」

おりょうは龍馬の着物をぬがせ、犬のように肌のにおいをかぐ。

「ああ、あんたのにおいや。夢みたいや。もう辛抱でけへん」

おりょうは龍馬ともつれあい、煎餅《せんべい》布団に倒れこんだ。


翌朝、龍馬は薩摩藩士吉井幸輔ほか二人の藩士とともに、大坂へ戻った。吉井らと同道しておれば、新選組も手が出せない。

専称寺に帰った龍馬は、麟太郎に京都の情勢を報告した。

麟太郎は寝ころんで聞いているうちに、いった。

「これだけ腐りきった幕府と、見ざる、聞かざる、いわざるの三猿のような諸侯の治めている国が、ヨーロッパやアメリカに取られずにいるのは、まったくふしぎといわざるをえないね。山だらけの島国で、腰抜けのようにふがいないとはいえ、二百万の武士がいるからだろうがね。まったく、一寸先は闇というものさ」

八月二十六日の昼間、下関の戦いを終え、長州藩を降伏させたイギリス、オランダの軍艦十隻が、大坂湾にあらわれ、碇泊した。

海岸は黒山の見物人で、天保山沖には胡麻《ごま》を撒《ま》いたように大小の船が漕ぎ出している。軍艦の備砲は、砲身をすべて陸岸にむけているが、舷側には水兵、陸戦隊の将兵が立ちならび、さかんに笑い声をたて、愛嬌《あいきょう》をふりまく。

下関を攻撃した異国艦隊が、大坂へくるという通報は数日前に麟太郎のもとへ届いており、長崎奉行所組頭《くみがしら》、通詞が大坂城に到着していた。

麟太郎は神戸生田の浜から英艦の群れを眺め、龍馬にいった。

「あいつらが大坂へきたのは、攘夷、鎖港をするわけを聞きにきたのじゃねえか。この機に幕府が然るべく諸侯を一堂にあつめ、いわゆる国是《こくぜ》（国家の方針）なるものを立て、条約を再定すれば、天下はこれをどういうかね。攘夷を口実として、己《おのれ》の私欲をたくましくする者ばかりだからな。朝廷は目前に異国軍艦を見て、多年仰せ出される攘夷の議を、たとえ京、大坂が焦土となってもつらぬかねばならねえよ。付和雷同のやからも、すべて京都に集会して、断然英決を待って動かざるをえないだろう」

麟太郎は、英艦に乗っている公使が、外交交渉をもちかけてくるだろうと、そのときの応接の心構えをきめていたが、二十八日朝、十隻の英蘭艦は、何の挨拶《あいさつ》もないままに、ことごとく出帆していった。

八月三十日、秋雨の降りしきるなか、異国軍艦五、六隻が大坂のほうへ通過していった。九月四日の朝、フランス軍艦一隻が兵庫へ入港した。

午後になって突然、麟太郎の屋敷へ艦長のパーレという人物がおとずれ、頼んだ。

「艦内に水が欠乏しているので、供給してもらいたい。また、水兵らが陸上を遊歩し、諸物を買うことを許可してもらいたい」

麟太郎は答えた。

「水はさっそく手配しよう。陸上遊歩の儀は、私の管轄するところではないので、お断りするよりほかはない」

フランス軍艦は、何事も紛争をおこさず、夕刻に出帆していった。

連日、騒然とした情勢が続いた。龍馬は麟太郎が神戸に滞在するあいだ、その身辺を離れず、警固にあたった。混雑にまぎれ、麟太郎の命を狙う刺客が、いつあらわれるかも知れない。

攘夷激派の壮士だけではなく、幕閣有司の手先が襲ってきかねない情勢であった。江戸にいる幕府閣老たちは、天下の気運が急速に変わってゆくことに、まったく気づいていない。

蛤御門の変（禁門の変）で長州勢を撃破したのちは、政治体制を旧態に引き戻そうと考えているので、麟太郎のような改革派は危険分子と見ていた。

九月一日、幕府はつぎの令を発した。

「万石以上の面々、ならびに交替寄合《こうたいよりあい》嫡子、在国在邑《ざいゆう》、かつ妻子国邑に引取り候とも勝手しだいなるべき旨、去々戌年《いぬどし》（文久《ぶんきゅう》二年）仰せいでられ、銘々国邑へ引取り候面々もこれあり候ところ、このたびご進発も遊ばされ候については、ふかき思召《おぼしめ》しもあらせられ候につき、前々の通りあい心得、当地（江戸）へ呼び寄せ候よう致さるべき旨、仰せいでられ候こと」

交替寄合とは、三千石以上の非役の旗本で、大名に準じて知行所に住み、参覲《さんきん》交代《こうたい》の義務を持つ者である。

諸大名には、つぎの覚書が出された。

「今度諸大名参覲の割、前々の通り仰せいでられ候については、当時在国在邑の面々のうち、当年参覲の分は、早々参府候ようといたさるべく、おって嫡子へも通達これあるべく候。以上」

麟太郎は、江戸在府の閣老たちがいかに現実に無知であるかを、あらためて知らされた。幕府と諸大名が冗費を省き、協力して外国に対抗しうる実力を養うため、さまざまの異論を排除して、文久二年（一八六二）にようやく実施にこぎつけた改革を、いまになって全廃するのである。

長州親征を口実としての、参覲交代制の回復であるが、幕府は長州勢力を追いはらったのちは、もはや威光に逆らうものはないと見て、諸大名に出費を強い、その勢力を弱めようと考えたのである。

西欧列強の圧迫に対抗する配慮などは、閣老の胸中にはなかった。

麟太郎は海軍塾の塾生たちにいった。

「文久の改革を、なお改革して上下一致の実をあげるときは今だというのに、旧制に引き戻すとは、なんというばか者揃いだろう。いまさら旧制に戻すといばってみたところで、いいつけをすなおに聞く大名なんざ、ひとりもいねえさ。口実をもうけて幕命を奉じないだろうよ。幕府は威信を損じるだけだ」

龍馬はそのとき、神戸にいなかった。麟太郎の命をうけ、八月二十九日に大坂を出立《しゅったつ》して、江戸へむかっている。江戸で大久保越中守に会い、幕閣の内情を詳しく教わってくるのが役目である。

大久保越中守は、文久二年十一月に講武所奉行を罷免され、非役となっていたが、元治元年七月に、勘定奉行勝手方を命じられた。

幕府財政を預かる重職に就いたのは、将軍家茂の上洛に大金を費消し、幕府財政が窮迫したためである。傾いた財政をたてなおすためには、行政の表裏に精通した、越中守を起用するしかないと、閣老たちが判断した。

だが、七月二十一日に着任した越中守は、将軍家茂に一日も早くご上洛あって然るべしと献議した。

蛤御門の変がおこって二日後で、戦乱の報はまだ江戸に届いていなかった。越中守の献議は、あとになってみれば正論であったが、閣老たちは、経費のかさむ上洛をすすめたという理由で、在任五日を経た七月二十六日に彼を罷免した。

越中守は将軍が京都から引き揚げたことを過ちであったとして、再度上洛し、天皇の意向を直接にたしかめうる態勢で、行政にかかわるべきであると主張し、閣老たちと正面から対立したのである。

麟太郎は龍馬を江戸へ出向かせ、幕府の財政事情を主として聞きとらせようと考えていた。

幕閣では、長州藩を潰滅《かいめつ》させたのち、さらに幕命に服従しない藩を、あいついで撃破してゆき、かつての声威を回復し、強権をふるう政治を復活させようという考えを抱く者が、ふえてきていた。

そのために、幕府の急進派は軍事力の強化を主唱していた。彼らの背後にいるのは、元治元年三月、日本に着任したフランス公使ロッシュであった。

幕府の親仏派は、二千五百万フランから三千万フランの予算で、横浜附近に海軍工廠《こうしよう》、砲兵工廠を建設する計画をすすめるため、必要な技術者、資材をフランスに依頼したという情報を、麟太郎はひそかに耳にしていた。

幕府はこれまで蒸気船、武器、軍事資材を外国の個人、外交官、領事を通じ購入してきたが、そのたびに価格、品質につき、あざむかれてきたので、ロッシュに信頼を寄せる親仏派の小栗忠順《おぐりただまさ》、栗本《くりもと》瀬兵衛（鋤雲《じょうん》）らが、あらたな計画に踏みきったのである。

小栗は大久保越中守罷免のあとを継ぎ、八月に勘定奉行に任命された。栗本は目付であるが、箱館《はこだて》で採薬、病院建設、養蚕《ようさん》の事業に六年間たずさわっているあいだ、フランス人牧師のカションに日本語を教えた、フランス通であった。

麟太郎は、反幕勢力に対抗するため、フランスの軍事援助に頼ろうとする幕府の前途を、憂慮して、龍馬にいった。

「フランスもイギリスと同様だ。内懐《うちぶところ》へ入りこめば、属国にされかねない。いま、どの辺りまで話が進んでいるか、大越《だいえつ》（大久保越中守）から聞きだしてきてくれ」

龍馬が江戸へ出立してのち、江戸から黒龍丸、観光丸、翔鶴丸があいついで幕臣を乗せ、兵庫港に到着した。

長州攻めの軍監《ぐんかん》として、目付栗本瀬兵衛も翔鶴丸に乗っていた。

九月十一日、麟太郎は大坂に出て、老中阿部豊後守正外《あべぶんごのかみまさと》と、蒸気船江戸廻航についで打ちあわせをした。用談がすむと、阿部は薩摩藩からつぎのような建議があったと語った。

「長州を征伐いたせしうえは、防長府《ぼうちょうふ》の半国を禁裏のお物成《ものなり》とし、半国は征討の諸侯へ下さるべし。また京都大火の難にあいし者には、ことごとくお手当を下さるべし。

さりながら長州征伐はいかがあいなるや知るべからず。まずこの見込みをもって、御用金は公儀よりお出しなさるべきか。さりながらご用途ご多端ならば、そのうち薩州《さつしゅう》よりさしだし申しますると、ぬけぬけといいおったわい」

阿部は腹をゆすって笑った。

「さよう申せしは、大島吉之助と申す大男でござりまするか」

麟太郎が聞く。

「その者よ」

正外が応じた。

「あれは昔、斉彬公の手先をつとめし者にて、なかなかにひとすじ縄ではゆかぬ者にござります。なんぞ思うところあって、豊後さまのご心中を探りに参ったのでござりましょう。長州を攻め滅ぼすなどと公言いたすのは、本心ではありませぬ」

「そのほうも、さように思うか」

麟太郎がうなずくと、正外は笑みを見せた。

宿に帰ると、麟太郎あての大島吉之助の書状が届いていた。

「いよいよご安康にござなされ、珍重に存じ奉り候。

しからばわけてご談合申しあげたき儀これあり、今朝下坂つかまつり候。ご都合により、いずれのご旅亭に参上つかまつり候て、よろしく候や。

刻限いつ頃お手すきの訳、なにとぞご面倒ながらご示諭なし下されたく、願い奉り候。

この旨、貴意を得奉り候。以上。

薩藩　大島吉之助

九月十一日

勝安房様」


この日、吉之助の書状が手もとに届くことを、麟太郎はあらかじめ知っていた。

越前福井藩士堤正誼《つつみまさよし》、青山小三郎《あおやまこさぶろう》が吉之助をたずね、麟太郎との会見をすすめたのである。

堤と青山は、九月六日に京都に入った越前藩主松平茂昭の供をして出京した。

茂昭は出陣支度もせず、通常の供揃えで京都藩邸に入ったが、まもなく幕府から征長副総督の命令をうけることになっていた。

幕府でははじめ茂昭の父春嶽を副総督とする予定であったが、春嶽が固辞したため、茂昭に下命することに方針を変えたのである。

堤たちは吉之助に聞いた。

「貴殿は幕府軍艦奉行勝安房殿をご存知でしょうか」

「ご高名は承っちょい申す。先君の順聖院さあと、ねんごろな交わりをなされたお方ごわす。拙者はいまだお目にかかったことは、あいもはんが」

「勝殿は幕臣中随一の人物です。神戸の海軍操練所では、幕臣のみならず、諸藩士をひろく集め、航海術を学ばせておられ、海軍興起にもっとも力をつくしている方です」

「それは聞き及んでおい申す」

「勝殿はまもなく軍艦で江戸へ下向なされるそうです。ついては将軍家のご上洛にご尽力願うよう、弊藩と尊藩よりお頼みしてはいかがでしょう」

「それは妙案ごわす。早速勝殿にお頼みし申んそ」

吉之助はただちに承諾した。

堤らは麟太郎のもとへ飛脚を走らせ、吉之助と面談の日取りを十一日夜と定めた。手筈はこのように、あらかじめととのえられた。

九月十日の夜、吉之助は越前藩主松平茂昭の麟太郎あての添え状を預かり、吉井幸輔をともない、越前藩の堤、青山とともに伏見から大坂へむかう便船に乗った。

吉之助は大坂に着くと、ただちに麟太郎のもとへ書状を送った。麟太郎は今日すぐに面談したいという返書を出した。

吉之助たちは、麟太郎の旅宿をおとずれ、面談した。

麟太郎は、吉之助が長州征伐ののち、その領土を朝廷と諸藩で分割するなどと公言するが、それは国許《くにもと》の島津《しまづ》久光《ひさみつ》の意向をおもんぱかってのことで、実際には鋭敏に現実に即応しうる人物であると、察していた。

麟太郎は轡《くつわ》の紋のついた黒縮緬《くろちりめん》の羽織を着て、薩摩藩軍監（軍賦役）にふさわしい堂々とした風采《ふうさい》の吉之助を見て、ただものではないと感じた。

吉之助は、麟太郎が他の幕府高官たちが権柄《けんぺい》ずくの肩肘張った高慢な物腰で応対するのにくらべ、拍子抜けするほどすなおな口をきくが、しばらく話しあううちに、軍艦奉行の立場を忘れたように、幕閣の批判を傍若無人といっていいほどの調子で語るのにおどろく。

「幕府の内情は、まことに手もつけられないような形勢ですね。幕吏どもは、このたびの禁門の一戦で攘夷激徒がおそれいってしまい、わが身の禍《わざわい》をまぬがれたような心持ちになって、太平無事の気分となっているんです。いったんはちぢこまっていた連中も、近頃は奸威をふるっているようでんすなあ。

幕吏は仕事むきについて、わが身に責めが及ばぬようにはからうのが上手で、ひとつの事柄をきめるにも、五人、六人と合議して、誰に権限があるのか分からないようにして、姑息《こそく》なることをやり、日を過ごしているんでんすよ」

吉之助は幕府の内情を、高官からはじめてうちあけられ、おどろくばかりである。

麟太郎はいう。

「そのうちにても、このたび老中格より老中になった諏訪因幡守忠誠《すわいなばのかみただまさ》は、とりわけて奸物の首魁《しゅかい》というべき男でしょう。

いろいろ正義の論を立てる者がいると、ごもっとも、ごもっともと同意いたし、そのうちかげより手をまわし、いつのまにやら正論の者を退けるので、とても尽力の道がなく、誰も意見を申したてなくなってしまうのでんすよ」

吉之助が聞く。

「さような奸物と知れわたっておっ者を、退けるこつはできもはんか」

麟太郎は雄弁に応じた。

「一小人を退けるのは、わけもないことですが、そのあとを引き継ぐ者がおりません。つまり邦家《ほうか》のために議論を立てる者がおらぬ有様です。いいだした者は、かならず足をすくわれるのです」

吉之助がいった。

「そげんこつなら、諸藩より力を尽くしてはいかがでごあんそ」

「そうしたところで、諸藩の良策をうけとる者があればこそ、行われましょうが。しかし、薩摩よりかようの議論があったと役人に持ちだせば、たちまち薩摩にだまされてはならぬと申して、うけつけないでんしょう。諸藩より協力いたしても、結局は無益のこととなり、いたしかたもなきしだいです」

吉之助は麟太郎にはじめて会い、その見識におどろくばかりであった。

はじめは、どうせ因循《いんじゅん》な幕吏のいうことなど、ろくでもなかろうとたかをくくっていたが、恐れいった。

――この仁は、どれだけ智略《ちりゃく》のあるやら知れぬ按配《あんばい》じゃ。英雄というべき肌合いじゃっど。佐久間象山《さくましょうざん》も抜群の見識といわれたが、この勝先生は、なお一段うわてじゃなあ――

吉之助は質問した。

「兵庫開港を異人がせまってきたときは、どげんすりゃようごわしょう」

京都から至近の距離にある大坂、兵庫を開港することを、朝廷は絶対に許さない。

だが諸外国はその開港を強要するため、大坂湾に艦隊を集結させかねない形勢であった。この難問題について、麟太郎は明快な意見を述べた。

「ただいまの異人どもの状態を見れば、幕吏を軽侮していますから、幕吏との談判はうけつけないでしょう。

いずれこの節、明賢の諸侯四、五人もご会同なされ、異艦を打ちやぶれるほどの兵力をもって、異人と筋を立てて談判なさればよろしい。

横浜、長崎の両港を開き、摂海は開かぬという条約を結ぶのです。そうすれば、異人に脅やかされたという皇国の恥にはならず、異人は、かえって図に乗ることなく条約に服すでしょう。

そうすれば、この先の天下の大政も立ちゆくことになり、国是も定まるでしょう。

いよいよさようの動きになるときは、明賢なる諸侯の出揃わるるまでは、拙者がうけおうて幕府を動かし、異船の摂海への来航をひきとめておきましょう」

明賢諸侯の協力策を実行に移すまでは、秘密を要すると麟太郎はいった。

「もしこの策をいまより公言いたさば、破れることはきまっています。また諸侯離間の策を用いることは疑いをいれません。

それゆえ、摂海へ異艦が迫りきたったとき、はじめてこの策をとなえだし、急速に決するようにしなければ、成功しません。一度この策を用いた上は、いつまでも共和政治（雄藩連合政権）をやり通さねばならなくなるので、よくご勘考下さい」

吉之助は、麟太郎のいうところに、いちいち感じいった。

幕府はすでに腐敗していた。もし明賢諸侯同盟の策が破れたときは、薩摩は断然割拠して、国富をふやし、独力で外国に対抗せねばならない。いまのままで時を過ごせば、幕府と共倒れになると、吉之助は覚《さと》った。

麟太郎は、急進派の幕府役人が、フランスの協力を得て、軍事組織の強化をはかっている実情は明かさなかったが、吉之助に長州征伐についての私見を述べた。

「西国の二大藩といえば、薩摩と長州です。長州を征伐すれば、西国で薩摩に対抗しうるものはありません。しかし、長州を討ったあと、幕府はいよいよ奸威をふるいはじめるでしょう。

幕府は薩摩を恐れています。長州を倒したのちは、鉾先《ほこさき》を薩摩にむけてくるのはあきらかです。唇亡びて歯寒しという諺があります。長州を滅亡させてしまうのは、薩摩のためにも考えものでしょう。

あいなるべくは寛大の処置をとり、降伏させてやるのが、邦家のためでしょう。諸外国は、日本の騒動に乗じて、つけいる隙を狙っているのです。長州を焦土とするような、後に遺恨を残す戦争は、避けるべきでんしょう」

吉之助は「巨眼《うどめ》さあ」と渾名《あだな》されるほどの光を帯びた両眼をむけ、麟太郎に礼を述べた。

「ご忠言の数々、まっこてかたじけなかごわす。幕府軍艦奉行のお立場をもかえりみず、腹中を隠すことなくおうちあけ下されし義侠《ぎきょう》の御志、吉之助感佩《かんぱい》つかまつってごわす」

麟太郎と吉之助の会見に同席した吉井幸輔は、つぎのような覚書を残した。

「大久保越州《えつしゅう》（越中守）、横井（小楠）、勝などの議論、長を征し、幕吏罪をならし、天下の人才をもって公議会を設け、諸生《しょせい》といえどもその会に出《い》ずべき願の者はサッサッと出し、公論をもって国是を定むべしとの議に候よし。ただいまこのほかに、挽回《ばんかい》の道これあるまじく候」

この頃、麟太郎の幕閣内部における立場は、しだいに孤立の傾きをあらわしはじめていた。

八月二十六日、海軍塾の塾生で、横井小楠の甥《おい》である横井左平太《よこいさへいた》が、小楠に送った手紙に、つぎのくだりがある。

「段々江戸表の内情など承り候ところにて、兵庫に海軍の起こり候儀は、公辺《こうへん》（幕府）より大きらいと申し候様子にござ候。この元に勝先生、諸生を集め候て天下の儀を二つになすとか申され候様子にござ候」

左平太に江戸表の内情を教えたのは、龍馬であった。

龍馬は時流の変化を鋭敏に察知する本能をそなえていた。

神戸海軍操練所は、「一大共有の海局」を設立する目的のもとに、運営されていた。麟太郎は日本の国力を衰えさせるものとして、長州征伐に反対の意見を公言していた。

幕府はフランスの援助を得て、幕府戦力を強化する海局を、関東に置こうとした。幕閣内部には、戦力によって諸大名を屈服させ、ふたたび幕府の威光をとりもどそうとする、武断派がいた。

彼らのうち、小栗忠順、栗本瀬兵衛が積極的な活動に乗りだしている。麟太郎の立場は当然閑却される側に暗転しつつあった。

龍馬が江戸の政情を探るため、八月二十九日に大坂を出立したのは、神戸操練所が廃止に追いこまれかねない危険な状況にむかっていたためである。

神戸操練所と海軍塾は、かねて幕閣から不穏分子の巣窟《そうくつ》と見られていた。

文久三年十月、土佐藩は龍馬、高松太郎、千屋寅《ちゃとら》之助《のすけ》、新宮馬《しんぐううま》之助《のすけ》ら海軍塾生に、帰国の命令を発した。

龍馬たちは帰国すれば勤王党弾圧の方針のもと、投獄されかねない。八月十八日の政変で長州勢力が京都から一掃されたあと、土佐藩では山内容堂《やまうちようどう》（豊信《とよしげ》）が武市半平太《たけちはんぺいた》（瑞山《ずいざん》）らを投獄した。

麟太郎は土佐藩に龍馬たちの修業年限延期を頼んだが拒まれ、龍馬たちも帰国を拒んだため、脱藩者となった。

麟太郎は彼らをかばうため、自分の家来として召し抱える体裁をととのえた。

だが、元治元年六月五日、塾生であった土佐脱藩の望月亀弥太《もちづきかめやた》が、京都、池田屋《いけだや》の攘夷派の会合に出席し、新選組の襲撃をうけ、重傷を負い自刃《じじん》した。

おなじく土佐脱藩の塾生安岡金馬《やすおかかねま》は、長州藩兵が七月に大挙上京してきたとき、浪士隊である忠勇隊に加わり、大砲の照準掛《しょうじゅんがかり》として活躍した。

長州勢が蛤御門の変で大敗したのち、安岡金馬は長州へ落ちのびていった。

このような事件があいついだので、幕府側は、神戸海軍塾の塾生の身元を内偵しはじめた。

九月になると、塾生の姓名出所がすべて調べあげられた。

その頃、操練所では防寒用の毛布を大量に購入した。それが、長州の残党をかくまうために使われるという噂が立ち、大坂城代に密告する者がいた。

危機

元治元年九月十六日、大島吉之助は、鹿児島にいる大久保一蔵《おおくぼいちぞう》（利通《としみち》）への書状に、勝安房（麟太郎）と面談し、今後の政局につき、きわめて重要な示唆をうけたことを、くわしく報告した。

吉之助は勝と会った結果、長州を征伐し、その勢力を潰滅《かいめつ》させる方針を捨てる決心を固めるようになっていた。たとえ久光の意向がどのようであろうとも、日本の二大雄藩である薩摩と長州が、協力して西欧勢力に対抗すべきであるという、ひろい視野を持つに至ったのである。

彼は書中に、勝安房の印象を記した。

「勝氏へはじめて面会つかまつり候《そうろう》ところ、実におどろきいり候人物にて、最初は打ち叩《たた》く（やっつける）つもりにて差し越し候ところ、頓《とん》と頭を下げ申し候。どれだけか智略《ちりゃく》のあるやら知れぬ塩梅《あんばい》に見受け申し候。まず英雄肌合《はだあい》の人にて、佐久間（象山）より事の出来候儀は、一層も越え候《そうら》わん。

学問と見識においては、佐久間抜群のことにござ候えども、現時にのぞみ候ては、この勝先生と、ひどくほれ申し候」

吉之助は、薩摩藩の軍備を強化し、洋式兵器、軍艦を購入するため、藩の蒸気船で、国産の砂糖、唐薬種《からやくしゅ》、煙草《たばこ》、鰹節《かつおぶし》などを大坂へ運び、銅、生糸などを仕入れてはどうかという。

「今月、来月が生糸売りだしの最盛期で、値段もよほど下がるので、思いきって買いしめたい。十万両ほども買うため、私自身で出かけ、取引をするつもりだ。攘夷《じょうい》激派から天誅《てんちゅう》をこうむるか、幕府の刺客に襲われるか知れないが、なんにしてもたいした相手ではないので、これだけはのるかそるかの仕事をやりたい」

薩摩藩は薩英戦争ののち、イギリスと接近し、長崎在住の同国商人グラバーのもとにいる五代才助《ごだいさいすけ》（友厚《ともあつ》）を通じ、軍艦、武器の購入を急いでいた。

五代は元治元年五月、藩主島津忠義《しまづただよし》のもとへ、厖大《ぼうだい》な上申書を提出した。

薩摩藩が富国強兵を実行するためには、国内交易ばかりでなく、上海貿易をすべきであると、彼は説いた。

薩英戦争以来、莫大《ばくだい》な出費がつづいているので、琉球《りゅうきゅう》へ運送すると称し、蒸気船に米四千石を八千両で大坂米市場より買いいれ、上海で売れば、一万一千両ほどの利潤が出る。

ほかに茶、絹糸、椎茸《しいたけ》、昆布、御種人参《おたねにんじん》、鶏冠草《けいかんそう》、白炭、杉板、松板、棕梠皮《しゅろがわ》、煎海鼠《いりこ》、干し鮑《あわび》、干し貝、干し海老《えび》などを上海へ直輸出すれば、大幅な利益があがる。

また、砂糖の製法についても「近来西洋諸国にて砂糖製法蒸気機械あいひらけ、広大の利潤を得候由」と外国の事情を知らせている。

さらに英仏両国へ留学生十六人、通訳一人を赴かせ、軍務、地理、風俗を研究させ、農業耕作機械、台場、築城の技術を学ばせる。

貿易品の集荷は、五、六隻の蒸気船で順序をさだめ、休みなく運送させ、海外へ輸出する。

吉之助は、このような五代才助の国策論に着目し、早急に実行しようと考えていた。勝安房の指示によって、富国強兵の考えに、さらに刺戟《しげき》をうけたのであった。

蛤御門の変の際、長州藩の戦死者のうちに、イギリス製の最新式七連発小銃を持っていた者が、幾人かいた。外科医者の屍体《したい》は、外国製の手術道具をたずさえていた。

攘夷を実行した長州藩でさえ、外国商人からひそかに武器、機械を購入している。上海から密貿易をおこなう商人が、続々と海を渡ってきていた。

龍馬の故郷では、時勢に逆行して山内容堂の土佐勤王党弾圧がつづいていた。

勤王党同志のうちには、長州諸隊の忠勇隊と称する諸藩脱走浪人で編制された部隊に参加した者が、数多くいた。

彼らのある者は戦死し、長州へ逃れた者もいた。中岡慎太郎《なかおかしんたろう》も、長州へ落ちのびた一人であった。

武市半平太ら勤王党の同志らが、吉田東洋《よしだとうよう》（元吉《もときち》）暗殺の主謀者として投獄されてから八カ月を経た、元治元年五月、本格的な訊問《じんもん》が開始された。

半平太は牢番《ろうばん》を通じ、藩内の同志に藩庁が勤王党の残存勢力を一掃する方針であることを告げ、それぞれの善処を求めた。

土佐七郡の同志は、城下小高坂《こだかさ》に代表者が集まり、協議のうえで、まず土佐、吾川《あがわ》、香我美《かがみ》、長岡《ながおか》、高岡《たかおか》の五郡代表二十九人が、藩庁に弾圧撤回を要求する建白書を提出する、示威行動を試みた。

だが、何の効果もなかった。

城下から遠く離れた安芸《あき》郡、幡多《はた》郡の同志は暴力をもって決起し、藩庁を威圧しようとしたが、幡多郡が同調しなかったので、安芸郡だけが単独で決起した。

安芸郡田野浦《たのうら》の郷士《ごうし》清岡道之助《きよおかみちのすけ》は、同志二十二人とともに、阿波藩との国境に近い野根山岩佐関所《のねやまいわさ》を占領し、そこに拠《よ》って藩庁へ建白書をさしだすことにした。

野根山は標高九百八十三メートル、当時は群狼《ぐんろう》が棲息《せいそく》しているといわれ、麓《ふもと》の野根村から頂上まで十余里の坂道がつづき、猟師も近づくことのない深山である。

清岡道之助らは、七月二十六日の夜、各自武装して野根山へむかい、岩佐関所に集合した。

彼らは銃器弾薬刀槍《とうそう》を携行していた。

安芸郡の郡奉行《こおりぶぎょう》仙石弥次馬と中山又助は、手先に清岡らの動静を昼夜うかがわせていたが、勤王党の同志たちが軍装をして野根山へむかい、岩佐関所を占領したのち、藩庁へ建白書をさしだしたことを知ると、その状況をただちに藩庁に注進した。

郡奉行配下の役人が岩佐関所へ出向き、屯集した道之助らに命じた。

「こげな山中に、武器弾薬をたずさえ、たてこもり、藩内六郡の同志を誘って騒動をおこすつもりながか。藩庁へさしだした建白書には、どげなことを書いちょったがぞ。こげなおだやかでない事態を放っておくわけにゃあいかん。まずは、それぞれ帰宅いたし、謹慎しちょれ」

道之助は傲然《ごうぜん》として、奉行所役人を相手にしなかった。

「こげな山中で、藪蚊《やぶか》にくわれよってもしょうこともないがのう。藩庁がやりかたを変えんかぎりは、あとへは引けんがよ。俺らあは皆、死ぬる気でおるがじゃき、お前《ま》さんらあは、黙って去《い》にや。去なんと、どげなことがおこるか分からん
ぜよ」

役人たちは、威嚇《いかく》され、ひとたまりもなく逃げ帰った。

高知城下郭中《かちゅう》の上士《じょうし》らは、勤王党が大暴動をおこしかねない情勢になったと
見て、血相を変え、抜き身の槍《やり》を提げ、甲冑《かっちゅう》をつけ、東西に走りまわり、追手
門内、二之丸に駆け登り、狂ったように警備を急いだ。

彼らは藩庁の下命を待たず、隊伍《たいご》をつくり、郭内を巡察し、勤王党の乱入にそ
なえた。

藩庁の大監察は小笠原唯八《おがさわらただはち》、高屋友右衛門、後藤象二郎《ごとうしょうじろう》、麻田楠馬《あさだくすま》、間《はざま》忠蔵、
寺村勝之進、乾退助《いぬいたいすけ》（のちの板垣《いたがき》退助）の七人である。

小笠原は、容堂側近で、土佐勤王党弾圧にもっとも苛酷《かこく》な方針をとる人物であ
った。

乾退助は、三百石馬廻《うままわり》格《かく》の上士で、武市ら郷士、庄屋《しょうや》を集めた土佐勤王党に、
きわめてつよい反感を持ち、その撲滅を主張している。

勤王党によって暗殺された吉田東洋の義理の甥《おい》、後藤象二郎は、乾退助の朋友《ほうゆう》
で、半平太らにとってもっとも警戒すべき敵であった。

龍馬より三歳年下であるが、奸智《かんち》にたけている。彼は訊問に際し、「屛風囲《びょうぶがこい》」と称し、屛風のなかで半平太と懇談し、大監察の立場をとらず、同情するかのような姿勢を見せる。

半平太を油断させておいて、重要な言質《げんち》をとろうとする手段である。

半平太は、元治元年五月二十五日付で、獄吏を通じ家族へもたらした書状に、つぎのように内心をしるしている。

「京都のことは宮様（中川宮朝彦親王《なかがわのみやあさひこ》）はじめ、上々様（三条実美《さんじようさねとみ》以下の公卿《くぎよう》）へお目通りしたことを詮議《せんぎ》するつもりでしょう。

ほかに詮議することはなかろうと思います。しかし、いまの世のことであるので、どのような無実の事の詮議があるかも知れない。

このあいだも申しあげた通り、首を斬《き》るか、腹を切らすか、追放にするか、この三つのいずれかの刑をうけると思っています。

どのようになっても、いつも申しあげている通り、天地に恥じるところは、すこしもない」

獄中にいる半平太らに対する訊問が、急にきびしくなったのは、元治元年四月、京都から岡田以蔵《おかだいぞう》が檻送《かんそう》されてきてからのことである。

京都で「人斬り以蔵」と怖《おそ》れられた彼は、文久三年二月、土佐藩を脱藩したのち、京都長州藩邸に寄寓《きぐう》し、高杉晋作《たかすぎしんさく》に養われたこともあった。

龍馬は以蔵をかばい、海軍塾に寄食させ、勝麟太郎の護衛をつとめさせた。

だが、剣法に頼り、粗暴な行動をとる以蔵は、しだいにすさんだ生活を送るようになり、同志から見捨てられた末、悪事をはたらいたかどで、京都町奉行の手に捕えられ、無宿者鉄蔵として入墨《いれずみ》をされ、洛外《らくがい》に追放された。

土佐藩では、追放された以蔵を、二条通り紙屋川《かみやがわ》の土手で捕え、国許《くにもと》へ囚人として送った。

現在入獄している同志たちが、すさまじい拷問に耐え、罪状をたしかめる証拠を与えまいとしているのに、志士としての節操も失ってしまった以蔵が、いためつけられると、すべての秘密を自白するだろうと、半平太は心配していた。

半平太は元治元年六月十五日付の家族あての書状に、つぎのように記した。

「さて、きのうは岡田以蔵がでておった。きのう船が着いたものか。

それから下《しも》（山田町《やまだまち》牢）へいたようすにて候。おおかた下の牢へ入ったことであろうと思い候。

きのう、北うらから戻りに、以蔵がおるところをのぞいてみたけんど、見えざったよ。

まことにあのような阿呆《あほう》は、はやく死んでくれればよけれど、あま〱御国へもどり、まことにいいようもなきやつ。

さぞや〳〵親がなげくろうとおもい候。きのうも、牢番らあと、長州でどうやら、吉村《よしむら》虎太（虎太郎《とらたろう》）がどうやらなどと、大声ではなしをしよった」

このように、獄中の半平太らが窮地に陥る現状を、座視できない清岡道之助ら二十三人の同志は、藩庁へ送った建白書の末尾に、彼らの覚悟を明確に記していた。

「私ども決心をなし、ここに屯集まかりあり候あいだ、もしそれなりの罪名もこれあり候わば、後日にいかようとも仰せつけられるべく候。以上」

清岡は野根山に入るまえ、同志川島総次《かわしまそうじ》に、阿波藩の事情を調べさせていた。

「阿波牟岐浦《むぎうら》の郡奉行は、勤王の志厚いと聞いちょる。もし岩佐関所へ討手が押し寄せてきたときは、阿波から大坂へ出て、さらに長州へ走らにゃあいかん。お前《ま》んは、阿波の藩情をように、詮議してきとうせ」

川島は十日あまり阿波に出向いたが、表情は暗かった。

「阿波はひとっつも頼りにゃあならん。二十三人も、槍鉄砲を持って通行してみいや、引っ捕えて土佐へ送り返すといいよったぜよ」

清岡は同志山本左右吉《やまもとそうきち》らに、岩佐関所から国境を脱出する間道を踏査させた。

山本は同志数人とともに、国境を越える間道が、幾つかあるのをたしかめてきた。

清岡はさらに大型帆船を雇い、安芸郡甲浦《かんのうら》に廻航《かいこう》させるよう手筈《てはず》をととのえた。そのうえで岩佐関所に屯集し、藩庁を威嚇したのである。

藩庁が強硬手段に出てくれば、岩佐より脱出し、大坂、京都から三田尻《みたじり》までむかうつもりである。

「土佐でせつくろしい（窮屈な）思いをこらえちょるよりも、長州でのびのびとはたらこうぜよ」

関所に集まった若者たちは、前途を楽観していた。

彼らのなかには、十六歳の木下慎之助《きのしたしんのすけ》がいた。彼は兄の嘉久次《かくじ》とともに、一挙に参加していた。

嘉久次は慎之助が岩佐関所にむかおうとしたとき、思いとどまるようすすめた。

「俺らあ兄弟がともに国事に殉じてしもうたら、祖先を祀《まつ》る者もおらんようになるぞ。おんしはあとに残れ」

だが、慎之助は承知しなかった。

「ふだんから兄さんと書を読んできたがじゃ。天下の憂いに先立ちて憂う者こそ、その学を生かさにゃあならん。俺も一人前じゃき、いったん血盟に加わっちょきながら、ひっとり生きながらえるつもりはありゃあせん。いっしょに連れていっとうせ」

嘉久次は、やむをえず慎之助と同行してきた。

藩庁では、大監察後藤象二郎が、朋輩のうち武断派の小笠原唯八、乾退助を説いた。

「京都では、長州藩兵が公儀の軍勢に負けて逃げ帰ったぞ。いまは区々たる議論にかかずらわるときではない。まず武断をもって藩内を統一すべきだ。野根山屯集の徒輩のごときは、一気に討ちすてよ」

藩庁はいきおいづいた。

野根山討伐のため、藩兵八百人が、物頭《ものがしら》に率いられ出発する。大監察小笠原唯八が、軍監として同行した。

七月二十八日、藩兵は野根村に迫った。

清岡道之助は、阿波へむかう間道が、まだ封鎖されていないことを、たしかめていた。

二十九日、藩兵の軍使が藩命を伝えた。

「そのほうどもが請願の趣旨は、藩庁においてご採用あいなることと決まったぞ。すみやかに山を下り、君命を奉ぜよ」

清岡らは、山を下りるのを拒んだ。

「われらは、ここにおって、ご沙汰《さた》を待ちよる」

まもなく藩兵たちが、発砲しながら、関門に迫ってきた。

清岡らは、藩兵と戦うつもりはないので、関所を出て、林のなかへ身を隠した。

藩兵が関所に入りこむのをたしかめたのち、間道から阿波藩領に入り、甲浦に出た。

木下嘉久次は、岩佐関所の番頭《ばんがしら》をつとめていたので、去るにあたり、つぎの一首をのこした。

国のため身のため千々《ちぢ》に思ふこと
　いはで別るる今日の悲しさ

清岡道之助は、土佐湾岸の加領郷《かりょうご》の浦に碇泊《ていはく》させていた廻船《かいせん》が、甲浦に廻航していると信じていたが、海岸に出てみても、船影はなかった。

地元の船頭はいった。

「このところ毎日風向きがわるいきに、室戸《むろと》からここらあへ廻《まわ》りこんでくるがは、どだい無理よのう」

「風向きがようなるがは、いつ頃《ごろ》じゃろうか」

「さあ、あと十日か、十五日か。荒れだしたら、なかなかやまらんきに」

清岡はやむをえず、海岸沿いに北上し、阿波海部《かいふ》郡宍喰浦《ししくいうら》に着いた。

浦役人は、清岡らを怖れつつも咎《とが》めた。

「貴殿がたは、どこから参られた。鉄砲、槍を持っての通行は、許されませんぞ」

志士らはやむをえず、小銃、槍を役人に渡し、さらに進んで牟岐浦に着いた。

牟岐には郡奉行所がある。役人があらわれ、清岡らに告げた。

「貴殿らが通行されるのは、藩の禁制に触れるゆえ、しばらく滞在なされ、藩庁の指図を待たれよ」

清岡は懇願した。

「われらは、土佐を脱藩し、畿内《きない》へ参る所存なれば、ただちにこの地を立ち去りまするゆえ、なにとぞお見逃し下されたい」

だが、地元の寺院に滞在させられ、藩庁の指示をうけた宍喰浦大庄屋らが、心をあらため、帰国するよう、すすめるばかりである。

阿波藩では、清岡たちに領内を通過させては、幕府の譴責《けんせき》をうけることになるのを、怖れているのである。

清岡たちは一ヵ月余を牟岐浦で過ごし、九月三日から四日にかけ、小人数に分けられ、国境へ送り返された。

土佐藩の役人は、清岡たちを縛りあげ、安芸郡奉行所の獄舎に監禁した。

藩庁は、二十三士が兵器をたずさえたことは、藩主に抗する意思ありと認め、監察役場の吟味手続をはぶき、奈半利《なはり》河原で斬刑《ざんけい》に処すべきであるとした。

軍監小笠原唯八は、さすがに大勢の志士を処断するのをためらい、藩主の直書《じきしょ》を賜りたいと請願した。

つぎの直書が、小笠原のもとに届いた。

「郷士清岡道之助ら二十余人、徒党をむすび、兵器をたずさえ、野根山中に駆け集まり、事を構え強訴し、ついに自国を捨て、阿州路《あしゅうじ》へ逃亡いたす条、不届至極につき、その罪の吟味を待たず、東郡中において、すみやかに首を刎《は》ぬべきものなり」

残酷きわまりない内容は、容堂の側近が記したものである。

九月五日の朝、二十三人の志士は、奈半利河原に幕を張りめぐらした囲《かこい》のなかへ、追いこまれた。

清岡道之助は、大音声《だいおんじょう》で同志をはげました。

「ことすでにここに至った。すべては天命なり、また何をかいわんや。諸君は従容《しょうよう》として刀をうけ、志士の本分を汚すことなかれ」

同志たちは、声をふるって応じた。

「そげなことは分かっちゅう」

「よろこんで、護国の鬼となろうぜよ」

最期の酒食が、河原で供された。

木下嘉久次、慎之助兄弟の辞世は、つぎの通りであった。

死ぬる身も何か恨みん尸《かばね》むす
草に花咲く時もあるべし
嘉久次

数ならぬ身のなる果ては惜しからず
世のため君のためと思へば
慎之助

龍馬はこの頃、神戸海軍塾にいて、勝安房の股肱《ここう》として、せわしく各地を往来していた。

九月十二日、五百トンほどのフランス船一隻が大坂のほうからあらわれ、兵庫港に入港した。

麟太郎は操練所の浜に出て、船を眺め、龍馬にいった。

「あの煙じゃ、蒸気釜《じょうきがま》にひびが入ったんだろう」

「軍艦ではないですろう」

「うむ、甲板に後装砲を一挺《ちょう》置いているが、商船だよ。こっちへ挨拶《あいさつ》にくるだろう」

午後になって、船長が数人の士官を連れ、操練所へ挨拶にきた。

麟太郎は流暢《りゅうちょう》なオランダ語で、船長と話した。龍馬は、麟太郎がヨーロッパ人と話すときの、小柄な体に精気をみなぎらせ、堂々と応対する、歯切れのいい口調が好きであった。

――俺もオランダ語かイギリス語が分かっちょったら、先生のようにヨーロッパ人と口をききたいもんじゃ――

フランス船長と士官たちは、麟太郎の部屋でシャンパンをふるまわれ、半刻《はんとき》（一時間）ほど過ごしたのち、鷗《かもめ》の舞う砂浜から、バッテイラで沖合の蒸気船に戻っていった。

「先生、あれらあは何をいいよったがですか」

「うむ、あの船はキンソン号で、船長タライヘスのいうには、今月朔日《ついたち》に長崎を出帆し、横浜へいった。いま長崎へ戻る途中だが、遠州灘《えんしゅうなだ》で嵐《あらし》にもまれ、石炭、食物が減っちまった。それに蒸気釜に損所ができたので、操練所のドックで修復してもらいたいというんだ。うちのドックは、まだできあがっていねえからだめだとことわると、石炭六万斤、食糧を求める。たやすく応じると、こののち幾度でもきやがるから、前例をつくっちゃいけねえんだ。近頃フランス公使のロッシュは、小栗忠順《おぐりただまさ》、栗本瀬兵衛らと仲がいいから、用心しなきゃならない」

フランスは、横浜における全貿易額では、イギリスの十分の一にも及ばない貧弱な実績しか持っていなかった。

だが、ナポレオン三世のボナパルティズム政権のもと、フランス政財界ではきわめて積極的な対日政策が推進されるようになった。

幕閣首脳たちは、ロッシュによって、フランスとの親善をふかめ、幕府戦力を増強する方針を進めていた。

小栗、栗本ら幕府武断派はいう。

「イギリスは国内で増産されつつある工業製品の市場を、世界のあらゆる地域にも確保し、その収益保護のために圧倒的な武力を用いることも辞さない。アヘン戦争は、その例である。アメリカはイギリスと同じ人種で、同一傾向を持つ国である。ロシアは絶えず南方の不凍港のある領土を狙《ねら》い、侵略の機をうかがっている。

フランスは豊沃《ほうよく》な国土を有し、貿易立国の実をあげている。工業産物を大量につくりだし、芸術、科学とならび、軍事においても強大な実力をそなえている。

弱小国家侵略の意図を持っていない」

　幕府は、横浜に常時千四百人の陸兵を駐屯させるキャンプを置いているイギリスに、つよい疑惑を抱いていた。

　ロッシュは、幕府に対し誠意をあらわすために、カノン砲、弾丸などを、それまでイギリス商人らが暴利をむさぼっていた価格の、十分の一という、原価で売りこんでいた。

　麟太郎は午後のうちに、龍馬、沢村惣之丞《さわむらそうのじょう》、千屋寅之助《ちやとらのすけ》を伴い、キンソン号へ出向いた。

　船長は、乗組員の上陸など、いろいろ申し出たが、麟太郎はそのおおかたを断り、石炭、食糧、水の供給のみを承知した。

　タライヘスという船長は、不快を顔にあらわしたが、麟太郎はいった。

「兵庫港に長く滞船しておられては、不測の椿事《ちんじ》がおこりかねません。いつ出帆されますか」

　船長は答えた。

「明後日のうちには、立ち去りましょう」

　麟太郎たちは、テーブルに並べられた酒食に手もつけず、キンソン号を離れた。

　麟太郎は、龍馬たちにいった。

「あの船長は長崎奉行に、勝という軍艦奉行は、フランス船の面倒を見ようとしない不都合な奴《やつ》だというだろう。しかし、フランス人は兵庫港に出入りすることをきわめてつよく望んでいる。そのうちに、きっといいだしてくるだろう。

いま、大坂与力《よりき》二人と同心《どうしん》四人が港の警固にあたっているが、もし国家転覆を企てる暴徒らが、異国船の長く碇泊しているのを見て、にわかに斬りこみ、異人殺害などのことがおこれば、かならず戦闘がおこり、占領されかねない。

兵庫は山陽道《さんようどう》を往来する人が、昼夜とぎれることもない。不測の変がいつおこってもふしぎではないよ。なんとか警固の処置をとらねば、どんな災いがおこるか分からねえ」

幕府の征長軍議は、いっこうに進展せず、総督徳川慶勝《とくがわよしかつ》は、ようやく入京したが、大坂に下ろうとしない。

将軍家茂《いえもち》は、親征をいうのみで、まだ江戸を進発していなかった。

十月七日、尾張前大納言慶勝は、宿所の知恩院《ちおんいん》に、先手の下命をうけた諸侯と重臣、留守居役を招き、家老成瀬隼人正正肥《なるせはやとのかみまさみつ》に接待させ、饗宴《きょうえん》をひらいた。

その午後、肥後、土佐、久留米《くるめ》、安芸、彦根《ひこね》、津《つ》、伊予松山《いよまつやま》、小倉《こくら》、小田原《おだわら》、忍《おし》、宇和島《うわじま》、桑名《くわな》藩の有志が、会津藩手代木直右衛門《てしろきなおえもん》の寓居に会同し、つぎの議決をおこなった。

「将軍家進発はともかく、尾州老侯が征長総督として、大坂にいまだ下らぬのはなにゆえであるか。

ようやく冬にむかい、戦場におもむく士卒の進退は不便になるばかりである。急ぎ開戦の準備をせよ。

天下人心の向背は、この一挙にある。この機をむなしく逸すれば、幕府の威権は地に堕《お》ち、列藩割拠のいきおいをきたすであろう。まったく、不測の変を生ずるか知れない非常のときである」

徳川慶勝は、家臣からこの警告を知らされ、ついに十月十五日、大坂に下った。

江戸の幕閣では、上方《かみがた》の緊迫した情勢を知らず、将軍進発をひかえていた。老中たちはいう。

「将軍が進発しても、諸藩の向背はまだ分からぬであろう。しばらく諸藩を促し、その兵を出させ、そののちおもむろに将軍が出るにしかず」

幕府は十月九日、諸大名に、征長総督の指揮下に入るよう令を発し、副将松平越前守《えちぜんのかみ》は九州に下向し、西国諸藩兵を動員して、長州を攻めさせることとした。

十月十二日、正副総督は参内し、出征の御暇《おいとまご》乞いを言上《ごんじょう》した。

十四日には大目付永井主水正《ながいもんどのかみ》、目付戸川鉡三郎《とがわばんざぶろう》が広島におもむき、征伐の令を長州藩主に伝えた。

十月十八日、総督は諸藩重役を大坂城に集め、軍議をひらいたが、麟太郎は召集されなかった。

その日の明けがた、尾張慶勝の使者が神戸生田《いくた》の麟太郎の屋敷をおとずれた。

「目付、戸川鉡三郎殿を、二十二日までに広島へさしつかわされるにつき、ぜひとも観光丸に乗船取扱い、出帆取りはからわれたし」

麟太郎は答えた。

「当地には、観光丸のほかに御軍艦はありませぬ。実に無理なること、言語に絶する有様です」

しかし、使者はひきさがらない。

「これは征長総督のご命令なれば、是非にも出帆なし下されよ」

「観光丸は江戸、兵庫、九州の間を往来し、なにぶん船齢をかさねしゆえ、諸所大破いたしおりますれども、内海の御用はよんどころなき事情なれば、承ります る」

まもなく、軍監目付三人が、軍艦拝借の許しを得たので、乗艦を仕立てよといってきたが、どうすることもできない。ただ一隻の故障した観光丸に応急修理をほどこし、戸川と軍監らを広島へ至急送りとどけることになった。

十月十九日、観光丸で大坂にむかい、戸川を乗船させようとすると、本人は他の船ですでに出発していた。龍馬たちは怒った。

「なんつや。話がちがうぜよ。なにをいいよるか、分からんじゃいか」

麟太郎は翌朝、登城して永井主水正に会い、事情を告げた。

「お指図がつぎつぎと変改するので、観光丸乗組みの者どもが、怒っています。内海運航の御用は幾度でもできますが、外海は大破した船体で御用に立ちかねるゆえ、その旨ご承知置き下されたい」

軍監目付三人を乗せてゆく観光丸は、小倉までは航行できるが、外海の萩へゆくのは無理であった。

麟太郎は三人のために、萩へむかう薩摩藩蒸気船への便乗を、吉井幸輔へ書状で頼んでやった。

大坂は、出陣支度をする諸藩兵で大混雑であった。

長州藩の四境に迫っているのは、筑前《ちくぜん》福岡藩一万五千人、阿波徳島藩一万二千人、因州藩一万三千人、熊本、芸州藩各一万人など、総計十五万の大軍であった。

十月二十一日、麟太郎は観光丸で神戸へ帰った。翌二十二日、大坂城代より達しが届いた。

「江戸表にて御用これあり候あいだ、早々帰府いたすべし」

麟太郎は、つめたく笑った。

「やっぱりきたか。俺が神戸で海局をつくれば、邪魔だろうからな。ロッシュと組んで、なんでもやれるつもりだぜ」

「海軍塾と操練所は、どうなるがですろう」

「操練所はなんとか続くだろうが、海軍塾は俺がいなくなったら、すぐ取り潰《つぶ》されるだろう」

海軍塾に籍を置く者は、およそ六十余人であった。浪人、脱藩者と諸藩士をふくめた、壮漢が集まっている。

操練所には、幕府旗本の子弟のほか、西国諸藩の家中のうち、有能な青年百余名を収容していた。

海軍塾に集まっていた壮士は、麟太郎の庇護《ひご》のもとで命をつないできた。麟太郎がいなくなれば、彼らの身は幕吏の好餌《こうじ》となり、危険にさらされる。

龍馬は聞いた。

「先生、また神戸へ戻《も》んてこられますか」

「そいつは分からねえ。江戸に御用などあるわけがねえからな。しばらく日を置いて軍艦奉行を免ぜられ、閉居しているうちにある日突然呼びだされて、腹を切らされるかも知れぬ」

「何の科《とが》もない先生に、そげな処置ができますろうか」

「幕府じゃ気にいらねえ者を、虫のようにひねりつぶすことぐらいは、別段めずらしいことじゃねえのさ。それより、俺がいなくなったあとの、お前たちの身のふりかたのほうが気がかりだ。いまのままじゃ、お前らは皆捕えられて国許へ送り返され、打ち首になるさ。土州ではこのあいだ、勤王党の連中が二十三人も無駄死にしちまったっていうじゃないか。俺より、若いお前らのほうが、生き残ってはたらかねばならねえ。俺は、こんな日がやってくると、まえから考えていたんだ。これを見ろ」

麟太郎は畳をあげると、壁の隙間《すきま》から鬱金《うこん》色の細長い木綿袋を、重たげにひきずりだした。

「俺はなあ、御家人《ごけにん》の倅《せがれ》だが、ひい祖父《じじい》は金貸しだったから、金を貯《た》める手際が元からいいんだ。こうなったときに、さしあたっているのは金だ。お前たちにこれを分けてやろう。一人あたり十二、三両はある。これだけあれば、ふた月やそこらは潜居するに不自由はない」

「先生、そげに俺らあのことを思うてくれちょりましたか」

龍馬が太い指で、眼頭《めがしら》をおさえる。

「おぬしと、千屋、新宮《しんぐう》、高松、近藤、沢村の六人は、薩藩大坂屋敷へ俺の書状を持って走りこめ。西郷吉之助が、かならずかくまってくれるからな。添え状は今夜のうちに書いておいてやる。龍馬は金蔵寺にいるおりょうの面倒も、西郷に見てもらえ。俺がちゃんと頼んでおいてやるからな」

「先生、ご恩は生涯忘れません」

「俺もその通りです」

「俺もじゃ」

龍馬たちは歯をくいしばり、嗚咽《おえつ》をおさえた。

この先、どのような運命が待ちうけているか分からない。師弟の生涯の別れになるかも知れなかった。

麟太郎も、手拭《てぬぐ》いで涙を拭いつついった。

「お前らは部屋へ引き取り、身の回りの支度をしておけ。明日は朝から大坂へ廻船でゆくからな。これからほかの奴らにも餞別《せんべつ》をやり、身のふりかたを教えなきゃならねえから、早く出ていきな」

龍馬は麟太郎の使者として、薩摩藩大坂蔵屋敷をしばしば訪れ、顔見知りの藩士も多い。薩摩藩士は、足しげく麟太郎をたずねてきたので、森真兵衛、中原猶《なかはらゆう》介《すけ》、吉井幸輔、中村半次郎ら、龍馬ととりわけ懇意な者もいた。

薩摩藩蔵屋敷は、江戸堀《えどぼり》二丁目、土佐堀《とさぼり》二丁目、立売堀高橋《いたちぼりたかはし》南詰東にある。いずれも広大な敷地に、土蔵と屋敷が軒をつらねている。

翌日、五つ（午前八時）頃、龍馬たちは手回りの品をいれた大つづらを背負い、麟太郎に従い、大坂ゆきの廻船に乗った。

すし詰めの客を乗せた廻船は、西風を帆にはらみ、海上を滑るように走ってゆく。龍馬たちは麟太郎をかこみ、艫屋形《ともやかた》で別盃《べっぱい》を交わした。麟太郎は酒を飲めないので、茶を飲んでいる。

龍馬はいった。

「先生は向こう意気がつよいけに、つい人を怒らせるようなことをいわれますけんど、幕府の風向きが変わったいまは、用心してものをいうて下さい」

麟太郎は笑った。

「分かってるよ。俺だって命が惜しいからな。お前らのことは、薩州家老の小松《こまつ》帯刀《たてわき》殿に表むきは頼んでいるが、ほんとうに世話をしてくれるのは、西郷さ。

薩摩人はお前らを大事に扱うさ。なにしろ、あいつらがいま、一人でも多く欲しがっている蒸気船運航をこころえた人材なんだから、粗末にするはずがねえ。それより、どこで暮らしていても、時勢に遅れないようにこころがけることだ。いいか、うまく生きのびれば、また会えることもあるんだ。そのときを楽しみにしていようじゃないか」

天保山から安治川口へ船が入ってゆくと、麟太郎は龍馬たち、ひとりひとりの手を力いっぱい握りしめた。

専称寺で征長総督の使者を待つという麟太郎についていようとすると、追いはらわれた。

「お前らの行先は、土佐堀屋敷だ。俺は明日には江戸へむけ出立《しゅったつ》するんだから、こんなところにぐずついていねえほうがいい」

龍馬たちは、縁先に立って見送る麟太郎をふりかえりながら、専称寺の門を出た。

龍馬は沢村、千屋らをふりかえっていう。

「俺は、薩藩屋敷じゃ、顔がきくきに、黙ってついてきいや」

龍馬はいつもの通り、絹の上衣に黒羽二重《くろはぶたえ》の羽織をかさね、仙台平《せんだいひら》の折目立った袴《はかま》をつけ、高下駄《たかげた》を鳴らして歩いていた。

どこから見てもいなか者には見えない垢抜《あかぬ》けたいでたちであるが、胸もとをはだけるのを好むので、だらしなく見える。

大坂市中には、長吏《ちょうり》と呼ばれる町奉行所下役が、いたるところで目を光らせ、京都から出張してきた新選組隊士が、橋際の町会所で警戒にあたっているというが、龍馬は近眼の眼差《まなざ》しを宙にさまよわせ、悠然と胸を張って歩いてゆく。

龍馬は懐中から眼鏡《めがね》をとりだしてかける。ぼやけていた周りの景色が、薄闇《うすやみ》から浮きだしてくるように、はっきりと見えた。

龍馬は並んで歩いている沢村惣之丞に、肩をかるく打ちあてる。

「ああいうがが、奉行所の下っ引よ。ように見ちょきや。こっちをうかがいゆうような眼つきやろう。あんな眼つきの男に、すんぐに気づくようでないといかんぜよ」

龍馬は道端の低い石垣にもたれ、煙管《きせる》で煙草をくゆらせている、職人風の男を顎《あご》で示した。

「そら、あこの塀際で仕事をしよる下駄直し、そのまえにしゃがんじょる客も、おんなし連中よえ。なんちゃあじゃない素ぶりでこっちを見よるが、矢のように尖《とが》った眼じゃろうが」

惣之丞は感心した。

「なるほど、そういわれりゃお前《ま》さんのいう通りじゃのう。俺は、うかつなことに、まったく気づかんかったぜよ」

土佐堀藩邸の前まで、何事もなく歩いてきた。

新宮馬之助が、辺りにただようにおいをかぐ。

「やはりこの辺は、蔵屋敷じゃのう。五穀やら干し鰯《か》のにおいがしゆうぜよ」

丸に十の字の大提灯《おおぢょうちん》を吊《つ》るした門前に立った龍馬は、応対に出た門番に、麟太郎から小松帯刀にあてた書状を渡した。

「ちと、お待ちくいやんせ」

門番が奥に入る。しばらくすると、吉井幸輔があらわれた。

「龍馬どんか、ようきた。なかへ入れ。ほかの方々も、ご遠慮なく通ってくいやい」

表座敷へ通ると、大坂留守居役木場伝内《こばでんない》が迎えた。

「こや、珍客がきてくれ申《も》した。勝先生は、東帰されるとか、どげんなっちょるのか案じられるが、お前《は》んらはたしかに弊藩でお預かりいたし申そ。京都の小松、西郷に知らせ、お前んがたを、京都、大坂のいずれでお預かりいたすか決め申そ。お前んがたは蒸気船航海方として、はたらいてもらうことになり申んそ。そうなりゃ、大坂屋敷で、しばらくおってもらうこつになるじゃろうで。ここでゆっくりと身を休めてやったもんせ」

龍馬は礼を述べた。

「まっことありがたい仰せをいただき、感佩至極《かんぱいしごく》にございます。私どもは勝先生の素志をつらぬくため、日本の海局発展に力をつくしますき、何事なりともお指図のままにはたらきます」

麟太郎は、龍馬たちにいっていた。

「西郷はお前たちを決して粗略には扱わねえだろう。いまどき、どこの藩でも喉《のど》から手が出るほど欲しい、航海術を身につけた人材だ。きっと大事に扱ってくれるさ。なにか相談ごとがあるときは、江戸の俺のところへ便りをよこすがいい。腹を切らされねえで生きてりゃ、なんでも世話をしてやるからな」

龍馬たちは、昼間から酒食の饗応をうけた。

木場伝内、吉井幸輔ら薩摩藩士は、酒がつよい。

「俺《お》どま、芋焼酎《いもじょうちゅう》で育っちょい申す。上酒などは水のごときものごわす」

龍馬たちは、笑い声を湧《わ》きあがらせた。

「こりゃあ、心丈夫なことを聞かせてもろうた。ほんなら、俺らあも腰が抜けるばあ、飲んでもかまんですろうか」

「一切ご遠慮はご無用ごわす。腰が抜けりゃ、お長屋まで担いでいき申んそ」

よさこい節を、声が嗄《か》れるまで唄《うた》い、手拭《てのごい》踊りを踊りまくった龍馬たちは、宿舎にあてがわれた長屋に行った。

中間《ちゆうげん》が待っていて、告げる。

「夜具のお支度はととのえちょい申す。なんぞご用の向きがあれば、控え部屋においもんで、なんでんお申しつけ下され」

長屋は八畳間が四つつながっており、風呂《ふろ》の湯は終夜沸いている。

龍馬が風呂にゆくと、シャボンが置いてあった。

「薩摩はひらけた国のようじゃ。これを見てみい。シャボンを置いちゅう」

「藩の懐ぐあいは、土佐よりはかなりえいがじゃろう」

高松太郎がいった。

「この先は、どうなるろう」

「俺らあの運の良《よ》し悪《あ》しかえ」

「いん」

「そりゃあ、今日まで生きちゅうばあでも、拾いもんじゃ。明日のことは分かりゃあせん。西郷さんは勝先生と仲がえい。仁義に厚い人じゃきに、俺らあを悪うは扱わんじゃろう。けんど、何いうたち、俺らあは浪人じゃ。命を的にはたらかざったら、生きていけんこともあるろう。そげなときにゃあ、同志が頼りじゃ。同志が寄りおうて、おたがいの智恵を絞りあわにゃあいかん。俺らあ、薩摩の居候《いそうろう》じゃけんど、酒ばあ飲みよらんと、ひとかどのはたらきをせにゃ、いかん。えいとこをこじゃんと見せざったら、薩摩に見放されるろう。そうされるまえに、こっちから力を見せるがが上策じゃ」

龍馬の言葉に、五人の同志は眼を光らせ、うなずきあった。

その夜が更けてから、西郷吉之助が長屋へたずねてきた。

「今朝から大坂城で、諸藩の軍監が集まり、軍議が開かれておい申す。俺《おい》は出座いたし、いま戻り申した。明日から幾日かは、お城に詰めておらにゃならんと思い申す。ついては、おりょう殿のこつごわすが、明日にも金蔵寺へ出向き、引き取って、伏見の寺田屋《てらだや》に預けてくいやんせ。

ぐずついておるうちに、何ぞ手違いがおこれば、勝先生に申しわけが立ちもはん。寺田屋は薩藩御用の船宿で、おかみのお登勢《とせ》というのは、機転のきく才女で、おりょう殿を預けるに、格好の隠れがと思い申す。俺が添え状を書き申すゆえ、早速京都へ発《た》たれるがよかごわす」

「これは、いろいろとお心遣いのほど、かたじけのうございます。お言葉に従うて、明日出かけますき」

龍馬は吉之助の温情を感謝した。

幕府に探知されると紛議をおこすにちがいない、厄介な浪人たちをかくまい、懇切な配慮を惜しまない吉之助は、逆境に身を置く龍馬たちにふかく同情を寄せていた。

かつて久光から二度の遠島処分をうけ、死の瀬戸際まで追いやられた吉之助には、後楯《うしろだて》を失った龍馬たちの、薄氷を踏むような危うい立場が理解できる。

翌朝、龍馬は京都へむかう藩士数人とともに、薩摩藩の船印《ふなじるし》を舳《へさき》に立てた藩船で、伏見へむかった。

三十石船、猪牙舟《ちよきぶね》、団平船《だんぺいぶね》など大小さまざまの船が、棹《さお》を差し、水深の浅いところにさしかかると、土手から人足の曳《ひ》く綱で引かれ、ゆるやかに遡《さかのぼ》ってゆく。伏見と大坂のあいだを航行するのに、下りは半日、上りは一日がかりであった。

龍馬はそれまで、寺田屋の船に乗ったことが幾度もあった。

伏見の京橋《きようばし》に近い船着場のあたりには、川の東西にわかれ、四十数軒の船宿が軒を並べていた。

船宿は旅館ではなく、三十石船を利用する船客の待合所であった。寺田屋も二階にある部屋が、襖《ふすま》をあけると大広間になる。そこに伊勢参《いせまい》りの団体客などがあがって休憩する。

階下は床几《しようぎ》が置き並べられ、船待ちの客の休み場にあてられている。船荷の置き場も設けられ、入口から奥まで開けはなされていた。

伏見の船宿は、大坂の船宿と組んで商いをする。

寺田屋は、大坂天満《てんま》八軒家の、堺屋源兵衛という船宿と提携していた。

寺田屋の三十石船に乗った客は、八軒家の河岸《かし》にあがると、堺屋で休むのである。

船待ちの客は、船宿で弁当を食べ、酒や茶を飲んで時を過ごすので、客扱いのていねいな店が繁昌《はんじょう》した。

寺田屋のおかみお登勢は、龍馬より五歳年上の三十五歳であったが、商才に長じ、店は客がはいりきれないほど繁昌した。

当時、三十石船の船頭は六人ときまっていたが、お登勢は八人の船頭を使ったので、寺田屋の船は、他の船宿の船よりも早く大坂に着くため、人気があった。

船頭をふやせば、それだけ経費が高くつくが、寺田屋が出す三十石船は、夜明けまえに一艘《そう》、朝三艘、昼三艘、夜四、五艘と多く、どの船も満員なので、充分に採算がとれた。

大勢の客で、店が身動きもとれなくなるようなとき、機転のきくお登勢は臨時に船を出した。

客が雑踏するときは、店の表に長持《ながもち》を置き、そのなかへ茶代、心づけなどを投げこんでもらう繁昌ぶりである。

龍馬は、文久二年四月二十三日の夜におこった寺田屋騒動の噂《うわさ》は知っていた。

幕政改革のため、島津久光が千余人の薩摩藩兵を率い、上洛したとき、藩士の誠忠組《せいちゅうぐみ》激派の首領有馬新七《ありましんしち》が、同志数十人とともに暴発の計画をたてた。

彼らの挙兵計画は、幕府と親密な関白九条尚忠《くじょうひさただ》と、京都所司代酒井忠義《さかいただあき》を殺し、久光に迫って久光に討幕の勅命を仰がせるというものであった。

京都の長州藩邸にいた同志も参画し、久光に討幕の意思がないと分かると、有志のみの単独行動をとることになった。

この計画を知った久光が、奈良原喜八郎《ならはらきはちろう》（繁《しげる》）以下九人の薬丸自顕流《やくまるじげん》の遣い手を鎮撫使《ちんぶし》として、寺田屋へ派遣した。

奈良原らは有馬らに会い、暴発を思いとどまらせようとしたが、聞きいれられず、上意討ちをした。

有馬の同志田中謙助《たなかけんすけ》が、「事ここに及んだうえは、何ちゅてん聞かん」と断ったとたん、鎮撫使の道島五郎兵衛《みちじまごろべえ》が、「上意」と叫び、田中の眉間《みけん》に斬りこみ、田中は眼球が飛びだし倒れた。

鎮撫使山口金之進は、有馬の同志柴山愛次郎《しばやまあいじろう》のうしろに立っていたが、とっさに柴山の両肩に左右の袈裟《けさ》がけを打ちこむ。

柴山の首はV字型に斬りこまれ、前に飛んだ。

有馬新七は、とっさに刀を抜き、田中謙助を斬った道島と斬りあううち、刀が折れた。有馬は刀を捨て、道島に組みつき、壁に押しつけた。

傍《そば》に同志の橋口吉之丞がきた。二十歳の若者である。

有馬は吉之丞にむかい叫んだ。

「俺《おい》ごと刺せ、俺ごと刺せ」

吉之丞は夢中で大刀を突き刺す。刀身は有馬の背から道島の背まで貫き、二人は即死した。

短い時間のあいだに、志士は有馬新七ほか五人が即死し、三人が深手を負い、のちに切腹を命じられた。

鎮撫使は一人が即死、二人が深手、二人が浅手を負った。

このような悽惨《せいさん》な斬りあいのあいだ、お登勢は帳場に坐《すわ》ったまま、すべてを見届けた。

鎮撫使の首領奈良原喜八郎は、八十五歳まで長寿を保ち、男爵を授けられ、元老院議官、貴族院議員、錦鶏間祗候《きんけいのましこう》に任ぜられたが、後年に寺田屋騒動の思い出を語っていた。

「寺田屋お登勢はさすが女丈夫なだけに、かような大騒動のなかにすこしも驚きあわてず、しずかにハシリ元（流し元）に至り、灯《あか》りをつけてみるとなかなかの騒ぎ、急に三歳になる女子をかまどの中にかくし、騒ぎの終わるのを待ったという。実に剛胆な女であった」

龍馬はこのような逸話を、伏見へむかう藩船に同乗している藩士たちから、くわしく聞いた。

藩士のひとりは酒の酔いもてつだい、気がたかぶり涙をこぼしつついった。

「有馬どんら八人の遺骸《いがい》は、伏見の大黒寺《だいこくじ》に葬られたじゃっどん、上意討ちにおうた罪人じゃというて、法事もせん。寺田屋のおかみは、わが家の仏壇に八人の位牌《いはい》を置いて、大黒寺の院主を呼び、法事をやってくれ申した。家中のうち、心ある者は誘いおうて参列し申したんでごわす」

お登勢は、伏見の船着場で舟から曳きたてられてきた勤王志士が、喉の渇きをいやそうとして、道端の手水鉢《ちょうずばち》に口をつけようとしたとき、制止したことがあった。

「お侍さま、待っとくれやす。お水をお持ちしまっさかい」

彼女は大きな茶碗《ちゃわん》に清水をくみ、志士に飲ませた。

江戸送りになる重罪人にそのようなことをすれば、奉行所からどんな咎めが及ぶかも知れなかった。だが、お登勢はそんなときに黙ってはいられない性格であった。

「そげなひとのところへ預かってもらうとは、おりょうもしあわせ者《も》んじゃ」

龍馬は感動した。

「俺は事によっちゃあ日和見《ひよりみ》をしかねん男じゃき、わが身がしょう（かなり）はずかしいぜよ」

彼は瞼《まぶた》にたまった涙をかくすため、茶碗の酒をひといきにあおった。

龍馬の乗った薩摩の藩船が、伏見の船着場に着いたのは、四つ（午後十時）頃であった。同行した薩摩藩士たちは、口ぐちに誘った。

「俺《おい》どもは、伏見屋へ泊まり、明朝京都へ出向き申す。お前《は》んさあ京都までごいっしょにいっちくいやんせ。金蔵寺までお送りし申んそ。途中で不時のことがおこって、お前んさあの身に災いをうけるようなこつがおこれば、西郷《せご》どんに申しわけなかごわす」

龍馬は彼らの好意に礼をいうが、このままただちに金蔵寺へゆくつもりであった。

「貴公がたのご厚志は、まことにかたじけないがじゃけんど、ここから白川までは三里ばあの道のりですき、ほんのひと足でいけますらあ。ぼっちり（ちょうど）えいあんばいに雪もちらついて、おまけに北風が吹きゆう闇夜じゃきに、新選組やら見廻組《みまわりぐみ》の奴原《やつばら》も、うろついちゃあせんですろう。万一、出会うても、俺は足が速いき、くらがりにまぎれて逃げますらあ」

薩摩藩士たちは、磊落《らいらく》な龍馬に好意を抱いていた。

「お前んさあ、剣の腕が立つのは知っちょり申すが、船のなかでは浴びるほど酒を飲んだじゃごわはんか。今夜は弊藩の屋敷でゆっくり寝ていったもんせ」

龍馬は白い息を吐き、笑った。

「いや、ちっくと歩くのも、酔いざましにゃあえいですろう。じきに出ますき」

「よか嫁女《よめじょ》殿には早う会いたかろう。無理にはとめ申さん。そんなら、寺田屋のお登勢どんに引きあわしていき申そ」

藩士たちは、夜船を出す支度で男衆と客が雑踏している寺田屋の土間に入りこむ。

「お登勢どん、俺どま、いま着いたばっかりじゃ。今夜は西郷どんから頼まれた客をお連れした」

帳場の結界のなかに坐っている女が、行灯《あんどん》の明かりのなかで顔をあげた。眉《まゆ》をおとした薄化粧の女は、ととのった優しげな目鼻立ちである。

――これが度胸のすわった烈女と聞いちゅうおかみかえ。えらい別嬪《べっぴん》じゃ――

龍馬は、石のように踏みかためられた土間に立ち、お登勢と眼をあわせ、挨拶をした。

「俺はちくとわけがあって、本名はいえんがです。いまは西郷伊三郎《さいごういさぶろう》と名乗っちょります。何分よろしゅうお頼み申します」

龍馬は深く頭を下げ、懐中から西郷吉之助の添え状をとりだし、お登勢に渡した。

吉之助は十月八日、側役に昇進したのを機に、大島と名乗るのをやめ、西郷姓に戻っていた。

お登勢は低い声で添え状を読みおえると、一言返事をした。

「万端、よう承知してござりまっさかい、嫁御は私方で娘分としてお預かりさせていただきます。いつでも、お連れしておいでなはっとくれやす」

龍馬は眼頭がうるみ、鼻をこすった。

乙女《おとめ》とおなじ年頃に見えるお登勢の、幕吏に眼をつけられる危険を覚悟の一言に、感動したのである。

「たまるか、おおきに。一生恩にきますぜよ」

龍馬が飛び立つような思いで、金蔵寺へ向かおうとすると、薩摩藩士たちがとめた。

「いったんうちの屋敷に入って、裏門から出たほうがよかごあんそ。河岸のあたりにゃ、伏見奉行所の下役どもがうろついちょい申す。まっすぐゆくのは危なか」

龍馬は薩藩伏見藩邸に入り、裏門から外へ出た。

送ってきた藩士たちが、声をひそめていう。

「用心していっちくいやんせ。奉行所の犬は、どこに隠れちょるか分かいもはんぞ」

龍馬は会釈して、裏通りに出た。

傍の軒下の闇に、しばらく身を隠し、様子をうかがう。くらがりのなかに、何の気配もなかった。

龍馬は懐からとりだした真綿を首に巻き、塗笠《ぬりがさ》にあたる雪片の音を聞きながら、大股《おおまた》に歩みはじめた。

人通りのない寺町のなかを抜け、稲の切株の残った田圃《たんぼ》のなかを横切り、藤森神社の脇《わき》から伏見街道に入った。

街道を北へ向かうと、両脇に寺がつらなる。野犬の啼《な》き声だけが遠近《おちこち》に聞こえた。夜が更けて、街道を通行するのは、公用で早駕籠《はやかご》を使う武士だけである。駕籠脇に数人の護衛がついているのは、世情が不穏なためであった。ひとりで歩いていれば、いつ辻斬《つじぎ》りに襲われるか知れない。

群れをなして、強盗をはたらく浪人たちもいる。石割り強盗といって、縄で縛った大石を軒下に吊るし、反動をつけて扉に打ちつけて毀《こわ》し、強引に押し込みをはたらくのである。

町家でも、非常にそなえ、半鐘、竹法螺《たけぼら》などを用意しておき、強盗が襲ってきたときは、騒ぎたてて追い払う。

龍馬は危険に満ちた街道を、恐れることもなく歩いてゆく。

――不意を食ろうたときは、なんとかするぜよ。そうたやすうはやられやせん――

充分に寝刃《ねたば》をあわせている腰間の忠広は、薄紙一枚をたやすく両断するほどの斬れ味である。

鍛え抜いた龍馬の手足は、思うように動く。向かいから夜鳴きそばの提灯が、揺れながら近づいてきた。

龍馬は傍の寺の塀からさしだしている、太い木の枝に手をかけ、塀によじのぼり、瓦《かわら》に腰をかけ、様子を見る。

夜鳴きそばの屋台が前にきた。龍馬は木蔭《こかげ》に身をかくした。屋台は、わだちをきしませつつ、遠ざかってゆく。

もうよかろうと、道へ下りかけたとき、いきなり顔にガンドウ提灯の眩《まぶ》しい光《こう》芒《ぼう》を浴びた。

筒形の真鍮《しんちゆう》製《せい》反射板のなかに蠟燭《ろうそく》を置いたガンドウ提灯の光は、つよく闇をつらぬく。龍馬は土塀のうちへ飛び下りる。

「怪しい奴だ、待て」

人影が塀を乗り越え、追ってきた。七、八人か、思いがけないほどの人数である。

龍馬は宙を飛んで走る。足もとに棒を投げられたが、よろめくこともなく墓地へ駆けこむ。

二度、三度、棒が風を切って飛んできたが、墓石にあたってはねかえる。

「俺と走りやいして、勝てる奴がおるか」

龍馬は捨てぜりふを吐きながら、小川を飛び越え、林のなかへ入ると見せかけ、身をかがめて墓地に戻り、地面に身を伏せる。奉行所の捕吏であろう一団の人影は、喚《わめ》きつつ林の奥へ駆けいってゆく。

「まっすぐゆくぞ」

「こっちだ、こっちだ」

龍馬は墓石のあいだを縫い、人家の灯のまばらな深草野のほうへ早足に歩み去った。彼は胸のうちでひとりごとをいう。

「斬りあいをやったらおしまいじゃ。わが身はもちろんのこと、敵を斬ったところで無益の殺生というもんじゃ」

真剣をふりかざし、敵と斬りあえば、どちらかが死ぬことになる。相討ちとなることもめずらしくない。

三人、五人と相手がふえれば、一人でまともに戦っては、命を的の綱渡りのような勝負になる。

薩摩藩士のうちには、ただ一人で見廻組隊士八人と斬りあい、五人を倒して、生きて帰った豪の者がいると中村半次郎がいっていたが、それは運がよかっただけのことである。

まだ無駄に命は捨てられないと龍馬は考えている。薩摩藩の庇護をうけている身のうえであるが、世情は長州征伐へ向けて、しだいにうねりをたかめている。

薩摩藩では、西郷吉之助を中心として、戦力増強策が急速にすすめられていた。龍馬は大坂の薩摩藩邸にかくまわれてのち、藩士たちが幕府の権威をまったく認めていないことを知り、時勢が大きく変わろうとしているのを知った。

西南雄藩の諸侯がいかに武備をととのえようとも、幕府という巨大な存在には、到底抵抗できないと思いこんでいた龍馬は、西郷たちの言動を見聞きするうちに、眼から鱗《うろこ》の落ちるような思いであった。

薩摩藩に養われ、航海術を生かしてはたらくうちに、大きな波のうねりに乗る機会をつかめるだろうと、龍馬は見込みをつけている。

彼を大久保越中守、松平春嶽《まつだいらしゅんがく》、横井小楠《よこいしょうなん》らに近づけてくれた恩師勝麟太郎は失脚したが、その素志を生かすのが龍馬たちの責務であった。

――俺は同志を食わせていかにゃあいかん。なんとしても動乱のなかを生き抜いて、日本の一大海局をこしらえあげるまでは、死ねん――

龍馬は、命を安く売らないため、危険が身に及べば逃げることが第一だと決めていた。

一番鶏《いちばんどり》の啼く時分に、龍馬は金蔵寺の塀を乗りこえ、離れの戸を叩いた。

櫺子格子《れんじごうし》のうちの雨戸がわずかに開かれ、艶《つや》のあるおりょうの低い声が聞こえた。

「どなたどす」

「俺じゃ、龍馬がきたぜよ」

おりょうは悲鳴のような声をあげ、土間に下りて表戸をあける。

夜着のまま、はだしで土間に立つおりょうは、龍馬にしがみついた。

「逢《あ》いたかった、逢いたかったよう。ほんまに龍さんかえ」

おりょうは龍馬の顔を手でさぐり、唇を押しつけてきた。

龍馬はひきしまった細身のおりょうの腰を、折れんばかりに抱きしめる。

「ほんまや、ほんまにきてくれた」

おりょうはあえぎながら、龍馬の手を引く。

「いこ、こっちへいきまひょ」

臥所《ふしど》へ誘うのを、龍馬がとめる。

「すすぎを使わんかったら、あがれんぜよ。ちくと待ちよってくれや」

　龍馬は井戸端で手足を洗い、離れにもどる。

　おりょうは行灯のほの明かりのなかで、龍馬の衣類をむしりとるようにぬがせ、自分も夜着をぬぎすて、たがいの手足をからみつかせ、布団のうちへ倒れこむ。

「ああ、うれしい。逢えてうれしい」

　おりょうは、うわごとのようにいった。

　二日後の夜、龍馬はおりょうと寺田屋に着いた。

　お登勢はおりょうのために衣類をととのえ、名をお春と変えさせ、養女という名目で住まわせることにした。

　龍馬は裏階段に近い二階の一室に泊まった。

　おりょうは夜が更けてから、龍馬の部屋に忍んできた。

　おりょうは閨《ねや》のなかで龍馬の胸に頬《ほお》をおしあて、聞く。

「こんどは三日もつづけてあんたはんといっしょにいられて、ほんまにうれしゅうおしたけど、また明日は大坂へ下らはるんやなあ。さびしいなあ。このつぎは、いつ逢えるんやろ」

「そうよのう、いつになるろうか。それほど先じゃあないろう。西郷さんの使いで、京都へ出ることも多いと思うきに。そんときは、いちばんにおりょうに逢いにくらあよ。待ちよってくれや」

龍馬は大坂へ戻れば、沢村惣之丞ら同志とともに、薩藩蒸気船胡蝶丸を運転し、大坂と鹿児島のあいだを航行する任務を与えられていた。

胡蝶丸は文久二年にイギリスで建造された、鉄製外輪船で、長さ二十三間五尺、幅四間二尺である。

龍馬たちが乗りなれた幕府の観光丸よりも、ひとまわり小さいが、幅が広く、堅牢な構造であった。

龍馬とおりょうは雨戸を鳴らす風音を聞きつつ、翌朝まで一睡もせず、過ごした。

おりょうは朝食の膳《ぜん》を運んできたとき、龍馬の手を握りしめていった。

「なあ、もう一日だけ、ここにいておくれやすな。後生《ごしょう》やさかいに、おりょうの願いを聞いとくれやす」

龍馬は、口ごもりつついった。

「おりょうよ、察してくれや。俺らあは薩藩の居候ぜよ。居候は、はたらかにゃあいかん。ただ飯を食わせてもらうわけにゃいかんきのう。俺もいつかはお前《ま》んといっしょに寝起きして、三味線でも弾きながら遊んで暮らしたいけんど、そげな身上《しんじょう》になるまでにゃあ、ひとはたらきせんといかん。ちぃとしんぼうせんと、しょうことがないろう」

龍馬は朝の一番の三十石船で、伏見を離れた。お登勢は、忙しい店の仕事のあいまに、娘のお力《りき》とおりょうを連れ、船着場まで見送りにきた。

「またじきに、おいでておくれやす。お待ちしとりまっせ。お体をお大事にしとくなはれや」

お登勢は、龍馬に弁当と酒肴《しゅこう》を持たせ、笑顔で手を振る。

船頭が水棹《みさお》を使い、ゆるやかに三十石船が動きはじめると、おりょうは、前垂れで顔を幾度も拭いながら手を振り、船のあとを半丁ほど追いかけてきたが、龍馬が手をあげて帰れと合図をすると、しゃがみこみ、前垂れを顔に押しあてた。

――げにええ女子《おなご》じゃ。一生離せんのう――

龍馬は胸にこみあげてくる思いをおさえるため、徳利の酒をひとくちあおった。

薩藩大坂屋敷へ戻った龍馬は、海軍塾で航海術を学んだ同郷の同志、沢村惣之丞、千屋寅之助、新宮馬之助、高松太郎、近藤昶次郎《こんどうちょうじろう》らとともに、胡蝶丸に乗り組み、大坂と長崎のあいだを航行することになった。

西郷吉之助が大坂で内用金二万両をつかい買いいれた生糸を上海へ運び、銃器を購入して戻り、つづいて大坂で米四千石を買いいれ、上海へ運んで売却するのである。

生糸、米は、上海で売り払えば仕入れ値の三倍の値になる。蒸気船の運転に用いる石炭、種油の費用、船員給金をさしひいても大幅な純利を手にすることができる。

龍馬たちが大坂安治川沖を出帆したのは、十二月なかばであった。

「上海《サンハイ》はどげな所じゃろうかのう。外国はまだ見たことがないきに、一遍いたらなにかと役に立つことが多かろう」

龍馬たちは、船倉に荷を積みこみ、外輪で潮を搔《か》きつつ内海を進む胡蝶丸の船室で、酒をくみかわす。

「やはり、貿易いうたら儲《もう》かるもんじゃ。俺らあも、ゆくゆくは、やりたいもんじゃねや」

下関沖を通るとき、おびただしい数の船が数珠《じゅず》つなぎになって外海へむかっていた。その船のおおかたは、長崎にむかうのである。

下関沖には、多数の外国船が碇泊していた。近藤昶次郎がいう。

「あの船らあは、下関で薪水《しんすい》食糧を得るがに、船がかりしちょるがじゃなかろう。兵器弾薬を売りこみにきちょるもんも多かろうぜよ」

胡蝶丸は、いったん長崎に寄港し、数日を経て上海へむかう。密貿易を取り締る幕府の目をくらますためである。

龍馬はなつかしそうに、長崎の深い入江の風景を眺める。

「勝先生ときたときは、日見《ひみ》峠の難所を通ってきたきに。こうして海から眺めた景色とは、またちがうねや」

「まっことそうじゃ。はじめてきた港のようじゃ」

近藤昶次郎らが応じる。

龍馬たちは、長崎大浦《おおうら》海岸の見晴らしのいい台地にある、グラバーの屋敷をたずねた。

グラバーは、薩摩藩をはじめ、佐賀、久留米、萩、金沢《かなざわ》、熊本、土佐などの大藩に武器艦船を売りこみ、莫大な売掛金を諸藩の負債として保有することで、緊密な関係を保っていた。

宏壮《こうそう》な邸内には、スコットランド風の邸宅が設けられ、庭園の海にむかう一帯には、胸墻《きょうしょう》の土盛りのあいだに、各種口径の新式砲が並べられ、砂利を敷きつめた通路の至るところに、新品の歩兵銃が三挺ずつ叉銃《さじゅう》され、立てられていた。

すべて商品見本である。

グラバー邸には、前に会った薩摩藩士五代才助がいまも寄寓していた。

龍馬たちをグラバー邸に案内した薩摩藩士は、いった。

「五代どんは、藩庁への上申書に尊攘《そんじょう》派は愚昧愚鈍《ぐまいぐどん》じゃと書いちょり申した。

尊攘をつらぬけば東印度《ひがしインド》や清《しん》朝の轍《てつ》を踏むゆえ、富国強兵を第一にせにゃなりもはん。それが地球上の道理じゃというちょい申す。

五大州乱れて麻の如《ごと》し。和すればすなわち盟約して貿易を通じ、和せざればすなわち兵を交えて、たがいにその国を襲い、奪呑《だつどん》すっが、いまの世界の有様と申しおり申す。

攘夷《じょうい》をつらぬけば内外の大乱を招き、自滅に至るほかはなし。わが邦《くに》のとる道は、開国貿易のほかはなしというが、五代どんの持論ごわす」

五代は、世界の最新情報が絶えず集まるグラバーのもとにいて、今後、上海、広東《カントン》、天津《てんしん》までも貿易の手をのばすべきであると、藩主に進言したという。

薩摩藩が上海へ輸出すべき国産品は、茶、絹糸、椎茸、昆布、するめ、白炭、杉板、干し鮑、煎海鼠などで、砂糖は天下無双の産物だが、白砂糖の精製機械を購入すれば、たちどころに数万両の利を得ることができるとすすめるなど、五代の貿易についての知識は豊富であった。

龍馬は、ひそかに胸のうちでいった。

――五代いう人の思いよる所は、皆いままで俺が思うちょった事といっしょじゃ。そげな男にまた会えるとは、まっこと嬉《うれ》しいぜよ――

龍馬たちは、グラバー邸の仕事場のような部屋に入った。

なかには机と椅子《いす》がならび、前垂れをつけた手代のような姿の男たちが、せわしげに算盤《そろばん》をはじき、帳面にペンで字を書きつけている。

股引《ももひき》をはいた人足たちが、いきなり部屋に入ってきて、早口の長崎弁で、浜の倉庫の荷運びの指図を聞く。

戸をあけはなした奥の部屋には、大きな円卓と長椅子があり、そこでマンテル服を着た、金髪碧眼《きんぱつへきがん》の外国人が四人、通詞《つうじ》らしい洋装で断髪の日本人をかこみ、さかんに話しあっていた。

窓はすべて透明なギヤマンで、初冬の西風に揺り動かされているが、部屋のうちはきわめて明るい。

龍馬たちは腰をかがめ、挨拶をした。勝麟太郎のもとで、外国の提督《アドミラル》、公使《ミニストル》たちに幾度も会った龍馬たちは、物怖《ものおじ》しなかった。

通詞が龍馬たちの来訪の理由を告げると、口髭《くちひげ》をたくわえた、瘦身《そうしん》の外国人が立ちあがり、笑みをうかべ、日本語で挨拶をした。

「よくおいでなされた。あなた方は、五代の友達ですか。どうぞ二階へおあがり下さい。五代は二階にいます」

「かたじけのうござります。ほんじゃ、ご無礼いたしますきに」

龍馬たちは、蒸気船の甲板に塗るワックスのにおいのたちこめた階段を昇った。

薩摩藩士が、先に二階の部屋に入った。

「五代どん、俺《お》どま、胡蝶丸で来申《きも》した。大坂から白糸（絹糸）を積んできちょい申す。西郷どんのお指図で、日和を見はかろうて、上海へ売りにいき申す」

十畳ほどの部屋のまんなかに、六角形の大きな机を置き、椅子に坐って機械の図面に見入っていた男が立ちあがった。

マンテル服に西洋股引をつけ、ブーツをはき、襟《えり》もとにはちいさな黒い艶のある布を、蝶結《ちょうむす》びにしている。頭は断髪で、油を塗り、光らせていた。

中背であるが、ひきしまった顔立ちで頬骨が高い。

「おう、ようきた。龍馬さあ方もごいっしょか。胡蝶丸で上海へいき申すか。そや、なによりのこつごあんそ」

男は白い歯並みを見せた。

藩士は五代にいった。

「かねてご存知でごあんそが、こんど幕府軍艦奉行の職を免ぜられた勝安房殿の愛弟子《まなでし》がたごあんそ。神戸の海軍塾におられた土州人で、西郷どんが勝殿からお預《た》かり申し、当面胡蝶丸の操艦をお頼《た》ん申しておいもす。いずれも航海術に長けておらるっ」

五代は龍馬の名をおぼえていた。

「龍馬どんが勝殿のお使いで、弊藩京都屋敷へ再々おいでじゃとのお噂を、耳にいたし申した」

龍馬は薩摩髷《さつままげ》にゆった月代《さかやき》のあたりを、照れくさそうに掻き、きれいな歯並みを見せた。

「そげなことをご存知ながですか。私は大兄のごとき世に稀《まれ》な英才ではないがです。ほんの目立たんいなか者《もん》ですき、よろしゅうお引きまわし下さい。ほんに恥ずかしいのう」

龍馬が眼を細め、屈託のない笑い声をひびかせると、五代をはじめ同室の者が皆笑った。

筒袖《つつそで》上衣に山袴《やまばかま》をはいた龍馬たちは、すすめられ、卓をかこんで椅子に腰をかける。

五代はブランデーとチーズを出して、客をもてなす。

龍馬は、船中で聞いた五代についての噂をたしかめてみた。

「貴殿は英仏両国へ、藩士のうちより二十人ちかき人数を選び、遊学させることを藩庁へ願い出ておられるそうですけんど、ほんまですか」

五代はうなずいた。

「ほんなこつごわす。遊学の人数は十六人、通詞一人を付け申す。人数のうち四人は家老格のうちより選び、三人は攘夷をとなえる壮士を加え、軍務、地理、風俗を見分けさせ申す。

一人は郡奉行のうちより選び、農事耕作の機械をきわめさせ、見本の品を買わせ申す。二人は台場、築城、砲術の心得ある者を選び申す。

一人は藩校造士館《ぞうしかん》か開成所《かいせいしょ》の秀才をえらび、英仏諸学校、病院、貧民院を研究させ申す。

三人は細工《さいく》ならびに機械の取扱いに詳しく、絵図面を達者に写せる者を選び申す。ほかにも諸学を勉強させる者若干をつけ申す」

龍馬は五代の細心な計画に感心するとともに、薩摩藩の力を背景にはたらける彼を、うらやましく思った。

土佐藩では、老公山内容堂の専制のもと、俗論党の上士が藩政を掌握し、武市半平太以下の土佐勤王党を根絶やしにしようとしていた。

——俺らあは、根無し草のようなもんじゃき、同志があい寄って、よその家の屋根瓦の隙間にでも、根を下ろさにゃあいかんがじゃ——

五代は、十七人の藩士を英仏へ送りだすために、必要な運賃、諸経費を詳細に調べあげ、軍艦、大砲、蒸気機械、農耕機械を輸入するための費用も、帳面に書きつらねていた。そんな計算ができるのは、グラバーを中心とする、ジャーデン・マジソン商会の凄腕《すごうで》の男たちが、情報を提供してくれるためであった。

日本から輸出する貿易品の集荷についても、五代は確固とした計画をたてていた。

まず小型蒸気船で日本の沿岸を一周させる。繁昌している港には数日滞泊して、地元の産物、生産出荷の状況、仕入価格を調べあげる。

そのうえで、蒸気船五、六隻を用い、各地の商品を集荷、輸出するのである。

胡蝶丸が長崎を出航するまでの数日を、龍馬は五代から新知識を吸収するためについやした。

彼は沢村惣之丞ら同志に語りかける。

「お前んら、五代才助のいうことをどうみたぜよ。この十一月十日、勝先生が軍艦奉行を免ぜられてからのちは、俺らあが頼りおうて生きていくほかにゃあ、道はないぜ。皆で力をあわせて、貿易をやろうじゃいか。俺は五代のいうことは、まちごうちゃあせんと思うちょるが、浪人の俺らあは、大言ばあ吐きよっても、肝心の金がないき、まずは蝦夷地《えぞち》の産物を上方へ運ぶことからはじめりゃえい。これからは、ほんまに頼りあえるがは、この同志だけじゃき、力をあわせていこうじゃいか」

龍馬たちが上海で絹糸を売り、鉄砲を買いもとめて大坂に帰ったのは、師走《しわす》も末に近い頃であった。

彼らは薩摩藩の客分として、そののちも胡蝶丸の運転にたずさわることになった。

十二月二十六日、京都二本松《にほんまつ》藩邸にいる薩摩藩家老小松帯刀は、国許の大久保一蔵にあてた書信に、龍馬たちについてつぎのように記している。

「神戸勝方《かつかた》へまかりおり候土州人、異船借用いたし、航海のくわだてこれあり。坂元（本）龍馬と申す人、関東へまかり下り、借用の都合いたし候ところ、よく談判もあいつき候由。

右につき、同藩高松太郎と申す人、国許よりまかり帰り候よう申しきたり候由。しかるところ、当分土佐国政向きはなはだきびしく、不法の取扱いこれあり。まかり帰り候《そうら》えば、すなわち命は絶ち候よし。

右の船参り候わば、すなわち乗りこみにあいなり候あいだ、それまで潜居の相談承り、余計のことながら、右辺《みぎへん》浪人体《てい》の者をもって、航海の手先に召しつかい候法はよかるべしと、西郷など滞京中談判もいたしおき候あいだ、大坂御屋敷へ内々潜めおき申し候」

龍馬が、同志を乗せて航海できる蒸気船を借りうけてくるまでのあいだ、土佐の浪人たちをかくまい、航海の手助けをさせるというのは、国許の俗論派から苦情がくるのをおもんぱかっての、逃げ口上であった。

西郷は小松らと相談し、蒸気船操縦の専門家である彼らを、薩摩藩のために用いる方法をすでに考えていた。

薩摩藩士であれば、幕府に追及されかねないような、密貿易にたずさわらせるのである。

西郷は、龍馬が海軍塾塾頭であったのは、塾生統率の才があり、勝の股肱として諸藩有志との連絡に、独特の才があったためであるという事情を、察していた。

龍馬は、航海術に必要な算術、代数、幾何、三角函数《かんすう》、平面三角法、球面三角法、対数の計算などには、関心がなかった。

太陽を観測して船の位置を割りだす、六分儀の使いかたもまったく知らなかった。

龍馬にできるのは、帆を張ることや蒸気釜の釜焚《かまた》きのような、体力のいる仕事であった。

西郷は、龍馬が技術者ではなく、技術者を使いこなす頭領としての才能を持っていることに、いちはやく気づいた。

龍馬が連れてきた五人の同志は、航海術に熟練しているが、彼らだけでは何事もできなかった。龍馬のもとに結束してはじめて、追いつめられた野獣のように切羽《せっぱ》つまった状況を切り抜けていけるのである。

広島の征長総督府にいた西郷は、大坂へ戻ってきた龍馬たちを、しばらく遊ばせておくよう、大坂留守居役木場伝内に指示した。

勝が龍馬を身辺から離さなかったのは、龍馬に政事について斡旋《あっせん》する才能がそなわっていたからである。

龍馬は土佐藩郷士の弟という、とるにたらない身分である。武家社会では、どこへいっても通用するだけの信の置けない立場にいる人物であった。

その龍馬が、勝を通じ、幕府の開明派として知られた大久保越中守に、惚《ほ》れこまれている。越前老公松平春嶽も、龍馬であれば時ならず伺候しても、目通りを許すほど信任している。

春嶽の懐《ふところがたな》刀として知られた横井小楠は、いまは熊本に逼塞《ひっそく》しているが、いつ時代の表舞台に出てくるか知れない、池中の蛟龍《こうりょう》のような存在として、天下の識者に知られている。彼もまた、龍馬を愛している。

小楠の後継者として、越前藩の財源をめざましく増大させた三岡八郎も、龍馬の無二の友であった。

龍馬には、時代の闇を切りひらいてゆく才腕のある切れ者たちに、信頼される資質がある。西郷吉之助も、龍馬と話をするといつのまにか、弟に接するような、なごやかな気分になった。

——龍馬には、政事の才がある。彼を蒸気船の運転に使うのは、鷹《たか》に水を潜らせるようなものじゃ。龍馬の同志は、龍馬と引きはなしては使えぬ。まもなく征長の再戦がはじまるじゃろう。あれらを使う場所はいくらでもできっじゃろ——

吉之助は、十月二十六日に大坂を出て、十一月十二日に広島に着き、長州支藩岩国藩主吉川監物《きっかわけんもつ》に会い、征長総督参謀として、長州藩に戦うことなく降伏することをすすめた。

総督の尾張藩老侯徳川慶勝が、大坂を出立するまえに、交渉をまとめる大役を、吉之助に命じていた。

吉之助は幕府が長州藩を討伐することを、望んでいない。尾張慶勝も同様である。

幕府のために巨額の軍費を消耗し、長州藩を潰滅させたのちは、幕威があがり、諸藩に対する統制がきびしくなるばかりである。

西南雄藩のうち、長州藩が潰滅したのちは、幕府がつぎに征伐を望んでいるのは、薩摩藩であると、勝安房がいった。唇亡びて歯寒しという状況になるといった勝の一言によって、長州を徹底して撃破しようと思っていた吉之助の考えが急転した。

彼は吉川監物に降参をすすめ、戦闘を回避させようとした。吉之助とともに広島にきたのは、京都の長州藩菩提所《ぼだいしょ》である花園龍華院《はなぞのりゅうげいん》の住職機外と、尾張出身で豊後佐伯《ぶんごさいき》の僧鼎州《ていしゅう》らである。

吉之助は長州藩三家老の首級をさしだし、蛤御門の戦いに参謀として参加した者を、すみやかに処断し、恭順の意をあらわすよう、すすめた。

長州では門閥といわれる俗論党の領袖《りょうしゅう》らが、藩の存続のためには、藩主父子の切腹もやむをえないと弱気をあらわし、奇兵隊が正面から反撥《はんぱつ》して、藩内に紛争がひろがっていた。

奇兵隊（下関）、膺懲隊《ようちょうたい》（徳地《とくじ》）、集義隊（小郡《おごおり》）、御楯隊《みたてたい》（三田尻）の民間諸隊は、幕府との決戦を主張し、降伏をうけいれるのは何故であるかと、藩庁に詰問の上書を呈上していた。

だが、防長の柱石といわれた元執政周布政之助《すふまさのすけ》が、責任をとって自害し、諸隊の指導者である井上聞多《いのうえもんた》（馨《かおる》）が俗論党の刺客に襲われ、瀕死《ひんし》の重傷を負ったので、藩論は俗論党の主張に動かされた。

長州藩は、三家老の処分をおこなった。益田右衛門介《ますだうえもんすけ》は一万二千六十三石を領し、三十二歳、国司信濃《くにししなの》は五千六百石、二十三歳、福原越後《ふくはらえちご》は一万千三百十四石、本藩世子定広の異母兄で、五十歳であった。

蛤御門の変に、参謀として参加した宍戸左馬之介《ししどさまのすけ》ら四人は、野山の獄で斬罪に処した。

十一月十三日、本藩家老志道安房《しじあわ》が、三家老の首級を広島総督府にさしだし、四参謀の処刑を報告した。

十六日には尾州藩家老成瀬隼人正《なるせはやとのかみ》と幕府大目付永井主水正、目付戸川鉾三郎《とがわばんざぶろう》が、吉川監物と広島国泰寺《こくたいじ》で会い、訊問をおこなう。

芸州藩年寄上席辻将曹《つじしょうそう》と吉之助が立ちあった。

永井の訊問はきわめて峻烈《しゅんれつ》で、長州藩のこれまでの方針をするどくついたが、吉之助がまえもって吉川監物に、返答のしかたを指示しておいたので、談判は成立した。

長州藩主父子は剃髪《ていはつ》隠居し、家督は支藩の清末《きよすえ》藩から継がせる。下関附近で十万石を削り、しばらく豊前《ぶぜん》、筑前に預けるなど、寛大な条件で降伏は成立した。

広島総督府では、吉之助の意見を支持し、寛大な措置をとることに決めたが、九州小倉に在陣する越前藩主松平茂昭《まつだいらもちあき》は、反対した。

「長州諸隊は、五卿《きょう》を擁して暴発するとの噂が聞こえている。いま毛利に再起を許さぬほどの処断をなさねば、後日に禍根を残すことになろう」

松平茂昭の意見は、広島総督府を動揺させた。

長州では、幕府が降伏をうけいれてくれたので安心したのもつかのまで、領内では民間諸隊が降伏を不満として暴動をおこしていた。

御楯隊、奇兵隊、膺懲隊、八幡隊《はちまんたい》、遊撃隊の総勢七百五十人が、銃砲をたずさえ、五卿を擁し、十一月十五日に山口から長州支藩の長府に移った。

諸隊の士卒は、百姓、町人、神主、尊攘浪士らで編制されている慓悍《ひょうかん》な民兵であるので、藩庁の命令などどうけつけない。

長府に移ったのは、下関をおさえ、米と金銭を奪い、本藩の俗論党征伐の兵をあげるためであった。

吉之助は長州藩の内情を、岩国藩から急報され、徳川慶勝以下に報告した。

長州では三条実美《さんじょうさねとみ》をはじめ五人の公卿が、諸隊七百余人を連れ、長府藩に移った様子である。萩の本藩から鎮撫使が出ても、聞きいれない。

長府藩を味方にひきいれ、暴動をおこす様子である。下関に近いところにいる、七百ほどの人数なら、薩摩藩一手でたやすく撃滅できる。

しかし、戦わず降伏恭順される結末を目前にして、騒動をおこすのは、まったく残念である。

吉之助は、このような事情を報告したうえで、慶勝らにいった。

「拙者が単身で長府に出向き、諸隊の首魁《しゅかい》らに会い、説き聞かせて参ることにいたしもんそ」

慶勝ら総督府の高官らは、茫然《ぼうぜん》として言葉もなかった。長州藩では薩賊会奸《さつぞくかいかん》と呼んで、薩人を仇敵《きゆうてき》と見ている。藩内でももっとも過激で、凶暴な諸隊のただなかへ、吉之助が単身入りこめば、生きて帰れるはずがない。

吉之助は、暴徒と話しあいをつけるため、五卿を公儀にさし出させず、九州五藩に預ける方策をとるのがいいと進言した。

そこまで譲歩しても、相手がうけいれなければ、下関を海上から攻めよう。このまま十五万人の諸藩兵を解兵できず、莫大な戦費を浪費しては、公儀の失態はきわまりないことになると、吉之助は主張した。

吉之助は吉井幸輔を連れ、十一月二十一日夜、広島を出帆し、二十三日に小倉の副総督本陣に入った。

吉之助は、諸隊の代表として小倉にいた寺石貫夫と称する男と会った。

寺石は龍馬と親しい間柄の土佐勤王党中岡慎太郎の仮名であった。

吉之助は寺石の頼みに応じ、長州の四境に迫っている諸藩兵が解兵のうえで、五卿を九州五藩に分けず、筑前一藩に預けるという方針をうけいれた。

吉之助は征長軍解散帰国ののち、元治二年（四月七日、慶応《けいおう》と改元）正月四日、小倉副総督府をはなれ、鹿児島に帰郷した。

吉之助が留守のあいだ、龍馬は同志たちとともに薩藩蒸気船を運航する仕事を与えられた。薩摩藩には胡蝶丸のほか二隻の蒸気船があり、長崎、横浜、鹿児島など各方面への航海に用いていた。

龍馬は海が好きである。

「船に揺られて、沖の風に吹かれよると、なんでか分からんけんど、気が浮きたってくるちや。なんというたち、蒸気船に乗って、ゴットン、ゴットンと外車（外輪）の水搔き板が潮を切る、その音が、俺にゃあ、まるで子守唄《こもりうた》のように聞こえらあよ」

薩摩藩大坂蔵屋敷留守居役木場伝内は、船からあがってきた龍馬に、ときどき用をいいつけた。

「お前《は》んさあ、ご苦労ごあんすが、この書状を、京都の越前屋敷のお留守居殿へ届けて、返事をもろうてきてやったもんせ」

「承知いたしました」

龍馬は薩摩藩が表むきに文通をはばかる相手に、密書を届ける役を、幾度もひきうけた。

京都守護職、町奉行所に、顔を知られた藩士では用を足しにくい使いである。

密書は袴の後腰《うしろごし》に縫いこんでいる。

幕府の権力が復活してきたので、薩摩藩士と称していても、命を狙われる危うい目にあうことは、覚悟しておかねばならない。

龍馬は、充分な旅費をもらい、三十石船に乗ると、酒肴を前に置き、酔うと胴の間に寝ころび、いびきをたてる。

いつ幕府役人が船中へ見廻りに入りこんでくるか知れないが、そのときはなんとかいいのがれるつもりでいた。

大坂天満八軒家の船着場を明け方に出る三十石船に乗ると、日が暮れてから伏見京橋に着く。船に乗り降りする客でにぎわい、

「おみやげどうどす」

「おちり（塵紙《ちりがみ》）にあんぽんたん（落雁《らくがん》の一種）はどうどす」

と呼びかける売り子の声もにぎやかな河岸に着けば、寺田屋は眼のまえである。

裏二階の六畳の部屋におちつけば、おりょうがきて、行灯に灯をいれてくれる。

「あげな別嬪は、どこっちゃあにおらんき、俺が宝じゃ」

龍馬は、色白なおりょうの、牡丹《ぼたん》の花のようにあでやかな顔を宙にうかべる。

「俺のような、背中にようけ毛の生えた、よみあざ（そばかす）だらけの大男の、どこが気にいっちゅうがやろうか」

龍馬は肩をゆすってひとり笑いをした。

元治二年の正月も末の、雪催《ゆきもよ》いの日で、三十石船のなかで炬燵《こたつ》にあたっていても、つめたい川風が襟もとを刺すようであるが、龍馬は寒さも苦にならなかった。

「船がしゃんしゃん進まんき、ぞうもむ（気をもむ）ぜよ。酒に酔われて寝るとするか」

龍馬は一升徳利をからにして、掻巻《かいま》き布団を体にまきつけ、背負い袋を枕《まくら》に寝こんだ。

忠広は両腕に抱いている。

船頭に揺りおこされてめざめると、伏見に着いていた。坊主合羽《ぼうずがっぱ》をつけて船を下り、大股に寺田屋の土間に入ってゆく。

「まあ、大坂《おさか》の兄《あに》さんや」

お登勢の娘のお力とお蔦《つた》が走り出てきて、龍馬の手をとる。

「お母はん、大坂の兄さんがお着きどすえ」

帳場からお登勢が立ちあがり、笑顔でむかえる。

「ようお越しやす。もうじきおいでる時分やと思うて、毎日噂しとったんどっせ。お春、お春、兄さんやで」

お登勢の呼び声に、おりょうが奥から走りでてくる。襷《たすき》がけで前垂れをつけた彼女は、すがりつくような眼差しで龍馬を見た。

「ようお越しやす。こんどはいつ頃までおいやすのどすか」

「そうじゃのう、こたびはゆっくりしてもえいろう。海が荒れゆうきに、航海も当分はないろう」

おりょうの声は、男を引きよせる天性の艶があった。

「ほな、すぐおすすぎを持ってきまっさかい、裏へおいでとくれやす」

「すすぎはいらんぜよ。のちにひと風呂浴びさせとうせ」

「ほな、晩の御膳をすぐ支度しまひょ」

おりょうは先に立って裏手の階段を昇ってゆく。

龍馬がついてゆくと、彼女は中途でふりかえり、しがみついてきた。

「おーの、こわいこと、こけよったじゃいか」

「わてもいっしょに落ちますえ」

おりょうは笑いながら、唇をあわせてきた。

「あんた、毎日待ってたんや。このまえからひと月半ほどもほったらかしといて、殺生やなあ」

おりょうは舌をからませてきた。

「鬚《ひげ》が生えちゅうきに、顎に疵《きず》がつくぞ」

龍馬が顔を引こうとすると、おりょうが乱暴に唇を押しだしてくる。龍馬が身八つ口から手をさしいれ、乳房を握ろうとすると、おりょうは身もだえをして避けた。

「やめて、そんなことしはったら、立ってられへん。床急《とこいそ》ぎしたら、おかみさんに笑われますえ」

龍馬は笑いながら身を離す。

「おたがいにえずいことよのう。旨《うま》いものを早う食いたいのに、お預けか」

龍馬は裏階段の脇にある風呂場へゆく。おりょうが、薪《まき》を焚き口に押しこむ。

「もうじき熱うなるさかい、手桶《ておけ》の水でうめとくれやす」

龍馬は湯にひたりながら、おりょうにいった。

「今度は上海まで航海したがよ。長崎から七日で着いたけんど、揚子江《ようすこう》という黄色に汚れた水の流れる大川をさかのぼったところにある、異国の大邑《たいゆう》よえ。お前んらあのみやげに、銀にギヤマンを張った手鏡と、シャボンを買うてきたき」

「まあうれしい。あとでゆっくり見せとくれやす」

龍馬が風呂をあがり、丹前に着替えて夕餉《ゆうげ》の膳にむかうと、たちまち襖をあけ、お力とお蔦が入ってきた。

「おうきたか。お前んらあにもみやげを持ってきちゅうぞ」

「まあほんまどすか。どんなおみやげどす」

「上海で買うてきた、フランス渡りの銀の鏡じゃ。お前んらあと、お母はんにひとつずつやるきに」

「えっ、フランス渡りやて。そんなもの、宝にせないかんどっしゃろ。もったいのうて、使えまへん」

龍馬は、機嫌のいい笑い声をたてる。

「使うてこわれたら、また買うてきちゃる」

お力とお蔦は、行灯のほの明かりのなかで、しばらく鏡に見入っていたが、やがてそれを膝《ひざ》もとに置くと、声をそろえていった。

「兄さん、またこわいお話を、聞かせとくなはれ」

おりょうがたしなめる。

「兄さんが、ゆっくりご飯を食べなはってから、聞かせてもらいなはれ」

龍馬は手を振っていった。

「かまん、かまん。今夜はひとつ、うんとおとろしい話を聞かしちゃろうか」

「えーっ、どれほどおそろしいのやろ」

「聞きとうないがか。やめるかえ」

「いや、教《お》せとくれやす」

龍馬は飯を食い、おりょうに盃《さかずき》へ酒をつがせながら、語りはじめようとしたが、ふと思いついて立ちあがり、手拭いを頭に巻き、尻《しり》はしょりをした。

「今晩は兄さんが、口三味線で紅葉踊りというがを見せちゃる」

「えっ、兄さん、踊りもできるのどすか。見せて、見せて」

お力たちが手を叩くと、龍馬は屁《へ》っぴり腰になって、手足を軽やかに動かし、踊りはじめた。

〽秋はござれのナアア　野山も色づくに紅葉ばを見に薄《すすき》いが散るか　濃いをこれこれこいをちらして　ちらちらドッコイノ　散ったところは紅葉へ鹿《しか》の音をそえてようやく露をぬき　見るはたおりに鈴虫松虫ちんちんからからくつわむし
三人の女は、毛臑《けずね》をだして飄逸《ひょういつ》な踊りを見せる龍馬の姿に、腹をよじって笑い声をたてた。

龍馬は、ひとしきり踊ったあと、座布団のうえに大あぐらをかいた。

「さあて、これからおとろしい話を聞かせちゃろうかのう」

龍馬は細めた眼で、お力とお蔦の顔を、眺めまわす。

「いやや、そんな眼つきしたら、話を聞くまえから気色《きしょく》わるうなるわ」

お力が身をよじっていう。

「よし、こじゃんと、気色わりい話を聞かせちゃるぞ」

龍馬は話しはじめた。

「土佐の東側に、背中あわせになっちゅう阿波という国があるがよ。その阿波に近い甲浦という港の入口の楠島《くすしま》にゃあ、ふしぎないいつたえが二つあってのう。そのひとつはよ、昔から大けな蛇が棲《す》んじょって、夏の宵になったら、灯台《とうだい》をクルクル巻いてから、灯明《とうみよう》の油をペロペロとなめつくすというがじゃ」

「こわあ」

お力とお蔦がおりょうにしがみつく。

「灯台守が叱《しか》りつけたら、大蛇はおとなしゅう巣へ戻りよるがじゃそうな。いまから二百年も昔、甲浦に淡路屋《あわじや》というえらい身代の町人が住んじょったと。商いの品を仕入れに大坂へ出向き、旅の憂さばらしに遊廓《ゆうかく》へ足をむけたのがやみつきになってしもうて、淡雪《あわゆき》という遊女と馴染《なじ》みをかさねたがよ。

金が自由になるままに、仕入れ金と偽って国許から金を取り寄せよったと。

そうしゆううちに深い仲となって、身請けをしてしまい、大坂に住まわせておったがやと。

淡雪は男が甲浦に帰ったのちは、一人所帯の寂しさがこらえられん。国許へ連れていってくれとせがんで、しょうことがないき、男はほとほと持てあましよったそうじゃ。

淡路屋の女房お国は、嫉妬《へんねし》のきつい年増じゃった。

あるとき、亭主が行き倒れの若い巡礼を親切に世話してやったことがあったがやけんど、お国はたちまちじゃいて、亭主が同情するがは女子《おなご》に気があるがじゃと思いこみ、歩くこともできんばあ弱りはてた巡礼を、夜更けに門口まで引きずりだして放りだしたがやと。

淡路屋が、世のなかでいっちおとろしかったがは、女房の悋気《りんき》の角《つの》じゃった。それればあ女房をおとろしがっちゅう淡路屋も、惚れた女の淡雪の願いを、聞きいれんといかんようになった。

まあどうにかなるろう。ばれたらそのときの思案をすりゃあえいきと、大胆にも淡雪を大坂から船に乗せて、甲浦へ向こうたがじゃ。

けんどのう、甲浦が近うなってくると、女房の悋気がおとろしゅうてならんようになってきたがよ。

甲浦の山が見えるようになると、淡路屋の肝玉《きもだま》はちぢみあがってしもうた。楠島が見えりゃ、女房が大蛇に化けてくらいついてくるような気がしてのう。

港口《みなとぐち》へさしかかったとき、淡路屋は船頭に船を停《と》めさせて、淡雪に悋気深い女房のことをうちあけ、幾日かこの島で待っていてくれと頼んだがよ。そのあいだに、住む家を探すことにしたがじゃと」

お力たちは、声をのんで聞きいっている。

「さあ、これから先は、明日の晩のお楽しみよ」

龍馬は話をきりあげた。

「いや、もっと聞かせとくれやす」

「淡雪はんは、どうならはったんやろ」

お力とお蔦が龍馬の左右から抱きついてくると、龍馬は二人を肩にのせ、立ちあがった。

「おりょう、布団を敷いてくれ。これから寝るきに。おんちゃんはもう眠うなったきね」

浮き沈み

その夜、おりょうは朝まで龍馬と体を交えたままで過ごした。

龍馬は行灯《あんどん》のほの明かりのなかで、彼に組み敷かれているおりょうの両足の指が、さまざまの角度に曲げられているのを見た。

なんという腎気《じんき》のつよい女であろうかと、龍馬はさらに恋情をつのらせた。

——こげな女子《おなご》はほかにゃあおらんちや——

おりょうは、龍馬が見たことのある、枕絵《まくらえ》そのままの姿態を、つぎからつぎへとあらわした。

龍馬は朝飯のとき、銚子《ちょうし》を三本ほどあけ、そのまま寝込んだ。

おりょうに揺りおこされて眼《め》ざめると、辺りは薄暗く、窓の外で雪の降りしきる気配がしていた。

おりょうがなめらかに動く生きもののような唇を龍馬の唇につけ、舌を吸いつつ、甘やかな感情のこもった声でうながす。

「早うお風呂《ふろ》で体洗わはって、晩の御膳《ごぜん》をおあがりやす。今夜もいっしょにおられるのどっしゃろ」

「いんげの（いいや）、雪が降りゆうがが得手（都合）がええ。夜が更けてから越前屋敷へ出向くことにするぜよ」

「えっ、外はまっくらどっせ。眼えもあけられんほど、雪降ってるのに」

「新選組やら見廻《みまわりぐみ》組という物騒な奴《やつ》らは、こげな晩にゃあ、色町で酒くろうて、女子と遊びゆうろう。それじゃきに、いくがよえ」

おりょうは龍馬を睨《にら》んだ。

「ほんなら、明日の晩には帰ってくるんどっしゃろ」

「そのつもりぜよ。思いがけん用事のおこらんかぎり、片時《へんし》も戻《も》んてくらあよ。恋しいおりょうが待ちゆうがやき、帰るないうたち帰らあよ」

夕餉《ゆうげ》の膳をはこんできたおりょうのうしろに、お力《りき》とお蔦《つた》がついてきた。

「兄さん、昨夜の話のつづきを教《お》せとくれやすな」

龍馬は笑って応じた。

「今夜は京都へ出かけるきに無理やけんど、明日の晩、戻んてきたら話しちゃろう。楽しみに待ちよりや」

「なんや、出ていかはるんやったら、しかたないなあ。ほな、きっと明日の晩どっせ」

「よっしゃ、まかせちょき、約束じゃ」

「そやけど、いまから京都へいかはるんだっか。どこまでどす」

「聖護院《しょうごいん》までよ」

「そんなとこまでどっか。向こうへ着いたら、九つ半（午前一時）頃《ごろ》どっせ。夜中に歩かはるお人もないやろし、雪女に会うて、怖あい目に遭うてもえぇのどすか」

龍馬は機嫌よくうなずく。

「おお、雪女に一遍会うてみたいもんやねえ。生捕りにして、この店のまえで見世物にしちゃろうか」

おりょうはお力たちをうながす。

「さあ、兄さんはこれからお支度やさかい、あんたら、早う母屋へ帰りい」

二人が梯子段《はしごだん》をきしませ、戻っていったあと、おりょうは龍馬の厚い胸に手をまわし、しがみつく。

「きっと明晩どっせ」

「分かっちゅうちや」

龍馬はおりょうに手伝わせ、身支度をする。おりょうは龍馬が下着のうえに袷《あわせ》をかさねて着ようとするのをとめた。

「着込みを重ねておいきやす。そのほうが温《ぬく》いし、万一のとき、頼りになりますやろ」

「そげなもんはいらん。重たいだけやき。斬《き》りかかられりゃ、逃げればえいろう」

「一重鎖《ひとえくさり》を縫いこんだ真綿襦袢《まわたじゅばん》なら、わてでも重とうおへんえ。斬りあいになったら、役に立つのやもの。おりょうがお願いするさかい、着ていっとくれやす」

龍馬は、波形鎖を一重に縫いこんだものと、二重に縫いこんだ二種類の鎖襦袢を持っていた。

鎖頭巾《くさりずきん》、鎖脚絆《きやはん》、鎖足袋《たび》もあるが、そのような重いものをつけるのが面倒で、いつもつづらの奥に納めたままである。

一重鎖を縫いこんだ襦袢は、槍《やり》で突かれるとひとたまりもないが、斬りつけられても、刃が肌に届かない。

そのうえに綿入れの上衣をつけ、蓑《みの》をかさねれば、斬りあいとなっても、胴と背中にいくら斬りつけられたところで、刃は通らない。

龍馬はおりょうのすすめに応じた。

「いいだしたら聞かん女子じゃき、ほんなら着ていこか」

鎖襦袢を着てみると、なんとなく安心した。

「ほいたら、いてくるき。明日は宵のうちに戻らあよ」

「おりょうは、あんたばっかり待っとりまっせ」

二階から裏梯子を下り、人目のない木戸から畑のなかの道へ歩みだそうとした龍馬を、おりょうは袖《そで》を引いてうしろをむかせ、またあついくちづけをした。

龍馬は一刻半《いっときはん》（三時間）ほどのち、越前松平屋敷に近い梅林の見えるところまできた。

ひき蛙《がえる》の肌のように見えるので、ひき肌と呼ばれる牛革を裏返した鞘袋《さやぶくろ》を忠広の鞘にかけ、鮫皮《さめがわ》を張った柄《つか》には、いつでもはずせるよう、柄袋を紐《ひも》でくくりつけず掛けていた。

革足袋をはいた足には、高下駄《たかげた》をはいている。雪は半刻ほどまえから降りやんでいた。

龍馬は伏見の町を離れてまもなく、あとをつけてくる人の気配を感じとっていた。

――ひとりじゃなあ。伏見奉行所の下役人か。それやったら、越前屋敷へ着くまでのどこぞで、幕府の犬が待ちゆうはずじゃ――

雪明かりで、辺りの景色はおぼろげに見える。龍馬は途中から横道にそれ、常夜灯のかげにしゃがんだ。

　まもなく足音が近づいてきた。

　息をひそめていると、雨合羽《あまがっぱ》に塗笠《ぬりがさ》をかたむけた役人らしい侍が眼のまえにあらわれた。刀の柄に手をかけ、辺りをうかがいながら通りすぎようとするとき、龍馬は「こりゃ」と声をかけた。

　侍はおどろいてふりかえる。龍馬はとっさに忠広を抜き、尻《しり》に横一文字の刀身をふるった。侍は喉《のど》をしぼるような悲鳴とともに、前のめりに倒れた。

　龍馬は抜き身を手に、一間ほどの間合を置き、侍に問いかけた。

「おんしは、奉行所の役人じゃろう」

「いや、そうではおまへん。この先の村の郷士だす」

「そいたら、なんで俺《おれ》のあとを追うて横道へ曲がってきたがぞ。俺が誰《だれ》か知っちゅうがか」

「いや、存ぜぬ」

　侍のこわばった表情が、恐怖にゆがんでいる。

「顔は正直ぜよ。内心は隠せんもんじゃ。おんしは、俺が昨日の晩、伏見に着いたがを見かけたがか。薩摩藩邸におるき、おんしゃあらあ手が出せんかったがやろう。今夜あたり出てきやせんろうかと、見張っちょったがやないがか」

侍は龍馬の一撃で、左の臀筋《でんきん》を浅く斬られたので、腰が抜けたようになり、立ちあがることができず、這《は》って逃げようとした。

「俺はおんしの命をとろうと思うちゃあせんき、そこでへたこれちょれ。これからはじまる斬りあいを、見物しよりゃえい」

龍馬は梅林のなかで、人影が動いているのをすばやく眼にとめていた。

一人かと思うと、いつのまにか二人、三人とふえてくる。広袖の羽織に馬乗《うまのり》袴《ばかま》をはいている姿は、新選組であろう。

手槍《てやり》を持つ者もいて、穂先が鈍い光を放つ。彼らは龍馬を捕えても殺してもよい。近頃、いきおいに乗じて残忍な斬人《ざんじん》の手際を競いあう隊士がふえているという、評判であった。彼らは、龍馬がいかなる用向きで、どこへゆくかを知ろうとしているのであろう。薩摩藩邸に保護されている土佐浪人が、夜更けに危険を承知で出歩くのは、重要な任務を帯びているためにちがいない。おそらく密書を衣服のどこかに隠していると、彼らは見込みをつけている。

――六四か。手槍を持っちゅうがは一匹じゃ――

龍馬は近眼の瞼《まぶた》を細め、雪明かりのなかに姿をあらわした敵の数をたしかめる。

龍馬一人を捕斬するために、六人も繰りだしてくるのは、どんなことがあっても取り逃がさない気組みをあらわしている。

——あれらあは、俺がどこの屋敷へはいるがか、考えあぐねちゅうがじゃろう——

梅林の奥手は熊野神社の境内で、その左手に越前松平藩邸、安芸浅野《あきあさの》藩邸、阿波蜂須賀《はちすか》藩邸が、塀をつらねている。

熊野神社の境内を横切れば、彦根井伊《いい》屋敷である。

——俺が、越前か安芸の、どちらかの屋敷へいくと思うちょるがじゃな——

龍馬は、袴の後腰《うしろごし》に縫いこんでいる密書を、新選組の手に渡してはならない。敵に斬られるなら、そのまえに密書を隠しておこうと、龍馬は手をうしろにまわし、書付けを抜きだし、道沿いの農家の軒先へさしこむ。

梅林のなかから、雪を蹴《け》って六つの人影が駆け寄ってくる。倒れていた奉行所役人らしい男が、なにか叫んだ。

越前屋敷へ逃げこもうという考えが、一瞬頭をかすめたが、築地塀《ついじべい》へゆきつくまでに、半丁ほど雪の深い畑を横切り、小川を飛びこえねばならない。

ぐずついているうちに追いつめられ、殺されると判断した龍馬は、とっさに下駄をぬぎ、忠広を抜きはなち、右肩に担いで、雪がすくなく足場のいい梅林のなかへ、駆け入った。

敵は一人でこちらへむかってくる龍馬に気を呑《の》まれたのか、足をとめた。

龍馬の上唇はまくれあがり、喧嘩犬《けんかいぬ》のように歯を剝《む》きだしていた。が、頭は冷静にはたらき、地形を読んでいる。

――じっとしよったら、おおごと。動かざったら、やられてしまうぜよ――

手槍を持った敵が、先頭に出てきた。間合をひろくとれる槍を、刀であしらうのは楽ではない。

――やはり難物が先にきよったか。よう心得ちゅうじゃいか――

火のように燃えあがっている眼光を、敵にむけた龍馬は、懐中からなにかをとりだし、手槍を持った敵の胸もとをめがけ、投げつけた。

細かい砂利と鷹《たか》の爪《つめ》と呼ばれるとうがらし粉をまぜあわせ、鳥の子紙で包んだ手製の眼潰《めつぶ》しである。

それは溝渕広之丞《みぞぶちひろのじょう》の直伝《じきでん》である。広之丞はいっていた。

「これを投げるばあで、どげな難敵でも、かったし(片っ端から)立ち往生しよるきに、斬りあいをやらないかんときは、二つか三つはもっちょきや」

龍馬は眼潰しをひとつだけ持っていたのをよろこぶ。

手槍を構えた敵は、叫び声をあげ、立ちすくんだ。龍馬の刀身が唸《うな》り、相手の右首にくいこむ。血が奔騰し、敵は雪のなかへあおむけに転倒した。

――あと五匹かえ――

殺生を好まない龍馬であるが、手加減をする余裕はない。

五人の剣術の練達者が、眼にもとまらない速さで、龍馬を斬り伏せようと、薄《すすき》のように刀身をつらね、迫ってくる。

――囲まれて、たまるかあ――

龍馬は濡《ぬ》れた革足袋で地面を蹴り、跳躍して右端の敵に躍りかかった。

足が滑り、踏みとどまろうとするところへ、袈裟《けさ》がけの打ちこみが左首筋へ襲ってきた。白刃の光を横手に見た龍馬の体は自然に動き、右に首を振って避けたが、左肩に棒で殴りつけられたような衝撃をうけた。

やられたと思いつつ、龍馬は右から左へ、死力をふるい、横一文字に刀を振る。

敵が喉をしぼるような声をあげ、横ざまにひっくりかえった。

右臑《すね》をしたたかに払われた相手は、雪上に血をまきちらし、転げまわる。

つぎの敵が、下段の構えから突いてきた。さきほどの左肩への斬りこみは、おりょうにすすめられてつけていた着込みのおかげで防ぐことができたが、一重鎖を縫いこんだ綿入れでは、双手突《もろてづ》きの剣尖《けんさき》を防げない。

龍馬は飛び下がって一度空《くう》を突かせ、さらに二段突きに出ようと足を踏みだしかけた敵の顔に、刃風を唸らせ左横面を打ちこむ。

――あと三匹じゃ――

龍馬は悪夢のなかでもがいているような気分であった。

敵を三人倒したが、手応《てごた》えがまるでない。宙に刀を舞わせているだけではないかと疑う。新選組の隊士たちは、味方のなかばを倒されると、必死に動きを速めてきた。このまま龍馬を取り逃がしては、帰隊しても隊規によって切腹させられる。

大兵《だいひょう》の一人が上段から刀を唸らせ打ちこんでくる。

龍馬は忠広の棟ではねあげるなり、鉢金《はちがね》を巻いた敵のこめかみから鼻へかけ、斬りかえす。

いきおいがあまって敵に体当たりをしたとき、顔から襟《えり》もとへ温かい返り血を浴びた。うしろから襲ってくるであろう敵を避けるため、そのまま前に走ったが、右肩にしたたかな一撃を浴びた。

よろめきつつふりかえりざまに、刀身を右片手でうしろへ大車《おおぐるま》に振る。たしかに斬ったはずであったが、敵はうしろへ飛び下がり、喚《わめ》いた。

「こやつは着込みをつけておるぞ。突け、突け」

龍馬は力をいれすぎて震えのとまらない両足を踏みしめる。

――何をぬかすか。着込みは、おんしらもつけちゅうろうが――

胸のうちで毒づきながら、龍馬はたぶんこの場で殺されるかも知れないと、ひとごとのように感じた。

あとに残った二人は、どちらもしたたかな腕前である。それは、身ごなしで分かった。構えが柔軟で、動作がしなやかに撓《たわ》みを残している。

——こやつらは、どこぞ名のある道場で、目録ばあは貰《もろ》うた腕にかあらん。俺はだれこけた（疲れきった）きに、身動きが遅うなるろう。前後に囲まれ、足を滑らしてしもうたら、しまいじゃ——

返り血を顔に浴び、大怪我《おおけが》をしたように見える龍馬は、わざと肩を落とし、下段青眼《せいがん》に剣尖を落とし、上眼づかいに敵の出様《でよう》をうかがう。

ひとりは五尺五寸ぐらい、いまひとりは龍馬とおなじほどの背丈の、屈強な男であった。

彼らは左右に一間ほどの間隔をひらき、中段にとった刀の剣尖をこきざみに浮沈させ、動きをとめていた。龍馬が左右の敵のどちらかに斬りかかれば、ひとりはうしろにまわり、背筋へ刀を突きいれてくるにちがいない。

ぐずついてはいられなかった。

龍馬は二間ほどひらいていた間合を、一気に詰めてゆく。右手の敵が、右へまわりこんでゆき、はさみ討ちの態勢をとろうとした。

龍馬は喉をふるわせ、咆哮《ほうこう》した。

「そらきたあーっ」

彼は宙を蹴って前へ走った。

右八双《はっそう》の刀身を、敵の首筋へ打ちこむと見せかけ、そのまま横手を走り抜ける。案に相違した敵が、宙を飛んで追ってくる。龍馬は走りながら左手で梅の枝をつかみ、足をとめると左横面を打ちこんできた敵の刀を払うなり打ち返した。

左顔を削《そ》がれた敵の眼球が、牡蠣《かき》のように飛びだすのを見た龍馬が、体勢をたてなおすまもなく、最後に残った敵の刀が頭上に降ってきた。

首を振ってかわしたが、左肩に骨が折れたかと思うほどの、烈《はげ》しい衝撃をうけた。よろめきつつ、梅の幹のうしろへまわりこむが、敵は逃さず討ちとめようと、すさまじいいきおいで両袈裟、横面、突きを繰りだしてきて、息つくひまもない。

――ばっさり(しくじった)、こりゃいかん。こってい牛のような奴じゃ。おの、俺もこれまでかえ――

忠広は刃がこぼれ、鋸《のこぎり》のようになっていた。

龍馬は高知の日根野道場で、師範代の土居楠五郎《どいくすごろう》から教えられた要領を、脳裡《のうり》にうかべた。

「動きの速い者《も》んと対戦するときは、焦ったらいかん。打ちこんでくれば間合をひらき、じこじこ(だんだん)相手をじらしてみい。そうしゆううちに、勝算をつかめるがじゃ」

龍馬は敵が打ちこんでくると、足をこきざみに浮かせ、退《ひ》いて間合をひらく。

そのうちにわが吐く息のにおいが臭くなってきた。体が危険を察知しているのである。龍馬は打ち返そうとするが、そうすれば刀をはじきとばされ、息の根をとめられるような気がする。

龍馬はついに足をすべらせ、よろめく。敵は二尺五、六寸はある剛刀を唸らせ、腹をめがけ突いてきた。

かろうじて払いのけ、尻もちをつく。敵は龍馬の足を狙《ねら》い、斬りつけてきた。龍馬は刀を横に振り、ようやく払ったが、忠広が手から離れ、雪上に転がった。

――もういかん。死ぬる……――

龍馬は鬼のような形相《ぎょうそう》になり、はねおきざまに片手で敵の足をつかみ、引いた。不意をうたれた敵は、もろくも転がる。龍馬は小栗流和術《やわら》の法で敵を引き寄せ、袴を絞りあげ、うつ伏せにした。敵は手にする刀を使うことができないまま、羽織を引き絞られ、脇差《わきざし》に手をのばすこともできず、龍馬の術中に陥った。

「気の毒じゃが、おんしを殺さんかったら、俺が死ぬきに」

身動きのとれなくなった敵の頸骨《けいこつ》を、龍馬は気合とともに押す。

骨の折れる鈍い音がした。

何者とも知れない浪人が新選組隊士六人に襲われ、そのすべてを倒したという噂《うわさ》は、京都の町人たちのあいだでひそかにささやかれた。

「世のなかには、無茶をしよる奴がいよりますなあ。鬼のような新選組を、六人も斬り殺しよったとは、びっくりするような話どすなあ。手を下したのは、薩州屋敷にかくまわれてる浪人やという人もおりまっけど、しかとは分からんちゅうことどす」

「強盗と見分けのつかんような、乱暴をはたらきよる新選組やもの。そんな目におうたら、気味よろしゅおすがな」

龍馬は、いったん薩摩藩伏見屋敷に入り、そのあと寺田屋で数日を過ごし、打ち身の養生をしたあと、大坂へ戻った。

龍馬は、おりょうに礼をいった。

「あれだけの斬りあいをして、打ち身ばあですんだがは、鎖襦袢を着ちょったおかげじゃ。俺はおりょうのおかげで命拾いをしたねや」

「ほんなら、残りのお命をおりょうにおくれやすな」

「えいぜよ。けんど、まだしばらくは同志らあのために働かにゃあならん」

「按配《あんばい》ようなる日がくるやろか」

「そりゃあ、くらあよ。それまで俺もおりょうも達者でおらんといかんねや」

龍馬は、薩摩藩に頼って生きるほかに道がない窮地に追いつめられていたが、激変する境遇を楽しむ余裕があった。

三十一歳の体軀《たいく》には、いかなる難事をものりこえていこうとする、気魄《きはく》がみなぎっていた。


薩摩藩大坂藩邸に帰ってきた龍馬は、慶応元年（一八六五）四月二十五日に、西郷吉之助、小松帯刀、大山彦八らと胡蝶丸で鹿児島へむかった。

高松太郎、千屋寅之助、新宮馬之助、近藤昶次郎、沢村惣之丞、陸奥《むつ》源二郎（宗光《むねみつ》）ら、海軍塾の同志も同行した。

吉之助はその年の正月二十八日、親戚《しんせき》、知友にすすめられ、結婚していた。家老座書役《かきやく》の岩山八郎太の娘、糸子《いとこ》である。岩山家は、城下では美人の生まれる家系であるといわれ、糸子も容姿すぐれた女性であった。

吉之助は奄美大島《あまみおおしま》に残してきた、愛加那《あいかな》を忘れられないので、結婚に気乗りしなかったが、薩藩大目付として、頻々と鹿児島、京都の間を往来する立場となっては、留守居をする主婦は、どうしても必要であった。

吉之助は、龍馬にいった。

「お前《は》んさあ、鹿児島についたら小松どんのご別邸にしばらくおりやんせ。そんうちに頼みたかこつがごわす」

「分かりました」

龍馬は、吉之助がなにを頼みたいのか、知っていた。長州藩へ薩長連合をすすめる使者として、出向いてほしいのである。

薩長連合の気運は、元来勝麟太郎の雄藩連合論から生じたものである。吉之助は長州征伐の経過を見るうちに、薩摩と長州が協力すれば、幕府を倒すことができるかも知れないと、考えるようになったのである。

長州藩は元治元年十二月十九日、家中急進派の前田孫右衛門《まえだまごえもん》、渡辺内蔵太《わたなべくらた》、松《まつ》島剛蔵《しまごうぞう》らを野山の獄で斬罪に処し、家老清水清太郎《しみずせいたろう》を自刃《じじん》させるなど、急激な粛清をおこなった。

この処断に対し、諸隊は決起した。諸隊は町人、百姓、浪人、神主などで編制された民兵隊で、藩の正規兵ではなかった。

藩は諸隊に武器の返上を命じたが、奇兵隊長山県狂介《やまがたきょうすけ》（有朋《ありとも》）が、正月三日までの猶予を求めた。だが期日がきても諸隊は藩命に服さず、かえって宣戦布告文を藩庁に届けた。

高杉晋作は遊撃隊有志三十人を率い、下関新地会所を襲い、挙兵した。

正月十日に、藩政府の軍隊と諸隊が衝突、激戦となった。十四日には諸隊のうち八幡隊、御楯《みたて》隊、膺懲《ようちょう》隊、奇兵隊、南国隊が奮戦し、藩政府軍を撃破した。

諸隊は、山口の藩校明倫館《めいりんかん》を本営として、萩の藩政府軍攻撃をはじめた。

二十一日には諸隊の軍艦癸亥丸《きがいまる》が萩城に近い海上にあらわれ、空砲を放って威《い》嚇《かく》する。

諸隊が俗論党を潰滅《かいめつ》させ、藩庁の方針を変更させるに至ったのは、二月二十七日であった。

この日、藩主毛利敬親《もうりたかちか》（慶親《よしちか》から旧名に戻す）は諸隊鎮撫《ちんぶ》のために山口郊外の湯田《ゆだ》にきて、諸隊総督を引見し、藩論を武備恭順に統一することを告げた。

諸隊を指揮する高杉晋作、伊藤俊輔《いとうしゅんすけ》（博文《ひろぶみ》）、井上聞多《いのうえもんた》らは、下関を開港する方針をうちだした。長崎や上海まで出向き、銃砲を調達するよりも、下関で貿易をおこなうほうが便利であると考えたのである。

彼らは長州藩所有の壬戌丸《じんじゅつまる》を、三万五千ドルでアメリカ人ドレークに売却し、ドレークの所有する蒸気船に曳航《えいこう》させ、上海で引き渡し、その代金で多数の銃砲を購入してきた。

下関沖には外国蒸気船が多数寄港し、密貿易がさかんにおこなわれた。

藩庁は下関開港に同意し、高杉、伊藤に応接掛を命じた。ところが、下関は西端の一部だけが本藩に属し、大部分が支藩の長府《ちょうふ》、清末《きよすえ》両藩の領地であった。

両藩は、本藩が貿易で大利を得るつもりだと反感を抱いた。政情が不穏になってくると、地元の攘夷《じょうい》派が憤懣《ふんまん》をかくさなくなった。

「高杉らは、攘夷実行を主張した志士ではないか。変節漢は斬りすててしまえ」

攘夷派がつけ狙いはじめると、高杉、伊藤、井上は藩内に安住できなくなった。三人は前後して他国へ逃れ、身を隠した。

戦力をしだいに増強させている諸隊は、山県狂介が統率していた。

吉之助は、幕軍を恐怖することなく、戦意を燃やす諸隊が主導権を握った長州藩の実力を認め、連合して幕府を倒し、新たな政権をつくることができるだろうと、考えるようになっていた。

四月中旬、高杉晋作は愛人の芸妓《げいぎ》うのとともに大坂へ逃げた。晋作は船頭の風体《ふうてい》で心斎橋《しんさいばし》の書店へゆき、『徒然草《つれづれぐさ》』はないかと聞いたのでたちまちに幕吏の尾行をうけ、やむなく讃岐《さぬき》に渡った。

彼は備後屋《びんごや》助一郎と名乗り、琴平《ことひら》の町なかの裏店《うらだな》に、うのとともに住んでいた。彼をかくまっていたのは、子分千人を擁しているといわれる、俠客日柳燕石《きょうかくくさなぎえんせき》であった。

龍馬らが鹿児島へむかっている頃、高杉のもとへ薩長連合をすすめに出向いた勤王浪士がいた。

久留米の古松簡二《ふるまつかんじ》という人物で、京都で有志が集まり、低迷する政情を打開するには、薩長を和解させるよりほかはないと、意見が一致した。

長州に和解をすすめるには、高杉を説かねばならないということになり、かねて高杉と交遊をかさねている古松が出向くことになった。

古松は高杉が多度津《たどつ》にいるという情報を知っていたので、兵庫から船に乗ると、水戸《みと》の勤王浪士斎藤佐次右衛門が乗りあわせていた。

「貴公、いずれへ参られる」

斎藤は行先を隠さずうちあけた。

「下関へ出向き、高杉に会って薩長の和解をすすめるのです」

「それは妙なめぐりあわせですな。拙者も実は高杉に会いにゆくところです」

「それでは下関までご同道いたそう」

「高杉はいま、多度津におります。ご案内しましょう」

古松と多度津の知人をたずね、高杉の隠れ家を聞くと、琴平にいるという。

琴平の高杉の住まいをたずねると、彼は女の衣裳《いしょう》を着て、芸者に月代《さかやき》をあたらせていた。親友の古松が、高杉に斎藤をひきあわせる。斎藤はいった。

「尊藩と薩摩藩が、それぞれ異なる道を歩まれるのは、方今、天下のために不利であると、万人のいうところであります。高杉先生は、薩摩藩との和解にかならずご同意なされるものと存じます。国家万民のために、和解なされたい」

高杉は黙って聞いていたが、やがて答えた。

「他藩のお方ならばともかく、貴公は水戸の志士でござろう。水戸はわれらが敬《うやま》う光圀《みつくに》公以来、斉昭《なりあき》公に至るまで、忠義を重んずる御藩でござろう。その藩のお方がさようなことをおっしゃるとは、実に意外である」

斎藤はたずねる。

「それはどういう訳でござろう。武士が忠義を忘却しては、何事もできぬが」

「では申しあげよう。はじめ弊藩は、薩とあい約してともに国事にたずさわった。然《しか》るにいま、すでに弊藩では薩賊会奸《さつぞくかいかん》と申してござる。薩摩が会津と盟約をむすび、弊藩を制したではござらぬか。

われより背かざるに、彼より背いたのでござるよ。これは天下の知るところだ。今日の有様はいかがであるか。

申しあげるまでもなく、薩のいきおいは隆々として旭日昇天《きょくじつしょうてん》というべく、弊藩はいまや幕府の征討軍をむかえうち、必死の戦いにのぞむ、失意の極にある。

薩摩が和を請うてくれば話は別段のことになるでしょうが、われより膝《ひざ》を屈して薩に和を請うのは、高杉の眼の黒いうちはありません」

斎藤はおだやかな人柄で、高杉にそういわれると、いいかえすこともできず辞去した。

古松はあとに残り、寝ころんでいった。

「実は俺も斎藤と同様に、薩長和合をすすめに、はるばるここまできたんだ。さっき斎藤にいった貴公の理屈は、いちおうもっともだが、平常の卓見はどこへいったのかね。日本国の行方を考えてものをいってくれ」

高杉は笑って頭を掻《か》いた。

「あれは屁理屈《へりくつ》じゃ。しかしのう、貴公は馬関《ばかん》（下関）というところを、どんなところと思いよるかのう」

「馬関は、日本国でもっともいい港だろう」

高杉は鼻先で笑った。

「君が見るのは、そんなところじゃけえの。薩が中原《ちゅうげん》を狙うなら、馬関の海峡をどがいしても渡らにゃいけんのじゃ。

そうせにゃ、志を達することは決してできん。いまわが長州は苦境のどん底じゃ。この場合に、われより膝を屈して薩に和を求めるようなことは、断じてできまいが。

いま帰りよった斎藤は人柄はよさそうじゃが、まだ世間に名が聞こえておらんじゃろう。西郷はわざと名の聞こえん者を、使いによこしよったんじゃ。その本意は読めるじゃろうが。そっちから頭を下げてこいというとるんよ。いま斎藤のすすめをいれて、和議をもちかけりゃ、長は薩に頭を下げたことになりよるが。薩は名と利を取ろうと思うとるんじゃ。この高杉は、西郷の手を読んどるけえ、その手にゃ乗らん。まあ見とれや。西郷は斎藤を使うて事が運ばなんだら、こんどはもうちっと天下に知られた者を使いによこすじゃろう」

「いかにも、貴公の見識はやっぱりたいしたものじゃ」

古松は感心した。

この挿話によって、吉之助がすでに薩長連合の運動をはじめていたことが分かる。

龍馬は五月一日から十五日まで、鹿児島に滞在した。

小松帯刀の別邸は、薩摩潟《さつまがた》にのぞむ台地にあり、桜島《さくらじま》を西から見あげる場所であった。旧暦五月の鹿児島では、真夏のような陽《ひ》が照りつけていた。

彼のもとへ、有村国彦《ありむらくにひこ》がたずねてきた。吉之助の紹介で会った国彦は、桜田《さくらだ》門外《もんがい》の変《へん》で自刃した有村次左衛門《じざえもん》の弟である。

国彦は挨拶《あいさつ》ののち、態度をあらためてたずねた。

「天下は多事ごわす。志士が世に処するの道は、いかがごわすか」

龍馬は答えた。

「私は何ちゃあ知りゃあせんがです。ただ一死もって国に殉じ、狂瀾《きようらん》をしずめる捨石となればさいわいです」

龍馬は他人に斬られて不慮の死を遂げたくはない。

しかし、彼は危うい道を進まねば、薩摩の援助をうけることはできない。危険を承知で虎穴《こけつ》に入らねばならないが、こんな自分の立場を冷静にながめ、わが運気に賭《か》けてみようという心の余裕があった。

誰でも一度は死ぬのだという覚悟が、胸奥に根をすえている。前途にあらわれるであろう幾多の危難を切りぬければ、同志とともに蒸気船を駆使して巨利を得る、未来が待っているのだ。

国彦は、龍馬のこのような醒《さ》めた思いを知らず、志士としての至誠を聞いたと感服して帰り、それを朋輩《ほうばい》の藩士に語った。

だが、慓悍血気《ひようかんけつき》の薩摩兵児《へこ》たちは、あざ笑うのみであった。

国彦は朋輩たちを連れ、龍馬をふたたびたずねた。龍馬は小松帯刀の家来と碁盤をかこみ、碁をうっていた。

兵児たちは戸外からそのさまをのぞきこみ、嘲笑《ちようしよう》していった。

「あれ見い、浪人が碁をうちおっが」

龍馬は顔をあげ、大喝した。

「なんつや、わやにすな（馬鹿にするな）。浪人じゃち碁も打ちゃあ屁もこくぜよ。なにがめずらしいがぞ」

兵児たちは声をそろえて笑ったが、龍馬のすさまじい眼光に気圧《けお》されて、はやばやと立ち去っていった。

龍馬は吉之助の屋敷でも、数日を過ごした。ある日、龍馬は吉之助の夫人糸子に頼んだ。

「いっち古い褌《ふんどし》を下さらんろうか」

糸子はいわれるままに吉之助の使いすてた褌を与えた。

吉之助が帰ってくると、糸子はそれを告げた。吉之助は顔色を変え、糸子を叱《しか》りつけた。

「お国のために、命を捨てるお人と知らんのか。すぐに新しかものと替えてさしあぐっがよか」

ふだんまったく怒声を発しない吉之助が、顔を朱に染めて怒った。

彼がお国というのは、薩摩の意である。

このとき龍馬は、薩長連合のために長州へむかうことがきまっていた。長州に入れば、薩摩の使者というだけで、いきなり斬り殺されるかも知れない。斬りあえば、そのときが最期である。生きては帰れなかった。

龍馬の同志、近藤昶次郎たちは、鹿児島に到着してまもなく、小松帯刀に伴われ、藩船で長崎へむかった。

薩摩藩があらたに購入する、蒸気船開聞丸《かいもんまる》の引きとりに出向くという名目であったが、彼らは長崎に常駐し、貿易業務にあたることになった。

長崎の町はずれの、亀山《かめやま》という山肌にくいつくように建てられた宿舎をあてがわれた。給与は薩摩藩から毎月、一人あたり三両二分が与えられることになった。

彼らの組織は、「亀山社中」と呼ばれることになった。薩摩藩によって設立されたが、藩の機関ではない。薩摩藩士は一人もいない。幕府に探知されたときは処罰をうける危険のある、密貿易に類する仕事にたずさわる。地元の豪商小曾根《こそね》英四郎《えいしろう》の後援をうけることになっていた。

鹿児島にひとり残った龍馬は、同志たちとは、もはや生きて会えないような、寂寥《せきりよう》の思いをかみしめた。夜になると彼は縁先に出て焼酎《しようちゆう》をあおりながら、天心にかかった鏡のような月を眺め、おりょう、乙女、お田鶴《たず》、亡くなったお琴《こと》の顔を思いうかべた。

――江戸のお佐那《さな》殿は、いまごろどうしゆうがやろうか――

五月十六日の午《うま》の刻（正午頃）、旅支度をととのえた龍馬は、吉之助、有村国彦らに見送られ、鹿児島を出立《しゆつたつ》した。

その晩、龍馬は鹿児島から四里離れた市来《いちき》港に泊まった。

長州には中岡慎太郎がいた。彼は土佐国安芸郡北川《きたがわ》郷の大庄屋、中岡小伝次の長男で、土佐勤王党に加盟し、龍馬とは旧知の間柄であった。

中岡は文久三年八月十八日の政変ののち、土佐藩が勤王党弾圧をはじめたので、脱藩して防州《ぼうしゅう》三田尻で編制された忠勇隊に入隊した。

元治元年七月十九日の禁門の変で戦闘に参加したが、怪我をして長州に逃げた。

その後は三条実美《さんじょうさねとみ》のもとにいて、五卿《きょう》の待遇改善に奔走している。五卿は俗論党藩政府により、長州から筑前福岡藩領太宰府《だざいふ》に移されたが、勤王派の系統をひく諸隊が長州藩政を左右するようになると、五卿を重視しはじめた。五卿ははじめ九州の五藩に分かれて預けられるようになっていたが、薩摩の西郷吉之助、大久保一蔵らの後援により、太宰府に住むことになった。

五卿の諸大夫《しょだいぶ》役をつとめているのは、中岡と土方楠左衛門《ひじかたくすざえもん》であった。

二人は大砲を持参した一個小隊を太宰府へ派遣し、幕府の弾圧から五卿を守ってくれるほど誠意を示す薩摩藩の吉井幸輔とともに、元治二年二月に上京し、五卿の免訴を朝廷に訴えることになったが、途中下関に立ち寄り、長府役所直目付《じきめつけ》井上奨輔《いのうえしょうすけ》、報国隊長原田順次らと会った。そのとき尊王討幕の実行のため、薩長がこれまでの旧怨《きゅうえん》を捨て、同盟すべきであると説いた。

中岡は上京し、十日ほど薩摩藩邸に身を寄せ、大久保一蔵、小松帯刀と会い、長州の内情を調査するよう依頼をうけた。

それから、中岡らはめまぐるしいはたらきをはじめた。二月二十三日に京都を出て、三月二日に博多《はかた》に戻り、五卿に京都の状況を報告したのち、二十六日に太宰府で薩摩藩使番《つかいばん》の黒田清綱《くろだきよつな》と会う。

その後下関に渡り、三月八日には長州の村田蔵六《むらたぞうろく》（大村益次郎《おおむらますじろう》）、伊藤俊輔と会い、薩長連合の気運をたかめようと努力していた。

土佐勤王党の盟主武市半平太は、高知の獄中にあり、まもなく断罪を待つ身のうえであったが、薩長連合をすすめるのが、国家の礎《いしずえ》を固めることになるという持論を、早くから抱いていた。

中岡は三月十四日に太宰府へ戻ったが、禁門の変ののち、行方の知れなかった桂小五郎《かつらこごろう》（木戸孝允《きどたかよし》）が下関に帰ったとの急報をうけ、二十九日に下関へ渡った。

桂小五郎は禁門の変以後、元治元年八月から慶応元年四月まで、但馬《たじま》の出石《いずし》城下で、荒物屋をひらいて潜伏していた。

桂が出石に隠れていることは、愛人の京都三本木《さんぼんぎ》の芸者幾松《いくまつ》が下関にきて、伊藤俊輔、村田蔵六に伝えたので、伊藤らは迎えの使いを出した。

桂は長州に戻ると政事堂用掛を命ぜられ、国政にたずさわることになった。他国に逃走していた高杉晋作、井上聞多も帰国。波多野金吾《はたのきんご》（広沢真臣《ひろさわさねおみ》）、前原彦太郎（一誠《いっせい》）も登用された。

閏《うるう》五月には、蘭医《らんい》で西洋兵学を研究していた村田蔵六が、兵制改革をおこない、洋式軍隊を編制することになった。

将軍家茂は五月十六日に長州再征のため、江戸を出発していた。長州は藩兵を洋式軍隊に改編し、刀槍《とうそう》に頼る兵備をあらため、新式銃砲の装備を急いでいた。

長州の情勢は、薩摩に詳しく聞こえている。龍馬は旅を急がなかった。どのような手順で長州に入ればよいか、考えを練っている。薩摩の西郷吉之助の使者であることが諸隊に知れたときは、理由を説くこともできず斬殺されることもありうる。

中岡慎太郎と土方楠左衛門に、都合よく会えるかどうかは分からない。彼らがいま、どこにいるのか、消息がつかめなかった。太宰府の五卿のもとを離れているということで、おそらく彼らの手引きをうける見込みはなかろうと、龍馬は思っていた。

龍馬は五月十九日に肥後に入り、その日、沼山津《ぬやまづ》の横井小楠をたずねた。

龍馬は胡蝶丸で大坂から鹿児島へむかう途中、四月末頃に長崎へ寄港した際、長崎で洋学を修業していた小楠の門人、岩男俊貞らに会い、そのうちに沼山津村を訪問すると告げていた。

勝麟太郎と遠く離れているいま、小楠に会い、心の支えを得たかった。

龍馬は薩摩から帰りがけといって、薩長連合の任務は口にしなかった。

白の琉球絣《りゅうきゅうがすり》の単衣《ひとえ》に鍔細《つばぼそ》の大小を差した、色のまっくろな大男で、至ってゆっくりとものを言う人であったと、その場にいあわせた小楠の門人が、龍馬のことを記している。

「この衣服や大小は、みな大久保さんにもろうたものです」

龍馬は細い目をさらに細めて笑った。

酒肴《しゅこう》が出されると、諸藩の人物の批評がはじまった。大久保はどうだ、西郷はこうだとさまざまの話題が出るうちに、小楠は盃《さかずき》を右手に持ったまま聞いた。

「俺はどげなもんじゃろのう」

龍馬は笑みを見せ、ゆるやかな口調でいった。

「先生はまあ、二階にござってきれいな女どもに酌でもさせて、酒を召しあがりながら、西郷や大久保がする芝居を、見物されておられればえいがです。大久保どもになんぞごとがあったときにゃあ、ちくと指図をして下さりゃあえいですろう」

小楠は声をあげて笑い、うなずいた。

沼山津に住む人が、龍馬が帰ってゆくとき見送った。小楠の寓居「四時軒《しじけん》」の隣人の総四郎という人である。

ある日、小楠から客人の見送りを頼まれたので、村はずれの八丁馬場まで送っていった。

別れるとき、聞きなれない訛《なまり》のある言葉で、ご苦労でしたという意味の礼を述べられた。体の大きい無口な人で、ほかに言葉を交わさなかったという。

総四郎は帰って、小楠に龍馬を送ってきたと報告すると、小楠は機嫌よくいった。

「二階でちびちび酒を飲んでおって下さりゃ、私らあが下で料理しますきに、といいおった」

五月二十三日、龍馬は太宰府に到着した。

太宰府には文久三年の政変で長州へ落ちのびた、尊攘派の五卿がいた。

はじめは七卿であったが、沢宣嘉《さわのぶよし》が脱走し、錦小路頼徳《にしきのこうじよりのり》が病死して五卿になった。三条実美、三条西季知《さんじょうにしすえとも》、東久世通禧《ひがしくぜみちとみ》、壬生基修《みぶもとなが》、四条隆謌《しじょうたかうた》であった。

長州藩が幕府に降伏したのち、五卿を安全な太宰府に移し、幕府の引渡し命令を拒み、保護してくれたのは薩摩藩で、五卿ははじめ仇敵《きゅうてき》のように憎んでいた薩摩藩に、好意を抱くようになっていた。

龍馬がまず面会したのは、三条実美の衛士《えじ》、安芸守衛《あきもりえ》であった。安芸の本名は黒岩直方《くろいわなおかた》で、土佐藩脱藩者である。

安芸は土方楠左衛門、中岡慎太郎とともに、薩長連合を主唱していたので、龍馬を、たまたま長州藩主の書状を届けにきていた長府藩士時田少輔《ときたしょうすけ》と本藩の藩士小田村素太郎《おだむらそたろう》に、さっそくひきあわせた。

本藩の主人である毛利敬親、広封《ひろあつ》（定広から旧名に戻す）父子は、最初の長州征伐が終結した直後で謹慎中のため、一切の政治行動をはばかるので、支藩の家臣時田を正使、小田村を副使として派遣した。

時田、小田村はどちらも長生きしたので、このときの様子を回顧談として残した。

時田の話の大要は、つぎの通りである。

「坂本氏は初対面の挨拶を終わるやただちに、薩長が今日のごとく隔離しておっては、とても王政復古の事業をなしとげることはできぬ。たがいにこれまでのゆきがかりは忘れてしまって、今日より提携をして大いに国事に尽さねばならぬと思うが、いかがであるか。お前方の考えはどうかということであった。もとより私どもも及ばずながら、到底これが一藩で事の成るという見込み、さらにございませぬ。どうも国情のゆきがかりで、そういうような場合に、双方がなっている。それでその当時で見まするると、諸隊の者や壮士の輩は、もし薩長の人が一座でもしたといえば、その人を捕えて斬ってしまう。こういうような人気《じんき》の場合でございます。なれども坂本氏の論におきましては公平な論で、いずれそうならなければ進んで事が成るわけのものでないと、私ども同意をいたしました」

長州人が薩摩側の人物と会えば、それだけで斬られるという状況を聞かされた龍馬は、死地に入る覚悟をきめざるをえなかったであろう。

小田村素太郎は後年、慶応年間の回顧談を、質問に答える形式で述べている。

問　伺いたいのは、当時あなたが太宰府へおいでになりまして、坂本龍馬にお逢《あ》いになりましたことです。

答　逢いました。それが薩長媾和《こうわ》の開始であった。

問　そのとき、坂本は京都から鹿児島へいって帰りがけに、太宰府へ寄ったものと見えます。

答　そういうことで、そのとき会合したのだが、吾輩《わがはい》に坂本を紹介したのは誰やらであった。

もっとも変名して駆け歩く頃であったが。

問　楠元文吾とか谷晋とか申しませぬでしたか。

答　御維新後にもしばしば面会した人でしたが、谷守部《たにもりべ》（干城《たてき》）、いや安芸守衛という変名の人でした。

問　それはいまの黒岩直方君の変名です。太宰府であなたがお逢いになったとき坂本が薩長連合のことをお話ししたのは、これから長州へいって、こういうことを相談するが、その先容《さきぶれ》をあなたにしてもらいたいという頼みでしたか。

答　もとよりそうだ。

私の旅館へ龍馬がきて、貴様に願いたいが、私はこういう考えを持っているからということであった。

龍馬は黒岩直方に伴われ、五月二十五日、三条実美ら五卿に拝謁した。東久世通禧は「西航日記」に記した。

「廿五日、土州藩坂本龍馬面会。偉人ナリ。奇説家ナリ」

五卿が太宰府で安全を保障されているのは、薩摩藩の西郷、大久保らのはからいによるものである。

そのため、龍馬が薩長連合を説くと、共感し、よろこんだのであろう。

三条実美の年譜には、つぎの記載がある。

「五月二十五日、坂本龍馬来テ公等ニ謁ス。龍馬ハ土州ノ士藩《しはん》ヲ脱シ、京摂間ニアリテ国事ニ周旋ス。

是日来謁、イクバクナラズシテ又長州ニ赴ク」

当時の長州の実情は、伊藤博文がのちに語っている。

「一体、長州の議論というものは、鹿児島と連合しようなどという考えを持つどころではない。君父の仇敵としていたところだから、なかなか余人には、そんな話はできぬ」

長州藩の諸隊の壮士たちの、薩摩藩にむける憎悪は、すさまじい。

藩庁が公文書に、「薩賊」と記してはばからなかった。西郷の特命をうけた龍馬が長州に入りこめば、たちどころに斬殺されても当然という、緊迫した情勢である。

龍馬は、桂小五郎にわが身の安全を保障してもらおうと考えた。

小田村素太郎がその交渉を安芸守衛から頼まれた経緯を、「防長史談会雑誌」でつぎのように語っている。

「馬関に木戸が出ているから、木戸に会うて話そうと思うが、しかし今は馬関が厳重に閉鎖しているので、他藩の考えが容易に入ることができぬ。

もし馬関へ突然いって、思わぬ殺害にでも会うては、何でもない話であるから、貴様からひとつ馬関へそのことを先に通じておいてくれということで、なお龍馬がいうに、木戸にあててそのことをいうてやっておいてくれというから、それは容易なことである。

貴様の考えも、吾輩のいまここで出先の考えも、まず同一のことであるから、木戸においても異論はなかろうと思うが、こころみに手紙をひとつやろう。その返事のくるまで待てというと、龍馬はそれはよいといった。

吾輩からすぐに手紙を書いて出したところが、その返事がすみやかにきて、それはさしつかえないから、坂本なる者にきてもよいというてくれ。決していま馬関に散在している各隊の者にも、疎暴《そぼう》の事をせぬように注意しておくから、気がかりなくくるようにと、木戸のほうから手紙でいうてよこしたから、その手紙を坂本に見せて、そこで薩長連合の端《たん》がひらけたようなものじゃ」

龍馬は危難を避けるための準備をととのえたのちに、長州へ入ろうとしたのである。

茫洋《ぼうよう》とした外見に似あわず、周到に考えをめぐらす。

時田と小田村は、龍馬の一件を桂に伝え、二人の会談の手筈《てはず》をととのえるため、先に帰国した。

下関の豪商白石正一郎《しらいししょういちろう》の日記、五月二十七日のくだりに、つぎのように記されている。

「小田村文助（素太郎）、長府井上少輔《（ママ）》、筑前より帰りがけとて、舟にて来着。長府泉十郎《いずみじゅうろう》、小田村、井上と談話。奇兵隊安《あ》（阿）部宗兵衛《べそうべえ》来訪。おのおの一酌。小田村、井上より九州の様子承る。薩よろしき評判、肥後ワロシ。筑前いまだ半途。肥前《ひぜん》も対州《たいしゅう》一件にて不手際の由。この節条公（三条実美）ににわかに媚《こ》び候《そうろう》よし。久留米すこし目覚めの形など承る」

龍馬は大久保一蔵から貰《もら》った波平《なみのひら》の新刀を腰に、五月二十八日、黒岩直方と同道し、太宰府をはなれ、下関へむかった。

晴れわたった夏空を、燕《つばめ》が高低さまざまに翔《と》んでいた。

龍馬と黒岩直方は、閏五月一日の朝、小倉城西方二里半の、黒崎《くろさき》平町から便船に乗り、下関にむかった。

狭い海峡には、大小さまざまの帆船が航行している。下関沖には、外国の蒸気船が四隻碇泊《ていはく》していた。

龍馬はこころよい初夏の海風に鬢髪《びんぱつ》を吹き乱されながら、潮のにおいをかぎつつ、黒岩に話しかける。

「長崎で聞いたがじゃけんど、ありゃあ、四月のはじめやったにかあらん。グラバーは、持ち船のサツマで上海《サンハイ》へいく途中、下関へ寄って、積荷の銃砲、弾薬を陸揚げしちょいて、かわりに米や綿を仰山《ぎょうさん》積んでいったがじゃと。

イギリスのユニオン号いう船も、上海から戻りがけに下関に寄って、船客らあは按配ようもてなされたがらしいわ。

下関から上海へ、絶えず米穀を輸出しよるきに、往復の船は絶えんそうじゃ。

上海におる各国の領事らあは、近頃、長州の産物で当地にこんもんはないようになった、といいよるらしい。

イギリスの帆前船《ほまえせん》とアメリカの蒸気船を、一隻ずつ雇いいれて、さかんに長州の米を売り、五月のうちにミニエー銃二千挺《ちょう》、大砲数千挺を買いいれたといわれちょる」

黒岩は徳利の酒を飲みながら、笑顔で答える。

「下関には、外国人の接待所もあって、毛唐の客は、すこぶる丁重にもてなされゆうがよ。浜にならんじゅうどの店にも、外国の品もんがようけ置いちょらあ。何というたち酒から西洋菓子まであるがやきに」

龍馬たちは波止場に便船が着くと、青海苔《あおのり》が生えて滑りやすい石のうえを用心ぶかく歩いて上陸した。

龍馬は小田村素太郎の指示に従い、下関西之端町《にしのはしちょう》で酢の醸造業をいとなむ、豪商入江和作《いりえわさく》のもとをたずね、城ノ腰というところの旅宿、腰綿屋弥兵衛方に泊まった。腰綿屋は長州藩山口政庁の支度した宿であった。

閏五月二日、長府藩士時田少輔は、山口にいる桂小五郎に書状を送った。

「過日、小田村君とともに筑前へ出向いたとき、太宰府で出会った土佐藩人坂本龍馬は、近日薩摩より筑前にきたもので、薩藩の状況をよく知っており、小生どもにもあらまし話してくれました。

もちろん公卿《くぎょう》方に拝謁も仰せつけられました。

その龍馬と安芸守衛は、昨夕下関に到着しました。坂本は先生へご面談したいと望んでおります。

そのつもりで下関へきたようです。ご苦労ながら早々下関へおこし下され、事情をお聞き取り願います。

龍馬という者は、先生のお世話になったこともあると申しております。じかにご面談下されば、薩摩の状況がよく分かると思います。

小田村先生へも御通知しておきましたので、お誘いあわせられ、早々においで下さい。

とりあえず使いを走らせますが、詳細な事情は、密事であるので、拝顔のうえですべてお話し申しあげます。

時田少輔

木圭《もくけい》大先生

御密披

」

木圭は桂の雅号である。

桂はさっそく下関へ出向くという返書を送った。

「このたび坂本そのほか来関につき、早々出向くようとのこと、委細承知しました。明日には早速出立いたします。何分拝顔のうえでいろいろと申しあげましょう」

小田村は時田への返書に、つぎのようにしるした。

「坂本が下関に着いたとの飛脚をさしだされ、恐縮の至りです。薩長連合の一件については、あらかじめ桂に相談したところ、都合よろしく、太宰府で坂本とかわした密計をうちあけたところ、充分引きうける意向があるようです」

小田村、時田は、太宰府で龍馬と熟議を交わしていた。

小田村はその内容を桂にうちあけた。龍馬と桂とは、まだ会見を遂げていないうちに、たがいの意図するところが充分に通じあっていたわけである。

桂小五郎は、龍馬とかつて会った記憶を残していた。

嘉永《かえい》七年(一八五四年。十一月二十七日に安政《あんせい》と改元)二月二日、土佐藩品川《しながわ》屋敷で、ペリー再来による海岸警衛にあたっていた龍馬は、神奈川宿へ出向いた江川坦庵《えがわたんなん》(太郎左衛門《たろうざえもん》)の一行が立ち寄ったとき、桂小五郎と会った。

鉄砲組五十人を引き連れた坦庵は、ペリーが浦賀《うらが》で談判する気はないので、横浜村に応接所を設置するとの取りきめをして、江戸城へ帰るところであった。

坦庵一行には、中浜万次郎《なかはままんじろう》、溝淵広之丞と、斎藤弥九郎《さいとうやくろう》、桂小五郎が従っていた。斎藤は坦庵と神道無念流《しんとうむねん》の同門で、護衛役を引きうけていた。

龍馬は広之丞にひきあわされ、弥九郎に挨拶をした。弥九郎は龍馬よりいくらか年上らしい、眉目《びもく》すぐれた若侍を紹介してくれた。

「これは儂《わし》の門人で、長州家中の桂小五郎と申す者だ。一度手合せしてみてはどうだ」

「お頼《た》の申します」

龍馬が頭を下げると、若侍は笑って答えた。

「当方こそ、よろしくお頼み申す」

その後、会ったことはなかったが、龍馬は小五郎を忘れてはいなかった。

小五郎も、はっきりと覚えている。

一度でも挨拶を交わしあった間柄は、未知の場合とはまったくちがう親しみがある。

下関にいる龍馬は、閏五月二日、病気のため町村屋という宿屋に移り、医者を呼んで診察をうけた。

龍馬が長州藩の指定した腰綿屋から、病気を理由に宿を他に移したのは、薩藩の使者である土州人がきているとの噂が、どこからともなくひろまり、長髪を風になびかせた諸隊の壮士たちが、殺気立って近所を徘徊《はいかい》しはじめたからであった。

土佐勤王党の同志である土方楠左衛門は、京都から太宰府へ帰る途中、下関に立ち寄った。楠左衛門が下関に入ったのは、閏五月三日であった。彼は五つ（午前八時）頃下関に着船上陸し、昼過ぎに報国隊副官福原和勝《ふくはらかずかつ》に会った。

諸隊の指揮官が馬で迎えにきて、ともに長府の本陣にゆき、数人の幹部とともに京都の現状、薩長和解につき、談議を交わし、その夜はそこに泊まった。

四日も諸隊有志と八つ半（午後三時）頃まで酒をくみかわした。そのあと彼らと白石正一郎方に出向き、龍馬が下関にいると聞いて、ただちに町村屋をおとずれた。

楠左衛門は、龍馬にすすめた。

「こげなすすぼけた宿屋におらんと、腰綿屋へ戻ろうじゃいか。儂がおりゃ、諸隊の者んらあ手出しせんきのう」

龍馬はようやく安心して、楠左衛門に従い腰綿屋に戻った。その夜はともに腰綿屋に泊まり、脱藩後のたがいの身のうえを語りあった。

桂小五郎は四日の夕刻、下関に到着していたが、龍馬たちは知らなかった。

翌五日、腰綿屋へ時田少輔が騎馬でおとずれた。さらに土方楠左衛門が同宿していた。

六日、龍馬は土方楠左衛門、時田少輔とともに桂小五郎と会った。いまは長州藩政事堂用掛、国政方相談役として、藩の運命を双肩に負う桂は、土方楠左衛門から京都の情勢を聞いた。

「朝廷も微力で、幕府の再征長の方針をとどめることができそうにないがです。結局は長州に大難がくるがは覚悟せんといかんですろう。

薩摩藩京都藩邸におる藩士らあは、情勢をおおいに懸念しており、こたび急に帰国して、西郷吉之助らに上京を促すことになったがです。

西郷は来月十日前後に蒸気船で下関にきて、桂殿に面会いたしますきに、ぜひ下関でお待ちあわせ下さい」

桂は太宰府の五卿のもとへ出向く用件があったが、それを見あわせ、西郷と会談することになった。

彼は西郷に連合を乞《こ》うのではなく、これまでの薩長の関係につき、薩摩が責めを負うべき点について謝罪を受けたうえで、対等の関係をむすぶつもりであった。

桂は、十五万に及ぶという征長軍を迎撃するためには、岩国、長府、徳山、清末の各支藩が決議をかため、諸隊をはじめ国内へ決戦を布告し、粛然と覚悟をさだめねばならないといっていた。

決戦のために必要な洋銃も、早急に入手することはむずかしい。長崎にミニエー銃千挺ほどはあると聞いているので、さしずめこの分だけでも求めてはどうだろうかと、急速に戦闘準備をすすめようと考えている。

時田、土方と桂との会談では、龍馬の名は出てこない。年長で龍馬よりも先に薩長連合の運動をはじめている土方の脇役になっている。

龍馬が窮境に立たされたときの、めざましい活力は、まだあらわれていない。

土方楠左衛門が、同志中岡慎太郎とともに帰国した桂小五郎に会ったのは、四月末日であった。

二人は五月一日に下関を出て、十五日に京都に着き、諸有志と薩長連合の実現にむけ奔走した。

京都での運動が一段落すると、五月二十四日ともに京都を発し、閏五月三日、土方だけが下関に上陸し、中岡は西郷説得のため薩摩へ直航し、六日の午の刻

（正午頃）に鹿児島に到着した。

土方楠左衛門は、龍馬とともに宿泊している腰綿屋へ、閏五月六日から八日まで、連日桂小五郎、野村靖之助《のむらせいのすけ》（靖《やすし》）、太田市之進（御堀耕助《みほりこうすけ》）、時田少輔ら長州藩首脳の来訪をうけた。これまでのゆきがかりは、国家の大事のまえには捨て去り、将来両藩提携して尽力すべきであるとの、龍馬と土方の説得は聞きいれられ、いよいよ薩長和解の議論はまとまったかに見えた。

土方は、その結果を三条卿らに報告するため、九日の午の刻に下関を出立し、十二日に太宰府に到着した。


下関にいて、西郷が蒸気船で下関に到着するのを待っている、桂小五郎の立場は、いつ崩れるかも知れない危ういものであった。

龍馬は、腰綿屋から外出しなかった。一歩外へ出れば、いついいがかりをつけて斬りかかってくるかも知れない諸隊壮士が、腰間に長刀を横たえ、眼を血走らせて闊歩《かつぽ》している。

山口政庁は、薩長連合にたいして熱意を示していない。諸隊のうちには、薩摩に旧怨を抱いている者がすくなくない。

「いまさら薩摩の芋と、手を結べるか。さような世迷い言《よまいごと》をぬかす奴は、首を打ちおとせ」

不気味な放言をする者もいる。

山口政庁でも、挙藩体制がはかばかしく進まず、さまざまな噂が飛び、桂のうえにも疑いが寄せられる始末である。

鋭敏な感覚をそなえている桂にとっては、耐えがたい状況であるが、政庁では、非常時において実務を断行する実力のある桂を、無視することはできないので、つぎのような書状を送ってきた。

「小銃のことは、このあいだ村田蔵六から青木群平《あおきぐんぺい》まで申し越したとおり、とりあえず長装条銃千挺を、長崎でお買い入れ下さい。そのほかの武器があれば、どうか早々お手に入れて下さい。

西郷との交渉がすめば、薩摩、筑前の国論、上方《かみがた》の形勢も分かることでしょうし、なにとぞ早々に山口へ戻って下さい」

龍馬は病《やまい》がはかばかしくないと称し、宿で寝ていた。昼間は酒を飲んで寝て、夜はなるべく起きているようにする。

布団のなかにいるときも、大刀を抱いていた。梅雨《つゆ》があけ、入道雲の湧《わ》く真夏になってきたので、座敷のなかにいても汗が流れるが、褌ひとつで蚊帳《かや》のなかに寝ころんでいる。

物音がすると、獣のように全身に力をみなぎらせ、不測の事態にそなえる。

龍馬が待ちかねていた西郷吉之助は、中岡慎太郎、岩下佐次右衛門《いわしたさじえもん》（方平《まさひら》）らとともに、閏五月十六日、藩船胡蝶丸で鹿児島を出帆した。

十八日には豊後佐賀関《さがのせき》に泊まった。この翌日、下関で西郷が下船して桂と会えば、薩長連合のめどはすみやかにつく。

だが、西郷はここにきて、どうしても下関には立ち寄れないといいだした。

「上方から一時も早うこいと急な催促をしもんで、下関へ寄するのはやめて、大坂へ参り申す。あいすまん事でごわす」

西郷吉之助はそういったまま、黙ってしまった。

中岡慎太郎が必死に説得しようとつとめたが、西郷は沈黙したまま、胡蝶丸で東方の海上へ去ってしまった。

西郷がそうしたのは、島津久光の意向を無視できなかったためであるという説がある。久光であれば、長州藩に膝を屈して連合を懇願させ、その後の主導権を掌握しようと考えても、ふしぎではない狷介《けんかい》な性格である。

とにかく、中岡は佐賀関に置き去りにされてしまった。十八日に佐賀関の宿屋に泊まった中岡は、翌日海が荒れていたので滞留し、翌朝、漁船を雇い、下関にむかった。下関に着いたのは、二十一日の夜であった。

後年、農商務大臣、宮内大臣など要職を歴任し、伯爵となった土方久元（楠左衛門）は、当時を追懐していっている。

「さて私が馬関を立ち去りました後の事を聞きますすと、坂本君は桂とともに西郷の寄港を待ちあわしておりますと、なかなかに西郷が出て来ない。廿一日（慶応元年閏五月）に、中岡君が漁船に乗って、茫然とやって参りました。

坂本君はよろこび迎えまして、西郷はどうした、いっしょにきたか、というと、中岡君は大息しまして、自分は土方と別れてから、鹿児島に参り、西郷を説いてようやく納得させ、十六日に鹿児島を出帆し、十八日佐賀関まできたが、西郷はこれから先は、どうしても馬関の方へこようということを承知しない。

ソシテいうのに、幕府が二度目の長州征伐をするということは、無謀もはなはだしい。これは無名の師である。まえの長州征伐のときには、わが薩摩も出兵はしたけれども、今度は出兵するにはあたらない。

それにつけては関白（二条斉敬《にじょうなりゆき》）をはじめ、朝廷の人々がしっかりしていてもらわなければ困る。

ついては桂との会見も大事であるが、このことより大事であるから、あらかじめ朝議を固めておかねばならぬ。

一刻もじっとしてはおられぬ。早々京都へ上らねばいけぬというから。

いろいろにすすめてみたけれども、断乎《だんこ》として動かないから、やむをえず、自分（中岡）は佐賀関へ下ろしてもらい、西郷は京都をさして直航した。

自分は別に船を雇ってここまできたのである、との話であった。

坂本君も大いに失望したけれども、桂へ黙っているわけにはゆかないから、両君あいたずさえて桂のもとに参り、そのことを告げますと、桂は怫然《ふつぜん》として色をなしていうことには、それ見給《みたま》え、僕は最初からコンナ事であろうと思っておったが、果して薩摩のために一杯食わされたのである。もうよろしい。僕はこれから帰る、と袂《たもと》を払うて去ろうとするので、両君はマアマアととめて、君の顔の立つようにするから、この後のことはまずわれわれ両人に任せてもらいたい、と百方陳謝しますと、桂も、それならばこののち、薩摩のほうから、まず使者をわが藩によこして、和解のことを申し込まれたい。そうしないときは、わが諸隊はかならず反対するでござろう、との話であった」

桂小五郎は、こののち薩摩藩に心を許さなかった。

太宰府にいた三条実美が、つぎのようにいってたしなめたほどである。

「薩藩の近情は、前日に異なるものがある。彼が善をなしても、まげてこれを疑惑するときは、前途のことははなはだむずかしい。彼の向背をもって、わが志を変えぬことが必要である」

龍馬と中岡は、いったん約に桂をなだめた。

「西郷殿は、いったん約を交わしてのち、それを破るようなことはいたしませんきに。これには、きっと久光公のお申しつけがあるがに違いありません。久光公には、こちらから連合を申し出ることはない。尊藩から頼みにこさせよと申しつけておられるがでしょう。西郷殿は、久光公の逆鱗《げきりん》にふれて、二度島流しにされ、あやうく死にかけたことがあるき、これ以上、君命に背くことはできんがですろう。

こたびの不始末は、われわれ二人がなんとしても償《つぐの》うて、君の面目の立つよう、誓ってはたらきますきに」

桂は聞いた。

「君がたは、いかなることをして、面目を立ててくれるつもりかのう」

龍馬がすかさず答えた。

「長州の四境に幕軍が間なしに参りますき。外国から薩摩藩の名義で、蒸気船、銃砲を買いいれ、尊藩へ持ちこむというのはどうですろう」

桂は、思わず龍馬の顔を見直した。

土佐脱藩の浪人にすぎない龍馬に、大敵を迎え撃つ長州藩にとって、よだれの垂れるような好餌《こうじ》を、ほんとうにもたらしてくれる力があるのか。

「それは座興で申されるのではないじゃろのう」

真剣な眼つきになった桂に、龍馬は酩酊《めいてい》してふだんよりも細くなった近眼《ちかめ》をむけ、ゆっくりと答えた。

「座興なもんですか。かならずやりますきに信用してつかさい。俺の同志らあは、長崎の亀山いうところに、社中というもんをつくっちょります。

社中の同志は、神戸海軍塾にいた者《も》んばあで、薩摩藩が後楯《うしろだて》となり、月何両かの手当も貰うちょります。グラバーと小曾根英四郎という長崎の大商人《おおあきんど》が、手引きをしてくれて、なんでも買いよります。

社中が薩摩の名義で買うたもんを、薩摩の船で尊藩まで運びます。もし、幕府に咎《とが》められたときは、社中の者んが一存でやったことにして、罪をかぶるか、しばらく上海あたりへ逃げるか、どうとでもするつもりですらあ」

桂小五郎は、このとき龍馬という男が、中岡慎太郎のような堅物の尊王浪士ではなく、懐のふかい男かも知れないと思いあたった。

西郷は、こんど胡蝶丸で上坂するとき、下関に立ち寄るのは無理であるとあらかじめ承知していて、桂が激怒したときは、社中という得体の知れない組織を使い、薩摩名義で武器、軍艦の購入を斡旋《あっせん》してやるという案を、まえもって龍馬と立てていたのかも知れない。

しかしそれは、桂にとって食いつかざるをえない好餌であった。

桂は怒りを収めていった。

「君のいうことがまことなら、外国商人より艦船を購入する周旋をしてもらいたい」

「えいですとも。なんぼでも、腕によりをかけて周旋いたしますき」

閏五月のうちに、俗論党の代表者である椋梨藤太《むくなしとうた》ら数名は、斬罪、切腹に処された。正義派諸隊の士気をたかめるためである。

いっぽう、村田蔵六に家禄百石を与え、大組に列し、藩命により大村益次郎と改名させた。

益次郎は文政《ぶんせい》七年（一八二四）五月、周防《すおう》国吉敷《よしき》郡鋳銭司《すぜんじ》村に生まれた。現在の山口市内である。家は代々医師をいとなみ、天保《てんぽう》十三年（一八四二）、防府宮《みや》市《いち》の梅田幽斎に医学と蘭学を学び、翌年豊後の広瀬淡窓《ひろせたんそう》の塾に学んだ。

そののち長崎でオランダ語を学び、弘化《こうか》三年（一八四六）、大坂の緒方洪庵《おがたこうあん》に学び、塾頭をつとめた。嘉永三年帰郷し医業をひらいたが、嘉永六年、伊予宇和島藩に招かれ、蘭学、兵学を教授した。

安政三年（一八五六）には江戸におもむき、番町《ばんちょう》で鳩居堂《きゅうきょどう》を開塾し、幕府の蕃書調所《ばんしょしらべしょ》教授方手伝となり、翌年講武所教授方に任ぜられた。

万延《まんえん》元年（一八六〇）、長州藩に召し抱えられ、馬廻役《うままわりやく》として年俸二十五俵を与えられ藩士に蘭学を教え、横浜でアメリカ医師ヘボンに英語を学んだ。

文久二年に長州へ帰国し、西洋学兵学教授として、山口普門寺《ふもんじ》塾をひらく。文久三年、御手当方御用掛、御撫育方《ごぶいくかた》御用掛を命ぜられ、三田尻砲台場所を見分《けんぶん》する。

また装条銃（ライフル銃）打方陣法等規則取調を命ぜられた。

元治元年、四十一歳で兵学校教授を仰せつけられ、小郡宰判《おごおりさいばん》砲台（宰判は長州藩の地方行政区画）築立《つきたて》場所見分を命ぜられ、下関夷艦《いかん》応接掛に任用され、元治二年二月に蒸気船売却のため上海に至り、その後大組の組士となった。

益次郎の容貌《ようぼう》は、きわめて目立っている。当時煙草屋《たばこや》の看板として掲げられていた、達磨《だるま》の絵に似ていた。

前額がつき出ていて、長く広い。頭が大きく眼光はするどい。鼻梁《びりょう》が高く、福耳で眉《まゆ》が濃く色黒である。

益次郎は西洋兵学に通暁《つうぎょう》しているのみならず、学問を実地に応用する才をそなえ、作戦において余人の追随できない技倆《ぎりょう》を発揮する人物であった。

桂小五郎は、のちに「木戸孝允覚書」に、つぎのように記している。

「前年天王山の役、兵士おのおのあるいは弓銃、あるいは槍刀《そうとう》を用いたずさえ、そのおおいに不利あるを知り、今日の機に乗じ、兵勢を一変せんと欲し、その利害を参政山田宇右衛門《やまだうえもん》に謀り、大村益次郎を抜擢《ばってき》し、軍事を改正せしむ。

ここにおいて小銃一万余挺を買求《ばいきゅう》せずんば、兵士にあつるあたわず。よって龍馬らに説くに、現状をもってし、長州の四外皆敵、しかして薩州天下のために、よくわれを容《い》るることありという。

兄らの言はたしてまことならば、薩名を借り、小銃を長崎に求めんと欲す。兄もっていかんとなす。

龍馬らこれを諾し、ついに井上聞多、伊藤俊輔を長崎につかわし、小銃七千挺、蒸気艦一隻を買求す」

桂は大村、伊藤、井上らと相談し、薩長連合の問題よりも、焦眉の急として兵器購入に力をそそぐことにした。

桂は龍馬と中岡に頼んだ。

「いまや幕府は再征の兵をもよおし、近々に攻め寄せてくるじゃろう。この大軍と戦うには、堅艦利器がいる。

山口政庁では青木群平という者を長崎にやって、武器を買い集めさせておるが、事が順調に運ぶかどうか、分からんのじゃ。薩摩と手を結ぶからには、薩州の名義で軍艦武器を買いいれてもらわにゃいけん。君がたがこれから京都へ上られたなら、どうかそのことを、小松、西郷に話されて、急ぎその諾否を返答してくれるように、頼みたいのです」

龍馬は答えた。

「そのことなら承知いたしましたきに、後《あと》の手筈は任せちょって下さい。ざんじ長崎の社中に急を知らせ、軍艦、銃砲を買い集めるよう指図をいたしますらあ。万事うまいことやりますきに、ご安心下さい」

「ほんとうに長崎でそれらのものが、買えるじゃろうか」

桂はせきこんで念をおすようにいう。

彼のもとには、大村益次郎から兵器購入見込みについての、悲観すべき情報が届いていた。

「筒（旋条銃）一件、このあいだ長岡精介へあい托《たく》し、青木群平を長崎へつかわし、装条銃千挺だけさしあたり取り寄せ、また引きつづいて買いとりたいと申しました。ところが、小銃についてはオランダへ注文しなければ、上海、香港《ホンコン》ではとても買いととのえられないとのことです」

桂はこのような情報を得ていたので、龍馬のいうことを、たやすく信じられなかった。

青木群平は、長崎へ出向いたものの、幕府長崎奉行所の役人が妨害するので、大量の兵器購入の見込みが、まったく立たなかった。

龍馬はよみあざの浮いた陽灼《ひや》けた顔を崩し、笑った。

「そげなことに、心をわずらわさんとうせ。こちらできっちりやりますきに。長崎のグラバーに頼めば、旋条銃一万挺、軍艦の一隻や二隻は、すんぐに、用立ててくれますらあ。

オランダまで注文するような、まわりくどいことをしよったら、その間《かん》に戦争が終わってしまいますろうが。あんまりふとい声じゃいえんけんど、グラバーは薩藩に艦船銃砲買入れの代金として、三十万両貸しつけちゅうがです。

イギリスは薩長に肩入れして、幕府をひっくりかえしてもかまんと思うちょるがです。あいつらあは、日本と貿易して銭《ぜに》さえ儲《もう》けりゃあえいですきのう。分かりました。ざんじ社中の仲間と連絡をとりましょう。

グラバーは長崎波止場に近い倉庫に、武器を山のように納めちょるそうですらあ」

龍馬は、その日のうちに社中の同志に事情を記した書状を送った。

龍馬と中岡慎太郎が、下関から便船で京都へむかったのは、閏五月二十九日の夜であった。

龍馬が社中同志から、あらまし長州の希望する武器の調達が可能であるとの返信を得たので、その購入に薩摩藩の名義を用いる旨、西郷らの了承をうけるため、京都へ急行したのである。

龍馬たちは、京都の薩摩藩邸に到着し、西郷、小松らに承諾をうければ、また下関へ帰ってくると伊藤俊輔らと約束していった。

龍馬は上京して、相談した結果を知らせるため、兵庫港で便船を一艘《そう》雇うことになると思うので、そのときは船賃などを払ってやってもらいたいと、俊輔にいいおいていた。

龍馬と慎太郎の乗った便船は、不順な天候のため、途中で帆待ちをくりかえし、ついに六月十四日、二人は備前西大寺《さいだいじ》に上陸してのち、陸路をとって京都にむかった。

新暦でいえば八月五日の暑気はきびしく、明けがたから歩きはじめ、昼間は茶店で休息し、陽がかげりはじめてふたたび道を急ぐ。

六月下旬に京都へ入った龍馬たちは、さっそく西郷に会い、約束を破って下関に寄らなかったことを詰《なじ》った。

「まっこてあいすまん事《こつ》でごわした。ちとわけがあって、立ち寄れんこつにない申した。申しわけもなか」

西郷は巨体をちぢめ、謝った。

「京都に出てみれば、幕府がことのほかのいきおいで、長州再征を進めようとしちょい申す。こん様子では、勝先生の仰せらるっ通り、長州が負けりゃ、薩摩がひとりで幕府と相撲《すもう》をとらにゃいけんこつになり申す」

龍馬が応じた。

「その通りです。長州は尊藩の名義をつかい、長崎で鉄砲一万挺、蒸気船一隻を買いもとめたいと申しよります。薩長連合をなしとげるがには、長州の頼みを聞いてやらんといかんのではないですろうか。どうですろう」

「よかごあんそ。そん事は、承知し申《も》んそ」

西郷吉之助、小松帯刀は、龍馬の提案をただちに、うけいれた。

「そいたらざんじ、長州へ使いを走らせんといかん」

龍馬は京都にいた土佐脱藩浪士で三条実美卿の随員である楠本文吉を使者として、長州へ向かわせた。

桂小五郎は、楠本文吉の報告をうけ、薩摩藩の名義で軍艦、兵器を購入することに、小松、西郷が同意したことを知ると、山口政庁の許可を求めることなく、独断で井上聞多、伊藤俊輔を長崎に派遣した。

井上、伊藤は七月十六日に下関を出て、翌日、太宰府で三条実美以下の五卿に謁し、薩摩藩士たちとも会った。

五卿を護衛している薩摩藩物頭《ものがしら》篠崎彦十郎《しのざきひこじゅうろう》は、事情を聞くと、顔をほころばせた。

「お前《は》んさあがたに、都合のよか事がごわす。いま小松帯刀殿が胡蝶丸で長崎にきておられ申す。たぶんお会いいたすじゃろうと思い申すが、俺《おい》が添書《てんしょ》を書いてお預けいたし申す。そいを持っていかれりゃよかごあんそ」

井上らは頼んだ。

「あいなるべくは、尊藩のお人をひとりなりともご同行願えませぬか」

剛胆で見るからに決断力をそなえているような篠崎であるが、藩士を同行させるのはためらった。

「当節はご警衛の人数が交替しちょっところでごわす。少人数ゆえ、そいはちとむずかしか」

伊藤、井上は楠本文吉に同行をたのみ、長崎へむかった。

道中は、長州人の名義では通行もむずかしいので、薩摩藩士と名乗ることになった。井上は薩摩藩士山田新助、伊藤は同吉村荘蔵と偽称した。

井上たちは太宰府を出発するまえに、桂小五郎に、小銃、蒸気船購入費用として十二万両ほどを下関に支度しておき、連絡をすればいつでも、支払えるよう用意しておいてほしいという手紙を出した。

もし違約すれば、薩州に対しても面目が立たず、国辱をすすぐことができないので、この点、抜かりのないように願いたいというのである。

七月二十一日、井上、伊藤は長崎に到着した。楠本文吉は、まず社中の千屋寅之助、高松太郎に会い、武器艦船購入を依頼した。

社中同志の住居は、長崎湾を東側から見下ろす、長崎村伊良林《いらばやし》郷字垣根山の一部にある亀山に、まだ出来あがっていなかった。

長崎本博多町《もとはかたまち》の豪商、小曾根英四郎宅の表二階を借りている。

千屋、高松は小曾根邸に帰り、同志上杉宗次郎（近藤昶次郎）、新宮馬之助、沢村惣之丞、陸奥陽之助《むつようのすけ》（源二郎、のちの宗光）らと相談した。沢村がいった。

「井上と伊藤いう人は、浜手の宿におるそうじゃが、誰ぞが訴人して、奉行所役人に踏みこまれりゃ、すべてはおしまいになるき。まず、二人を薩摩藩邸に潜伏させたのち、われわれで銃艦を購《あがな》う手筈をきめようじゃいか」

高松らは薩摩藩邸をおとずれ、小松帯刀に協力を依頼した。

井上、伊藤は小松に会い、頼んだ。

「弊藩は四境に幕軍を迎え、長防二州を焦土としても戦わねばなりません。将来は開国勤王の国是を定め、王事にはたらく所存でありますが、そのためには尊藩のお力添えにあずかり、銃艦を買い、戦備をととのえねばなりません」

小松はこころよく承知した。

「尊藩とは、こののち力をあわせ国事にあたらねばなりもはん。薩長連合にも異存はなかごわす。弊藩の名義をいかようにお使い下されても、よかごわす」

井上らは小躍りする思いであった。

薩摩藩家老が協力を確約してくれたのである。高松太郎はその夜、井上、伊藤を案内してグラバー邸に出向き、小銃購入の商談をおこなった。

グラバーは、最新式イギリス製ミニエー銃を含めた、七千三百挺を、即座に調達できるという。

井上、伊藤は耳を疑う思いであった。上海、香港まで手をのばしても買い求められないといわれていたライフル銃が、希望する数をそろえ、購入できるのである。

井上たちは、グラバー邸の客間で、ランプの光芒《こうぼう》をはじき、鈍くかがやくミニエー銃を手にとってみた。

銃身は鋼《はがね》で、口径は十四・六六ミリ、腔綫《こうせん》は五条の前装式。銃身長八百四十ミリ、重量は三・八八キロ、紙製弾薬筒を用いた弾丸は、照尺千二百ヤード（一〇九七・二八メートル）であるが、射程はそれ以上に達した。

井上たちは、薄く油をひいた銃身を手にとり、引金をひいてみた。グラバーと彼の番頭たちが碧眼《へきがん》をほそめ、うなずいてみせた。

火縄銃とは比較にならない射程と射撃速度であった。

「これで、幕府との戦《いくさ》には、勝ったようなもんじゃ」

「そうじゃなあ。地獄に仏とはこのことか」

井上たちは、心中の歓喜を口走らずにはいられなかった。

たまたま小松帯刀が、新規に購入した蒸気船で、鹿児島に帰ることになった。上杉宗次郎ら社中同志は、井上、伊藤のいずれか一人を小松に同行させようとした。

「あなた方のどちらでも、鹿児島に出向き、小銃買入れについてのはからいを謝し、今後の尽力を懇請すれば、事はなお順調に進むでしょう」

「たしかにいわれる通りじゃ。俺がいくことにしよう。たとえ政庁の許しなきをもって罰をうけても、かまわんぞ」

井上が小松に従い、鹿児島へ出向くことになった。

井上、伊藤は連名で、山口政庁に長文の報告書を送った。

「私どもは、すぐる二十一日長崎に到着。薩藩小松帯刀そのほかの人々と面会、いちいち相談したところ、案外に都合よくはこび、薩州買入れの名義をもって、周旋してくれることになりました。

すでに異人にかけあい、銃はほとんど残らず調達しました。さて軍艦もお買入れの方針は、必然に決着しなければならないことなので、買い求める方針をいろいろ苦心して、薩藩にも膝詰めで談じこみ依頼いたしました。

薩藩では、もとより今日の形勢では弊藩のためにもなることであれば、幕府から嫌疑をうけることなど、毛頭気にしていません。

いかようのことでもご尽力しましょうとのことでした」

当時の長崎では、幕府密偵がいたるところに出没し、薩長が協力すれば、その事実が露顕する危険は多分にあったが、小松帯刀は、まったく意に介しなかった。

「小松殿は、こののちも力の及ぶだけは、助力しようといってくれておりますが、明後日より帰国されるので、新助（井上聞多）が同行し、薩摩へ参り、協約をかためて参ります」

彼らはいまの好機を逃しては、銃艦購入は不可能になると訴えた。

「現在の幕長関係のなかでは、薩藩の尽力がなくては、銃艦の買入れはできません。薩藩をたびたびわずらわすわけにも参りません。僕らが滞在のあいだに、すべての目的を達成しなければならないのです」

幕府と長州藩が開戦したとき、英、米、仏、蘭の四ヵ国が厳正中立の方針をとることになり、長州藩に対する武器弾薬の密貿易を禁圧することになったのは、慶応元年五月末であった。

長州藩にとっては、息の根をとめられたのも同然の、この措置を切りぬけるためには、薩摩藩が設けてくれた機会を、絶対に逃してはならない。

井上らは桂小五郎にも、つぎのように事情を訴える。

「船をお買入れのことは、是非この機に乗って、求めておきたいので、なにとぞ政庁に論迫なされ、お買入れなされるようご尽力下さい。私どもが親しくなった英人ガラバ（グラバー）と申す者は、いったん商取引をはじめれば、百万ドルぐらいのことは、いつでも貸してくれます。購入資金に窮する気遣いはありません」

伊藤俊輔は、薩摩へ出向いた井上聞多の帰るのを待ち、薩摩藩船で小銃を下関へ運ぶことにした。

その手筈をととのえているうちに、桂小五郎から、軍艦購入の許可が山口政庁から下りたとの報が届いた。

軍艦購入については、桂たちが薩摩の助力をうけるため、藩内の反論を封じようと秘密裡に実行したので、藩海軍局がその職掌を無視されたとして、猛烈に反対した。

だが彼らも、軍艦が必要欠くべからざる戦力であることは承知しているので、購入をやめさせるまでの行動はとれなかった。

井上聞多は七月二十八日、小松帯刀に従い鹿児島に着くと、家老桂《かつら》久武《ひさたけ》、側役大久保一蔵、伊地知《いじち》壮之丞（貞馨《さだか》）と懇談し、薩長連合につき謀るところがあった。

鹿児島に十数日滞在したのち、長崎に戻った井上は、購入した七千三百挺の小銃を、大坂におもむく薩摩藩船胡蝶丸と開聞丸に積み、三田尻に直航することになった。

購入予定の蒸気船ユニオン号は、木造船で、長さはおよそ二十四、五間ほど、建造して七年ほど経ており、代金は七万ドル、三万七千七百両であった。

小銃はミニエー、ゲベール銃をあわせ七千三百挺、代金は九万二千四百両である。

小銃の支払い方法についての、グラバーの要求は、船便で夜中に残らず引き渡し、八月十日に下関で代金を受けとる、ということであった。

藩内の反対派には極秘で、代金全額を下関で支払うのである。

ユニオン号は蒸気釜《じょうきがま》の耐用年数があと二年ということで、売値が六万ドルであったが、上海で新しい釜と入れかえさせて買いいれるのである。

八月中旬、胡蝶丸、開聞丸は小銃を積み長崎を出港し、ユニオン号も同行した。薩藩の二隻の汽船は三田尻に、ユニオン号は下関へむかう。

井上らは下関に戻ると、桂、高杉（晋作）と帰国後の売買代金支払いについて協議したうえで、山口政庁に出頭し、毛利敬親父子に謁し、銃艦購入の経緯につき上陳した。

井上、伊藤が、上杉宗次郎がよく斡旋尽力してくれた事情を述べると、敬親は下関にいる上杉を山口に招き、引見してねんごろに労をねぎらい、今後の尽力を頼み、刀の笄《こうがい》、目貫《めぬき》、小柄《こづか》の三所物《みところもの》を下賜した。

龍馬は中岡慎太郎とともに上京したのち、薩摩藩邸に滞在し、薩藩の有力者に薩長連合を勧説《かんぜい》する日を送っていた。

龍馬は暇をみて、健脚を利して夜のあいだに伏見の寺田屋にゆき、おりょうと臥所《ふしど》をともにして翌朝帰ってくる。

中岡は感心していった。

「お前《ま》んは遊説もうまいけんど、女子《おなご》のほうも、しょうまっこといそしい（まめまめしい）ねや」

龍馬は笑って答える。

「お前んの恋人は、近場《といち》におるきに、いつでもいけて、まっことえいねや。せこい思いせんち、えいろう。ほん、うらやましいちゃ」

中岡の恋人は、薩摩藩邸に近い三本木に住む女性であった。

七月になって、土佐勤王党の同志であった浜田辰弥《はまだたつや》が、中岡をたずねてきた。浜田は田中顕助《たなかけんすけ》（のちに光顕《みつあき》）と改名し、大坂から大和十津川《やまととつがわ》に移り住んでいた。

浜田は蛤御門の変ののち、長州忠勇隊士として、防州三田尻招賢閣《しょうけんかく》にしばらく流寓《りゅうぐう》していたが、元治元年十一月中旬、同志五人とともに大坂に出て、道頓《どうとん》堀《ぼり》の鳥毛屋という宿屋についた。

そのうちに、招賢閣に残っていた那須盛馬《なすもりま》（のちの片岡利和《かたおかとしかず》）と池大六が上坂してきた。同志八人で大坂城焼き討ちを敢行し、将軍家茂の首をあげようという、乱暴な計画を練っていた。

浜田は当時二十二歳、血気さかんで怖いもの知らずである。八人のうち指導者の立場にいるのは、武者小路《むしゃのこうじ》家の家来、本多大内蔵《おおくら》である。

相談を重ねるうち、八人ではどうにも人数がすくない。義兵を募ろうということになって、井原応輔《いはらおうすけ》、島浪間《しまなみま》、千屋金策《ちやきんさく》が遊説のため山陰道《さんいんどう》へむかった。

あとに残った五人が策を練り、気焔《きえん》をあげているうち、市中見廻りに出ている新選組に怪しまれた。

「ここにいては危ない。拙者の宅へいこう」

本多大内蔵がすすめ、浜田は那須、大橋慎三《おおはししんぞう》とともに松屋町《まつやまち》の本多宅へ隠れた。

そのうち、忠勇隊に属し、蛤御門で戦った大利鼎吉《おおりていきち》が大内蔵をたずねてきた。

いずれも、勤王党の同志である。

浜田は十二月中旬、同志を募るため本多宅を出て、中国、四国を遊説し、元治二年正月六日に戻ってきた。

本多は自宅にぜんざい屋を開業し、変名しているので、新選組にかぎつけられるおそれはないと安心していた。

だが、松屋町に剣術道場があり、その指南役谷万太郎《たにまんたろう》が新選組隊士であることを知らなかった。

備中出身の谷の同郷の者が、浜田らを見知っていて、谷万太郎に密告した。

浜田辰弥は大坂に帰って二日めの夜、大橋、那須とともに外出していた。その留守中に、谷が門弟を引き連れ、斬りこんできた。

本多はとっさに逃げたが、奥座敷にいた大利は、抜刀して反撃し、七ヵ所を斬られ絶命した。

浜田らは、人相書を市中にふれまわされたので、大坂にいられなくなり、那須盛馬とともに大和十津川村へ逃れた。

田中顕助と改名した浜田が、中岡のもとへたずねてきたのは、旧友の大橋慎三から手紙をもらったからである。

大橋が中岡に、田中が十津川に流寓していると告げると、一日も早く京都へ出てくるようにいわれた。

「天下多事の折柄、十津川に隠れているような場合か。すぐ出てくるようにいうてくれ」

田中は薩摩藩邸へくると、中岡と行動をともにするようになった。

薩摩側有志の説得をなしおえた中岡は、長州へ下り、遊説をすることになった。

七月十九日、龍馬は京都に残り、情勢の変化を見とどけることになり、長州へ下る中岡と田中を伏見まで見送った。

八月中頃、龍馬は伏見の寺田屋に移った。薩摩藩邸では長期にわたり土州人を養っていると、どうしても噂が世間にひろまり、面倒なことになりかねない。

京都守護職松平容保《まつだいらかたもり》の率いる会津藩の士卒は、長州再征に出兵しないという薩摩藩を憎み、薩摩藩邸を焼き討ちするという噂が流れていた。

このため、薩摩藩伏見藩邸に近い船宿寺田屋か、京橋の旅宿日野屋孫兵衛方のいずれかに、龍馬を住まわせることにした。

龍馬ははじめのうちは、日野屋と寺田屋を利用していたが、そのうちにおりょうのいる寺田屋の裏二階に居ついてしまった。

西郷伊三郎と名乗る龍馬は、おりょうと夫婦の暮らしを楽しんでいた。

「いつまでも、こうしていられたら、ほんに嬉《うれ》しゅうおすけど」

おりょうがいうと、龍馬は笑顔で彼女の肩を抱く。

「俺にとっても、極楽に住んじょるかと思うような、日送りをさせてもらいよるが、これもいっときのことじゃろう。また用事ができりゃ、どこへでもいかにゃあいかん。いまのうちじゃ。かたときもお前《ま》んを離しとうないぜよ」

龍馬は雨の日には、二階で書見をしている。ときどきおりょうが梯子段を忍び足であがってくると、抱きあった。

昼間は寝込んでいて、夜になると裏口から出てゆき、薩藩伏見藩邸で藩士たちと時勢の推移を語りあい、明けがたに戻ってきた。

龍馬はあまり用心ぶかくはないが、人の気配のない夜中しか出歩かないので、伏見奉行所の下役たちも、気づかないようであった。

龍馬はひとごとのようにいう。

「そのうちに感づかれるろう。そうなったら、おりょうともしばらくお別れやねや」

「そんなこと、嫌どっせ。わても連れていっとくれやす」

「そげなことしてたまるか。人の眼についてじきに捕まらあや」

夏が過ぎ、秋も深まって、綿入れを着たくなるほど冷えこんだ九月六日の朝、前夜泊まった薩摩二本松藩邸を出て、寺町を通りかかったとき、川村盈進《かわむらえいしん》に出会った。

盈進は土佐藩医で、龍馬の家の裏通りである水通町《すいどうちょう》に屋敷があった。

「こりゃあ盈進さんかえ。ひさにめずらしい所で会うたもんじゃよ。いつ京都へ出てきたがぜよ」

「つい五日ばあまえよ」

「そうかえ、俺はながいこと家に帰れんままで、故郷《くに》の様子が聞きたいのう。ちくと教《お》せてつかされや」

龍馬は盈進を道端の茶店に誘い、半刻(一時間)ほど話しあった。

龍馬は家族の様子を聞き、なつかしさにたえられない。

寺田屋に帰ったあと、ひさびさに筆をとり、兄の権平《ごんぺい》、姉の乙女、姪《めい》の春猪《はるい》あてに長文の手紙をしたためた。

巻紙に、躍るような大きな文字をつらねはじめる。

「九月六日朝、はからず京師《けいし》(京都)寺町ニ川村盈進入道に行合《ゆきあい》、幸《さいわい》御一家の御よふす承り、御機嫌宜《よろしく》、奉二大賀《おおいにがし》一候。

二《つぎ》ニ、私共初《はじめ》、太郎（高松）無二異儀一憤発出勢（精）罷在《まかりあり》、御安慮奉レ願候。
一、目今《もっこん》、時勢御聞入候。
当時さしつまりたる所ハ、此四月頃、宇和島侯より長州え送《おくりし》一封の事也《なり》。

夫《それ》ハ、此度《このたび》将軍長征ノ故《ゆえ》を、幕吏より書付を以《もっ》て送りタル写也。

其《その》文ニ曰《いわ》ク、此度《このたび》進発在ルハ長州、外夷《がいい》と通じ、容易ならざる企《くわだて》有レ之《これあり》候。尤《もっとも》、和蘭《オランダ》コンシュル（領事）横浜ニ於《おい》て申立《もうしたつる》也と。

又曰ク、下の関ニ私ニ交易場を開キたり。

其外三条、皆小事件也。

時ニ龍（龍馬）ハ下春江戸より京ニ上リ、夫《それ》より蒸気の便をえ（得）しより、九国ニ下リ諸国を遊ビ、下の関ニ至る頃、初《はじめ》五月十日前なりし。

当時長州ニ人物なしと雖《いえども》、桂小五郎ナル者アリ。」


龍馬はところどころを墨で塗りつぶし、大小さまざまの字体で、長州をおとずれた経験を書きつづった。例によって片仮名と平仮名がまじっている。


「故ニ之ニ書送リケレバ、早速ニ山口ノ砦《とりで》を出来《いできた》リ候。数件ノ談アリ。

末ニ及ビ彼《かの》宇和島より来るの書の事ニ及ビ候。

龍此地《このち》に止ル前後六十日斗《ばかり》ナリ。

其頃、和蘭船中国海より玄海に出ルアリ。

時ニこれを止ム。

長官ノ者上陸人数八名、其内英人一名アリ。桂小五郎及井藤春助（伊藤俊輔）ラ、大ニ憤リ、アル時ニ当レバ、彼《か》ノ宇和島より来ル所の書を以て曰ク、此時《このとき》春（伊藤）ほか長（長州人）二名及龍馬もアリ。無種の流言して幕府、長（長州）との仲をたがへ、目今《（ママ）》将軍大兵を発し大坂ニ来ル。是《これ》和蘭の讒《ざん》より起りし事也。

何故ニ候やと申《もうす》ヨリ初メ、前後談数語別ニ書有《かくあり》。

和蘭人も赤面し、義《（議）》セしナリ。

和蘭曰ク、毛《すこし》も長を讒セし事なし。

是則《すなわち》小倉侯ヨリ長州の讒申立しニよりし。則《すなわち》小倉より申立し書付ハ、外国奉行より見セくれしより、手帳ニ記シアリし故、御見目かけ申べし。夫《それ》を幕吏らが、和蘭より申立し事と、事をあやしく仕立しなりと申しき。」

龍馬の書状は、なお延々とつづく。

桂小五郎、伊藤俊輔らは下関に上陸したオランダ船の船長以下八人に対し、彼らが幕府に讒言をしたため、幕府の長州再征がおこなわれることになったのではないかと詰問した。

龍馬はその様子を眼前にして桂たちの烈しい気魄に感じいった。

――しょう気合がかかっちゅう。げに、この連中やったら、薩摩と手を組んだら、幕府を相手にしたち、負けるこたあないろう――

龍馬は胸のうちで、どうしても薩長連合をなしとげさせねばならないと思った。そうすれば新しい世がひらける、と想像するだけで、身内の血が躍るようであった。藩の枠をはずし、身分制度をとりはらう。中浜万次郎のいうように、四民平等のアメリカと変わらない生活ができるようになる。

――俺のはたらく場所は、日本の外までひろがるろうねや。よっしゃ、この狂瀾の時節をきりぬけたら、頭のうえは、土佐の梅雨明けの空みたいな青天井よ――

龍馬はそのときの様子を思いだしつつ、筆先にたっぷりと墨をふくませ、手紙に太い字を書きつづった。

「長、井藤春（伊藤俊輔）曰ク、然レバ近日幕兵一戦ニ及バヾ、先《まず》初《はじめ》ニ此談ニ及ぶべし。

又小倉えも此国より無種流言《むしゅのりゅうげん》、其罪《そのつみ》を責《せめ》候べし。

其時ハ立合呉《たちあいくれ》候べきかと尋《たずね》候。

蘭うなづき承知致セし、
夫《それ》ハさてをき、上の事を一〻書付を以て此頃小倉を責問セしニ、
小倉言葉なく幕府ニ其長《そのちょう》の書と小倉の家老の付紙とを以て、急ニ御詮議《ごせんぎ》被ㇾ下度《くだされたし》とて願出候。

此上の事許《ばかり》ハまず、幕か蘭か小倉か、其罪をうけずしてハすまず。」

龍馬は一行ほどあけ、また躍るような太い文字をつらねてゆく。然《しかる》ニ、長州ハ曽《かっ》て
「○此頃、幕より長州家老又ハ末藩召出しの儀を下したり。

より不ㇾ出《いでず》と云儀《いうぎ》を定《さだめ》たり。

幕ハ不ㇾ出《いでざれ》バ、大兵西下と儀を定メ諸々触出《ふれだ》したり。

其兵を出スの期限ハ九月廿七日也。

此頃、長ハ兵を練候事《ねりそうろうこと》、甚盛《はなはださかん》。

四月頃より今ニ至ルまで、日〻朝六時頃より四ッ時（午前十時）頃迄《まで》、国中の練兵変ル事なし。先《まず》三百人より四百人を一大隊とす。一大隊ごとニ惣（総）官参謀あり、郷〻村〻、朝〻大隊の練兵す。日本中ニハ外ニあるべからず。

其国に入レバ、山川谷〻皆〻護（少）胸壁斗《ばかり》ニて、大てい大道路不ㇾ残《のこらず》地雷火《ひい》ニて、西洋火術ハ長州と申べく、小し森あれバ、野戦砲台あり、同志を引て見物甚《はなはだ》おもしろし。

私夫《それ》より此頃上京ニ有リ、又摂（津）ニ有、唯頓所《（ママ）》ニ居申候。御安心可レ被レ遣《つかわさるべく》候。申上レバかぎりも無事《なきこと》ニて候間、後便ニのこし候。
七《（九）》月七日、稽首《けいしゅ》謹白　　　　龍馬

尊兄
大乙姉
於ヲやべどの

追白、乙大姉に申奉ル。かの南町のうバ、どふしているやら、時〻きづかい申候。
もはやかぜさむく相成候から、
なにとぞわたのもの御つかハし、私しどふも百里外、心にまかせ不レ申《もうさず》、きづかいおり候。
此書御らんの後ハ安田順蔵大兄の本《もと》に御廻《おまわし》願入候、かしこ。」

龍馬がこの書信の日付を七月七日としたのは、九月七日の誤記であるとされている。（宮地《みやじ》佐一郎《さいちろう》編『坂本龍馬全集』）
陰暦七月七日は陽暦（新暦）八月二十七日、高知城下はきびしい残暑のなかである。

手紙の冒頭にも、九月六日朝に川村盈進に会ったと記されており、その日は陽暦十月二十六日。温暖な高知でも朝夕の冷えこみがきびしい。乳母に綿入れをやってほしいと、乙女に頼んだ事情がわかる。

また幕府は長州の支藩長府藩と清末藩の藩主に、大坂城へ出頭するよう命じた。期限は九月二十七日で、その日までに両藩主の上坂陳謝がないときは、征長軍を進発させることにしていた。

宇和島侯が長州へ送った書状には、長州が外夷と通じ、下関をひそかに開港場としたという風説を、オランダのコンシュルが幕府へ申したてたとある。そのため長州再征の儀がさだまり、将軍家茂が江戸城を進発し、大坂に下ったという事情が記されていた。

宇和島侯伊達宗徳《だてむねえ》は、毛利敬親の妹孝子を室に迎えていたが、孝子は嘉永六年、二十五歳で病没した。その縁で、長州再征に際し、長州藩の処罰を免れさせようと奔走していた。

龍馬が下関にいて、桂小五郎らとともに面談したのは、オランダ代弁公使ファン・ポルスブルックであった。

彼は軍艦で横浜を発し、長崎へむかう途中、下関に碇泊し、桂らと会い、オランダ側の讒言によって幕府が長州再征をきめたわけではない、小倉藩が、外国船の下関立ち寄りの状況などを報告したのが再征の原因であると弁明した。

龍馬は、その交渉の席にいあわせたのである。彼は下関滞在中、長州諸隊の戦闘準備の様子を、くわしく見聞していた。

「安田順蔵大兄」は、龍馬の長姉千鶴《ちず》の主人、土佐国安芸郡安田《やすだ》村の高松《たかまつ》順蔵《じゅんぞう》である。順蔵の長男太郎は、その頃長崎の社中にいた。

龍馬は九月七日、ひさびさに故郷へ手紙を送ったあと、九月九日に、前便に書き足りなかったおりょうについての事情を、長文にしたためて送った。

巻紙に記した文字はこまかく、字体の大きさが揃《そろ》っていて、湧き出る感情をそのまま筆先に托した様子がうかがえる。

「おやべ（春猪）さん
京のはなし（同）然ニ内〻ナリ
とし先年雷《（頼）》三木《（樹）》三郎、梅田《うめだ》源二郎（雲浜《うんぴん》）、梁川星巌《やながわせいがん》、春日《かすが》（潜庵《せんあん》）などの、名のきこへし諸生大夫が、朝廷の御為に世のなん《（難）》おかふむりしものありけり。其頃其同志にてありし楢崎《ならさき》某《（将作）》と申《もうす》医師、夫《それ》も近頃病死なりけるに、其妻とむすめ三人、男子二人、其男子太郎ハすこしさしきれ（愚鈍）なり。
次郎ハ五歳、むすめ惣領ハ二十三、次ハ十六歳、次ハ十二なりしが、本《もと》十分大家にてくらし候ものゆへ、花いけ、香をき〻、茶の湯おしなどハ致し候得《そうらえ》

ども、
一向かしぎ《(炊)》ぼふこふ《(奉公)》する事ハできず、いつたい医師《いしゃ》というものハ一代きりのものゆへ、おやが死んでハ、しんるいというものもなし。たま〳〵あるハそのきよ《(虚)》にじよふ《(乗)》じて、家道具などめい〳〵ぬすみてかへりたる位にて、そのとふじ《(当時)》ハ家やしきおはじめどふぐ《(道具)》、じぶんのきりもの《(着物)》などうりて、母やいもふとやしないありしよしなれども、ついにせん《(詮)》かたなく、めい〳〵とりわかり、ほふこふ《(奉公)》致し候《そうらい》てありしに、十三歳の女ハ殊の外の美人なれバ、悪者これおすかし《(賺)》島原《しまばら》の里へまい子《(舞妓)》にうり、十六ニなる女ハ、だまして母にいゝふくめさせ、大坂に下し女郎ニうりしなり。
五歳の男子ハ、粟田口《あわたぐち》の寺へつかハせしなり。
夫《それ》をあね《(姉)》さとりしより、自分のきりもの《(着物)》をうり、其銭をもち大坂にくだり、其悪もの二人をあいてに死ぬるかくごにて、刃《ハ》ものふところにしてけんくわ《(喧嘩)》致し、とふ〳〵あちのこちのといゝつのりければ、わるものうでにほりもの《(刺青)》したるをだしかけ、ベラボヲロ《グチ》にておどしかけしに、元より此方ハ死《しぬ》かくごなれバ、とびかゝりて其者むなぐらつかみ、かを《(顔)》したたかになぐりつけ、曰《イハ》ク其方《そのほう》がだまし、大坂につれ下りし妹《いも》とをかへさずバ、これきりであると申《もう》しければ、わるもの曰ク、女のやつ殺すぞといゝければ、女曰ク、殺し殺サレニはる〳〵大坂ニくだりてをる。夫《それ》はおもしろい、殺セ〳〵といゝけるニ、さすが殺すといふわけニハまいらず、とふ〳〵其いもとおうけとり、京の方へつれかへりたり。

めづらしき事なり。

かの京の島原にやられし十三のいもふとハ、としもゆかねバさしつまりしきづか《（気遣）》いなしとて、まづさしおきたり。

夫ハさておき、去年（元治元年）六月、望月（亀弥太）らが死し時（池田屋《いけだや》騒動）、同志の者八人斗《ばかり》も皆望月が如《ごとく》戦死したりし。

そのまへ此者ら、今の母むすめが大仏《だいぶつ》辺にやしないかくし、女二人してめしたきしてありしが、其さわぎの時、家の道具も、皆とりで《（捕手）》の人数が車につみとりかへりたれハ《（ママ）》ハ、今ハたつき《（生計）》もなく、自分ハ母と知定《（足）》院（金蔵寺住職）と言《いう》亡父が寺に行《ゆき》、やしなハれてありし。

日〻喰《クウ》やくハずに、じつあわれなるくらしなり。

此あとハ、又つぎニ申上る。

右女ハまことにおもしろき女ニて、月琴《げつきん》おひき申候。

今ハさまでふじゆう《（不自由）》もせずくらし候。此女私し故ありて十三のいもふと、五歳になる男子引とりて人にあづけおき、すくい候。又私のあよ《（危）》ふき時、よくすくい候事どもあり。

万一命あれば、どふかシテつかハし候と存《ぞんじ》候。此女、乙大姉をして、しんのあねのよふニあいたがり候。

乙大姉の名諸国ニあらハれおり候。龍馬よりつよいというひよふばん《（評判）》なり。
○なにとぞおびか、きものか、ひとつ此者に御つかハし被レ下度《くだされたく》、此者内〻ねがいいで候。
此度の願候よふじ《（用事）》ハ、
乙さんニ頼候ほん《（本）》
おやべニ頼みしほん
夫《それ》ニ乙さんのおびか、きものか、ひとすぢ是非御送り、今の女ニつかハし候。
今の《（ママ）》の名は龍《りよう》と申《もうし》、私しニにており候。早々たずねしニ、生レし時父がつれ《（ママ）》し名よし。
○そして早〻忘れし事あり。あの私がをりし茶ざしき《（座敷）》の西の通りがある、其上ニ竹が渡して、ゑ《（絵）》やら字やらなにか、とふし《（唐紙）》ニ記し候ものあり。其中《そのうち》、順蔵さんのかきしものあり。御送り、そして短尺《タンシヤク》箱に母上―父上の御哥《おうた》、おばあさんの御哥、権兄さんのおうた、おまへさんの御うたこれありけり。

なニとぞ父上母上おばあさんなど、死《しに》うせたまいし時と日と、皆短尺のうらへおんしるしなされおんこし。

この中ニ順蔵さんが私しニおくりし文がとふしニしるし、大てい半紙位のものあり。御こし。是ハ英太郎（高松太郎）が父の者《（物）》ほしがり候間、つかハし候。夫《それ》ニ此度の御ねがいハ、それ〳〵おんきゝすてなく御こしねんじ、かしこ。

九月九日　龍

乙あねさん　御頼のもの

おやべどん　かず〳〵並ニ

おはなし

長き御返じ

被レ下度候」

おなじ日、龍馬は旧友池内蔵太《いけくらた》の家族にもつぎの手紙を送った。

「時々の事ハ外よりも御聞被レ遊《あそばされ》候べし。

然ニ先月（閏五月）初五日ナリシ、長国下の関と中所ニ参り滞留致し候節、蔵（内蔵太）に久しくあハぬ故たずね候所、夫《それ》ハ三日路（三日がかりの道程）も外遠き所に居候《いそうろう》より（居候していたので）、其まゝニおき候所、ふと蔵ハ外の用事ニて私しのやどへまいり、たがいに手おうち候て、天なる哉〳〵、きみよお《（奇妙）》〳〵と笑申候。

このころハ蔵一向病きもなく、はなはだたしや《（達者）》なる事なり。中ニもかんしんなる事ハ、いつかふ《（一向）》ちのことをたずねず、修《（終）》日だんじ候所ハ、唯《ただ》天下国家の事のみ。実に盛《さかん》と言べし。

夫よりたがいにさき〴〵の事ちかい候て、是より、もふつまらぬ戦ハをこすまい、つまらぬ事にて死まいと、たがいニかたくやくそく致し候。

おしてお国より出し人ニ、戦ニて命をおとし候者の数ハ、前後八十名斗《ばかり》ニて、蔵ハ八九度も戦場に弾丸矢石ををかし候得ども、手きず《（疵）》これなく、此ころ蔵がじまん致し候ニハ、戦にのぞみ敵合《てきあい》三四十間ニなり、両方より大砲小銃打発候得バ、自分もちてをる筒や、左右大砲の車などへ、飛来りて中《あた》る丸《たま》のおとバチ〳〵。

其時大ていの人ハ敵ニつゝの火が見ゆると、地にひれ伏し候。蔵ハ論じて、是ほどの近ニて地へふしても、丸の飛行事《とびゆくこと》ハ早きものゆへ、むへき《（無益）》なりとてよくしんぼふ《（辛抱）》いたし、つきたちて《（突っ立って）》よくさしづ致し、蔵がじまんニて候。

いつたい蔵ハふだんニは、やかましくにくまれ口斗《ばかり》いゝてにくまれ候得ども、いくさになると人がよくなりたるよふ、皆がかわいがるよしニて、大笑致し候事ニて候。申上る事ハ千万なれバ、先《まず》ハこれまで、早々かしこ。

九月九日　　　龍

池さま

杉さま

猶〻《なおなお》、もちのおばゞいかゞや、おくばんバさんなどいかゞや。平のおなん（母）ハいかゞや。其内のぼたもちハいかゞや。

あれハ、孫三郎、孫二郎お養子ニす（ママ）はずなりしが、是もとがめにかゝりし、いかゞにや、時々ハ思ひ出し候。

○あのまどころ（ママ）の島与が二男並馬《なみま》（浪間）ハ、戦場ニて人を切る事、実ニ高名なりしが、故ありて先日賊にかこまれ、（其数二百斗《ばかり》なりしよし。）はらきりて死たり。

このころ時々京ニ出おり候ものゆへ、おくにへたよりよろしきなり。然バお内の事、ずいぶんこいしく候あいだ、皆々様おんふみつかわされたく候。蔵にも下され度候。

私にハあいかわらず、つまらん事斗《ばかり》御もふし被レ成《なされ》候に、おゝきに私方もたのしみニなり申候。

あのかわのゝむすめハ、このころハいかゞニなり候や、あれがよみ出したる月の歌、諸国の人が知りており候、かしこ。

　お国のことお思へバ、扨《さて》今日日《(ママ)》ハ節句とてもめんののりかい《(木綿の着物に糊をきかした)》着物などごそ〳〵と、女ハおしろいあぎ《(顎)》のかまほねより先キに斗、ちよふどかいつり《(粥釣り)》の面の如《ごと》くおかしく候や。
　せんも京ニてハぎおん新地と申ところにまいり候。夫《それ》ハかのげいしやなどハ、西町《にしまち》のねへさんたちとハかわり候。（後略）」

池内蔵太は、高知城西小高坂《こだかさ》に住む、用人池才右衛門の長男であった。龍馬より六歳年下である。上町《かみまち》の龍馬の家とは、目と鼻の先にある。内蔵太は文久元年二十一歳で江戸に出府し、安井息軒《やすいそっけん》塾で朱子学をまなんだ。同年十二月帰国。

　文久三年三月、藩命によって江戸にむかい、帰途、京都に到着したとき、土佐脱藩の同志吉村虎太郎と会った。所労と称して京都に滞在したのち、大坂で出奔し、公務の途中に脱藩した。

　そのため家禄《かろく》は没収され、家族は小高坂の屋敷から追放された。内蔵太は脱藩して、防州三田尻に亡命し、細川左馬之助《ほそかわさまのすけ》と変名した。

　彼は遊撃隊参謀となり、長州藩の外国軍艦砲撃に参加。八月になって吉村虎太郎、備前の藤本鉄石《ふじもとてっせき》、三河《みかわ》の松本奎堂《まつもとけいどう》とともに、中山忠光《なかやまただみつ》卿（明治天皇の叔父《おじ》）を擁し、大和の天誅組《てんちゅうぐみ》挙兵に、洋銃《ゲベール》隊長として加わり、五条代官所襲撃の際、めざましいはたらきをした。

八月十七日の夕方、大和五条へ到着した天誅組は、浪士六十人余、人足五百人の小部隊であった。

五条代官所は吉野《よしの》、宇智《うち》、宇陀《うだ》、葛上《かつらぎのかみ》、高市《たかいち》の諸郡、四百五カ村七万千余石の土地を支配している。

大将中山忠光卿は、十九歳の若者で、色白中背、薄化粧に鉄漿《かね》（おはぐろ）をつけ、緋縅《ひおどし》の鎧《よろい》に鍬形《くわがた》をうった兜《かぶと》をつけ、馬に乗っている。

従う浪士のうち、三、四十人は甲冑《かっちゅう》、鎖帷子《くさりかたびら》着込《きごみ》をつけ、弓、鉄砲、槍、長刀を手にしており、菊御紋の旗印を立て、五条陣屋表門前から鉄砲を撃ちこんでおいて、門塀を突き崩し、乱入した。

内蔵太はこのときのはたらきで、忠光卿から緋羅紗《ひらしゃ》に古金襴《こきんらん》裏の陣羽織を、感状とともに与えられた。

五条代官鈴木源内《すずきげんない》以下、手付《てつけ》、手代など役人五人を殺害し、首級を町はずれに梟首《きょうしゅ》した。内蔵太はゲベール隊長というが、隊員が所持していたのは、ゲベール銃五挺、火縄銃五挺であり、貧弱きわまりない装備であった。

ところが、八月十八日、京都では政変がおこり、天誅組が挙兵したあとをうけ、主上の大和行幸を実現させるはずの三条実美ら七卿が長州に下り、京都の攘夷派が追放されてしまった。

だが、すでに事をおこした天誅組は、中止するわけにはゆかない。中山忠光卿は南朝の天子がたてこもって以来、十津川千本槍と称され、年貢を免れ士分となっている十津川郷士を頼った。

天誅組が天ノ川辻《てんかわつじ》に本陣を置き、募兵すると、千余名がたちまち応じ、集合した。

五条の東北五里にある、大和高市郡二万五千石の高取藩《たかとり》へ、土佐脱藩那須信吾が軍使として十八日深夜に出向き、家老と対面して沙汰書《さたしょ》を渡した。

高取藩家老たちは、近々天皇が大和国へ行幸されるので、そのときは義兵を率い鳳輦《ほうれん》を迎え奉れという沙汰書を信じ、請書をさしだす。

那須信吾は請書を納めたのち、申し出た。

「甲冑百領、槍百筋、刀百振《ふり》、銃百挺、馬具つき乗馬二匹、米百石を借りうけたい」

家老たちはおだやかに辞退した。

「弊藩は徳川家の親藩ゆえ、公儀へ伺ったうえでお請けいたしまする」

那須は威嚇《いかく》した。

「即刻、承服できぬとあらば、ざんじ軍勢をさしむけますぞ」

家老たちはやむなく、二十日の朝、那須信吾の宿に長柄槍三十筋、銃二十挺と三匁五分玉、乗馬二匹をとどけた。米百石は、翌日五条へとどけるという。

中山忠光が天ノ川辻の本陣から下りて五条に戻ると、京都の情勢が伝わってきた。天皇御親征、大和行幸がとりけされ、紀州、郡山《こおりやま》藩兵が、天誅組撃滅にむかってくるそうである。

中山忠光らは、気鋭の若者である。京都の情勢が変われば、高取城を奪い、たてこもって追討の諸藩兵と戦おうと考え、二十六日の夜あけがたに、攻めかけた。高取城は標高五百八十三メートルの高取山の頂上にある。城下の町まで五十丁の険しい山道がつづいている。

中山勢が攻め登ってゆくと、城兵は四門の大筒に弾丸硝薬を詰め、待ちかまえていた。

砲身が錆《さ》びており、狙いを定めることができなかったが、敵影を見ると一発を発射した。大筒といっても、ほとんど廃物にちかいものであったが、ともかく砲弾は山の斜面へ転げ落ち、灌木《かんぼく》を折りひしぐ音がした。

高取城兵がはじめて砲を発すると、天誅組の兵士たちはおどろきあわて、背中の荷を捨て、槍を放りだし、四方へ逃げ散る。

群雀《むらすずめ》がおどろいて飛び立つようであった。兜を捨て、兵を率いて遁走《とんそう》する者がいる。五十歩、百歩で踏みとどまる者はひとりもいない。

逃げなかった者も、木立や稲田に隠れ、動かなかった。

天誅組義挙の首謀者で、総裁の吉村虎太郎は、その夜十三人で焼草を背負い、火縄を身につけ、高取城焼き討ちに出向いた。

だが城下町で、敵の斥候浦野七兵衛と出会った。七兵衛は馬に乗り、手にガンドウ提灯《ぢようちん》を提げていた。

高取城下から西へ半里ほどはなれた、御所《ごせ》街道と五条街道の分岐点にさしかかると、人家の軒下から人影があらわれた。

「おんしは、おらを迎えにきたがか」

人影はいきなり槍を繰りだし、七兵衛の右脇を突いた。

七兵衛は提灯を捨て、馬から飛び下り、刀を抜き、敵に斬りつけた。敵が幾人いるか、刀で相手を斬ったか否か、まったく分からない。敵に遭遇すれば、ただちにひきかえし報告するよう命ぜられていたので、馬に飛び乗って戻った。

槍疵《やりきず》を医者にあらためてもらうと、鎖帷子をつけていたので、槍先がわずかに一、二分ほど肌を刺しただけであった。

吉村虎太郎は味方が発射した二連筒の弾丸で、横腹を七寸ほど撃ち抜かれ、重傷を負った。

敗戦のあと、十津川郷士は中山忠光のもとを離れ、彦根藩、紀州藩の軍勢と戦った天誅組は潰滅した。

大和の戦場から運よく脱出したのは、中山忠光、島浪間、上田宗児《うえだそうじ》、伊吹周《いぶきしゅう》吉《きち》（のちの海援隊士石田英吉《いしだえいきち》）、平岡鳩平《ひらおかきゅうへい》（のちの男爵北畠治房《きたばたけはるふさ》）、池内蔵太らであった。

内蔵太はその後、元治元年七月、京都蛤御門の戦に参戦、敗走して長州に帰り、俗論党との内戦に参加した。

龍馬は慶応元年閏五月、下関で内蔵太と偶然に再会した。

このとき、内蔵太は長州に居づらくなっていた事情があったようだという説がある。

元治二年二月十四日、下関で真木菊四郎《まききくしろう》という、久留米脱藩尊攘《そんじょう》志士が暗殺された。

菊四郎は、蛤御門の変で長州勢に加わり、天王山の本陣で自決した真木和泉の息子である。彼は亡父和泉の遺志である薩長同盟を実現させるため、奔走し、西郷吉之助と連絡をとっていたといわれる。

菊四郎は長州諸隊の攘夷激派に殺され、その下手人は池内蔵太であるという風説がひろまっていた。

龍馬は、こののち薩長同盟が成立すれば、長州に流寓している内蔵太の立場が危うくなってくると予測していた。

機を見て、内蔵太を長崎の社中へ迎えてやらねばならないと、考えていた。長州の政治情勢が変われば、他国の浪人である内蔵太の命は軽んじられるばかりであった。

京都で川村盈進に出会い、郷愁をかきたてられた龍馬は、九月中に、姉の乙女にあて、またつぎのような手紙を送っている。

「私がいぜん《(以前)》もつていました、かくなじ《(角字)》でかいた烈女伝を、あれをひらがなになほしてゑ《(絵)》入にて、そのゑと申は、本の烈女伝のゑのとふりなり。誠におもしろし。私がかな《(仮名)》になお《(直)》そふと兼ねてをもいしが、夫《それ》を見てやめてしもふたり。夫をおまへさんになり、おくにへおくりたさにたづね候。けして今時の本やにはなきもの也。故にある女にたのみてかきうつさせより申候。

其女と申はげにもめづらしき人、名は御聞しりの人なり。

どうぞ〳〵たのしみたまへ。その本のうつしたるれいとして、私しがうちでならひよりた、いしずり《(石刷)》のかくなじのおりでほん《(折手本)》（これはお前さんにあげておまへさんもならいよりた本なり。）夫《それ》を御こしなされ度、兄さんまでひきやく《(飛脚)》

に御おくりなされ度候。
またまた色〻のものさし上候へども、夫はおい《（追い）》〳〵なり。
此龍がおにお《（御仁王）》ふさまの御身をかしこみたふとむ所、よくよくに思たまへ。
乙大姉　をにおふさま　　　龍馬
皆火中なり。此よふな文、なきあとにのこるははぢなり。」

龍馬はおりょうに、前漢《ぜんかん》の学者劉向《りゅうきょう》の書いた『新編古列女伝』を平仮名絵入りで写させて、乙女に送りたいといっている。

そのために家にある石刷り楷書《かいしょ》の折り手本を送ってほしいと記した。

龍馬は乙女に、おりょうの気質を理解させ、気にいらせようと、さまざま配慮をしている。

龍馬はおりょうとともに、どれほど長い時を二人きりで過ごしても、飽くことがなかった。おりょうは龍馬が寝そべっていると肩を揉《も》み、腰を揉み、くちづけをくりかえし、かたときも身を離すまいとする。

「お前《ま》んのような女子《おなご》は、まっことめずらしいのう」

「なんでどす」

おりょうは龍馬のささくれた足の皮を、細い指先で剝きながら聞く。

「いっつもひっついちゅう、とりもちみたいな女子じゃきよえ」

「ふうん、とりもちでええのどす」

おりょうは、龍馬の胸を撫《な》でまわし、毛を引っぱる。

「こりゃ、痛い。そげにそばえなや」

龍馬が、あわてて高い声をあげる。おりょうはふくみ笑いをして、蛇のように身をからみつけてくる。

「お前んはほんまに男が好きながじゃねや」

「そんなことはおへん。あんたが好きなだけどっせ」

「俺がどこぞで斬られて喪《の》うなったら、じきに男をこしらえるがやないかえ」

おりょうはするどい目つきになり、龍馬にしがみついた。

「あんさん、死なんといて」

龍馬は首を傾《かし》げる。

「さあ、そげなこと分かるかよ。お前んも伏見の町で斬られた者んの屍骸《しがい》が転がっちゅうがを、見たことがあるろうがえ。刀はよう斬れるきに、足やち手やち、大根を刻むようにばらばらじゃ。

俺も後ろに眼がないきのう。狙われたら命がもつかどうか分からんわえ」

「わては、あんさんが死なはったら、いっしょに死にまっせ。それまでの命やと思うてますのや」

龍馬はおりょうの柔媚《じゅうび》な体を抱きしめ、ゆたかな髪の椿油《つばきあぶら》のにおいをかぐ。

「お前んは、死なれん。俺の分も長生きさせにゃいかん」

「いやや」

おりょうは、龍馬に手足をからみつかせた。

七月十九日に、長州へむかう中岡慎太郎、田中顕助と別れて以来、京坂の形勢はしだいに緊迫していた。

幕府は多額の軍用金を豪商から徴集し、諸物価は暴騰するばかりである。米、薪《まき》、炭、酒、味噌《みそ》、油、絹布などすべて鰻《うなぎ》のぼりであった。

大坂城にいる将軍家茂は、天守台から遠眼鏡《とおめがね》で遠方を眺める。ときには講武所で槍剣の試合、馬術を見物する。

老中たちは暇をもてあまし、打毬《だきゅう》ばかりしている。いまのゴルフのようなものである。

将軍が大坂まで出陣しているのだから、長州藩はおそれいって、そのうちに降伏の使者を送ってくると思いこみ、待っていたのである。

幕府は芸州藩に命じ、徳山藩主毛利淡路《もうりあわじ》、岩国藩主吉川監物《きっかわけんもつ》を大坂に呼び出し、本藩である長州藩の処分を申し渡そうとした。

だが、どちらも病と称して上坂しない。幕府は、こんどは長府藩主毛利左京、清末藩主毛利讃岐《さぬき》と、本藩家老を九月二十七日までに大坂表へ出頭させるよう命じた。

長州藩はまた、両藩主が病気で出立できないとことわってきた。

長州藩では、幕府の出頭命令を柔軟に拒否しつつ、戦闘準備の時を稼いでいた。

吉川監物が、幕府から上坂の命令をうけたとき、それを受けるべきか否かを本藩の藩主毛利敬親にたずねると、つぎのような返事であった。

「上坂するか否かは、監物の判断に任す。出ていったほうがよいと考えれば、そうするがよい。しかし、父子ともに上坂するのは考えものだ。

今度の長州再征は、防長こぞって疑惑を生じている。もし上坂するときは、岩国藩士はいうに及ばず、全長州の兵三、四万人が脱走して警固にむかうことになるかも知れない。

そのときになって、とても取りおさえる方法はなかろう。第一、皇国のためにもならない。このたびはしばらくお待ち下されたいとの趣旨を、書面にしておことわりするほかはあるまい」

龍馬は西郷吉之助に協力して、諸藩の反幕勢力と連絡をとり、情報を集めていた。

薩摩藩京都二本松藩邸では、幕軍を阿呆隊《あほうたい》と呼んでいた。吉之助は幕府の長州再征に名分《めいぶん》がないので、先行きは暗いと見ている。

「理を失うた戦をなしとげるつもいなら、勢いをもって押してかからにゃ、しかたなかじゃろ。

ところが勢いは大坂《おさか》で日を重ねるうちに、衰えるばかりで、幕府一手で戦をする力はなかごあんそ。諸藩の兵を呼ぶというてん、名の立てようがなか。

はじめに名分を正しく致さず、胸算用で諸藩が応じるじゃろと、かるがるしゅう立ちまわったのが悪うごわした。

いまとなっては拙策の上塗りをかさね、大坂じゅうの人気は悪《あ》しくなるばっかりじゃ」

長州側から大坂に支藩藩主と本藩家老を出頭させる期限の九月二十七日を過ぎれば、征伐をはじめるというが、幕軍の士気はきわめて低い。

吉之助は、藩邸に詰めている守衛兵の交替を、国許《くにもと》に要請していた。交替期限がきているうえに、夏頃からはやり病に罹《かか》る者も多いので、士気がふるわない。

幕府大目付塚原昌義《つかはらまさよし》は、五月なかばから小倉に出張していたが、長州との談判が進まないため、大坂に戻っていた。

今度先手都督となった紀州藩主徳川茂承《とくがわもちつぐ》は、兵数一万五千人、人足一万人を動員した。すでに出兵の支度をととのえているという噂が京都、大坂にひろまり、世情は不穏である。

龍馬は薩摩藩の吉井幸輔から聞いた。

「今年の閏五月、将軍上洛《じょうらく》の際、近江の膳所《ぜぜ》城に泊まるはずであったが、急に膳所を素通りして大津《おおつ》に泊まったのは、膳所藩勤王党の有志が、将軍暗殺をくわだてしゆえじゃということじゃ。陰謀には、膳所藩士ばかりじゃなか、幕臣も加担しておったということでごわす」

吉井は、おどろくべき事実をほかにも知っていた。

近頃江戸城で二度も火事がおこったが、この犯人は幕臣と浪人たちであるという。幕府が内側から崩れる日は近いと、龍馬は思った。

——もうまあしよったら潮が動く。そんときがはたらきどきよ。こじゃんとやりきらんといかんぜよ——

龍馬は自分をはげます。

その年の閏五月十一日夜、土佐勤王党の首領武市半平太が、高知城南会所大広庭で切腹を命ぜられた。

死罪宣告文は、大監察後藤象二郎《ごとうしょうじろう》が読みあげた。

「　　　武市半平太
去る酉年《とりどし》以来、天下の形勢に乗じ、ひそかに党与をむすび、人心煽動《せんどう》の基本を醸造し、爾来京師高貴《じらいけいし》の御方へ、不容易の儀すすめ申しあげ、はたまた御隠居様へしばしば不届の儀申しあげ候ことども、すべて臣下の処分を失し、上威を軽蔑《けいべつ》し、国憲を紊乱《びんらん》し、言語道断、重々不届の至り、屹度《きっと》不快に思《おぼ》し召され、厳科に処せらるべきのところ、御慈恵をもって切腹これを仰せつけらる。」

半平太は長く痢病をわずらっていたが、三文字割腹の法に従って腹を切り、親戚小笠原《おがさわら》忠五郎（保馬《やすま》）、島村寿太郎《しまむらじゅたろう》が左右から脇差を突き刺し、介錯《かいしゃく》をした。享年三十七であった。

岡田以蔵、岡本次郎《おかもとじろう》、村田忠三郎《むらたちゅうざぶろう》、久松喜代馬《ひさまつきよま》ら勤王党同志も、この日牢屋《ろうや》で斬首された。

龍馬は世を去った彼らにかわり、時代の変遷を見届けようと思っていた。

――俺の命は天まかせよ。定命《じょうみょう》が尽きるその時までは、死にとうても死ねん。縦横無尽にあばれちゃるぜよ――

龍馬は寺田屋に帰ると、できるだけ長く、おりょうと睦《むつ》みあおうとした。

時勢は烈しく動きだそうとしていた。土佐の外海にむかう種崎《たねざき》の砂嘴《さし》に、七月なかばを過ぎると、土用波が打ち寄せてくる。

沖からうねってくる波は、海辺に近くなると波打際の浅場の潮を引き寄せ、大きく盛りあがる。

龍馬の背丈の三倍ほどにも、ギヤマンの切り口のように、緑色にすき通った水の壁が立ちあがり、その列が右から左へと内側へ巻くように崩れてゆき、砲撃のような轟音《ごうおん》とともに浜を叩《たた》きつけ、白泡を湧きあがらせる。

龍馬たちは少年の頃、土用波が崩れる直前にその下へ潜りこみ、波の向こう側へ泳ぎ抜ける、危険な遊びをした。

一瞬の機を見誤れば、波の下に叩き伏せられ、濁った潮のなかで何回も転げまわり、上下が分からなくなる。

――この先は、波くぐりをやるようなもんよ――

龍馬は前途に待っている危険の気配に、武者震いをした。

九月上旬、大久保一蔵が上京して、薩摩藩邸に入った。将軍家茂が大坂城にいて、大坂の状況から眼がはなせなくなってきたので、西郷は大久保に京都の動静探索を任せ、坂本龍馬をともない大坂藩邸に移った。

九月六日、大坂藩邸に江戸から急使が手紙を届けた。英、仏、蘭の軍艦が、兵庫開港と条約勅許を要求するため、大坂湾に来航するという。

幕府外国奉行らは懸命にひきとめているが、無理であるとの通報である。

龍馬はいった。

「外国艦隊がくるがやったら、兵庫沖に錨《いかり》をおろすにきまっちょります。天保山沖は海が浅いきに、いかんです。ざんじ兵庫へ様子を見にいかにゃあいきません」

龍馬は、陽明学者春日潜庵《かすがせんあん》の門人で、薩摩藩に寄寓していた中野権右衛門と、兵庫へ探索に出向いた。

蔵屋敷にいた藩士の黒田彦左衛門、木脇権兵衛もつづいて出向かせた。

龍馬たちが兵庫港で待っていると、九月十六日に英、仏、蘭の艦隊が兵庫沖にあらわれた。

イギリス公使パークス、フランス公使ロッシュ、アメリカ代理公使ポートマン、オランダ代弁公使ファン・ポルスブルックが、軍艦に乗っていた。

イギリス艦隊通訳官アーネスト・サトウは、つぎのように『一外交官の見た明治維新』に記している。

「こんどの艦隊は、去年下関砲台を破壊したときのように、圧倒的な戦力を持っていなかったが、堂々たるものであった。

イギリスの軍艦は、セント・ジョージ・ウィンセント・キングの提督旗を掲げたプリンセス・ロイヤル号（砲七十三門）、レオパード号（十八門）、ペロラス号（二十二門）、バウンサー号（一門）。

フランスの軍艦はグリュエール号（三十六門）、ジュプレックス号（十二門）、キャンシャン号（四門）で、オランダ側はコルベット型艦のズートマン号を派遣した」

日本側の記録では、軍艦は九隻と記されているが、サトウは八隻と記している。

「われわれは海岸に沿って、たいへんのんびりした航海をつづけ、四日（旧暦九月十六日）の午前八時に、和泉灘《いずみなだ》を通過した。そのとき砲弾は装塡《そうてん》され、兵員はすべて部署についたが、由良《ゆら》砲台はまったく妨害をしなかった。

十一時半に、淀川河口の低地に横たわる大坂が視界に入った。ここから見渡すと、湾の両側を取り巻いている山々が、はるか陸地の奥深くまでつづいていて、ついには霞《かすみ》のなかに消え去っている。

大君《タイクーン》の城（大坂城）は、幾層とも知れぬ櫓《やぐら》が市の背後にそびえているので、すぐにそれと分かった。（中略）連合艦隊は、プリンセス・ロイヤル号を先頭にして一列につづき、航路をしだいに兵庫の方向へ転じた。

われわれの乗艦は、一時半に兵庫の港に投錨《とうびょう》した」

サトウが、兵庫に滞在するうち、港内に一隻の薩摩の汽船が碇泊していて、その船長有川弥九郎《ありかわやくろう》が数名の部下を連れて、旗艦へやってきた。

「彼らのなかの一人が、鹿児島で私に会ったことを覚えていたので、すぐ兄弟のように親しくなった。

彼らはたらふく酒を飲み、喫煙したあとで、陸上でいっしょに日本式の晩飯を食べたいから、明日迎えの舟をよこすと、私に約束して帰った。

だが彼らはその約束を忘れ、通訳のシーボルトと私が有川の船へいってみると、ちょうど抜錨しようとするところであったが、われわれを見るとおおいによろこび、（中略）生卵を食べ、酒を飲みながら船上で歓談した」

数日後、どこかから戻ってきたこの汽船に、サトウはまた出かけていって、非常に興味のある人物を見た。

「小さいが炯々《けいけい》とした黒い目玉の、たくましい大男が、寝台の上に横になっていた。

この男の名前は島津《しまづ》左仲《さちゅう》というのだと教えられた。私は、その男の片腕に刀傷があるのに気がついた。

それから幾月もたってから、私はふたたびこの男に会ったが、そのときには本名の西郷吉之助を名乗っていた」

四カ国の公使が大坂湾へきた理由は、幕府老中格小笠原長行《おがさわらながみち》と外国奉行山口駿河守直毅《やまぐちするがのかみなおき》に手渡した趣意書に記されていた。

それには、下関戦争の償金の三分の二を四カ国が放棄するかわり、条約の勅許、兵庫の期限前開港、税率改訂の三条件につき、七日間以内に回答を求めると記されていた。

兵庫開港は、江戸、大坂とともに、安政六年の条約では文久二年十一月と決まっていたが、その後五カ年間延期された。

それをただちに開港せよというのである。

外国艦隊摂海（大坂湾）入航の騒動のなかで、将軍家茂は九月二十一日に参内し、長州再征を奏請することになった。

大久保一蔵は、薩摩藩を代表して二条関白に意見を述べた。

「方今、弊藩は朝廷、幕府の嫌疑をうけ、建言をはばかっており申したが、内外一時に難をかもすごときは、処置を誤るときは国家の大不幸とあいなり申す。それゆえあえて微意を言上《ごんじょう》いたしたく、参殿つかまつってござり申す」

一蔵は列侯を召集し、公議によって国是を定めるべきであると主張した。

だが一橋慶喜が反論した。

「将軍の参内にあたり、大久保ごとき匹夫《ひっぷ》の議に耳をかされ、時を移し、そのうえ朝議をかるがるしく変ぜんとするは、天下の一大事なり。さようの儀なれば、将軍以下その職を辞するのほかなし」

二条関白は慶喜の猛烈な気魄に押され、朝議は幕府の奏請を許した。

将軍家茂が参内したのは、六つ半（午前七時）頃であった。御学問所で天皇に謁し、長州藩征討の趣意を奏上した。

「長州藩の処置は、かねて奏聞《そうもん》つかまつったる通り、道理順序を追い、不審の件を問いただしたうえで決定しようとして、末家ならびに大膳《だいぜん》（毛利敬親）家来へ当月二十七日までに出坂するよう、かさねて申し達しましたが、いまだ上坂の様子がありませぬ。

このうえ、いよいよ幕府の下命に違反すれば、寛大な措置もとりがたいので、旌旗《せいき》を進め罪状をただすほかはありませぬ。

もっとも状況に応じ、熟慮のうえ、違算ないよう処置つかまつります」

朝廷は将軍の奏請をうけいれた。

将軍は御剣、陣羽織地を賜り、翌朝八つ（午前二時）に退出した。

龍馬が西郷に従い京都に帰ると、大久保から長州再征の勅許が下ったことを聞いた。

西郷は、大久保をはげました。

「兵庫開港のかけひきは、きっと長引き申す。お前《はん》さあ、越前へ出向き、春嶽《しゅんがく》公に上京しなさるよう説いてくいやんせ。

俺《おい》はすぐに国許へ帰って、久光公のお供をして京都へ帰り申そ」

大久保は承知した。

大坂湾にきている外国との交渉に、幕府は悩まされるにちがいない。そのとき京都に雄藩の太守を呼び集め、連合して幕府に対抗する政治体制をつくるのである。

西郷は、翌日龍馬とともに大坂に下り、兵庫沖の胡蝶丸に乗船することにした。

長州再征の勅許が下りたうえは、幕軍はいよいよ征伐の軍を進めるだろう。そのとき薩摩藩は京都に大兵力を集め、幕府を牽制《けんせい》しなければならない。

鹿児島から大兵を上京させれば、兵粮《ひょうろう》が必要になる。

西郷は龍馬に頼んだ。

「お前《は》んな、頼みがあるが聞いてくれ申すか」

「何なりとお申し付け下さい」

「俺は鹿児島へ帰ったら、なるべく多く兵を集め、久光公のお供をして上京いたすつもいじゃ。そこで、兵に食わせにゃいけん兵粮を、長州で借りてくれんか」

龍馬は即座に了解した。

「分かり申した。さしあたって五百俵もあればえいですろう」

「そんでん、よか」

龍馬は西郷に従い、胡蝶丸で兵庫港を出帆し、伊予青島《あおしま》を経て、二十九日に上関《かみのせき》に到着した。

「息災で、またお目にかかりましょう」

龍馬は、鹿児島へむかう胡蝶丸の甲板に立つ西郷と、手を振って別れた。

龍馬は宮市で小田村素太郎と会い、十月三日の夜、山口に到着した。山口では藩庁の幹部と相談した。

龍馬は桂小五郎も同席の場で京都での情勢を語った。

「薩藩の西郷、大久保さんらはこじゃんと尽力したがですけんど、その甲斐《かい》ものうて、長州再征の勅許が二十一日に下ったがです。

西郷さんはすぐさま蒸気船で帰国なされ、兵を率いて大坂へ戻られます。そんで兵力をもって幕軍出征を再度押しとめられる策をとられるがです。

けんど薩藩では粮米が不足しちゅうきに、下関で借用したいと申されよります。その意を伝達するがに、この龍馬が参ったがです」

桂は承知して、早速現在の下関市吉田《よしだ》を中心とする、吉田宰判《さいばん》の米倉から米を買い集めた。

龍馬はその日、下関にいる池内蔵太に手紙を送った。

「〇然るに此度の用事は云々。

先づ京師のヨフス《（様子）》は、去月十五日将軍上洛、二十一日、一（一橋）、会（会津）、桑（桑名）、暴《にわか》に朝廷にせまり、追討の命をコフ。

挙朝是にオソレユルス。諸藩さゝゆる者なし。唯薩独り論を立たり。其よしは将軍廿一日参内。其朝大久保（利通）尹宮《いんのみや》（中川宮）に論じ、同日二条殿（関白二条斉敬《にじょうなりゆき》）に論じ、非義の勅下り候時は、薩は不レ奉と迄論じ上げたり。されども幕のコフ所にゆるせり。

薩云々等、朝に大典の破し事憤りて、兵を国より召上せ、既に京摂間に事あらんと。

龍也《や》、此度山口に行、帰りに必ず面会。

事により上に御同じ可レ仕《つかまつるべく》候かとも存候。

何《いず》れ近日、先は早々頓首《とんしゅ》。

三日　　龍馬

内蔵太様」

龍馬は、弟のようにかわいがった内蔵太が今後薩長同盟が成立すれば、長州諸隊での立場が危うくなると考え、彼をともない京都へ同行しようと誘った。

十月四日、龍馬は山口藩庁の松原音三《まつばらおとぞう》、小田村素太郎、広沢真臣と面談して、薩摩への粮米提供についての確約を得た。

小田村らはいった。

「薩藩歩兵の粮米は、いるだけ差しあげます。ほんじゃけえ安心してつかあさい。

念のために広田稼之助、孫平をつけますけえ、馬関で木戸貫治に会うて、話を固めておいておかれい」

桂小五郎は、この年の九月末から木戸姓を名乗るようになっていた。藩主から改姓を命ぜられたのである。通称も貫治とし、こののち幕末までに準一郎と一度変え、さらに維新ののち孝允と改名することになる。

小田村らは、道中はくれぐれも気をつけるよう、龍馬に配慮をすすめた。

「諸隊のうちには、人を斬るのを、大根を切るように思うとる阿呆がおりますけえ。用心が大事です。

この広田は腕が立つので聞こえとるけえ、むやみに斬りかけてくる者もおらんじゃろうと思いますがのう。長州の米を薩摩から買いにきておるちゅう噂が、ひろまっちょるということです」

龍馬は笑って答えた。

「心丈夫な手利きがついちゅうき、気遣いはないですろう。私は広田君のかげに隠れちょりますきに」

山口から下関まで十五里ほどの山道で、凶暴な諸隊壮士が、龍馬を待っているかも知れなかった。

蓬髪《ほうはつ》を肩まで流した壮士のなかには、斬人の経験を重ねたにちがいない、蛇のようにからみつく視線を送ってくる者がいる。服装にはかまわず、身につける筒袖は垢光《あかびか》りして異臭を放っていた。

十月七日の朝、宇部《うべ》の町筋を過ぎた辺りで、狂犬のような血走った眼つきの壮士が三人、前途をふさいだ。

孫平という下役人が、手にするささら竹をとりなおし、構えた。

広田が左手のおやゆびを大刀の柄にかけ、すこし腰をおとし、低い声で聞いた。

「なんじゃ、お前らは。俺に手向かう気か」

「お前に用はないんじゃ。わしらはその男に用があるけえのう。邪魔するでなあぞ」

孫平がささら竹で思いきり乾いた地面を掃き、砂をまきあげた。

先頭の壮士が刀を抜きかけたまま、顔に砂埃《すなぼこり》を浴び、眼をおさえた。

「えーい」

広田が気合とともに、抜きうちに刀身を一閃《いっせん》させ、肩口を斬った。壮士は土煙をあげて倒れた。

あとの二人はあわてて刀を抜こうとしたが、広田の動きは流れるようであった。

彼は流星のように前へ走り、いまひとりの壮士の右胸へしたたかに突きを入れ、すばやく手もとへ引いた。

突き三分、引き七分という呼吸を見事に生かした動作である。突いた剣尖を手早く引かねば、肉が巻きついて動かなくなる。

あとに残った一人が、刀身を担いで身をひるがえし、逃げようとする股《また》のあいだへ、孫平がささら竹を投げたので、足をもつれさせ見事にひっくりかえった。

「あやつは始末しちょこう」

龍馬がすでに抜いていた刀を八双《はっそう》にとろうとすると、広田がとめた。

「客にゃはたらかされん」

彼は、起きあがって走りだそうとする壮士の左足を、横一文字に払った。

「こうしときゃ、仲間を呼んでこられんけえ、いまのうちに走って逃げましょう」

腰につけた布巾《ふきん》で刀身を拭《ぬぐ》った広田が、先頭に立って走りはじめた。

下関の町なかに入ったのは、四つ（午前十時）頃であった。

広田は、三人を斬ったとも思えない、おちついた眼差《まなざ》しで、道を歩いていた。

西への旅

下関の豪商、白石正一郎の日記に、つぎの記載がある。

「十月七日、昼過、筑《ちく》(前)の石蔵《いしくら》や、藤四郎《ふじしろう》両人来、上国の事承ル。夕方、滝英之介帰省。しかるところにわかに土州人坂本良(龍)馬上国より帰候《そうらい》て、山口へまかり越し、ただちに馬関(下関)へ出浮《しゅっぷ》(出府)候《そうろう》よしあい聞え候」

龍馬がもたらした長州藩征討勅許の知らせは、山口藩庁の重役たちを驚かせた。幕軍がいずれは攻撃してくるとは予期していた。だが、薩摩、越前などの雄藩が反対して、勅許は容易に下るまいと見ていたが、案に相違した。

龍馬は京坂の情勢を語った。

「市中の噂《うわさ》やと、幕府出軍の期は、歩兵らあを当月十日頃《ごろ》にするといいよりました。私が大坂を出 立《しゅったつ》する時分には、まだ町人どもに触れを出しちゃあせんかったです。もうまあ近いうちに、尊藩の四境へ押し寄せますろう」

木戸貫治は諸幹部とともに、十五万といわれる幕府の大軍と、巨大な艦隊を迎えうち、決戦を挑む覚悟をきめた。

龍馬は薩摩藩兵粮《ひようろう》融通の件で、下関にきたが、実際には薩長連合を完成させるのが主な目的であった。

龍馬は十月十一日、印藤聿《いんどうのぼる》と薩長連合につき、対談した。

印藤は龍馬より四歳年上で、天保二年生まれ。算術に詳しく、槍術《そうじゅつ》は奥義をきわめた人物で、文久年間、下関砲台建築防備に功があった。

元治元年、報国隊軍監として、活躍していた。

龍馬は、鷗《かもめ》が飛びかう海峡を、大小の廻船《かいせん》にまじり、外国の蒸気船が、夕方になれば真鍮《しんちゆう》の反射板で光度をつよめた赤と緑の舷灯《げんとう》をかがやかせ、メーンマストに白色の信号灯を点じてあらわれるのを眺める。ときどき腹にひびくホイッスルの尾を引く音をひびかせ、船首に白波を蹴《け》って田の浦から響灘《ひびきなだ》のほうへむかってゆく汽船は、上海か長崎へむかうのであろう。

十月十二日の日暮れどきであった。

龍馬は下関阿弥陀寺《あみだいじ》町《ちよう》の本陣大年寄で、貿易をいとなむ伊藤助太夫《いとうすけだゆう》の客座敷にあぐらをかき、障子をあけはなった縁先にひろがる、騒がしい海峡の光景を眺めつつ、主人と酒盃《しゆはい》を交わしていた。

鹿児島へ帰った西郷吉之助は、新たな兵力を汽船で京都へ運んでくる。将軍家茂が滞在する大坂と京都の幕府勢力に、無言の威圧を加えるためであった。

龍馬は助太夫宅で数日を過ごしていた。そのあいだ木戸貫治と薩長連合につき、談合をかさねた。

助太夫は冷静な物腰の人物であった。彼は幕府軍の襲来にそなえ、手持ちの廻船を各地に出向かせ、物資を買いもとめている。

番頭、手代が、波止場から小舟をあやつり、沖に碇泊《ていはく》している幾艘《そう》かの北前船《きたまえぶね》に、連絡に出向いては戻ってきて、人足頭《にんそくがしら》にあわただしく、積荷受けとりの指図をしている。

助太夫は火事場のような繁忙のなか、螺鈿《らでん》細工のみごとな膳《ぜん》をまえに、悠然と龍馬の盃《さかずき》をうける。

龍馬は年長の助太夫に聞いた。

「幕府と薩長が戦うて、こっちが勝てば、お前《ま》さんらあは、えらい大儲《おおもう》けじゃろう」

「勝てばようございますがのう。負けるかも分かりませぬ。負けりゃ、商人《あきんど》も共倒れですけえ、危ないもんですが。それに、勝てば上方《かみがた》から江戸まで押し寄せるというとりますけえ、金のいることばっかりで、手前どもは、その立替えもせにゃならんのです」

「ほんなら、お前さんらあは、藩のお役をつとめたち、めっそうなこたないがかえ」

「いや、いよいよ勝てば、えらい景気になるじゃろうが、どうなるかは、ほんまになってみんことには、分かりゃせんでしょう。手前どもは、蝦夷《えぞ》の物産をいっち狙《ねろ》うちょります」

「ほう、蝦夷の物産を買うがも、たいちゃおもしろいろうねや」

「下関の商人どもで、蝦夷と交易するのを望んでおらん者は、なかろうと存じますがのう」

　龍馬はうなずく。

　長州が幕府との戦《いくさ》に勝ち、藩外との交易範囲がひろがれば、下関の商人たちがもっとも望むのは、蝦夷の物資を買いいれることだという。

「こじゃんと大利を得られるがかよ」

「やりかたにもよりまするかのう」

　助太夫は笑顔を見せた。

「そうかえ、北前船は、一艘こしらえるがに千両かかったち、蝦夷へ三度も往来すりゃ元手がとれると聞いちょったけんど、まっことのう。蒸気船を使うたら、なお儲かるろうねや」

「それは、大層な富限者《ふげんしゃ》になるじゃろうと存じますのう」

龍馬は当分は社中の同志とともに、薩長以下の諸藩の必要とする武器雑貨の購入にあたり、戦争がおさまったのちは、蝦夷、下関から長崎、上海を往来して、貿易をおこなおうと考える。

蒸気船の運転に習熟すれば、広東から呂宋《ルソン》、さらにはパシフィック・オセアンを渡ってアメリカにもゆけるのだ。

――俺《おれ》が泳ぐ海は、世界じゅうにひろがっちゅう――

龍馬は分厚い胸に、海峡から吹いてくる潮風を吸いこんだ。彼は伊藤宅で木戸貫治ら長州藩の実権を握る人々と、薩長連合で回天の鴻業《こうぎょう》をなしとげるための談合を、充分に交わしていた。

龍馬は酔眼をほそめ、沖の灯を見渡しつつ、おりょうの幻に話しかける。

――ここへお前《ま》んを連れてきちゃらんといかん。下関は景色もえいし、景気もさかんじゃ。酒も料理も京都よりこじゃんと旨《うま》い。ここでお前んといっしょに暮らして、蒸気船で貿易をやるががいっちえい――

助太夫が番頭に呼ばれ、座を立ったあいだに、龍馬は文机《ふづくえ》をひきよせ、巻紙に印藤聿あての手紙を、躍るような筆致で書いた。

「二白、今夜も助太夫とのみ呑《のみ》ており申候。
昨夜道路中うかゞい候事件色々相考候所、何《いず》レ急成ハかへりて両方の志通じかね候へバ、何を申ても共に国家をうれへ候所より成立候論なれば、両方の意味が通達して両方から心配して其《その》よろしきおへら《（撰）》み候方よろしく、そふなければ両方より道也《なり》、義也と論を吹合候よふになれバ、かへりてがい《（害）》を生じ候べく、談笑中ニともに宜を求め候よふでなければ、とても大成ハなりがたくと奉レ存候。何レ御深慮千万の中と奉レ存候。
右御報拝捧候。
十二日　　　　　　　　　　　龍
印藤大兄足下《そつか》
猶《なお》けふハ船の事
大《おおい》に御セ話被レ遣《つかわされ》候
御礼千万語言に
かへかね候。（後略）」

印藤と話しあった内容は、薩長連合についてのことか、長崎で上杉宗次郎が受けとり交渉をすすめているユニオン号についてであろう。
上杉宗次郎は、社中を代表してユニオン号、銃砲購入に活躍していた。

慶応元年九月八日付で、長州藩主毛利《もうり》敬親《たかちか》、広封《ひろあつ》父子連署で島津久光、忠義《ただよし》父子に送った書状は、これまでのゆきがかりを一擲《いってき》し、ともに勤王に尽くすため、おおいにご依頼するという内容であった。その末尾に宗次郎の名が記されていた。

「弊藩は、日夜朝廷のご様子が気がかりでなりません。心中をなにとぞご憐察《れんさつ》下さい。

委曲は上杉宗次郎に話しておりますので、お聞きとり下さい」

宗次郎は、薩長両藩の藩主父子に名を知られるほどの、大物になっていた。

龍馬はしばらく下関に滞在していたが、便船で大坂へ戻った。長州側が薩兵の兵粮調達を引きうけたことを報告するため、京都へ戻ったのである。

十月十八日、上杉宗次郎はユニオン号を長崎でグラバーから受けとった。

同日、宗次郎は長州藩井上聞多につぎの書状を送った。

「お別れしてのちは、ますます御安泰と存じます。船はかねての取りきめの通り、船印《ふなじるし》、国号、かの国（薩摩藩）の名前を借用し、社中の者が乗り組み、水夫はこれまで使役した者によって航海することになりました。

船はようやく今日うけとりました」

上杉宗次郎は、井上聞多とのあいだに、「桜島丸《さくらじままる》条約」を非公式に結んでいた。

ユニオン号は長州が薩摩藩名義で購入したので、表向きには「桜島丸」、長州藩では干支《えと》にちなみ、「乙丑丸《いっちゅうまる》」と命名することになった。

宗次郎が井上と結んだ条約の内容は、つぎの通りであった。
一、旗号は薩州侯の御章を拝借する。
一、乗組みの士官は多賀松（高松）太郎、菅野覚兵衛《すがのかくべえ》（千屋寅之助）、寺内新左衛門《てらうちしんざえもん》（新宮馬之助）、早川二郎、白峰駿馬《しらみねしゅんめ》、前河内愛之助《まえこうちあいのすけ》（沢村惣之丞）。（いずれも社中同志）
水夫、火焚《ひたき》はこれまで召し連れた者で航海する。

長州藩からは士官二人が乗り組む。その他、水夫、火焚の不足は、あらたに雇いいれる。
一、船中賞罰は士官がおこなう。
一、金子《きんす》六百両は士官が預かる。
一、船の修理費、食糧、薪水《しんすい》の費用、士官、水夫、火焚の給料など、雑費のすべては、長州より支払う。
一、本船は長州藩での御用がないときは、薩摩藩の用向きを弁ずることになる。
船の代金三万七千七百両は、薩摩側が早急の支払いを求めているので、即金で払ってくれるのであれば、薩摩藩大坂藩邸へ届けてもらいたい。

上杉らは、ユニオン号を運転し、十月十九日に長崎から鹿児島へ廻航したのち、長州へむかい、十一月九日に下関に到着した。

だが長州藩海軍局が、井上と上杉のとりかわした条約を、承認しなかった。

「乙丑丸は金を払うたら長州のものじゃ。海軍では、中島四郎《なかじましろう》を艦長にするときめておる。なぜ海軍局が乙丑丸を自由に使えんのか。薩摩が艦を使うたときに、雑費を長州持ちというのも、おかしな話じゃけえ、こんな条約に判は押せなあ」

上杉宗次郎は反論した。

「桜島丸は、お前《ま》さんらあがどげに欲しゅうても、手に入らん。薩長と社中がともに使うということは、坂本と木戸殿が話をつけちょるはずですろう。それをいまさら、なにをいいよるがです」

上杉宗次郎は桜島丸を下関港に碇泊させ、引渡しを拒んだ。

諸隊の壮士たちは、殺気立った。

「夜討ちをしかけて、上杉らを斬《き》って捨て、艦を分捕りゃよかろう」

そんなことをしては、薩摩の尽力を無視することになるので、海軍局は乱暴者が不始末をしでかさないよう、桜島丸の周囲を警戒せねばならなかった。

龍馬が京都へ戻ってまもなく、西郷吉之助が、家老小松帯刀とともに、救応隊という京都守衛部隊を率い、京都に戻った。

龍馬は吉之助に報告した。

「長州藩は、兵粮米五百俵を尊藩にご用立てすると、承知されました」

吉之助はおおいによろこんだ。

「龍馬どんは、大事な役目を果たしてくいやんしたか。ありがたか事《こつ》ごわす」

吉之助は、薩長連合がしだいに形をととのえてくるのを、よろこんでいた。

薩摩藩の威勢は、救応隊が到着したので、おおいにあがった。京都郊外でおこなう歩兵調練は、進退がきわめて迅速なので、見学にきた幕府役人らは恐れをなした。

龍馬は二、三日を薩摩藩邸で過ごすと、伏見の寺田屋へ戻り、西郷吉之助から呼び出しの使者がくるまで、おりょうとむつまじく日を過ごす。

京都と伏見を往復するとき、常に薩摩藩士の護衛がつくようになっていた。伏見にいるときも、寺田屋にいることを町奉行所に察知されないよう、できるだけ他出《たしゅつ》をはばかっている。

新選組の市中取締りがきびしくなってきていた。

慶応元年四月下旬以来、西本願寺《にしほんがんじ》集会所に本陣を置いていた新選組は、初冬の頃には本陣を、京都堀川《ほりかわ》通りの東、木津屋《きづや》橋の南、不動堂《ふどうどう》村に移転した。

新本陣は一丁四方である。表門、高塀、式台玄関、長屋、使者之間、長廊下、隊士の部屋、客殿、物見、中間小者部屋《ちゅうげん》、など堂々たる大名屋敷の構えであった。

長州征伐がはじまるというので、隊士たちは殺気立っている。

新選組の情報網は、市中のいたるところに張りめぐらされていた。髪結い床、風呂屋《ふろや》、駕籠屋《かごや》、妓楼《ぎろう》、按摩《あんま》、博打場《ばくちば》からの通報で、不穏分子の動きがあらまし分かる。

龍馬は性来豪胆であるが、京都市中で新選組隊士の詰所前を通りすぎるとき、彼らの刺すような視線をうけると、全身が緊張した。

――いつ、なんぞごとがおこるやら知れん――

薩摩藩士と同行していても、油断はできない。

ことに、夜間の通行は、半年ほどまえよりもさらにきびしく、危険が身に迫ってくる感がある。

新選組は、薩摩藩士であろうと容赦なく、闇《やみ》にまぎれて斬ろうとした。

おりょうは龍馬とともに夜を過ごしているとき、突然いいだした。

「わては、あんたの子を早う宿しとうて、いつでも、角《かど》のお地蔵さんに頼んでるのどす」

「どういて、そげに子がほしいがぜ」

おりょうは、龍馬の頬《ほお》に自分の頬を押しつけていう。

「あんたには、あての気持ちが分からんのどす。わてはこの家からあんたを送りだすとき、これでもう見納めになるか分からんと、いつでも思うて、そんなことはないと、あわてて思い直すのどっせ」

龍馬は黙って、おりょうのなめらかな背を抱く手に、力をこめる。

おりょうは涙をふくんだ声になった。

「もうこれで仕舞いや。この人はわてのとこへ、もう二度と帰ってきてくれへんかも分からんと思うたら、怖さが胸の奥からこみあげてくるのどす。そやさかい、もし、あんたが帰らへんのやったら、嬰児《やや》でも残していっておくれやす」

「すまんことよ。お前んに何ちゃあしちゃれんまま、俺が死んだときは、こらえてくれや。こげな裸同然の男の嫁になってしもうて、お前んは、まっこと不仕合せじゃねや。俺の持ち金は五十両ほどあるきに、それを預けちょこう。ちったあ頼りになるろう」

おりょうは、かぶりをふった。

「そんなお金みたいなものは、いらんし。わては、あんたが死んだときは、自害するのや」

龍馬はかきくどくおりょうの言葉を聞きながら、彼女のためにいくらかでも多く金を残しておいてやろうと考えていた。

彼はわざと明るい声音でいった。

「いっつもいいゆうけんど、人には定命《じょうみょう》というもんがあるがやき、それが尽きるまでは、どげな危地に陥ったち、死にゃせんちや。俺の定命はどればあやろうか。存外、九十まで生きるかも知れんぜよ」

「九十の爺《じい》さんになったあんたの、顔見とうおすなあ」

おりょうがみじかい笑い声をたてた。

龍馬がいう。

「俺の操練所の同志は、長崎で長州のためにミニエー、ゲベール銃七千三百挺《ちょう》と蒸気船一隻を、買うちゃったがじゃ。

これから幕府と長州の戦がはじまったら、世のなかがどげな変わりようを見せるか、見当もつかん。

俺らあは世間の動きに乗って、ひとはたらきするつもりぜよ。お前んも、俺の背に負われちゅううちに、しょうえい目を見ることもできるようになるかも知れんぜよ」

幕府は、九月から十月のはじめに、大坂から兵庫沖へ押し寄せた異人との談判では、内々に兵庫開港をとりきめた様子であった。

龍馬は、時勢の推移をおりょうにいい聞かせた。

「いままで幕府は、強藩に対して疑いをもちかけ、いろいろ流言をひろめては、内輪もめをさせちょいて、それをとり鎮めるというては、思うがままに操ってきたがじゃ。

けんど、長州征伐では、とるべき策が何ちゃない。そこで、大目付永井主水正らを広島までつかわして、長州藩に降伏の一言を戦わずにいわせたいがよ。

一向宗の広島国泰寺の坊主が、長州にゆかりがあると聞いたきに、長州への使いをさせて降参せいといわせたかったけんど、ことわられたそうじゃ。出陣の命令は出さずに、征伐を中止する口実を探しゆうわけよ」

「そんなら、いっそ長州を許してあげたらええのどっしゃろ」

龍馬は笑った。

「それが、そうはいかんがよ。下関の目と鼻の対岸は小倉領やき。長州藩が外国蒸気船をぎっちり呼び寄せちゃあ、銃やら大砲を買いゆうがを、見られちゅうがよ」

「あんたは、また長州へいくのどすか」

龍馬は痛いところをつかれ、いいよどむ。

「うむ。いんま宗次郎がユニオン号の件で、長州藩と揉《も》めゆうきに、そのとりなしにいかにゃいかん」

龍馬は、そのほかに重大な任務を帯びていた。

薩長連合をいよいよ達成させるため、木戸貫治を上京させることであった。京都二本松の薩摩藩邸で、長州藩政の全権を藩主から委任されている木戸を、西郷、小松、桂久武《かつらひさたけ》らにひきあわせ、盟約を結ばせるのはたやすいことではなかった。

龍馬は十一月二十日過ぎに京都を離れ、長州にむかう。そのあと、龍馬が長州から連れてきて、薩摩藩邸に逗留《とうりゆう》させている池内蔵太《いけくらた》とおなじく土佐脱藩の田中顕助がつきそい、薩摩藩士黒田了介《くろだりようすけ》(清隆《きよたか》)が十二月上旬に下関へむかう予定であった。

池、田中はいずれも勤王浪士として長州にいた経験がある。

龍馬は薩摩藩士二人に護《まも》られ、十一月二十日早朝に、寺田屋の三十石船で大坂へ下った。

彼は蒼《あお》ざめ涙を流すおりょうの背を撫《な》で、気をおちつかせようとした。

「何ちゃあ、案ぜることたあない。用がすんだら、じきに戻《も》んてくるき。敵にやられるようなことはないわえ。前にも新選組六人に返り討ちをくわせたろうがよ」

龍馬は上着の下に、真綿にくるんだ一重鎖《ひとえくさり》の襦袢《じゆばん》をつけていた。

船が伏見を離れると、龍馬は付添いの薩摩藩士らと徳利を傾け、酒を飲む。枚方《ひらかた》で町奉行所の下役人が、船中をのぞきにきたが、薩摩髷《さつままげ》の三人の侍を見ると、視線を伏せ、立ち去った。

大坂薩摩藩邸で便船を待った龍馬は、二十四日に大坂を出帆する船に乗った。

二十六日夕刻、上関《かみのせき》に到着し、そこから下関行きの便船に乗りかえ、十二月三日、下関に到着し、さっそく印藤聿に手紙を出し、到着を知らせた。

「一筆啓上仕《つかまつり》候。

然《しかる》ニ私十一月廿四日浪華《なにわ》出帆、同廿六夕、上の関ニつき申候。

夫《それ》より今日下の関ニ参り其まゝ御とゞけ申上候。

いづれ拝顔の上万々。

謹言
十二月三日　龍馬
聿大兄　足下
印藤様　直陰《なおかげ》」

下関に到着した龍馬は、そこで高杉晋作、井上聞多に会い、これまでの事情を告げた。

「木戸殿は、今年の閏《うるう》五月、西郷殿が薩摩藩船胡蝶丸で上京のみぎり、下関に立ち寄り、薩長連合の話しあいをするというたので、待っておられたがです。

ところが西郷殿は京都に急用ができたというて、木戸殿に待ちぼうけをくわせ、下関に寄らんかったがです。木戸殿は、その遺恨を胸に持っておられます。西郷殿が会いたいがやったら、下関なり山口なり、自ら足を運んでくるが礼儀というもんじゃ。それにもかかわらず、京都へお越し下さいというたら、何たる無礼であるかと憤怒《ふんぬ》されるのは目にみえちょります。

けんど、西郷殿が以前、木戸殿に礼を失したがには、外に洩《も》らせぬわけがあったがです。国父久光公は、薩長同盟には賛成ですけんど、まず長州から頼みにこさせよ、当方より誘うことはないと申されよりました。

久光公の逆鱗《げきりん》に触れたら、三度めの島流しの憂きめを見ることになり、亡君斉彬公の恩に酬《むく》いることもなく、地中の枯骨になりかねません。

そのため、西郷殿は心ならずも木戸殿に礼を失するふるまいをしたがです。

とはいうても、いまは長州と薩州が手を結びおうて、幕府十五万の大兵の攻撃をくいとめんといかんときです。いまは寸刻の猶予もできません。どうか木戸殿を上京させ、薩長連合を奏功させて下さい」

広島における幕府大目付永井主水正の、長州藩代表宍戸《ししど》備後助《びんごのすけ》（璣《たまき》）に対する訊問《じんもん》は、終わろうとしていた。

幕府はついに防長の四境に攻撃の軍勢を進めている。薩藩との同盟交渉にあたる能力をそなえているのは、木戸のほかにはいない。高杉、井上、山県狂介らが熱心に木戸を説いた。

十二月になって、黒田了介が池内蔵太、田中顕助をともない下関に到着し、高杉に迎えられた。

高杉は龍馬を通じ、事情を知悉《ちしつ》していたので、ただちに山口へ使者を走らせ、木戸を呼び寄せようとしたが、十日あまり待たされた。

龍馬はいった。

「木戸殿も、即刻、返答はできんでしょう。そのあいだに、桜島丸の新条約を結んじょきましょう」

龍馬は十二月十四日の深更まで、長州藩海軍局中島四郎らと談判し、桜島丸条約を改定し、桜島丸新条約を締結した。

新条約の主な改定部分は、つぎの通りである。
一、毎日の事務は当番士官が管轄するのはもちろんであるが、賞罰そのほかの事件については、総管（中島四郎）へ相談する。
一、本艦については、購入時の経緯によって海軍局規則外とするが、おおよそは海軍学校の定則に従う。
一、碇泊中、航行中をとわず、乗組員の月俸のほかは、長州側が受け持つ理由のない失費は、一切支払わない。
一、当藩が本艦を使用していないときは、薩摩藩の運送に使用してもよいが、
そのときの運航費用は、薩摩藩が支払う。

木戸が黒田了介、龍馬と面談したのは、十二月十九日であった。木戸の手記に記す。

「十二月、薩州黒田了介が西郷の命令で馬関にきた」

黒田は薩人らしく寡黙の人柄であったが、このときは懸命に弁じたようである。

「終日談話し、しきりに余に上京をうながした。坂本龍馬も下関にいたので黒田とともに上京をすすめる。

しかし余は、今夏の侮辱を考えれば、しらじらしく京都に至り、薩人と面会するに忍びないので、他の者に上京を依頼しようと考えた」

高杉と井上は、龍馬とともに懸命に木戸を説得しようとした。長州藩を代表し、薩摩藩首脳部と交渉しうる器量のある者は、木戸のほかにはない。

高杉は山県狂介にも協力を頼んだ。

高杉はさまざまに案をめぐらし、藩主毛利敬親に、木戸へ出京を下命されたしと言上《ごんじょう》した。敬親は十二月二十一日、木戸を召し寄せ、命じた。

「京摂の形勢視察のため、出京いたすべし」

木戸が上京をためらったのは、西郷に対する遺恨ももちろんあったが、奇兵隊の内部に排薩の傾向がはなはだ強かったためでもある。前原彦太郎は、このとき木戸につぎの書状を送っている。

「前途のことは、小弟などもとより一言半句もなく、ひたすら焦慮するばかりです。奇印（奇兵隊）などの傲慢無礼《ごうまんぶれい》、眼前の苦心は実にすくなからぬものです。深くお心を用いられ、要慎が大切です。かるがるしく考えては、後日に大害をこうむることは、いうに及ばぬと愚考いたします。

近頃、一身の安全をはかる人は、たいてい奇兵隊と親密にしています。恐るべし、恐るべし。これは自然のいきおいです。よそへ洩らさないで下さい」

このようなさまざまの事情があったが、木戸はついに上京を決断した。

「而《しこう》して高杉晋作、井上聞多ら、また余をして上京せしむることを論じ、ついに公命下るに至る。

よって余恥をしのび、意を決し、諸隊中、品川弥二郎《しながわやじろう》、三好軍太郎《みよしぐんたろう》、早川渡、土州人田中顕助、薩人黒田了介と同船、浪華に至る。

時に正月四日なり」

木戸一行は、慶応元年十二月二十七日、三田尻を出帆した。下関の藩御用船を艤装《ぎそう》して下関から三田尻に廻航し、播州《ばんしゅう》に着いて船をかえて大坂湾に入ると、天保山沖に碇泊していた薩藩蒸気船春日丸《かすがまる》に移乗して、薩摩藩邸に入った。

黒田嘉右衛門（清綱）が出迎えた。

大坂から薩摩藩船で淀川を遡《さかのぼ》り、伏見に着いたのは深更であった。

木戸は、大坂にあった広大な長州藩邸が、幕府に破壊され、路傍に廃墟《はいきょ》となって残っているのを見た。

夕暮れどきに、天王山が見えた。そこでは真木和泉以下の同志が自決した。木戸は当時を思いおこし、涙を流した。

龍馬は木戸よりも上京が遅れ、慶応二年一月十日に下関を出帆する便船に乗った。桜島丸の一件の後始末が長びいたためであった。

慶応元年十二月二十九日、龍馬が印藤聿にあてた書状がある。

「昨日山口より中島四郎、能間百合熊、福原三蔵外要路の人、山田宇右衛門とか申人被レ参《まいられ》候。

いまだ咄合《はなしあい》も不レ仕候所なれども、案ズルニ今日中ニ事すミと相成可レ申《もうすべき》か、

山口よりハ木圭小五郎よりも長〻敷《ながながしき》手紙参、半日も早く上京をうながされ候。

然《しか》レ共《ども》此度《このたび》の上京私一人、外当時船の乗組一人位の事なるべくたれか京ニ御

出しなれバ、はなはだつがふ（都合）能《よろ》しかるべし。
一、山口の方へハ薩州人黒田了介と申人参居候故《ゆえ》、此人とともニ桂氏ハ先日上京と承り候。
其桂ニ諸隊の者人物とよバれ候人を七、八名も同行致セしよし申来《もうしきた》り候。
一、私しの船ハ正月二日三日頃出しも可レ仕か。
いまだ不分明なり。
右よふ成行に候得《そうらえ》バ、其御心積なり。
廿九日　　　謹言〻
〆
印藤様　　　龍馬」

木戸が京都へ出立した直後、龍馬はようやく桜島丸の件の話しあいをすべて終え、木戸の薩長連合の進展に立ちあうため、さっそく上京の支度をはじめた。

龍馬は盟約を見届ける証人が一人でも同行してくれれば、好都合であると印藤に頼み、印藤は長府藩士三吉慎蔵《みよししんぞう》を、藩命によって龍馬に同行させることにした。

三吉は長府藩士三吉十蔵の養子で、宝蔵院《ほうぞういん》流の槍《やり》は、藩内随一といわれていた。

年齢は龍馬より四歳年上の三十六歳である。

「三吉慎蔵日記」に、龍馬に会った前後のことが記されている。

「慶応二年、丙寅《ひのえとら》正月元日、一、御内命ヲ以《もっ》テ当時勢探索ノ為メ、土州藩坂本龍馬ヘ差シ添エラレ、出京ノ儀仰セツケラレ候ニツキ、即刻長府出立ニテ馬関ニ至リ、福永専助宅ニ於《おい》テ、初メテ坂本氏ヘ面会ニ付、印藤聿ヨリ引合セ、三名一同方今ノ事情懇談、一夜ニシテ足ラズ。

翌二日ヨリ同宿シ協議ノ上、至急登京ノ事ニ決シ、出船ノ用意ヲ為ス。時ニ急便ナク、ヤムヲ得ズ五日迄《まで》滞関ス」

福永専助は下関の庄屋で、志士たちの会所となっていた家である。

連日海が荒れ、出帆が遅れたが、ようやく正月十日に、大坂へむかう廻船に乗った。途中風浪はげしく、しばしば行き悩み、途中の港に立ち寄りつつ、十六日に神戸に上陸し、陸路大坂へむかった。

三吉慎蔵は、龍馬についてつぎのような観察をしている。

「過激ナルコトハ毫《ごう》モ無シ。且《か》ツ声高ニ論ズル様ナコトモナク、胆力ハ極メテ大」

龍馬より先に京都へむかった木戸一行も、悪天候のため大坂到着が遅れた。

木戸の到着を待ちわびていた西郷のもとに、大坂から黒田了介の出した正月七日付の書状が届いたのは、翌八日の朝であった。

「小生は去月二十七日に、防州三田尻港を出帆しましたが、天候不順のため船が進まず、ようやく本日夕刻に大坂へ着き、ただいま藩邸におります。

木戸氏のほかに上下八人同船いたし、藩邸に入られました。

さて、木戸氏は先生をひとえに敬慕されております。こんどの上京に際し、願わくは大儀ながら伏見藩邸へお出迎え下さい。

明朝五つ（午前八時）過ぎに大坂を出帆するので、伏見に着くのは、日暮れてのちのことであろうと存じます。

先生のご都合もあることと存じますが、まずは要用のみ」

木戸一行の行動は、幕府の諜者《ちょうじゃ》に察知されていた形跡があったため、黒田了介は途中で幕吏の詮議《せんぎ》を受けないよう、厳重な警戒を怠らなかった。

淀川を遡った薩摩用船は、夜更けに伏見へ到着した。西郷は村田新八《むらたしんぱち》を従え、迎えにきていた。

吉之助はていねいな挨拶《あいさつ》をした。

「遠路、わざわざご足労をわずらわし、まっこて恐れいる次第ごわす。去年の夏には、こんうえもなかご無礼をいたし、申しわけなかと悔んじょい申す」

木戸は、西郷がかつて非礼の行動をとった裏には、いりくんだ藩内の事情があったのであろうと察した。

翌九日朝、西郷は徒歩で木戸一行を案内し、京都二本松藩邸に入った。

薩摩藩家老桂久武の正月八日の日記には、つぎのように記されている。

「ふだんの通り起き、ふだんの通り出勤した。小松（帯刀）氏は狩猟に出かけたようである。西郷と御屋敷内で出会った。黒田了介が木戸某を同伴し、伏見まで帰ってくるので、西郷に伏見へ迎えにくるよう頼んできた。それで、これから出かけるといい、別れた」

木戸一行は、薩摩藩邸に到着すると、大歓待をうけた。

木戸は土産《みやげ》の長州国産の鍔《つば》大小を、西郷と桂久武に贈った。

龍馬は一月十八日、大坂薩摩藩邸に入った。彼は大久保越中守が大坂にきていると聞き、三吉とともにその旅館をたずねた。

越中守は、長州征伐の処置について、将軍家茂の下命により、老中たちに意見を述べるため、大坂へきた。

越中守は龍馬と三吉を座敷へ通すと急いで告げた。

「貴公が長州人を同伴して、まもなく入京する事情が、奉行所に探知されているようだ。すでに沙汰《さた》があったので、手配りがされているはずだ。ひさびさに長州の様子などを聞きたいが、悠長なことをしてはいられぬ。早々に立ち去るがよい」

龍馬は緊張した。幕吏に捕えられたときは死罪は免れない。

龍馬と三吉は、周囲を警戒しつつ薩摩藩邸へ戻った。

龍馬は下関を出立するとき、高杉晋作から詩を記した扇面と六連発ピストルを贈られていた。

「俺は幕吏にしかけられたときは、これを使うぜよ」

龍馬はピストルに弾丸をこめる。

宝蔵院流免許皆伝の三吉は、寺町で手槍《てやり》を買いもとめてきた。

龍馬に随行していた、池内蔵太、新宮馬之助もともに京都へ出向くことにした。池は新式の元込《もとごめ》銃を携行する。

四人は薩摩藩邸留守居役木場《こば》伝内《でんない》に薩摩藩船印を借りうけ、便船を雇い伏見へむかった。

伏見では慶応元年末から二年正月にかけ、新選組の江戸弁の壮士たちが、取締りを厳重におこなっていた。

寺田屋にも毎日やってきて、家探《やさが》しをするように隅々まで調べる。奉行所からは棚橋という与力が、下役人を連れ、隔日に調べにくる。

女将《おかみ》お登勢は彼らがやってくると愛想よくもてなし、酒食を出し、袖《そで》の下《した》をつかませた。

慶応二年一月十九日の夜、龍馬が三人の武士を連れてあらわれた。

「お母《か》ん、へさに（久しく）会わんかったのう」

龍馬はおだやかな笑顔でいった。

「ようまあ、こないに詮議のきびしいなかを、無事にお着きやしたなあ」

「いん、大坂の八軒家を出てから、枚方《ひらかた》、八幡《やわた》、淀でえろう詮議されたけんど、薩摩の船印の威光で通りぬけられたがよ。

これから長州の木戸と薩州の西郷に会うて、大事な相談をせにゃいかん。すんぐに京都へいてから、じきにまた戻《も》んてくるぜよ。長州の三吉さんには、なるべく危ない目はさせられんきに、ここにおってもらおう」

龍馬はしばらく休んだのち、池、新宮とともに京都へむかった。

その日も、くりかえし新選組の人別《にんべつ》改《あらた》めがあった。お登勢は三吉を押入れの夜具のなかや、裏手の物置へ隠した。

三吉は手槍を抱えたまま、終日くらがりで息をひそめている。

おりょうは三吉のもとへ酒食を運びながら、胸がふさがる思いであった。

――あの人は二本松屋敷へ、なにしにいかはったんやろ。途中で捕縛されたのとちがうやろか。もう顔を見られんようなことに、ならへんやろか――

おりょうは不安をこらえ、切ない思いで立ちはたらいた。

彼女の行李《こうり》には、父楢崎将作《ならさきしょうさく》の形見の短刀が納められていた。その磨ぎすました切先《きっさき》を首にあて、血の脈を切れば、いつでも死ねると、おりょうは自分にいい聞かせる。

龍馬が死ねば、ひとりでとても生きてゆけない。あとを追うしかないと、おりょうは心にきめていた。

薩藩二本松藩邸にいる木戸らは、連日饗宴《きょうえん》に招かれた。

家老の小松帯刀、桂久武、島津《しまづ》伊勢《いせ》以下、西郷吉之助、大久保一蔵、吉井幸輔、奈良原幸五郎（喜八郎）らが同席した。彼らは朝廷、幕府の動きについては談議をするが、同盟についてはいっこうに切りださない。

ともに国事を語りあったのは、藩邸に到着して十日めの、一月十八日であった。西郷と仲のいい桂久武の、当日の日記はつぎの通りである。

「十八日、いつもの通りめざめる。この日、出勤はしなかった。八つ（午後二時）頃、小松帯刀に申しいれておいた。長州の木戸と懇談したいというと、今夕くるようにとの返事であった。

客殿へ出向くと、皆暮れ六つ（午後六時）の鐘が鳴る時分にやってきた。島津伊勢、西郷、大久保、吉井、奈良原が出席した。深更まで話しあい、国事についてたがいの意見を述べあった」

だがどちらからも、薩長連合の話しあいをいいださないままであった。

木戸貫治は、ついにあきらめた。

「西郷吉之助、村田新八ら迎えて、ともに京都に入り、薩州邸に至る。在留中、大久保一蔵、小松帯刀、桂右衛門（久武）そのほかあい面会するもの数十人、懇志甚厚、在留ほとんど二旬《にじゅん》、しかしていまだ両藩のあいだに関係するの談に及ばず。余、むなしく在留するを厭《いと》い、一日相辞して去らんと欲す」

薩摩側では、木戸が連合の相談をもちかけてくるのを待っていた。それは久光の意向である。

木戸は京都まで呼び寄せられ、いかに厚遇をうけたところで、意地でもわが口から連合を求める言葉を発することはできない。

西郷は、まえに木戸に対し心ならずも非礼のふるまいをした。今度も京都まで呼び寄せておいて、木戸に連合の希望をいいださせようというのは、頑迷狭量な久光の意向である。

このままに推移すれば、木戸は何の成果も得られないまま長州へ帰ってゆくであろう。そうすれば、薩長が連合して幕府にあたり、あらたな共和政治体制をつくりだすという夢は、完全についえてしまう。

――坂本はなぜ遅れちょる。いまあん人がおらにゃ、木戸殿も俺《おい》も、何がでくっか。早う帰ったもんせ――

西郷は胸のうちで合掌し、龍馬の到着を待った。

土佐脱藩者の龍馬は、自由な立場で意見を述べられる。彼はふだんは穏和な口調であるが、重大な談議の場では、その語るところは、あたるべからざるいきおいを発揮する。

桂久武の日記にしるす。

「二十日、この晩、木戸と別盃を交わすため宴席に出座するよう、小松殿から連絡があったが、気分がすぐれないのでことわった。

大久保が出座するので、その旨西郷にことわっておいてほしいと、頼んでおいた」

同日、龍馬が池内蔵太、新宮馬之助とともに、薩摩藩京都藩邸に到着したのは、木戸が別宴にのぞむまえであった。

木戸は当時の様子を、自叙している。

「薩邸を辞去しようとする前日、坂本龍馬が上京し、余をたずねてきて、薩長盟約は交わされたかと聞いた。

余は答えた。何も盟約はしていない。龍馬は憤懣《ふんまん》を顔にみなぎらせていった。

余らが薩長両藩のために身をなげうち、尽力するのは、決して両藩のためではない。ただ天下の形勢を考察すれば、安んじて寝ていられないので、このように奔走しているのである。

然るに兄らはこの多事多端のときに際し、足を百里の外にのばし、両藩要路の人々がたがいに会同し、なすこともなく十余日を過ごし、むなしくあい別れようとする。

その意は実に解しがたい。区々たる痴情にひかれての、意地の張りあいを脱却して、なぜ胆心を吐露し、天下のためにおおいに将来を協議せんのですか」

龍馬の憤激は当然であると、木戸は思ったが、彼はわが胸中に石のようにこりかたまっている意地をうちあけた。

「余は答えた。足下の言うところはもとより正しい。しかし今日のことには、一朝一夕にはできあがらない原因がある。

長州ははじめ天下の危機を傍観できず、寡君《かくん》(わが主君)は奮然として意を決し、おおいに天下のために尽力しようとした。もとより危難も承知のうえのことであった。

余らもまた心をあわせ主君のもとに団結し、万一のときには命を投げだす覚悟であった。だが、幕府は前後反復するばかり。

わが長州藩はひとり条理をふみ天下に孤立し、今日の災厄を招くに至った。

そのことに何の不足もない。臣子として当然だからである。

しかして今日の薩州の地位は、おのずから長州とは違ってきた。

薩州は公然天子に朝し、公然幕府に会し、公然諸侯にまじわっているではないか。おのずから天下に対し、公然と尽くしてしかるべきである。

わが長州のごときは、天下皆敵で、征伐の軍勢の旌旗《せいき》は、四境に迫っている。藩内の武士、民衆も死ぬ覚悟でこれに当たろうとしている。活路はもちろんない。長州の立場は、危険の極というべきである。

しかして長州がいま口をひらき、薩州と軍事盟約をともにしようとすれば、彼をわが危険の地へ誘うことになる。

いわずして援助を乞《こ》うことになる。これまた長州人の望まないところで、余はこれを恥辱と見る。

薩州が皇室に尽くすならば、長州が滅亡しても、また天下の幸である。余は連合のために決して口をひらかない」

龍馬は、木戸の本心を知って、了解した。

「さすがにお前《ま》さんは侍ぜよ。そげなことなら、どげな窮地に立っちょっても、お前さんのほうから口をひらいて連合を頼みこむことはできんろう。分かった。ここは俺に任しとうせ」

龍馬はただちに西郷に会い、木戸をひきとめ、薩藩側から連合を申し出るよう、火の出るような舌鋒《ぜっぽう》で要請した。

西郷は、龍馬の仲介を待ち望んでいたので、たちまち小松帯刀以下の要人を説得し、木戸をひきとめ、連合の具体案を薩摩側からきりだすことにした。

のちに毛利敬親が往時を述懐した『忠正《ただまさ》公勤王事績』（中原邦平《なかはらくにへい》著）に、つぎのように述べられている。

「桂（木戸）は始めて小松、西郷などと会見致したときに、これまで薩州と長州との関係は、かようかようであったが、長州の意思はこの通りであるというて、従来のゆきがかりを詳しく演説すると、西郷ははじめから終りまで謹聴して、いかにもごもっともでございますというたそうであります。

かつて品川（弥二郎）子爵から聞いたことがありますが、おれを薩人にすると、木戸の演説には十分つっこむ所がある。

それをいかにもごもっともでございますというて、しゃがんだまま、何もいわなかったのは、さすが西郷の大きい所であると、（敬親公は）話されました」

一月二十一日、薩長連合は龍馬の斡旋《あっせん》により成立した。

木戸は手記にしるす。

「ここにおいて、龍馬は余の考えを動かせないと知ると、そのうえ責めなかった。そして薩州がにわかに余の出発を留《とど》めた。

西郷は余に将来の構想について相談し、六カ条の盟約を薩長のあいだに交わした。龍馬はその席に証人としていた。

余は翌夜京都を発し、浪華に下り、数日滞在するうちに、約束した六カ条はいずれも前途重大の事柄で、余が聞きちがえておれば大変である。

そのため一書をしたため、龍馬のもとへ送り、裏書を求めた。

龍馬はその紙背に六カ条の違誤なきことを誓う朱書をして、返してきた」

木戸は龍馬の尽力により、使命を達成することができた。

談合の席上でとりきめた六カ条は、つぎの通りであった。

一、戦とあいなり候ときは、すぐさま二千余の兵を急速さしのぼし、ただいま在京の兵と合し、浪華へも千ほどはさし置き、京坂両処をあいかため候事。

――幕府と長州が戦端をひらけば、薩摩が上方へ出兵する約束である。

一、戦自然もわが勝利とあいなり候気鋒《きほう》これあり候とき、その節朝廷へ申しあげ、きっと尽力の次第これあり候の事。

――長州が勝利を得ることになったとき、薩摩は長州のために、朝廷へ周旋尽力すべしとのとりきめである。

一、万一戦負色にこれあり候とも、一年や半年に、決して潰滅《かいめつ》いたし候とは申すことはこれなきことにつき、その間にはかならず尽力の次第、きっとこれあり候との事。

——万一長州藩が敗北しても、一年や半年で潰滅するようなことはないので、そのあいだに薩藩は相当の尽力をかならずするという約束である。

一、これなりにて、幕兵東帰せしときは、きっと朝廷へ申しあげ、すぐさま冤《えん》罪《ざい》は、朝廷より御免にあいなり候都合《つごう》に、きっと尽力の事。

——幕府が開戦せず引き揚げたとき、薩摩は朝廷へ申しあげ、長州の冤罪をお赦《ゆる》しなされるよう、尽力するとの約束である。

一、兵士をも上国のうえ、橋、会、桑等もただいまの如《ごと》きしだいにて、もったいなくも朝廷を擁し奉り、正義をこばみ、周旋尽力の道をあいさえぎり候ときは、ついに決戦に及び候ほかこれなしとの事。

——兵力を上京させても、一橋、会津、桑名らが現状と変わらず、朝廷を擁し奉って正義を立てさせず、周旋尽力をも聞きいれないときは、薩藩も決戦をするとの約束である。

一、冤罪も御免のうえは、双方誠心をもってあい合し、皇国の御為に、砕身尽力つかまつり候ことは、申すに及ばず、いずれの道にしても、今日より双方皇国の御為、皇威あいかがやき、御回復に立ち至り候を目途に、誠心をつくし、きっと尽力つかまつるべしとの事。

——皇政維新のため、あい協力するとのとりきめである。

この六カ条は、あきらかな攻守同盟であった。

薩長同盟成立の立会人としての役目を果たした龍馬が、伏見の寺田屋へ帰ったのは、一月二十三日の夜中であった。

池内蔵太と新宮馬之助は、薩摩藩邸に残してきた。

龍馬は二階で三吉慎蔵と何事か話しあっていた。


龍馬と池内蔵太、新宮馬之助が、薩摩藩士に護衛され、京都にむかった一月二十日から、龍馬が単身で伏見に戻ってきた同月二十三日の夜まで、寺田屋に残された三吉慎蔵は、きわめて危険な情勢のなかで潜伏していた。

正月二十一日には、幕府新選組の宿改《やどあらた》めが、昼夜にわたっておこなわれた。壮士数人が店の間に坐《すわ》りこみ、淀川を上下する旅客の人別を厳重にあらためる。

伏見奉行所の下役人が、二階にあがり、襖《ふすま》をあけはなち、室内を検分する。

度胸のすわったお登勢は、顔や腕のあたらしい刀創《とうそう》をことさらに見せつける新

選組隊士たちを、酒肴《しゅこう》でもてなし、梯子段《はしごだん》をあがってゆく下役に、

「お気のすむまで、ご検分なはっとくれやす」

と、ながしめで笑みをむける。

二階は、襖《ふすま》をあけると大広間になるような部屋があるだけであった。裏二階には、長女のお力が幼い弟妹とともにいる。奉行所下役は、そこまで見廻《みまわ》って、

「まあ、ええやろ」

と梯子段を下りてゆく。

三吉慎蔵は、裏二階の布団部屋で、息を殺していた。九尺柄《え》の宝蔵院流十文字槍《じゅうもんじやり》を抱き、池内蔵太が置いていった元込銃を身にひきよせ、発見されたときは存分に戦い、自殺する覚悟でいた。

翌二十二日には、一橋慶喜が宇治《うじ》へむかうので、伏見市中、戸別に厳重な調べをうけた。宿改めは何事もなく終ったが、やがて奉行所下役が、内密に知らせてきた。

「お前のところには、薩人一人が泊まっているようやが、追い追い身のまわりを探ってみたが、不審の者ではなさそうやさかい、そのまま差し置けということや。ほんまは、おるんか」

「まえはいやはりましたけど、いまは薩摩さまのお屋敷へ移らはりましたえ」

た。

「ふん、まあどうでもええ」

下役人はてのひらをひろげ、お登勢は袖の下の小粒を包んだ、おひねりをのせ

三吉慎蔵は、お登勢からその様子を聞かされ、布団のなかに槍と鉄砲をいれ、ほとんど眠らずに時を過ごした。

大坂の寺町で買った十文字槍は、槍身《やりみ》が八寸、横身《よこみ》は四寸である。頑丈な蛤刃《はまぐりば》で、よく刃がついていたので、幾度か砂へ突きこみ、すこし刃引きをしていた。あまり斬れすぎると、素肌武者《すはだむしゃ》を突いたとき、横刃に肉がからみつき、抜けなくなることがあるからであった。

十文字槍はほかの槍より横につよく捻《ひね》るので、目釘《めくぎ》も四本ある。慎蔵は毎日目釘を締め、決戦にそなえた。

十文字槍の鞘《さや》は抜けにくいので、漆《うるし》を塗った布を、紐《ひも》でむすびつけておき、使うときはそのまま突き、斬ると、鞘袋はたちまち裂ける。

二十三日の夜、龍馬が戻ってきた。

「桂と西郷ご両人の談判は、無事にまとまりましたぜよ。たいちゃあ、ぞうもんだけんど、ようよのことで肩の荷が下りましたちや」

「ここへくる途中、あとをつけられはせなんだですか」

龍馬は笑顔になった。

「薩摩の人らあ六人ばあと、伏見藩邸に着いたがが、八つ（午後二時）頃で、それからいままで飲みよったがですらあ。そげに案ぜるこたあないですろう」

おりょうが酒肴をはこんできて、酌をしようとしたが、龍馬がすすめた。

「もう夜も更けたき、風呂へ入《い》って寝支度をしいや。俺らあは、もうちっくと飲みよるきに」

冷えこみのきびしい夜で、窓外に雪の降る気配がしていた。

話がはずみ、いつのまにか丑《うし》の八つ（午前二時）頃になっていた。

おりょうが寺田屋の娘のお力と湯にはいっていると、表がざわめきはじめた。

障子を細めにあけ、外をうかがうと、刀や棒をたずさえた捕吏がひしめきあっている。

人数はどれほどいるとも知れない。百人ほどもいるのではないか。

おりょうは湯船から飛び出し、客用の男物の浴衣《ゆかた》を着て男帯をしめ、二階へ駆けあがった。

お登勢は店の表へ呼びだされ、訊問されている。

「二階に侍がいるだろう」

お登勢は、やむなく答えた。

「はい、泊まっていやはります」

捕吏たちは、うなずきあった。

「坂本らにちがいない。貴公、先にあがれ」

いわれた者がためらい、尻《しり》ごみをする。

これほど大勢でやってきて、こんなに弱腰でいるなら、龍馬たちは落ちのびられるかも知れないと、お登勢は思ったが、膝頭《ひざがしら》の震えはやまない。

龍馬たちのいた二階裏座敷は、下男、女中にも立ちいらせなかったが、正月二十二日に奉行所下役が、妙なことをいってきた。そのときから、寺田屋の周囲に目明《めあか》しが張りこんでいたのであろう。

薩人一人とは、薩摩藩士と称している三吉慎蔵のことで、奉行所では慎蔵を捕えたところでたいした手柄にならず、京都へむかった龍馬たちが戻ってくるのを、待っていたのである。

京都の薩摩藩邸に、長州の要人が滞在し、なにごとか相談をすすめているという情報は、幕府側に入っていた。坂本龍馬が斡旋役としてはたらいていることも分かっている。

それで、龍馬が寺田屋へ戻ってくるのを待ち、捕縛して薩長の動きを自白させるつもりであった。

三吉慎蔵が、龍馬の語るところを手控えに書きとめ、翌二十四日には京都薩摩藩邸へ同行するときめたあと、二人はなお盃を交わしていた。

突然あわただしい物音がした。おりょうが梯子段を駆けあがってきて、告げた。

「大変どす。店口から奉行所の人数が大勢入ってきまっせ。風呂場の窓からのぞいたら、道は捕手でいっぱいどす」

「どればあ来ちゅうがぞ」

「百人ほども来とりまっせ」

三吉は、手入れをしておいたピストルを龍馬に渡し、自分は手槍の槍先を伏せ、身構えた。

梯子段を誰《だれ》かが静かに上ってくる。新選組であろうか、両刀を帯びた壮漢が、龍馬たちの前に立ち、行灯《あんどん》のおぼろな光のなかで声をかけてきた。

「そのほうどもに不審の儀あるにつき、訊問いたす」

龍馬が大喝した。

「動っな。貴様は何者《ないもん》じゃ。薩摩藩士の止宿すっ座敷へ、ことわりもせんじ入る無礼をすんな」

侍はいった。

「そのほうどもが、偽名を使っているのは、こっちには分かっているんだ」

「疑いがあいなら、伏見薩摩屋敷へ問いあわせばよか。事は明白じゃ」

侍は龍馬たちを見て、たずねる。

「両人とも武器をたずさえているのは、なにゆえじゃ」

龍馬は家内にひびきわたる高声で答えた。

「こや武士の心得じゃ。無礼をすっ奴原《やつばら》は、そんままではさしおかん」

侍は黙って梯子段を下りていった。

「おりょう、いまのうちじゃ。はよう、襖障子をのけてくれ」

三吉慎蔵は槍を構え、龍馬とおりょうが建具をはずし、見通しをよくして、行灯の火を消した。

三吉が十文字槍を下段にとり、龍馬がピストルを手に、そのうしろに立つ。傍《そば》におりょうが身を寄せた。

たちまち階下から大勢が駆けあがってきて、それぞれ得物《えもの》を構えつつ、声高に呼びかける。

「松平肥後守《ひごのかみ》（容保《かたもり》）の上意につき、つつしみおれ」

龍馬が喚《わめ》きかえす。

「俺どま薩摩藩士じゃ。上意をうける筋あいはなか」

捕手は二筋のガンドゥ提灯《ぢょうちん》の光を、龍馬たちに投げかけ、三吉は槍先で闇中《やみなか》を探るように動かす。

捕手が、龍馬たちにむかい火鉢を投げつけた。炭火が散って、敵の姿が見えた。おびただしい人数である。それから乱闘がはじまった。

これまでの争闘の様子は、「毛利家乗抄録」と、「三吉慎蔵日記」にしるすところである。

龍馬が慶応二年十二月四日、坂本権平と家族一同あてに出した書状には、つぎのように述べられている。

「一、上ニ申《もうす》伏見之難ハ、去ル正月廿三日夜八ツ時半（午前三時）頃なりしが、一人の連れ三吉慎蔵と咄《はなし》して風呂より揚り、最早《もはや》寝んと致し候処に、ふしぎなる哉《かな》（此時二階居申候。）人の足音のしのび〳〵に二階下をあるくと思ひしに、六尺棒の音から〳〵と聞ゆ。

おり柄兼而《からかねて》御聞《おきき》に入し婦人、名ハ龍今妻也。勝手より馳《は》セ来り云様《いうよう》、御用心被レ成《なさる》べし不レ謀《はからずも》敵のおそひ来りしなり。

鎗《やり》持たる人数ハ、梯《はしご》の段を登りしなりと。夫《それ》より私もたちあがり、はかまを着と思ひしに、次の間に置有レ之《おきこれある》ニ付、其儘《そのまま》大小を指し、六連炮《ぽう》を取りて、後なる腰掛による。

連れなる三吉慎蔵ハはかまを着、大小取りはき鎗を持ちて、是《これ》も腰掛にかゝる。

間もなく、壱人の男障子細目に明ケ、内をうかがふ。

見れバ大小指込なれバ、何者なるやと問しに、つか〳〵と入り来れバ、すぐに此方も身がまへ致セバ、又引取りたり。

早《はや》次ギの間もミシ〳〵物音すれバ、龍女に下知して、次の間又後の間のかみ取りはづさし見れバ、早《はや》拾人斗《ばか》り鎗持て立並びたり。

又盗賊（ガンドウ）提灯二ッ持、又六尺棒持たる者、其左右に立たり。

双方暫《しばら》くにらみあふ処に、私より如何《いか》なれバ薩州の士に不礼ハ致すぞと申たれバ、敵口々に上意なり、すはれ〳〵とのゝしりて進来る。

此方も壱人ハ鎗を中段にかまへ立たり。敵より横を討ると思ひ、私ハ其左へ立変り立たり。

其時、鎗ハ打金《うちがね》（撃鉄）を上ゲ、敵拾人斗りも鎗持たる一番右の初めとして、一ッ打たりと思ふに、此者退きたり。

又其次ぎなる者を打たりしに、其敵も退きたり。此間、敵よりハ鎗をなげ突にし、又ハ火鉢を打込、色々たゝかふ。

味方も又鎗持て禦《ふせ》ぐ。家内之戦実に屋《や》かましくたまり不レ申《もうさず》。

其時又壱人を打しが中《あた》りし哉《や》分り不レ申処《もうさずところ》、敵壱人障子の蔭《かげ》より進ミ来り、脇指《わきざし》を以て私の右の大指の本をそぎ、左の大指の節を切割、左の人指の本の骨節を切たり。

元より浅手なれバ、其者に銃をさし向しに、手早く又障子の蔭にかけ入りたり。

扨《さて》、前の敵猶《なお》迫り来るが故に、又一発致セしに中りし哉不レ分《やわからず》。右銃ハ元より六丸込ミな礼《れ》ども、其時ハ五丸のミ込《こめ》てあれば、実ニ跡一発限りとなり、是大事と前を見るに、今の一戦にて敵少ししらみたり。

一人の敵、黒き頭巾《ずきん》を着、たちつケをはき、鎗を平省《ひらせい》（正）眼《がん》のよふにかまへ、近ミよりて壁に添て立し者あり。

夫《それ》を見るより又打金を上ゲ、慎蔵が鎗持て立たる左の肩を銃の台にいたし、敵の胸をよく見込ミて打たりしに、敵丸に中りしと見へて、唯ねむりてたをるゝ様に、前にはらばふ如くたをれたり。

此時も敵の方にハ実ニドン／＼障子を打破るやらふすまを踏破るやら物音すさまじく、されども一向に手元にハ来らず。此間に銃の玉込ミせんと、銃の此様《このよう》なるもの取りはづし、二丸迄ハ込たれども、先刻左右の指に手《（疵）》を負ひ、手先き思ふ様ならず。阿屋《あや》まりて右玉室《ぎょくしつ》を取り落したり。

下を尋ねると雖《いえ》ども、元よりふとん引さがしたる上へ、火鉢の灰抔《など》敵よりなにかなげ込し物と交り不レ分《わからず》。

此時敵ハ唯どん／＼斗《ばか》りにて、此方《こなた》に向ふ者なし。夫《それ》より銃を捨、慎蔵に銃ハ捨たりと言バ、慎蔵曰《いわく》、然時《しかるとき》ハ猶敵中に突入り戦ふべしと云ふ。」

慎蔵は十文字槍を縦横にふるい、敵の槍を張り落としては、突き、殴りつけ、すさまじい気合を発し、むかう相手を薙《な》ぎ倒した。

捕吏たちは死を覚悟して、槍を風車のように舞わせる慎蔵の猛攻に浮き足立ち、梯子段から転げ落ち、階下へ飛びおりる。

龍馬は慎蔵の袖を引いた。

「敵の引いた隙《すき》に、逃げにゃいかん。はよう」

慎蔵も槍を捨て、梯子段を下りると、捕吏たちは二人を怖れ、寺田屋の店のほうに群れ集まり、裏手に踏みとどまっている人影はなかった。

龍馬と慎蔵は、寺田屋のうしろの家の雨戸を打ちやぶってなかに入ってみると、夜具だけ敷いてあり、家内の者はどこかへ逃げたようである。

その家の表戸を破って外に出てみると、町筋には人影がなかった。懸命に五丁ほど走ったが、浴衣に綿入れの着物をかさねていた龍馬は、足がもつれ、走れなくなった。

両手の疵《きず》からの出血がはなはだしく、眼《め》がくらむ。

ついに横町にそれ、堀川のようなところに出て、家並みの裏手へ出て、材木置場があったので、材木のうえに寝たが、犬がやかましく吠《ほ》えて、おちついていられない。

伏見奉行所の捕吏たちは、大砲を曳《ひ》いて寺田屋にむかい、あくまでも龍馬たちを捕えようと騒がしく呼びかわし、呼子笛を吹き鳴らしている。

慎蔵はいった。

「道に出ると、たちまち見つけられるぞ。敵の手にかかるより、ここで刺し違えて死のう」

龍馬は反対した。

「そげな犬死にができるか。俺のことはかまうな。はよう藩邸へいけ。五丁ばあ走ったらえい。はや空が白みはじめてきたきに、一刻も猶予はならん。俺はしばらくここに隠れちょる。万が一、敵に見つかったら、死ぬる覚悟じゃ」

慎蔵は、川で全身に浴びた返り血を洗い、道端に捨てられていた草鞋《わらじ》をはき、旅客をよそおい、小走りに道をゆく。

市中の商家は、すでに表戸をあけているものもあり、不審な眼をむける者もいる。二丁ほどゆくうちに、向こうから行商人がきたので伏見薩摩藩邸のある場所を聞く。

「この先、一筋道で三丁ほどどす」

「かたじけない」

慎蔵は人目もかまわず宙を飛んで走り、到着した。

留守居役大山彦八が迎えた。

「昨夜の様子は、おりょう殿が半刻《はんとき》（一時間）ほどまえに注進してくれ、存じちょい申す。お前《は》んさあ方がどうされたかと、気を揉んじょったが、ここへ遁《のが》れてきてくれたとは、まっこてうれしか。お前んさあは、ここにおったもんせ。俺どま、迎えに参り申そ」

大山はただちに用船に船印を立て、藩士三人とともに水路をたどり、材木置場にいた龍馬を救いだしてきた。

「よか、よか。坂本氏は無事でごわすぞ」

門前で気を揉んでいた三吉慎蔵とおりょうは、薩摩藩士に支えられ、藩邸に入ってきた龍馬を見て、歓声をあげた。

大山彦八は、藩邸の門の出入りをきびしく見張らせ、京都藩邸へ龍馬遭難を急報した。

まず吉井幸輔が馬を走らせて伏見に着き、病床で医師の手当てをうけていた龍馬と三吉慎蔵から、事件の様子を詳しく聞く。

さらに西郷吉之助が医師一人と一小隊の銃兵を、伏見藩邸へさしむけた。

龍馬の疵は、浅手ではあったが、動脈を切っていたので、翌日も血がとまらず、三日ほどはおりょうに支えられ、厠《かわや》にいってもめまいがした。

伏見奉行所からは、その日のうちに伏見薩摩藩邸へ、坂本龍馬、三吉慎蔵を引き渡すべしときびしく申しいれてきた。

「昨夜寺田屋に泊まりおりし、住所不定の浪人体《てい》の者二名、訊問のため捕縛にむかいしところ、烈《はげ》しく抵抗いたし、当方に死者、手負いを出しました。

その者どもが行方を追いもとめしところ、薩邸へ走りこみたるを見たと申す町人がおりますれば、おかくまいなされず、すみやかにお引き渡し下されい」

大山彦八は、平然と答えた。

「そげん者は、屋敷の内にゃおい申《も》はん。お引きとり願いたか」

伏見奉行所では、探索の人数をふやし、新選組隊士が一団となって市中を巡回する。

龍馬と三吉の人相書を京坂の高札場にかかげ、伏見薩摩藩邸の周囲をしきりにうかがい、魚屋、酒屋に化けた目明しらしい者が、邸内の台所にまで入りこむ。

大山彦八、吉井幸輔らは奉行所の小細工を無視した。

「放っちょくがよか。銃兵一小隊がおるので、手を出してくる気遣いはなかじゃろ」

寺田屋の女将お登勢は奉行所へ引きたてられ、きびしい取調べをうけたが、彼女は巧みにいい抜けた。

龍馬たちが危険な人物であることをまったく知らず、薩摩藩からの紹介をうけたので、泊めないわけにはゆかなかったといいたてたので、奉行所もそのうえの追及はできなかった。

お登勢は日頃から、奉行所与力、同心たちにつけとどけをしているので、手荒な取調べをする者がいない。

捕吏は龍馬たちが寺田屋に残していたピストル、十文字槍、書類、金子などを押収して帰ったという。

龍馬は伏見藩邸で二十九日まで、六日間静養し、ようやくひとりで立居《たちい》できるようになった。

のちに寺田屋お登勢は、龍馬につぎの書信を送っている。

「ある宿の内には、あるじなく後家《ごけ》にて御座候処、其の夜どういふ訳やらんが、夜は八ツ時（午前二時）に風呂に入り、あがりて火鉢のふちに居り候所へ、表の方より一寸《ちよつと》たのみますとゆうてたゝき候故、何事と内の男あけ候へば、其の後家に表まで鳥渡《ちよつと》おいで被下と申故、何事やらんといで見れば、うしろはちまき、抜身の槍にて、大よそ百人計《ばかり》もならび居り、誠に〳〵びつくり致し居り候へ共、何事にて御座候と尋ね候へば、其方の二階に両人のさむらひが居るよし、たしかに聞候。

ありていに申すべしと申ゆえ、もはやかくすこともならず、真《まこと》の通り二階においでなされ候と申候へば、どうして居ると尋ね候故、まだねずにお咄《はなし》なされ候へば、夫《そ》れより捕手の人が大《おお》ひに心配致し、どうしよ、こうしよ、といろ〳〵恐れ、だれいけ、かれいけ、とそのこんざつ（混雑）はいはんかたなく、其女が思ひ候には、こんな人が幾万人捕手にかゝるとも、其両人の人にはしよせんかなはずという事、心の内に思ひ、此だん安心致居申候。

夫《それ》より其の女うちに入る事ならず、表につかまへられ候所、大かた捕手の人が内にはいりしと思ひ候へば、二階が今も落ちるような音がいたし、又銕（鉄）ぽうの音がいたし、やれ〳〵こわい事とおそれながらそとへ居候へば、皆な〳〵にげてでるやら、二階から落ちる人やらさんざんにて、其まぎれに其の女は内にはいり候へば、はや其人も居ず、二階には煙が上り候故、こわさも忘れて見るとふとんが燃えてあり、それからどうぞして品物（遺留品）をかくさんと思ひ候へども思うにまかせず。

かくする内、もはや其両人がいぬといふ事知りて、人々皆参り、内（家）中さん〳〵さがし候。

其時其女も誠に〳〵この様なざんねんな事はないと思うても、何分仕方がなくそれから其（女）をよび、色々尋ね候へども唯だ何事も存申さず、お尋ねなされたくば薩のお屋しきにてお尋ね被」下《くだされ》と申候へば、それならよひと申、其儘にて相済み、商買もいたし居り候。

これも全く其おん方に少しのくもりなき事ゆへと存じ、誠に〳〵有がたくおもひ候。」

この手紙は文中に、龍馬を「その人」自分を「その女」と呼び、名を出していないが、手紙の末尾に、

「かへす〳〵もよろしき便りお待ち申しあげかしく。これのみたのしみ暮らし、かしくかしく」

と記し、「血の薬　ご存じより」と署名しているという。

その手紙は、お登勢も龍馬も世を去ってのちに、お登勢の長女殿井力《とのいりき》が、高知の坂本家に保存されていたのを、発見したもので、当時の女が男にあて、「ご存じより」と記せば艶書《えんしよ》であったという。

お登勢と龍馬とのあいだに、男女の交情があったのか、誰にも分からないこと

である。

一月三十日、西郷から龍馬と三吉慎蔵、おりょうに京都藩邸へくるようにとの便りがきた。

吉井幸輔が乗馬で兵士一小隊を率い、駕籠で京都にむかう龍馬たちを護衛した。伏見街道には、奉行所役人、新選組が多数待ちかまえていたが、藩旗を先頭に、洋銃にバヨネットという双刃の剣を装着した銃兵が二列縦隊で進むのを、さえぎることはできなかった。

京都藩邸に着くと、ただちに西郷吉之助の長屋へ通された。

吉之助は出迎え、三人を居間へ通し、事件について龍馬から詳しく聞く。

「ほんのこつ、あぶなかところでごわしたなあ。三吉さあがおらにゃ、龍馬どんも、命が助かったか分からぬ瀬戸際であい申した。ご武運がつよかったというほかは、ございもはん」

龍馬は、膝をのりだして聞く吉之助にいった。

「材木を積んだうえに寝て、三吉君に薩摩藩邸へ走ってもろうたけんど、はや辺りは薄明るい。ひょっとしたら、辿《たど》りつくまでに伏見役人らあと斬りおうて死んじゅうかも知れん。野良犬が俺につきまとうて、しびとうに吠えたてるきに、こっちもいつ見つけられるか気が気じゃのうて、いつでも腹を切れるよう、抜いた脇差を膝もとに置いちょいた。

そうしよるうち、丸に十の字の旗章を立てた船がやってきて、大山君の顔が見えたときは、まっこと地獄に仏を見た思いじゃった」

吉之助は眼頭《めがしら》に涙をにじませ、うなずく。

その様子を見ていた三吉慎蔵は、日記につぎのように書きとめている。

「拙者ハ初メテノ面会ナレドモ、其懇情親子ノ如シ」

吉之助は文政十年生まれで、天保二年生まれの三吉慎蔵は四歳年下、天保六年生まれの龍馬は八歳年下である。

吉之助と龍馬の語りあう姿が、親子のように見えたというのは、吉之助がよほど老成した風貌《ふうぼう》をそなえていたためであろう。

龍馬たち三人は、このあと一カ月ほど、薩摩藩邸に滞在した。

三吉は、吉之助から毎日、京都の動静、あるいは薩摩藩から幕府への建白、諸藩との内密の交渉などにつき、くわしく聞かされ、眼から鱗《うろこ》のおちる思いを味わった。

藩士たちは昼夜を問わず、龍馬たちの座敷をおとずれ、酒盃をくみかわし、雑談をしてゆく。

三吉は日記に記す。

「此時小松帯刀、島津伊勢、桂右衛門三名ハ大夫《たいふ》（家老）、西郷吉之助ハ中老（大番頭《おおばんがしら》）ノ取扱ナリ。

大久保市（一）蔵、岩下佐次右衛門、伊地知正治、村田新八、中村半次郎、西郷新吾、大山弥助《おおやまやすけ》（のちの巌《いわお》）、内田忠之助、伊集院《いじゆういん》金次郎、中路《なかじ》権右衛門、野《の》津《づ》七左衛門（鎮雄《しずお》）、鈴木武弥、児玉四郎吉、医師木原泰雲等ノ人々日々来話、懇情至ラザルナシ」

幕府は長州藩処分の勅許をうけたので、これを長州藩に申し渡すため、老中小《お》笠原長行《がさわらながみち》、大目付永井尚志《ながいなおゆき》（主水正）、同室賀正容《むろがまさかた》らを広島へ派遣することになり、小笠原らは二月四日に大坂を出発した。

吉之助は、三吉を安心させるよう、こまかい情報を教えてくれる。

「老中衆は、八日頃に広島に着くじゃろうが、われらが伺い知るような、長州藩の石高を十万石削り、藩主敬親公は蟄居《ちつきよ》、世子広封公は永蟄居とし、家督は然るべき者を別にえらび、益田右衛門介《ますだうえもんすけ》など三家老の家名は永世断絶などという処置ならば、うけいれられぬとよく承知しておるはずでごわんそ。

幕府にゃ戦をはじめる様子もなく、なにやら細工をする積いかも知れもはん。

また、諸藩の様子も前よりよほど変わってき申した。

幕府の衰えがまことじゃと分かっておいもすゆえ、公儀の眼を怖れぬようになりもした」

　吉之助は、戦争がはじまれば、百姓町人が諸国に蜂起《ほうき》するにちがいないと見ていた。甲斐《かい》、信濃《しなの》にその兆《きざ》しがあらわれているといった。

　龍馬は薩摩藩二本松藩邸に入ったのち、二月三日付で、長府の印藤《いんどう》聿《のぼる》につぎの書状を送った。

「三吉兄ハ此頃御同行ニて薩邸ニ入候間、御安心可レ被レ遣《つかわさるべく》候。然ニ去月伏見船宿寺田屋ニて、一宿仕《つかまつり》候節、幕府人数と一戦争仕候。

　其故ハ此度参ル、寺内新右《(ママ)》門参候間、御聞取奉レ願候。余ハ拝顔の上、万〻。

　　二月三日　　　　　　　　　謹言

　　　印藤様　　　　　　　　　　　龍拝」

　先月伏見寺田屋に泊まったとき、幕府の捕吏と戦ったが、その詳細は今度長州へゆく寺内新左衛門（新宮馬之助）からお聞きとり願いたいという、内容である。

　印藤は三吉を龍馬にひきあわせた長府藩士であった。

　二月五日、龍馬は木戸が裏書を求めてきた、薩長連合六カ条の盟約を記した長文の書状の裏面に、気魄《きはく》に満ちた躍るような筆跡で、つぎの裏書を朱書して送った。

「表に御記被レ成《なされ》候

六条ハ、小（小松帯刀）、西（西郷吉之助）、両氏及老兄（木戸貫治）、龍等も御同席ニて談論セシ所ニて、毛《すこし》も相違無レ之候。後来といへども決して変り候事無レ之ハ、神明の知る所ニ御座候。

丙寅《ひのえとら》

二月五日　　坂本龍」

翌六日、薩摩藩士村田新八、川村純義《かわむらすみよし》が京都を出立し、龍馬の裏書した盟約書を、木戸に返却するため長州へむかった。

木戸は正月二十二日、黒田了介らに付添われて京都を離れ、薩摩藩船に便乗し、長州へ帰っていた。

龍馬は盟約に裏書をした日の翌日、木戸につぎの書状を送った。

「此度の使者村新（村田新八）同行ニて参上可レ仕なれども、実ニ心ニ不レ任《まかせざる》義在レ之、故《ゆえ》ハ去月二十三日夜伏水《ふしみ》（伏見）ニ一宿仕候所、不レ斗《はからず》も幕府より人数さし立、龍を打取るとて夜八ツ時頃二十人斗《ばかり》寝所ニ押込ミ、皆手ごとニ鎗とり持、口々ニ上意〳〵と申候ニ付、少々論弁も致し候得ども、早も殺候勢《いきおい》相見へ候故、無二是非一彼高杉より被レ送《おくられ》候ピストールを以て打払、一人を打たをし候。何レ近間ニ候得バ、さらにあと射不レ仕候得ども、玉目少く候得バ、手をい（負）ながら引取候者四人御座候。

此時初三発致し候時、ピストールを持し手を切られ候得ども浅手ニて候。其ひまニ隣家の家をたゝき破り、うしろの町に出候て、薩の伏水屋鋪《やしき》ニ引取中候。唯今ハ其手きず養生中ニて、参上とゝのハず。

何卒、御仁免奉ㇾ願候。何レ近〻拝顔万奉ㇾ謝候。謹言々。

二月六夕　　龍

木圭先生　机下

木戸は龍馬の書状を読むと、二月二十二日付で見舞状を送った。

「大兄伏水之御災難ちよつと最早承り候ときハ、骨も冷く相成驚入候処、弥《いよいよ》御無難之様子、巨細《こさい》承知仕、不ㇾ堪㆓雀躍《じやくやく》㆒候。

大兄ハ御心之公明と御量之寛大とに御任せ被ㇾ成《なされ》候而《そうらいて》、兎角《とかく》御用捨無ㇾ之方ニ御座候得共、狐狸《こり》之世界か豺狼《さいろう》之世間か、更ニ相分らぬ世の中ニ付、少敷《すこしく》、天日之光り相見へ候迄ハ、必〻何事も御用心。」

木戸が薩長連合の証人である龍馬が、危うく幕吏のために命を落とすところであったことを聞き、骨もつめたくなるような衝撃をうけたのは、当然であった。

龍馬は薩摩と長州とをつなぐ重要人物となっていた。一介の浪人であるが、幕府との決戦にのぞむ長州藩の運命にもかかわる、影響力をそなえていた。

二月二十九日、龍馬はおりょう、三吉慎蔵とともに京都を出立し、伏見に下った。薩摩藩家老小松帯刀、桂久武と西郷吉之助、吉井幸輔が、幕府再征の情勢が切迫したので、国許《くにもと》の対策を定めるため、帰国することになった。

龍馬は傷の養生かたがた、おりょうを連れて鹿児島へおもむく。新婚旅行のような、楽しい旅である。三吉は、一行の乗る薩摩藩蒸気船三邦丸《みくにまる》で、下関に戻る。

龍馬たちは二月二十九日夜、伏見薩摩藩邸に入り、三月一日、大坂薩摩藩蔵屋敷に到着した。

幕府大坂町奉行所の密偵たちは、龍馬たちの動静を詳しく知っていた。鹿児島にむかう薩摩藩船三邦丸にも、幕府密偵が水夫として乗り組んでいたようである。

西郷吉之助が帰国するので、薩長同盟の成立を国許に知らせるため、正月二十四日に大坂から三邦丸で帰国していた大久保一蔵は、二月十三日鹿児島を発し、二十一日に京都二本松藩邸に帰着していた。

吉之助は三月四日、大坂から京都の大久保へ手紙を出した。

「今日、兵庫沖の三邦丸に乗船し申すが、同船で、村田（新八）、川村（純義）の両人が長州から帰ってきもした。

だいたい桜島丸の話もついたそうで、細事はじかにお聞きとりくいやんせ。

また黒田了介も長州藩士品川弥二郎を同道して、長州から戻ってき申した。事情はあらまし聞き申したが、いましばらくのあいだ上京して情勢探索を望んでおるので、なんとか藩邸にお潜め置きしてたもんせ。

合掌してお頼みいたし申す」

村田新八、川村純義は、桜島丸問題を解決するため、長州に派遣されていた。

桜島丸問題とは、前述した通り、長州藩士井上聞多と伊藤俊輔が、亀山社中の上杉宗次郎の仲介奔走により、薩摩藩の名義を借り、イギリス商人グラバーから購入した「ユニオン号」の所属をめぐっての紛議である。

井上聞多が上杉宗次郎のすすめにより、慶応元年七月末、長崎から鹿児島におもむき、尽力を懇請し、薩摩藩側は協力を快諾した。

上杉は薩摩藩士本田親雄《ほんだちかお》と同行して長崎に戻り、同年十月十八日、代価三万七千七百両でユニオン号を購入した。

だが最初、上杉宗次郎と井上聞多のあいだに交わした桜島丸条約の内容が、薩、長と社中の三者が共有、共用するようであったため、紛議がおこった。

薩摩藩は桜島丸、長州藩は乙丑丸と命名し、船の代金は長州藩が支払うが、船には社中の者が乗り組み運用するという約束には、無理があった。

交渉をかさねたあげく、四境に征長軍を迎えている長州藩が所有し、海軍局が専用することに決まったのである。

桜島丸の件では、慶応二年一月十四日、購入にあたりおおいにはたらいた社中同志上杉宗次郎こと近藤昶次郎が、自刃《じじん》する事件がおこった。

自刃の原因は、『維新土佐勤王史』では、つぎのように述べている。

最初坂本らは相談して、「社中盟約書」を作って血判した。

そのなかに、「大小にかかわらず、何事も社中に協議しておこなわねばならない。もし一己の利益のため、この盟約にそむく者があれば、割腹してその罪を謝すべし」という箇条があった。

長州藩蒸気船購入の事件は、上杉がもっぱら周旋の労をとったが、社中の代表として運動したもので、もとより上杉一人がその功を独占できるものではなかった。周旋については、社中同志も協力している。

だが上杉は、鹿《しか》を逐《お》う猟師山を見ずのたとえに洩れず、伊藤と長崎へきたのちも、洋行することを同志に秘し、まさに明日出帆するイギリス帆船に便乗して上海にむかい、海外へ雄飛しようとした。

留学費用は、長州から謝礼にもらいうけた金を用いるのである。

前日乗船したが、海が非常に荒れたので夜になって上陸し、グラバーと別宴をもよおしたが、運わるくたちまち社中同志に探知された。

皆上杉が同志に無断で洋行しようとするのを、烈火のように激怒し、友を売るような者は、盟約によってただちに制裁せよと即決した。

その夜、一同は小曾根英四郎の別荘に集まり、数人が出向いて上杉を連れてきた。まず沢村惣之丞以下一同は坐りなおして告げた。

「何ちゃあじゃないこまいことやったたち、互いにあい諮《はか》ってとりおこなうがが、社中の盟約やったろうが。

これにそむく者《も》んは、割腹してその罪を詫《わ》びんといかんと明文にもある。やちがない（けしからん）ことに、この盟約を破った者んがおって、まっこと同志らあをわやにしちゅうというもんじゃ。その者んに、どいたち割腹して詫びてもらわんといかん」

惣之丞の言葉が終わらないうちに、上杉の顔色が変わった。

沢村は言葉をつづけた。

「そのへごな（質の悪い）者んというがは、上杉、お前《ま》んのことよえ」

上杉がとっさに口をひらこうとすると、沢村は大喝した。

「この期に及んで、もじかうがを聞くがも、ぞうくそ（胸くそ）がわるい」

上杉も、のがれられぬと決心した。

「おんしのいうとおりじゃ。盟約に従うて、割腹いたし、諸君に詫び申す」

宗次郎は、慶応二年正月十四日、二十九歳で命を絶った。
社中同志は会葬し、遺骸《いがい》を長崎皓台寺《こうたいじ》の後山に埋め、碑に「梅花書屋居士之墓」と刻んだ。

　宗次郎切腹の報は、龍馬が薩長連合盟約を見届けるため上京し、伏見寺田屋へ泊まった一月十九日か二十日の朝に、陸奥陽之助（宗光）が知らせてきたのであると、おりょうが「千里駒《せんりのこま》後日譚《ごじつのはなし》」に述べている。

「或日、伏見の寺田屋へ大きな髷をゆった男がきて、坂本先生に手紙を持ってきたといいますから、私は龍馬に何者ですかと聞くと、アレは紀州の伊達《だて》の子だといいました。

　此時から龍馬に従ったのです。持ってきた手紙は、饅頭屋《まんじゆうや》の長次郎さんが、長崎で切腹した事を知らせてきたのです」

　龍馬は手帳に、つぎのように書き残した。

「術数有余《じゆつすうありあまりし》至誠不レ足《せいたらず》。上杉氏之身ヲ亡ス所以《ゆえん》ナリ」

「千里駒後日譚」では、龍馬の言葉が記されている。

「おれがおったら殺しはせぬのじゃった、と龍馬は残念がっておりました」

三月四日朝、龍馬たちは川船で下り、大坂沖に碇泊していた三邦丸に乗りこむ。

五日の早朝に出発した。

その日は、新暦では四月十九日である。山野には若葉がまぶしく陽をはじき、澄みきった海は、「ひねもすのたりのたりかな」といわれる、油を流したような陽春の海である。

三邦丸は行列をつくって海上を往来する廻船、胡麻《ごま》を撒いたような釣舟のあいだを、ホイッスルを鳴らしつつ、ゆるやかに進んでゆく。

おりょうが、晩年の聞き書き「反魂香《はんごんこう》」で語る。

「瀬戸の内海は諸君も御承知の通り、風景の佳絶なる処ですから、お良は我知らず甲板に出《い》でて、かなたこなたと眺めておりますところへ、龍馬がきて、良、どうだ。なかなか風景のいい海じゃろ。

お前は船が好きじゃから、天下が鎮静して、王政回復の暁には、汽船を一隻こさえて、日本の沿岸をまわってみようかと、笑いながらお良の肩を軽くおさえました。

お良もぬからぬ顔で、はいわたしは家なぞはいりませんから、ただ丈夫な船であればたくさん。

それで日本はおろか、外国の隅々まで残らず廻ってみとうございますといいましたので、龍馬は思わず笑いだし、突飛な女だと、このことを西郷に話しますと、西郷がなかなかおもしろい奴じゃ。突飛な女じゃったからこそ寺田屋でも君たちの危うかったのを、助けたのじゃ。

あれがおとなしい者であったら、君たちの命がどうなったか分らないと、果ては大笑いに笑ったそうです」

三邦丸が下関に寄港したのは、龍馬の手帳によれば六日夜となっているが、「三吉慎蔵日記」では、七日夜となっている。

「七日夜、馬関へ着ス。

直ニ通船ニテ拙者ハ上陸シ鶏、其他赤間関硯《あかまがせきすずり》等を購シ、西郷ヲ始メ諸氏へ離別ノ寸志トシテ船ニ持参ス。

間ナク出船、因テ厚謝シテ別ル。又タ坂本へハ他日、馬関ニ来ルコトヲ約ス」

三吉は三月九日、山口政庁に出頭を命ぜられ、十四日、長州藩主毛利敬親に拝謁し、新刀一振《ふり》を拝領した。

その達し書は、つぎの通りである。

「

新身刀一振

長府　三吉慎蔵

右先《せん》だって時情探索として薩藩坂本龍馬同道、京摂間へまかり登り、種々苦辛のおりから、伏見において不慮の儀出来《しゅったい》いたし、そのみぎり別して艱難《かんなん》を経、龍馬ともあい扶《たす》けまかり帰り、上国の模様委細に報知におよび、容易ならぬ苦労を遂げ、神妙の事に候。よって右の通り拝領仰せつけられ候事。」

支藩の長府藩士三吉慎蔵が、本藩の藩主に褒詞《ほうし》をうけ、刀を拝領したのは、国じゅうの噂になるほどの、破格の栄誉である。

そのうえ、慎蔵は翌十五日、長府藩主から蔵米二十石の加増をうけ、それまでの家禄《かろく》四十石に加え、六十石の知行取りになった。

長州藩にとって、命の綱ともいうべき存在である龍馬の命を守った慎蔵は、衆目をおどろかすほどの褒美をうけて、当然であった。

三邦丸の船中で、龍馬とおりょうは満ち足りた時を過ごしていた。二人は、寄り添っている時が長くなればなるほど、深い恋情が身内に溜《た》まってくる。

龍馬は船室の寝台のうえで、おりょうにくちづけをしながらいう。

「お前んは、まっこと別嬪《べっぴん》で、その上、心根も優しゅうて、何ちゃあ不足はないぜよ。げに、お前んの色香はたまらんのう。どこまでいったち飽くことがないきに」

「私もいっしょどす。あんたとこうしていられるのが、極楽みたいや」

たがいに身を添わせ、離れることのない二人であるが、薩長連合の大業をなしとげ、勃々《ぼつぼつ》とした雄心が去来する龍馬は、机にむかい、幕府要人にあてる書状の草稿を書いた。

誰にあてて書いた草稿であるか分からないが、龍馬は勝海舟の縁によって、大久保越中守、永井玄蕃頭《げんばのかみ》（主水正）らと深い交流があった。

その内容は、幕府に自分を売りこもうとするかのように見える。薩長連合の証人である龍馬の本心はどこにあったのか。

あらたまった文章になれば、土佐の海のにおいがしてくるような、荒削りの表現が目についてくる草稿の、全文はつぎの通りである。

「幕（府）の為《ため》に論ずれバ、近日要路に内乱起り、相疑《うたがい》相そしり、益《ますます》不ㇾ《かよう》可ㇾ《べからざる》通と言《いう》勢《いきおい》となるべし。

当時、実に歎ずべきハ、伏水《ふしみ》にとりのがしし浪人（龍馬）の取り落セし書面を以て、朝廷にもぢいて論にかけ、ついに会津人陽明家をなじり、此《この》卿御立腹など在ㇾ之候よし。したしく聞申たり。

是幕中内乱を生じ申べき根本たるべし。当時ニ在りて幕府をうらみ奉るもの在れバ、天幸の反間《はんかん》と申べし。

かの浪人『其《その》人』ハ伏水の事位ニてハ、決して幕をうらみ申よしなし。

然レ共万一うらむが如きハ、幕府目下のうれいとなるべし。

故ハ、浪人ハ関以西強国と聞へし君主、及《および》要路のものと信を通じ有る事、彼《かの》飛川（氷川《ひかわ》・勝安房か）先生が天下人物と信を通ずるが如し。

彼《かの》長の芸州の事（広島における幕府と長州の談判）の如きハ、今時ハ不レ絶聞《たえずきく》事なり。

長の方へハ幕情不通なり。長ハ唯だまされぬ心積斗《こころづもりばかり》也。此情を通センと思《おもう》が如きハ、右浪人ニ命ゼバ唯一日ニして事をわらんのミ。

今幕の勢を見るに、兼而《かねて》論ずるが如きよふニ、長をうつニ力なく又引取らんニハよしなき也。

其論且《かつ》所置を見て天下皆是を笑ハざるなく、是必《かならず》近日の事今より可レ見《みるべし》。実に不レ可レ言《いうべからず》。

幕為ニ今の勢を以て論ゼンにハ、幕府ハ一決断を以て浪輩（大坂駐屯の幕軍）を引取り、江戸において政《まつりごと》を大《おおい》ニ改メ、将軍自ら兵士に下り、日〻胆をなめはぢを忘れたるやの古事さへ忘れずバ、今十年間八州を以て、又天下をたなごゝろとすべし。

目今大不幸、官吏皆因習、是又天下の不幸――

三月――」


龍馬は、自分は伏見で幕吏に襲撃されたことは恨んでいないが、もし恨めば幕府は憂うべき状態になるであろうという。

その理由は、自分と西国雄藩の君主、要路の人物との信頼関係が、勝先生が天下の人物たちと信を通じあっているのと、同様であるからだ。

広島における幕府の長州に対する談判の方針などは、いまどきは上方では、絶えず耳にはいる。

しかし、長州のほうでは、幕府の事情がまったく分からない。ただ、だまされぬよう用心しているだけだ。たがいの事情を通じあわせようとするくらいのことは、自分に任せればただ一日で結着をつけるだろう。

いま幕府のいきおいを見るに、かねて論じているように、長州を征伐する実力もなく、やめるのは格好がわるい。

その議論や処置を見れば、天下の人は皆笑わないものはないだろう。これはかならず近日におこるべき事態である。実にいうまでもない。

幕府のためにいまのいきおいを見て論ずれば、幕府は一大決断をもって大坂から幕軍をひきあげ、江戸で幕政を大改革し、将軍自ら軍隊調練をして、臥薪《がしん》嘗胆《しょうたん》の故事さえ忘れなければ、あと十年間は天下を支配できるだろう。

いまは官吏が皆因習にとらわれ、幕府の大不幸は天下の大不幸である、というような文意である。

この草稿は、龍馬がいかなる目的で、誰に送ろうとしたものであろうか。幕府に自分の才能を誇示したのは、活躍の舞台をあらたに求めようと考えていたのであろうか。

三月八日、三邦丸は玄界灘《げんかいなだ》、五島灘《ごとうなだ》の外海を通過し、長崎港に入った。

瀬戸内海とちがい、東支那海の波浪は荒い。暗緑というよりも黒に近い色の海が険しく上下し、突風が吹くと波のうえを霧が立つように、波の滴が一団となって吹きとばされてゆく。

ときどき飛魚が波上を、半丁ほども飛び去っていった。船体が波間に沈んでは浮きあがり、おりょうは寝台に寝ていても、むかついてくる。

香焼島《こうやぎじま》の沖合から奥深い長崎湾に入ると、しだいに波浪が静まり、三邦丸はホイッスルを鳴らし、減速した。

おりょうは舷側から町並みを見渡しておどろく。

「えらい仰山《ぎょうさん》の家が並んでる。山のうえまで、びっしり張りついて、まあにぎやかなこと。唐人寺《とうじんでら》も見えまっせ。出島《でじま》はどこどす」

「もうまあしよったら見えてくらあよ」

龍馬はおりょうに遠眼鏡《とおめがね》を渡してやる。

「家の屋根やら、東のほうの風頭山《かざがしらやま》で、ハタ揚げをやりよるのう」

「ハタとは何どす」

「紙鳶《たこ》のことよえ。上陸したら、いっち先に昶次郎の墓詣《はかまい》りをしちゃらんといかん」

龍馬は波止場へ出迎えにくるであろう高松太郎ら、社中同志に、三邦丸で同行してきた池内蔵太をひきあわせるつもりでいた。

龍馬は内蔵太を社中同志として、長崎に滞在させようと考えている。そのための紹介状を、船中でつぎのようにしたためていた。

「細左馬（細川左馬之助、池内蔵太の変名）事、

兼而《かねて》海軍の志《こころざしあり》在、曾而《かつて》馬関を龍と同伴ニて上京致候。在レ故《ゆえあっ》て薩に下らんとす。今幸ニ太郎兄が帰長の事を聞ク。今なれバ彼《かの》ユニヲンに左馬をのせ候ても宜かるべく、左馬事ハ海軍の事ニハ今ハ不幸《（功）》者と雖《いえ》ども、度〻戦争致候ものなれバ、随分後にハ頼《たの》も敷《しき》ものとも相成《あいなり》候べしと楽《たのしみおり》居候。

もしユニヲンのつがふ《（都合）》が宜しいとなれバ、西吉（西郷吉之助）、小大夫（小松帯刀）の方ハ拙者より申《もうしだんじ》談候てつがふ宜く候。能《よく》御考可レ被レ下《くださるべく》候。

早々頓首《とんしゅ》〻。

龍

八日

此書錦戸ニ頼ミ遣ス。

但シ太郎ハ又変名在レ之。

龍」

多賀松太郎様

龍馬は、池内蔵太をユニオン号と乙丑丸に乗り組ませたいと考えていた。

池内蔵太は三邦丸に同乗してきた新宮馬之助とともに、社中同志となり、操船の訓練をつむことになった。

西郷、小松は、内蔵太が乙丑丸に乗り組むことを承知した。龍馬が薩長連合で活躍した報酬として、薩摩藩は社中が専用できる洋帆船ワイルウェフ号を、グラバーから六千三百両で購入し、貸与する予定であった。

ワイルウェフ号は、四月末には長崎に寄港する予定の乙丑丸に曳航《えいこう》され、鹿児島で命名式をおこなうことになっている。

内蔵太はそのとき、ワイルウェフ号に乗り、鹿児島にむかうことになった。

龍馬とおりょうは、近藤昶次郎の墓に詣《もう》でたのち、その日のうちに内蔵太と手を振りあって別れ、三邦丸で鹿児島へむかった。

けわしい前途

三月十日、龍馬とおりょうの乗った三邦丸は、鹿児島に到着した。

薩摩潟の潮は澄みわたり、大小の魚が群れをつくり、堤防の間近をにぎやかに泳ぎまわっている。

「あこに見えゆうがが、桜島よえ。煙が西へなびいちゅうろうが。夏になったら北向きになるき、城下は灰だらけになるろうねや。どうで、大けな町やろう」

新暦四月二十四日の鹿児島の城下には、夏を思わす眩《まぶ》しい光が照りわたっている。

「いんまがぽっちりえいときよえ。つつじがまっ盛りで、そう暑うないけんど、あとひと月ばあしよってみいや、日中は暑うてのせんぜよ。じとった南風《まぜ》が吹いたというたら、俺《おれ》らあ汗かきやき、褌《ふんどし》ひとつでおらにゃやれんぜよ。なんというたち、勝先生に仕込まれて、裸でおるがが好きやきねや」

おりょうが小声でいう。

「わても、裸のあんたが、いっち好きどっせ」

二人は眼《め》を見あわせ、ほほえむ。

小松帯刀と西郷吉之助が、龍馬に声をかけた。

「いなかじゃが、魚と焼酎《しょうちゅう》は旨《うま》かごわす。まず宿で一服すっがよか」

「あとで龍馬どんには、お目にかかい申そ。お前《は》んさあに挨拶《あいさつ》したか、旧識新知の家士どま、大勢待っちょい申すぞ」

龍馬はおりょうを駕籠《かご》に乗せ、城下の茶会という旅館へゆく。

茶会はひろい前庭のある、海にむかう高台にあり、風通しがいい。送って来た吉井幸輔が笑顔でいった。

「俺《おい》は早々に退散いたし申そ。おりょう殿と水いらずで仲ようおやんなせ。まず風呂《ふろ》にはいらるっがよか。城下にゃどこにでも温泉があり申す」

長崎から同行してきた陸奥陽之助は、森閑とした広い旅館の別室へ退き、龍馬たちは二間つづきの座敷へ案内された。

女中がきて、いつでも風呂へはいれるという。座敷と廊下つづきに浴室があった。洗面所の壁に、大きなガラスの丸鏡がはめこまれていた。

「まあ、こんな舶来の大鏡は、祇園や先斗町《ぽんとちょう》のお茶屋はんでも、見たことがおへんえ」

いいつつ、おりょうは身を寄せてくる。

龍馬は彼女を抱き寄せ、やわらかに唇にくちづけをする。くちづけのとき、龍馬は口をとがらせる。かたい鬚《ひげ》が、おりょうの顎《あご》をいためるからであった。

浴室の引戸をあけると、二人はおどろく。漆喰《しっくい》のうえに、赤みがかった瓦《かわら》を張りつめた浴槽は、四畳半ほどの大きさである。

「たまるか、広いのう。これが温泉かえ。ここに二人だっけで浸《つか》れるいうたら、しょう贅沢《ぜいたく》なことよのう」

龍馬は湯のなかに、手足をひろげ腰をおろすと、口もとが湯に浸りそうになる。

おりょうが龍馬の膝《ひざ》に乗ってきた。

「あんたと二人でいられるほど、しあわせなことはおへん」

二人は湯のなかで抱きあう。

明るい陽射《ひざ》しが窓から入りこみ、鳥のさえずりが聞こえる。

「お前《ま》んは、びっしり（いつも）俺にひっついちょりたがる女子《おなご》じゃのう」

「そうや。人目のあるところで、ひっきとうなるのをこらえてたら、なんや知らん切のうなってくるんやし」

風呂からあがり、昼食を終えたのち、隣座敷に敷かれた布団で、二人はもつれあって寝た。

「薩摩料理は甘すぎるきに、お前んの口にゃああわんといいよったが」

「そなことは、どうでもよろしゅうおす。あんたといられたら、ほかのことはしんぼうしまっせ」

しばらくまどろむうち、女中がおこしにきた。辺りはうすぐらくなっている。

陸奥が縁に坐《すわ》っていた。

龍馬が聞く。

「帯刀殿のお屋敷へいくがか」

「そうです。お疲れのところ、あいすみませぬが」

陸奥は、ひやかすようにいう。

「よっしゃ、ほんならすんぐにかまえるきに、ちっくと待ちよっとうせ」

龍馬は浴槽でもう一度体を流し、着物を着た。

座敷を出るとき、化粧をおとしたおりょうを抱き、くちづけをする。

「なるべく早うに戻《も》んてくるき、おとなしゅう待ちよりや」

小松帯刀の屋敷まで、駕籠に揺られてゆく。

宏壮《こうそう》な小松屋敷に着くと、広間にランプがあかあかと点じられていた。

家中の勤王派の主立った人々が、龍馬を待っていた。

「坂本さあ、今日は茶会へは帰さんぞ。足が立たぬまで飲み申そ」

「いんにゃ、そりゃあ困るちゃ。おりょうが淋《さぶ》しがるきのう」

「はやばやとのろけるとは、けしからんぞ。そんこつをいわるっとなら、なお許せん。陸奥といっしょにここへ泊まってくいやんせ」

広間に笑い声が湧《わ》いた。

鹿児島へくると、龍馬は気分がほがらかになってくる。豪胆で明朗闊達《めいろうかったつ》な薩摩隼人《はやと》となぜか気が合う。

その夜、龍馬と陸奥が茶会へ戻ったのは、九つ（午前零時）を過ぎた頃《ころ》であった。

龍馬は座敷に入ると、刀を腰から抜いて置くなり畳に寝ころび、高いびきをかきはじめた。

陸奥とおりょうが龍馬の着物を脱がせ、布団へ運ぼうとするが、重くて動かせないので、その場で掻巻《かいま》き布団を着せて寝かせた。

龍馬たちにとって、夢のようにしあわせな日が重なっていった。龍馬が寺田屋でうけた疵《きず》は癒《なお》っているが、疵あとに疼《うず》きが残り、多量の血を失った体はまだ精気が充分に回復せず、体重も減り、顔色が蒼白《あおじろ》い。

西郷吉之助はいった。

「鹿児島《かごっま》でなら、幕府の密偵《いぬ》があとを追ってくる気遣いもなか。せめてふた月がほどは、念をいれて養生すっがよかごわす」

「けんど、そうもしておれん。幕府の長州征伐は、間なしにはじまるがじゃないろうか」

「まだ、そげん段取りのよかこつはごわはん。俺《おい》も日当山《ひなたやま》の湯へ湯治にゆくつもいでごわす。ご同行し申《も》んそ」

数日が過ぎた。

たまに藩士がたずねてきて、龍馬たちに城下の景勝の地を案内する。薩摩潟で舟遊びに興じた日の夕刻、茶会に帰ってみると、筑前福岡藩士大藤太郎という侍が、宿泊していた。

家中の尊王派の知人をたずねてきたという大藤は、龍馬が同宿していると聞くと、会いにきて、社中隊規に違反したとして、長崎で切腹した近藤昶次郎の扱いの是非につき、さまざまに論じる。あげくは長州の伊藤、井上が策略を講じて、昶次郎を自滅させたといいだし、

「伊藤、井上は、近藤にライフル銃、ユニオン号購入の斡旋《あっせん》に大尽力をしてもらいながら、切腹をさせるように事を運びしは、卑怯者《ひきょうもの》とも薄情者ともいえぬ、不徳な奴《やつ》らだ」

大藤が大気焔《だいきえん》をあげるのを、龍馬は聞き流していたが、そのうち鉾先《ほこさき》が自分に

むかってきたので、黙っていられなくなった。

「貴公は、股肱《ここう》とたのむ近藤を、切腹に追いやらせた伊藤や井上が、憎らしくないのか。貴公も北辰一刀流の遣い手と聞いているが、卑怯者か」

龍馬はたまりかね、喚《わめ》きかえした。

「おおの、うるさい。そがいに近藤が腹を切ったがくやしいがやったら、長州へいって、伊藤と井上にいうたらえいろうが。俺は京都にむかいゆう旅の途中やったき、そんなこたあ何ちゃあ知らん。へちこと（見当ちがいなこと）いうて俺にからんでくるがは、やめとうせ」

大藤は龍馬が激怒すると、

「よし、分かった」

といい、立ちあがり座敷を出ていった。

大藤の泊まっている座敷は、龍馬たちのいる座敷と、ひと部屋はなれたところであった。

龍馬はそのまま寝てしまったが、おりょうは大藤のただならない剣幕を見て、何事か危難を及ぼされるような気がしてならない。

寝床で耳をすましていると、大藤の部屋から、異様な物音が聞こえてくる。

おりょうは忍び足で大藤の座敷に近づき、襖《ふすま》のかげからうかがうと、大藤が刀を抜き、行灯《あんどん》を引き寄せ、大刀の寝刃《ねたば》あわせをしている。

寝刃あわせとは、刀の切先《きっさき》から三寸ほど下の三寸幅の刃に、名倉砥《なぐらと》という目のこまかい砥石《といし》でこまかい傷をつけることである。

寝刃あわせは、人体を斬《き》るための支度である。

おりょうはおどろいて座敷に戻り、龍馬を揺りおこし、「油断なりまへんえ」という。龍馬はすぐ刀を引き寄せ、抜き身を右肩に担ぎ、いつでも斬りかかれる姿勢でいた。

その体勢であれば、敵が飛びかかってきても、足でも手でも即座に斬ることができる。

大藤は外からうかがっている様子であったが、龍馬の身支度を覚《さと》ったようで、宿を抜け出し、いなくなってしまった。

翌朝、陸奥がきたので前夜の椿事《ちんじ》を知らせると、すぐ西郷に通報した。

西郷はおどろいた。

「そりゃいけん。筑前からそげな危なか男がき申したか。早速に宿を移さにゃなり申はん」

西郷はその日のうちに、上町《かんまち》というところの旅宿に龍馬たちを移し、番人を置き、大藤を近づけないよう手配をした。

小松帯刀は、三月十四日、足腰の痛みを治療するため、八つ（午後二時）過ぎ、鹿児島を船で出発し、七つ（午後四時）頃、鹿児島の北東、国分《こくぶ》に近い浜《はま》の市《いち》に着いた。

そこから一里あまり離れたところに、西郷が狩猟の際に立ち寄る日当山温泉があり、天降川《あもりがわ》の渓流沿いに二里半ほど山路を伝うと妙見《みようけん》、安楽《あんらく》、新川《しんかわ》、山之湯《やまのゆ》などの湯治場があり、さらにさかのぼれば塩浸《しおひたし》の湯がある。

小松は塩浸からなお奥へ入った霧島《きりしま》の栄之尾《えいのお》、硫黄谷《いおうだに》の温泉へ療養にゆく。小松の足腰の痛みはかなりつよく、出仕もできかねるような状態であった。

龍馬は三月十六日、おりょうとともに日当山温泉へむかった。龍馬は、手帳に記した。

「十六日、大隅《おおすみ》霧島山ノ方、温泉ニ行。

鹿児ノ東北七里斗《ばかり》ノ地、浜ノ市ニ至ル。

但シ、舟ヲ以《もっ》テス。ソレヨリ日当山ニ至ル」

吉井幸輔が誘いにきて、温泉で湯治を思いたったのである。

龍馬が寺田屋で幕吏に斬りつけられた疵は、神経にも及んでいたのであろう。

疼きがいつまでも残っていた。

大刀を抜き、構えてみると、足腰、上体の動きの俊敏さは以前と変わらないが、握力の衰えは回復しない。

龍馬は、抜き打ち、抜きつけ、横一文字、斜め斬りあげと、刀をふるい巻藁《まきわら》を斬ってみるが、動作は以前と変わらないように見える。しかし、自分では動きのぎごちなさがはっきりと分かった。

薩藩御流儀の示現流、薬丸自顕流はいずれも、

「一ノ太刀《たち》ヲ疑ワズ、二ノ太刀ハ負ケ」

という奥義の通り、打ちこみが稲妻のように烈《はげ》しい。

はじめて鹿児島へきた時分は、腕に自信のあった龍馬は、示現流のトンボの構えと足はこびはできなかったが、北辰一刀流の打ちこみで、道場の砂地へ埋めこまれた栗《くり》の立木《たてぎ》に両袈裟《けさ》を打ち、いきおいにおいて劣らないと自信を持っていた。

だが、いまでは握力が減ったので、手首の返しもおぼつかなくなったような気がしてならない。

吉井幸輔は、龍馬が巻藁を両断するのを見て、ほめてくれた。

「見事じゃ。腕前はまえとまったく変わっちゃおらん。坂本さあ、斬りあいになっても、気遣いはごわはんぞ」

京都で幾度か新選組、見廻組《みまわりぐみ》の壮士を斬りすてた体験のある吉井は、明るい笑い声をひびかせるが、龍馬には体力の衰えが分かった。

「これからは、ピストールを手離せんようになるかも分からん」

龍馬はおりょうとともに、本心を洩《も》らしていた。

浜の市へむかう便船に乗った。ちいさな帆掛け船の乗場は、上町の宿屋から近い、鹿児島城大手門際の堀割である。

新暦四月末日の鹿児島は、さまざまの花が木をかざり、鳥の啼《な》き声がにぎやかであった。

便船は薩摩潟へ滑るように出ると、追風に帆をあげた。

龍馬たちは、霧島温泉へむかう途中、まず国分温泉に立ち寄った。

広島藩士で勤王派の林 謙三《はやしけんぞう》（のちの男爵安保清康《あぼきよやす》）が、西郷とともに、滞在していたためである。

林は自叙伝に、そのときの様子を記している。

「かつて西郷隆盛氏および坂本龍馬らと天下のことを謀議したことがある。たまたま両人が二、三の志士とともに国分温泉にいたので、たずねてゆき、諸氏と会合した。

私は西郷氏に日本の情勢をくわしく話し、またわが国の現状から見て、将来を展望すれば、もっとも専要にすべきは海防で、一日も早く達成しなければならない急務であると説いた。（中略）

西郷、坂本両氏をはじめ、一座の志士は終始沈黙して、聞くばかりであったが、語りおえると、西郷氏は拍手して、いった。

『仰せの通りでごあんそ。拙者もまったく同意してごわす』」

薩摩隼人は、気を許した相手にだけ内心をうちあける。

それも、重い口をひらき、きわめて簡潔に語る。彼らは幼年期から郷中《ごじゅう》で鍛えられ、「議をいうな」という教育を、徹底してうけている。

議論をせず、黙ったまま自らの信じるところを実行するのが、薩摩隼人の理想像であった。

それに他国者《よそもの》を容易に信用しない。信用すれば親戚《しんせき》縁者のように親しみを見せるが、そうでなければ用心して、かるがるしく言葉を交わさない。

林謙三は、おそらく西郷らに信用されていなかったのであろう。まだ交わりが浅かったのにちがいない。初対面の相手にも愛想よく、饒舌《じょうぜつ》をふりまく龍馬も、西郷たちに同調して、口をひらかなかったのであろう。

龍馬は国分をはなれ、おりょうと二人連れで、天降川沿いの山道を北へむかう。途中、日当山の温泉に一泊した。日当山は田圃《たんぼ》のなかに湯屋が点在している、ひなびた湯治場であった。

おりょうは龍馬とともにいる日をかさねるほど、情が深まってゆく女であった。

龍馬は日当山を出て、塩浸温泉へむかった。鶯《うぐいす》が、前後の林でしきりに啼きかわす。親に啼きかたを教えてもらっているかのような、たどたどしい啼きかたの鶯もいた。

澄みきった風は、山中に入るにつれ、いくらか冷たさを増してくる。

「先をせくこたあないぜよ。俺は山歩きに慣れちゅうけんど、お前《ま》んは足弱じゃき、無理せんでもえいわえ」

二人はときどき道端に坐り、日当山温泉でつくらせた握り飯の弁当を食べた。

どこからか野犬が出てきて、こちらをうかがう。

おりょうが握り飯を投げようとすると、龍馬がとめた。

「あれには、かもうたらいかん。餌《えさ》をもろうたら離れんようになるき。それに、一匹きよるがは物見じゃろう。その辺りの草のなかに、何匹も隠れて、こっちの様子をうかごうちょるがじゃ」

龍馬は懐中から短銃をとりだし、腰に吊《つ》るした弾嚢《だんのう》から、弾丸をつまみだし、装塡《そうてん》する。

「犬を撃つのどすか」

「いんにゃ、撃ちゃあせん。大勢で出てきたら面倒やき、いんまのうち脅しちょったほうがえいがよ。あいつらあは、山中で何十匹も輪をかいて猪《いのしし》をとりかこんだら、腹にくらいついて腸《はらわた》をひきずりだし、食い殺すそうじゃき、気は許せん。もとはおとなしげな飼犬やったち、山中で寝起きしよるうちに、狼《おおかみ》みたいになるきのう。ほりゃ見てみいや、出てきたろうが」

野犬の数は、いつのまにか三匹、五匹とふえてくる。

「ここらで、追っ払うとしょうか」

龍馬は、間近に寄ってきた一匹の足もとへ轟然《ごうぜん》と一発放った。

銃声が山肌にこだまし、野犬は瞬間に姿を消してしまった。

塩浸温泉は、茶色の低温の湯で、硫黄泉ではなかった。

「ここはまっこと静かで、えい湯治場じゃねや。もうちっと逗留《とうりゅう》しよろうかのう」

その附近には、昔和気清麻呂《わけのきよまろ》が滞在した庵跡《いおりあと》があると、宿の主人はいった。

温泉の裏手には深い峡谷があり、対岸の絶壁から蔭見《いんけん》の滝という、五十間もあろうかという大滝が、水音をとどろかせ、谷底へたぎり落ちていた。

宿のまわりは、そぞろ歩きにちょうどよい杣道《そまみち》が多く、眺めがよかった。

宿の主人がすすめた。

「この川で、魚釣りをなされませ」

龍馬はおりょうとともに竿《さお》と餌を借りうけ、川で雑魚《ざこ》を釣った。

魚はすこし撒き餌《まえ》をするとむらがってきて、水の色が黒く変わるほどである。

釣りに飽きると、龍馬は短銃をとりだす。

「弾丸は七十発ばあるき、ちくと撃ちかたの稽古《けいこ》をしてみろうか」

二人は動かずにしゃがんでいる。

やがて傍《そば》のくさむらに、黒ずんだものが動いた。よく見ると肥えた狸《たぬき》である。

龍馬はささやいた。

「今夜は狸汁といくかえ」

龍馬が短銃を構えても、狸は逃げようとしない。

龍馬は、がっかりしたようにいった。

「なんぜよ、逃げもせんが。ありゃあ、めっそう人を見たことがないがじゃろ、おじもせんが。あげなもん、撃つ気がせん」

空を見あげると、鳶《とび》がしばらく舞っていて、高い椋《むく》の木の枝にとまった。

龍馬が筒口をむけると、ひょいと一尺ほど場所を変える。

「たまあ、小癪《こしやく》な奴じゃねや」

狙《ねら》いを移すと、また向きを変える。

「よいよ、歯痒《はがい》たらしい。えらいはしこい奴じゃ」

龍馬たちは、塩浸温泉で十日を過ごした。

農繁期でほかに湯治客はすくなかった。

「まっこと邪魔がはいらんき、お前んと膠《にかわ》でひっついたようにしちょっても、人目を気にせんでえい。けんど、はや十日もおるかえ。まだ一日か二日ばあしかおらんかったように思うちや。

お前んは、いっしょにおったらおるばあ、色香の濃うなってくる女子《おなご》じゃ。そげな女子は、そうめったにゃおりゃあせん。俺はえらい宝を貰《もろ》うたような気がするぜよ」

おりょうは、ながしめで笑う。

「わてはひと月でも、一年でも、あんたと抱きおうて過ごしたいのどす」

「そげなことというて、お前んは飽きるということはないがかえ」

「おへんえ、あんたは飽きるのどすか」

おりょうが龍馬の二の腕をつねった。

「おおの痛い、本気で怒る奴があるかや」

龍馬は、あけはなした座敷に寝ころび、峡谷のうえの青空を流れてゆく雲に眼を遊ばせながら、わが前途をさまざまに夢想する。

幕府は広島に老中小笠原長行を派遣し、長州藩処分の命令を、毛利父子以下、三支藩主に下そうとしていた。

大坂では幕府軍隊の滞在で、米価が急騰し、窮民が各地で暴動をおこす騒ぎになっている。

幕府の威勢が、日が経《た》つにつれ衰えてきていた。おりょうは三味線を手に、近頃、京都、大坂ではやっている「春雨《はるさめ》」の替唄《かえうた》をうたった。

〽かりそめに　武士振りて見する寄り武者の　鼻毛のばして大坂の　姫にたわむればからしや　歩兵でさえも人並みに寝ぐらさびしき

江戸からきた兵隊たちの士気が弛《ゆる》み、帰りたいばかりでいる気分を、ひやかす唄である。

〽気は一つ　お立ちはおそし金はなし　やがて身まま気ままになるならば　サアサ　大しくじりじゃないかいな　かえりゃなんでもよいわいな。

龍馬は、越前藩の中根雪江《なかねゆきえ》から聞いていた。一橋慶喜の用人で、切れ者として知られている原市之進《はらいちのしん》が、ひそかに前途を懸念しているという。

「長州再征は、おそらく負けるだろう」

「なにゆえでござろうか」

中根も内心同感であるが、いちおう聞いてみる。

原はいった。

「断じておこなえば、鬼神もこれを避くと申す。この際公儀にて英断を立てられしならば、旗本の者どももふるい立たぬことはない。しかし、とかく何事も優柔不断であるため、士卒は一般に江戸へ帰りたい思いにかられている。

いまもし、長州攻めに西へ下ろうと欲する者は西へゆけ、東へむかい江戸へ帰ろうとする者は東へゆけとの令を発したならば、西へむかう者は一人もおらぬであろう」

徳川慶喜は、幕閣の首脳たちが、京都に出たのち、優柔不断に日を送っているのに気を揉《も》んでいた。

再度まで天下の大兵を動員しながら、中途半端の処罰で長州藩を許しては、当面の政情は鎮定するであろうが、天下の騒動があいついでおこることになろうと、強硬な措置をとるよう、進言している。

――俺にとっちゃあ、どっちでもえいわえ。武器、弾薬やち、米麦、砂糖、種油やち、ワイルウェフ号で、あちこちの港へ持ちはこび、売りさばいてひと儲《もう》けしちゃらあ――

ワイルウェフ号は、プロシャで建造した二本マストの木造帆船で、その俊足はグラバーも認めるほどであった。

来月には、乙丑丸《いっちゅうまる》に曳航《えいこう》され、長崎から鉄地金、鉄板、大砲、小銃を積みこみ、黒木小太郎が指揮して鹿児島に着く。

龍馬は、この先は社中の同志も懐がゆたかになると考えると、口もとがほころんだ。

おりょうが龍馬の唇をつついた。

「なにをにやにやしてるのや。いやらしいこと考えてるのやろ」

「いんにゃ、そげなことがあるかよ。ワイルウェフ号をうまいこと使うて、貿易でひと儲けしようと思いよるがよえ」

「あんたが考えてるほど、商いで儲けられるのどすか」

「いんや、できらあよ。社中の者《も》んらあが皆金持ちになれる日は、近いろう。もうまあ幕府は長州を攻める。どっちが勝つやら、やってみんと分からんけんど、陸戦では長州がまず勝ちじゃろう。

そうなってみいや、薩摩もじっとしちゃおれん。

幕府は十五万、長州も何万とも分からん諸隊を動かして戦うたら、物の値が鰻《うなぎ》のぼりになるがは目にみえちゅう。

こげなときに社中が儲けんかったら、そりゃ阿呆《あほう》というもんじゃ。こじゃんと儲けたらのう、おりょう、どうするか分かるかえ」

「長州あたりの海軍で、えらい艦長になるのどすか」

龍馬は笑った。

「俺は戦争で、敵を殺すがは向いちゃあせん。侍やら役人にはなりとうないき、社中をこしらえたがよ。

自分らあで商いをして、儲けたら蒸気船を買うて、こじゃんと儲けるぜよ」

「戦争が済んでも儲けられるんどすか」

「おう、馬関辺りの商人《あきんど》の夢は、ただひとつよえ。足の速い船を使うて、蝦夷で干し鰊《にしん》やら昆布やら、干し鮑《あわび》やらを買いこんでくることじゃ。これが金儲けの近道ながよ。

大名の家来になって、おのれの命を的にはたらいて、軍監やら艦長やらの肩書を貰うたち何ちゃあにならん。

俺は大金儲けて、有為の人材をおおいに養うて、一大商船隊をこしらえるがが夢じゃ。そうなりゃ、お前んを蒸気船に乗せて、イギリスじゃち、アメリカじゃち、連れていっちゃるきに」

「そんな、夢みたいな話、ほんまどすか」

「ほんまのほんまよ。俺は勝先生にしっかり教わったがよえ。人は夢を持たんといかん。夢のない者んは偉うなれんとのう。まあ見ちょりや。社中のあばれ者んらあは、そのうち、世間でえらい評判の大商人になるわえ」

「ほんなら、侍にはならんのどすか」

「なりとうないがや。よう聞きや、アメリカやち、イギリスやち、商人は侍と対等につきあいよるがやと。それは、異人が殖産ということを大事にするからじゃ。異人の世のなかには、身分のわけへだてというものがないらしいぜよ。賢い者ん、買儲けにさどい者んが、なんぼじゃち出世できる仕組みができちゅう。ほんじゃき、士、農、工、商じゃいうて時勢遅れのことをいいゆう者んは、世にとり残されていくがよ」

おりょうは、龍馬の長広舌にひきいれられ、遠方に五彩の虹《にじ》を見るような気がした。

「わては、あんたが好きや。ほんまに好きやし」

おりょうは、龍馬の顎鬚を気にしながら厚い唇にわが唇をかさねた。

三月二十八日、龍馬とおりょうは塩浸温泉を出立《しゅったつ》し、鶯が啼きかわす山道を、吉井幸輔に案内され、霧島への道をたどった。

つつじの咲き乱れる山腹には、霧の湧いているところも多い。気温がさがり、老杉の林のあいだを、苔《こけ》のにおいのする風が流れる。

ところどころに牛の放牧場があり、黒牛が草を食《は》んでいる。

霧島には、明礬《みょうばん》、硫黄谷、栄之尾という三名泉がある。

龍馬たちは栄之尾温泉で湯治をしている、小松帯刀を見舞いにいった。

小松の日記に記されている。

「三月二十八日、朝曇《(ママ)》

一、吉井幸輔、坂元龍馬、塩浸より見舞として入来《じゅらい》のこと」

翌日、龍馬たちは温泉のうしろに聳《そび》える霧島山に登った。

登りたいといいだしたのは、おりょうであった。おりょうは、のちに思い出を語っている。

「ある日、私が山へ登ってみたいというと、いいだしたら聞かぬ奴だから連れていってやろうと龍馬がいいまして、山は御飯が禁物だからコレを弁当にと、小松さんがカステイラを切ったのをくれました」

龍馬たちは、山頂への険しい道をたどった。

「西遊記ほどじゃあないけんど、えらい道がひどいのう。女子の足にゃあこたえるろう。引き返すかえ」

龍馬が危ぶむが、おりょうは聞かない。

「いやどす。ここまできて、てっぺんの天《あま》の逆鉾《さかほこ》を見んと、帰らへんえ」

馬の迫《せこ》というところまでよじ登り、そこでひと休みをして、またはるばると登る。

ついに頂上に達し、天の逆鉾を見た。

天の逆鉾は、たしかに天狗《てんぐ》の面が二つついていた。

「なんぜ、ざっとしたことをしちゅうのう」

龍馬たちは腹をかかえて笑った。

ここまでくれば、眼をさえぎるものもない。眼のとどくかぎり見渡せ、絶景であるが、なにぶん三月末で肌寒い風が吹く。

山腹には霧島つつじが一面に花をつけていて、風に揺れている。

龍馬たちは逆鉾を動かしてみたくなった。

鉾のうえに天狗の面を二つ鋳《い》つけて、回りは一尺ほど、内部は空洞で軽い。

案内人はおどろいてとめた。

「それを抜けば火が降ると申し伝えてごわす。どうぞやめて下され」

だが、龍馬たちは引き抜いた。

龍馬は霧島登山の様子を、山容の略図を描いたうえに、こまかく記している。

険しい山腹については、つぎのように述べる。

「この間は山坂焼石ばかり、男子でものぼりかねるほど、危地なることとたとへなし。

やけ土さら〳〵すこしなきそうになる。五丁ものぼれバ、はきものがきれる」

強気のおりょうも泣きそうになったのである。

「この間、かの馬の迫なり。
なるほど左右目のをよバぬほど、下がかすんでおる。あまりあぶなく、手おひきゆく」

噴火口のあともあった。

「此穴《この》ハ火山のあとなり。渡り（さしわたし）三丁ばかりあり。すり鉢の如《ごと》く下お見るニ、おそろしきよふなり」

逆鉾については、

「此サカホコハ、少シうごかして見たれバ、あまりにも両方へはなが高く候《そうろう》まゝ、両人が両方よりはなおさへてエイヤと引ぬき候時ハ、わずか四、五尺斗《ばかり》のものニて候間、又〻本《もと》の通りおさめたり」

逆鉾の附近は、

「此所ニきり島ツヽジ、ヲビタヾシクアル」と記されている。

龍馬たちは霧島山から下り、霧島神社に参詣《さんけい》した。境内には、それまで見たこともない、巨大な杉の木が林立していた。

その夜は神社で一泊し、三月三十日、霧島温泉に戻った。

四月一日、龍馬らは吉井幸輔とともに塩浸温泉に戻った。

「小松帯刀日記」に記す。

「四月朔日　曇
一、朝、本陳（陣）湯。昼、硫黄湯。
一、吉井、坂元《（ママ）》も今日、塩浸之様《（ママ）》帰られ候事」
龍馬も手帳に記した。

「四月大　シヲヒタシ温泉所ニ帰ル」

楽しい旅も日数をかさね、しだいに終わる日が近づいていた。

龍馬たちはさらに七日間、塩浸温泉で湯治をした。

昼間は短銃で野鳥を撃ち、夜はそれを肴《さかな》に、吉井と焼酎の黒猪口《くろぢょか》をかたむける。

おりょうは朝、布団のなかでめざめるとしみじみとつぶやく。

「ああ、楽しゅうおしたえ。こないな思いをしたことは、生まれてはじめてや」

「これから、もっとおもしろい目をさせちゃるき」

答える龍馬の胸にも、なぜか楽しい日を過ごしたあとの、寂寥《せきりょう》の思いが湧いた。

四月八日、なつかしい塩浸を出て、日当山に戻った。日当山に二日滞在したのち十一日、浜の市に出て、十二日に鹿児島へ帰った。

四月十四日、龍馬は順聖院《じゅんしょういん》（斉彬《なりあきら》）の開国主義の遺産である、開成所を見学したのち、西郷吉之助と小松帯刀に力説した。

「幕府は薩藩が手に入れておらぬ大艦を何隻も持っちょります。今後幕府と戦うがには、ぜひ海軍を興さねばなりません。五代才助殿も艦船の買い求めに奔走しておられますけんど、なおいっそうの尽力をせんといけません」

広島では幕府老中小笠原長行の命令に、長州藩主らは応じることなく、出頭期限を無視していた。

幕府の最後通牒《つうちょう》は、長州藩所領のうち十万石を削り、藩主父子を隠居させることである。

長州藩には、その処罰をうけるつもりはないが、のれんに腕押しのような返答をくりかえし、粘りづよい応対をかさね、時を稼いでいた。

藩内では士気旺盛《おうせい》で、第二奇兵隊の兵が暴動をおこし、長駆して倉敷《くらしき》を攻める騒動をおこしたほどである。

「これからが、俺らあのはたらきを見せるときじゃ」

ワイルウェフ号は、間もなく乙丑丸に曳航され、鹿児島に入港する。

乙丑丸は、薩摩藩に長州藩が供与する兵粮米《ひょうろうまい》五百俵を積んでいる。

龍馬はワイルウェフ号が到着すれば、ただちに社中独自の経済活動をおこなうつもりでいた。

五月朔日《ついたち》、乙丑丸がホイッスルを鳴らしつつ鹿児島に入港した。

龍馬はおりょうとともに、港へワイルウェフ号を迎えに出向いた。だが、外輪で水を掻《か》きながら海岸へ近づいてくる乙丑丸は、ワイルウェフ号を曳航していない。

「なんでワイルウェフがおらんがじゃ。まさか変事がおこったがやないろうねや」

前日、鹿児島城下は朝から風雨が荒れ、屋根瓦を飛ばされた家も多く、市街にも浸水の被害が出ていた。

龍馬は、胸騒ぎをおさえられず、乙丑丸から下ろされたバッテイラを、遠眼鏡で見る。

「おおっ、覚兵衛がおるじゃいか」

同志の菅野覚兵衛（千屋寅之助）の顔が見えた。

「おーい、黒木らあの船はどがいした。内蔵太はおらんがか」

龍馬が喚くと、菅野覚兵衛は両手を左右に振った。

「ワイルウェフはきやせんがか。まさか乱板《らんぱん》したがじゃないろうねや」

乱板とは、船体が破壊されることである。

船長は鳥取藩浪士で、剣の天才といわれる黒木小太郎。蒸気船の運転に習熟した、たのもしい同志である。

士官は池内蔵太と浦田運次郎《うらたうんじろう》（佐柳高次《さなぎたかじ》）、ほかに水夫十二人が乗り組んでいる。

バッテイラが波止《はと》につき、覚兵衛がたっつけ袴《ばかま》の裾《すそ》をはためかせ、走ってきた。龍馬も走り寄る。

「ワイルウェフはどうなっちゅうがな。遅れて着くがか。大事ないかえ」

龍馬が見すえると、覚兵衛は肩をおとしていった。

「五島の沖で、どえらい嵐《あらし》に遭《お》うて、乙丑丸はこんままやと、ワイルウェフにひきずられて沈没するとみたき、曳綱《ひきづな》を切ったがよ」

「なにっ、おんしらあは、同志を見殺しにしたがか」

「なんで俺らあが、そげなことをするぜよ。乙丑丸は長州の船じゃき、勝手に扱えんろうが。どいたちしかたなかったがじゃ」

ワイルウェフ号が乙丑丸に曳航され、長崎を出たのは、四月二十八日の夜明けがたであった。

天草灘《あまくさなだ》を南下してゆき、甑《こしきじま》島沖にさしかかったのは、三十日の朝であった。

「まえの日から、大分荒れてきちょったきに、船が速う動かざった。雨風は強うなるばっかりで、にっちもさっちもいかんきに、長州の人らあが曳綱を切ったがよえ」

「そのあとは、どうなったか分からんがか」

「山のような波にかこまれたうえ、えらい向かい風が吹きよったきに、ひとっちゃあ見分けがつかんかったぜよ。龍やん、申しわけない。こらえてつかあさい」

覚兵衛は溢《あふ》れる涙をぬぐう。

「ワイルウェフは頑丈なこしらえじゃき。めったなことじゃあ沈まんろう。黒木や内蔵太が水夫をうまいこと使うて、明日にもたどりつくにちがいないろう。風はどっちから吹きよったがぜよ。陸《おか》にむいちょったがかえ」

「いんにゃ、東から吹きよったぜ」

「ほんなら、五島へいきよったがか。どこぞの浜へたどりついちょったらえいけんど」

五島列島附近は、暗礁《あんしょう》が多かった。それに乗りあげ、激浪に揉まれると難破してしまう。

「天草島のほうへ着けりゃえいが」

天草には、牛深《うしぶか》、大江《おおえ》など、避難に適した港がある。

「しょうことがない。船の仲間と宿へ入って風呂に入《い》れ。晩に俺のところへこいや。酒でも飲んで吉報を待つしかないねや」

龍馬は夜も眠らず、吉報を待った。

洋帆船の操縦は、蒸気船よりもはるかにむずかしく、熟練を要した。龍馬は、おそらく難破したのであろうと思うと、動悸《どうき》がしてくる。

社中の同志は、苦難に耐えてきた仲間である。薩摩藩から支給される月額三両二分の給与は、決してゆたかな暮らしのできる額ではない。

慶応三年九月、砲術研究のため長崎に遊学した大江卓《おおえたく》は、当時を回顧して、つぎのように語っている。

「長崎へ着いて、ひとまず鍛冶屋町《かじやまち》の大根屋というのへ落ちついた。ところがこの家はずいぶん上等の旅人宿で、一月の下宿料が三両三分二朱というのであった。

そこで、自分らのような書生には贅沢に過ぎるというので、まもなく月二両二分の安泊《やすどまり》へ移った。移るは移ったものの、この料金では火鉢も出さなければ、行灯の灯もつけぬという始末で、そのお粗末さはお話にならなんだ。

こんな安下宿の盛り切り飯では、到底満腹しようはずがない。そこで夜晩《おそ》くなってから、鍛冶屋町と浜の町《はまのまち》の角にきて、俗にいう二八《にはち》そば、その頃の十六文で、並の二倍もあった、売れ残りの掻き寄せそばで、からくも空腹をしのいだ珍説もある。

藩の留学生も大分きていた。彼らは月八両の手当を受けていたので、なかなか贅沢な暮らしをしていた。

四両の下宿にいて、残りの四両を小遣いに使い、丸山《まるやま》遊びに大尽風《だいじんかぜ》を吹かしたものもあった、というのも道理、その頃一晩わずかに二分あれば、酒も飲みほうだいで、娼妓《しょうぎ》が買えたものだ」

社中がうける給与は、決して豊かなものではなかった。

それぞれのはたらきに応じ、臨時賞与のような収入があったとしても、丸山で豪遊できるような余裕は、とてもなかったであろう。

ワイルウェフ号は、龍馬たちがはじめて自由に使える船であった。

それで交易をおこない、利益をたくわえ、蒸気船を買い、縦横無尽のはたらきをして、大海商になるのが龍馬たちの将来にかける夢であった。

——ワイルウェフが沈んでみいや、俺らあの考えは何もかも皮算用になるがぜよ——

龍馬は、黒木と池の運命も気がかりでならない。

——船は沈んだち、また買い戻せるろうけんど、人は死んだら戻らんき、どこぞの浜に泳ぎついて、命だけは落とさんとってくれ——

龍馬は神仏に祈った。

彼が寝ずに考えこんでいるそばで、おりょうも夜明かしをした。

ワイルウェフ号遭難の報は、数日後に鹿児島へ届いた。乙丑丸に曳綱を切断されたのち、天草島へ船をむけようとしたが、風向きがちがうので、どうしても近づけない。

そのうち夜になり、闇《やみ》のなかで方角を見定めるすべもなく、風に吹きたてられるまま漂流した。

五月二日の夜明けまえ、ワイルウェフ号は暗礁に乗りあげた。激浪に煽《あお》られ、船体が四分五裂となり、沈没する。

乗組員のうち、助かったのは浦田運次郎と、水夫二人である。

彼らは舟板にしがみつき、磯《いそ》に打ちあげられたが、黒木、池ら他の乗組員は、積荷とともに海没した。

遭難の場所は、五島列島中通島《なかどおりじま》潮合崎《しおやさき》沖であった。中通島有川《ありかわ》には、五島一帯を支配する、福江《ふくえ》藩の代官所がある。

代官近藤七郎右衛門は、現場に近い江《え》ノ浜《はま》に出向き、海岸に漂着した者の介抱をするいっぽう、藩に注進する。

藩の目付が出張し、長崎薩摩屋敷から船方役が、海士《あま》、人夫二十人を連れてきて、江ノ浜で遺体を収容し、積荷引揚げをおこなう。

有川鯨組の刃刺《はざし》（銛《もり》打ち）、地元の海士も総出で捜索にあたる。六月十五日までに作業にあたった船は百二十三艘《そう》、人数八百七十五人であった。

龍馬は手帳にしたためた。

「丙寅《ひのえとら》五月二日、ワイルウェフ破船。五島塩屋崎ニ於《おい》テ死者十二人。

船将　黒木小太郎

士官　池（内）蔵太

水夫頭　虎吉　熊吉

水夫　浅吉　徳次郎　仲次郎　勇蔵

　　　常吉　貞次郎　加蔵

　　　〆十二《（ママ）》人

生残者三人

下等士官　浦田運次郎

水夫　　　一太郎　三平」

龍馬はのちに、兄の坂本権平らに、書状で池内蔵太の死を知らせている。

「一、こゝにあはれなるハ池（内）蔵太ニ而《て》候。九度之戦場ニ出て、いつも人数を引て戦ひしに、一度も弾丸に中《あた》らず仕合せよかりしが、一度私共之求しユニヲンと申《もうす》西洋形の船に乗り難に逢《あい》、五嶋の志ハざき（潮合崎）にて乱板し、五月二日之暁天に死《しに》たり。」

ユニオンは、ワイルウェフのまちがいである。

龍馬は乙丑丸で長州へ出立することになり、五月二十九日、西郷隆盛、小松帯刀に別れの挨拶に出向いた。

「思えば三月十日、御当地に着到以来、なんやかやと御手厚きおもてなしをしてもろうて、この御恩は終生忘れませんきに」

西郷は龍馬をいたわった。

「せっかくの船は乱板いたし、年来の同志を失われしご不幸、お悔みいたし申す。ご貴殿には力を落とさず、八面六臂《はちめんろっぴ》のはたらきを見せてくいやんせ」

龍馬は、西郷、小松と長州の木戸貫治との連絡などを頼まれた。

乙丑丸に積んできた長州米五百俵は、幕府との戦争をひかえ、兵粮を必要とする長州へ返却したほうがいいという、西郷たちの意見により、ふたたび返送することになった。

この日、龍馬は乙丑丸で鹿児島にきた新宮馬之助から六両三分を借金し、刀の研ぎ代にあてた。

「龍馬手帳」に記す。

「廿九日

　四両三分　金

右、寺内氏（新宮）ヨリ借用セリ。

又、弐両、寺内ヨリ。
右、短刀。合口《あいくち》コシラヘ幷研《ならびにとぎ》。
備前《びぜん》兼元(光)、無銘刀研代。
合テ三両二朱余払フ」

鹿児島を離れたのちは、いつ刺客に命を狙われるかも知れない龍馬である。非常の変にそなえ、刀を研いでおかねばならない。

龍馬とおりょうは、六月二日乙丑丸に乗り、鹿児島を離れた。

見送りの人垣にむかい手を振る龍馬は、おりょうにいった。

「桜島の煙を、よう見ちょきよ。このつぎはいつ見られるか、分からんきに」

「ほんまに、済んでみたら、ほん短い旅どしたなあ」

おりょうは眼頭《めがしら》に涙を光らせていた。

「つつじの咲いてるなかで、天の逆鉾を引き抜いたのも、いまになったら夢みたいや。あんたといつでも離れんといられたら、このうえのしあわせはおへん」

龍馬は舷側《げんそく》から、遠ざかってゆく波止を眺めつつ、つよい夏の陽が照りつける風景のどこかで、弔いの鐘が鳴っているように思った。

黒木小太郎、池内蔵太が先立った同志のあとを追っていった。龍馬もこのさき、剣《つるぎ》の刃渡りをするような生活に戻る。命をいつ失うかも知れない覚悟が、必要であった。

「これから、どうなるんどす。わてらは、いっしょに暮らされへんのどすか」

おりょうに聞かれ、龍馬はいう。

「俺は長崎で十日ばあおるけんど、そいから長州へいかんかったら、用が済まんき。お前んはすまんことやけんど、長崎の本博多町で質屋をしよる、大金持ちの小曾根英四郎のところへ預けるつもりじゃ。

げに長州は、女子《おなご》のついていける所やないきのう。幕府との戦争がもうまあはじまるがやき。

ひと戦争すんだら、俺は山中へはいって安楽に暮らすつもりぜよ。じょうじゅういいゆうけんど、俺は役人になるがは嫌じゃきのう。退屈なときに聴きたいき、月琴でも習うちょきや。長崎で師匠を探しちゃるきに」

乙丑丸は、六月五日に長崎に入港した。

龍馬は社中の同志とともに中通島潮合崎に渡り、池内蔵太以下の溺死者《できししゃ》十二人の墓を建てた。

おりょうを小曾根家本宅の庭にある離れに預けた龍馬は、六月十三日に長崎を出航し、十四日に下関に到着した。

その夜、下関外浜の伊勢屋小四郎、伊勢小と呼ばれる宿屋に泊まった龍馬たちのもとへ、高杉晋作がたずねてきた。

晋作は、乙丑丸で下関に着いた龍馬たち社中同志に、参戦を頼みにきた。近頃健康を害し、痩《や》せた晋作はなお意気さかんであった。

「龍馬どん、大島口《おおしまぐち》、芸州口、石州口では、幕府勢との戦争がもうはじまっとるんじゃ。

それで、小倉口でもはじめたいんじゃが、俺が動かせるのは、奇兵隊と長府藩の報国隊をあわせて、かれこれ千人よ。

ところが小倉城に集まった幕府の軍勢は、老中小笠原壱岐守《いきのかみ》（長行）を総大将として、五万はおるんよ」

幕軍は小倉藩兵をはじめ、肥後、久留米、柳河《やながわ》、唐津《からつ》の兵と、八王子《はちおうじ》千人同心の連合軍である。

十六日の夜明けまえ、龍馬は晋作とともに、下関の海岸からむかいの九州門司《もじ》、田の浦の様子を偵察に出た。

海峡は狭いところで八丁しかないので、対岸の物音はすべて聞きとれる。

晋作と龍馬は、海岸で冗談をいいあい、笑った。

「それに渡らせらるるは、平家の御軍勢と見奉る」

「さん候。こなた知盛《とももり》（平知盛）の旗本にて候よ」

対岸の幕府陣営には旌旗《せいき》・幟《のぼり》・馬標《うまじるし》が林立し、風に煽られている。鼓笛で軍楽を奏する物音も聞こえていた。

その様子を、渋谷甚八という人物が見て、書きとめている。

『山県（有朋）公遺稿・こしのやまかぜ』には、つぎのように記されている。

「時に土州の海援隊が乗組たる桜島丸（乙丑丸）は馬関に碇泊《ていはく》せり。依て高杉は我艦隊と共に攻撃せんことを、艦将坂本龍馬に謀りたるに、坂本は直《ただち》に之を承諾したり。（中略）進撃の日は明十七日と定め――」

長州勢は、五隻の軍艦をすべて出動させ、早暁に対岸門司、田の浦に奇襲をしかけ、緒戦をかざる計画をたてた。

晋作は、乙丑丸を操艦の熟練者である、龍馬たち社中の男たちに任せようとした。

日頃、血なまぐさい行為を好まない龍馬であったが、このときは言下に協力を承知した。

龍馬は乙丑丸で、長州軍艦庚申丸《こうしんまる》を曳航し、六月十七日の夜明けがた七つ（午前四時）頃に、海峡対岸の小倉藩領門司を攻撃することになった。

庚申丸はスクーナー型三本マストの帆船で、全長二十五メートル弱、幅七メートル弱で、左右両舷に二百匁玉筒各一挺、船首に一貫五百匁玉臼砲《きゅうほう》一挺《ちょう》をそなえ、乗組員は十七人であった。

戦闘に参加するためには、薩摩藩がうけとるのを遠慮した、長州米五百俵を、乙丑丸の船倉から陸揚げして、船脚を軽くしなければならない。

龍馬は木戸貫治に米を返却しようとしたが、いったん贈った米を引きとるわけにはゆかないと、木戸は困惑した。

龍馬は、すかさず提案した。

「尊藩が薩藩に粮米を送るがは礼であり、これを辞退する薩藩もまた見あげた態度じゃ。

けんど、こんまま米を船中に腐らすがもしょうもったいないことぜよ。そげな無益なことをするがやったら俺にくれんろうか。そいたら、国に尽くしてはたきゆう社中の報国の資として、使わせてもらうけんど」

木戸は笑って応じた。

「実に君のいう通りだ。使ってくれ」

龍馬は傍にいた人にいった。

「他人の褌で相撲《すもう》をとるというがは、このことよのう」

龍馬は、薩摩藩から貸付けられたワイルウェフ号が沈没して大勢の遭難者を出し、社中二十数人の同志を養う、今後のめどがまったく立っていなかった。

越後屋呉服店の「小遣日録」によれば、慶応二年春の米価は、一石あたり銀六百七十八・五匁と暴騰していた。金一両を銀六十匁に換算しても、十一・三両になる。五百俵は二百石になるので、二千二百六十両の価値がある。

龍馬は米を長州藩に引き渡し、その対価としてしかるべき金を手に入れたのであろう。彼はそのような要求を、木戸にうけいれさせるだけの立場にあった。

龍馬は十六日、つぎの書状を、長府藩報国隊士斥候の品川《しながわ》省吾（氏章《うじまさ》）に送った。品川はのちに陸軍少将になった人物である。

「谷氏の書状御取持ニて、私を御頼被レ遣《つかわされ》候よし、定而《さだめて》御用事可レ有レ之《これあるべし》と奉ニ拝察ニ候。今より夕方かけ、乙丑丸ニ御待申候間、何卒《なにとぞ》御来光奉レ願候。稽《けい》首《しゅ》ゝ。

十六日　龍

報国隊中

品川様　坂本龍馬

八ツ半（午後三時）頃ニハ必《かならず》、船にのり候よふ御心積可レ然《しかるべく》候。」

谷とは高杉晋作の変名、谷潜蔵のことである。高杉の紹介状を持ち、品川が乙丑丸へたずねてきたとき、龍馬は不在で、帰艦ののち、この手紙を使いに持たせてやったのである。

幕軍は強力な艦隊を海上に置き、海峡の対岸下関へ、大兵を上陸させようとしていた。

劣勢な長州諸隊は、敵の機先を制し、小倉領へ必死の攻撃をしかけるのである。

下関の豪商白石正一郎の日記にも、騒然とした人の出入りのはげしい攻撃前夜の様子が記されている。

「六月十七日七つ（午前四時）過ぎ、高杉晋作の乗った丙寅丸《へいいんまる》は、帆船癸亥丸《きがいまる》、丙辰丸《へいしんまる》を曳航し、龍馬の乗る乙丑丸は庚申丸を曳航して、田の浦と門司に分かれてむかった。

五艦はそれぞれ陸上の砲台に発砲するが、敵砲台はなぜか四つ（午前十時）頃まで沈黙しており、やがて疎《まば》らに応戦をはじめた。

壇《だん》の浦《うら》の長府藩砲台からも砲撃をおこない、田の浦へ長府報国隊、門司へ奇兵隊数百人が上陸し、田の浦の敵本陣へ斬りこむ。

田の浦にむかった三艦は、港内に入りこみ、陸兵、兵粮を運ぶ荷船およそ二百余艘を焼きはらい、黒煙は天を覆った。

高杉は陸兵と協力し、砲台を焼き、フランス式元込めの野戦砲と弾薬をことごとく奪い、人家を焼きはらって下関へ引き揚げた」

小倉沖に碇泊していた千トンの大艦富士山丸をはじめ、優勢な火力を擁する幕艦は、なぜか姿をあらわさなかった。幕府が長崎で、米人ウォールスから購入したばかりの千六百七十八トンの巨大な砲艦回天丸《かいてんまる》も、小倉沖に到着していたが、何のはたらきもあらわさなかった。

この日の海戦につき、龍馬は慶応二年十二月四日、兄の坂本権平と家族一同にあてた書状に、記している。

「七月頃、蒸気船桜嶋といふふね（乙丑丸）を以て、薩州より長州江《へ》使者ニ行候時、被レ頼《たのまれ》候而《そうらいて》、無レ拠《よんどころなく》長州の軍鑑《（艦）》を引て戦争セしに、是《これ》ハ何之心配もなく、誠ニ面白き事にてありし。

一、惣而《そうじて》咄《はな》しと実ハ相違すれ共、軍《いくさ》ハ別而《べっして》然《しか》り。是紙筆ニ指上ゲ候而も、実と不レ被レ成《なされざる》かも不レ知《しれず》。一度やつて見たる人なれば咄しが出来る。」

下関海峡をはさみ、むかいあう小倉側と長州側の戦闘の様子を、くわしく書きこんでいる。

龍馬が艦長として出撃した乙丑丸は、門司の小倉藩砲台の前面に迫った。乙丑丸は数十発の砲撃ののち、下関に引き揚げた。

曳航していった庚申丸は、錨《いかり》を下ろして砲戦をつづけ、二十発ほど被弾し、丙寅丸に曳航され下関に戻った。

乙丑丸が早々に引き揚げたのは、巌流島《がんりゅうじま》の手前で、蒸気輪に縄が巻きつき、進退できなくなったためである。

錨を下ろしても引潮なので引きずられ、船脚がとまらない。巌流島の北側には幕府、肥後、小倉の軍艦が碇泊している。

龍馬たちは戦死を覚悟したが、なぜか敵艦はあらわれない。ようやく縄を切って九死に一生を得た。

龍馬は海上から敵味方の陸兵の行動を見たが、小倉側の兵士たちは、楯《たて》を手にあちこちに集まり、戦意のないのが見苦しいほどである。

長府報国隊、奇兵隊は一列横隊になり、銃を肩にあげ、あるいは銃を立てるとき、銃剣《バヨネット》が光りかがやき、隊列は見事に揃《そろ》っていた。

田の浦港を攻めた高杉の乗る丙寅丸ほか二隻は、陸上から烈しい銃砲撃をうけた。二十四ポンド以下の砲弾であったが、三十ほど被弾し、錨綱を砲撃で切られた艦があった。

田の浦には、下関へ渡海するため、数百艘の和船を用意していたので、大部隊が駐屯しており、報国隊が上陸すると、すさまじい射撃をうけた。報国隊は二列に分かれ、左右を撃ち返しながら前進した。

長州勢は発射速度のきわめて速い元込洋銃を装備していたので、危機を脱した。

長府藩壇の浦砲台からは、数十門のモルチール砲（臼砲）で敵陣に猛射を加えた。砲弾は敵の頭上で破裂し、大きな効果をあげた。

龍馬は権平への書状に記している。

「七月以後戦ひ止時《やむとき》なかりしが、とふ〳〵十月四日と成り、長州より攻取し土地ハ小倉江《へ》渡し、以後長州ニ敵すべからざるを盟《ちか》ひ、夫《それ》より地面を改めしに、六万石斗《ばかり》ありしよし。右戦争中、一度大戦争がありしに、長州方五拾人斗打《ばかりうち》死《じに》いたし候時（軍にて味方五十人も死と申時ハ敵方合セておびたゞしき死人也。）先き手しバ〳〵敗《はい》セしに、高杉普作（ママ）ハ本陣より錦之手のぼりにて下知し、薩州の使者村田新八と色〻咄しなどいたし、へた〳〵笑ながら気を付て居る。敵ハ肥後の兵などにて強かりけれバ、普作（ママ）下知して酒樽《さかだる》を数〻かき出して、戦場ニて是を開かせなどしてしきりに戦ハセ、とふ〳〵敵を打破り、肥後の陣幕旗印抔《など》、不レ残《のこらず》分取りいたしたり。

私共兼而《かねて》ハ戦場と申セバ、人夥《おびただ》しく死する物と思ひしに、人の拾人と死する程之戦なれバ、余程手強き軍《いくさ》が出来る事に候。」

下関海戦図は、龍馬が描いたもののほかに、旧友溝渕広之丞と合作したものがある。

溝渕は英学と砲術修業のため、長崎へ留学を命ぜられていたが、探索方をも命ぜられ、上海までしばしば密航していたといわれる。

探索方であったため、下関海戦を見聞できたのである。

権平らへの書状には、ほかにもさまざま記されている。

「一、水通《すいどう》三丁目に居し上田《うえだ》宗虎防主《（ママ）》、池蔵太《（ママ）》について大和《やまと》に行しが、此《この》頃長州ニて南奇隊参謀に成て芸州之戦に幕兵之野台場を攻たりしに、中ゝ幕兵強くして破れ難し。

　上田、士卒に下知して進ミ兎角《とかく》して砲台之外よりかき上り、内に飛入しに、内ハまた外なる敵に向ひ数玉など打て盛《さかん》なりしに、上田も士卒に下知するうち、幕之大炮《たいほう》号令官と行逢《ゆきあい》、刀を抜間もなくて組合しに、敵方ハ破れぎハなり。つゞく兵ハなく宗虎方にハ部下之銃卒壱人馳《は》セ来《きた》り、ゲベールを以て打殺せしに、組討にてたをれたる処なれバ、敵をバ打殺しつれども、宗虎がうでを打抜たり。

　宗虎ハ敵をバ追払ひ其台場をも乗り取り、自身ハ手をいためし斗《ばか》り之事にて、此頃名高き高名、中ゝ花ゝ敷《はなばなしき》事と皆ゝ浦山敷《うらやまし》がり申候。此事（に）ついて只《ただ》、宗虎が親類江御咄し被レ成候得バ、喜び可レ申《もうすべく》存候。　」

上田宗虎こと宗児《そうじ》は、高知城下上町に住む四石二人扶持《ぶち》の藩士で、代々茶童職として勤仕した。

宗児はきわめて気概ある青年で、文久三年八月、吉村虎太郎、池内蔵太らとともに天誅組《てんちゅうぐみ》に加わり、大和で敗北ののち池らとともに長州へ逃れた。

そののち後藤深造《ごとうしんぞう》と改名し、第一次長幕戦で手柄をたて、長州藩から米二十俵を受けた。

慶応二年の第二次長幕戦では、芸州口で遊撃隊長として奮戦し、高田藩の隊長を討ちとったとき、右手を失った。

龍馬は、姪《めい》の春猪の婿になったという、坂本家の養子清次郎《せいじろう》に、聞かせたいとして、つぎのことを記している。

「土佐で流行している長剣は、かねていっている通り、一人に対する喧嘩《けんか》など、また昔話の宮本武蔵《みやもとむさし》の試合などであれば、たいへん都合がいいだろうが、いまどきの戦場ではよくない。大勢を指図する立場の人は、銃よりも刀を持ちたがる。

長剣もいいが、銃を所持する人は、刀を持たなくてもいい。しかし、指揮官として、そうもできないだろうから、二尺一、二寸の刀に、四、五寸ほどの短刀を持つのがいい。

戦場で退却と突撃をくりかえす乱戦のとき、敵味方が入り乱れると、剣術に自信のある人は銃を捨てるものだ。

そのため、隊中の銃がすくなくなってしまう。たとえ馬廻《うままわり》のような上士の身分の人でも、銃を持っておれば、刀を持たないでかまわない。戦場へ実際に出てみれば、さほど忙しく立ちはたらかねばならないものでもない。

「たとえ敵が鼻先へきたときでも、いくらか心得があれば、銃に弾薬を装塡する余裕は充分にあるものだ」

当時土佐藩士のあいだでは、刃渡り二尺八寸もある長剣を佩《お》びることが流行していた。

このため、新選組隊士と斬りあったとき、相手を斬り伏せるまえに、腕がくたびれてしまい、散々に敗北を喫するようなことがあった。

池内蔵太はいっていた。

いつの戦《いくさ》でも、敵と三十から五十間の距離でむかいあうとき、撃ちあいとなれば、小銃の数のすくないほうが、かならず地へ伏してしまう。

こんなとき俺は辛抱して立ちながら号令したものだと、自慢していた。

長いあいだ銃で撃ちあえば、かならずそこに十人、あちらに二十人、あるいは三、四十人も集まってきて、銘々人のかげに隠れようとする。

そうすれば、戦死者がふえてきて敗北する。

強兵は、このようにはならない。先年、イギリス兵が長州を攻め、上陸してきたとき、ばらばらと散開し、四間に一人ずつの間合をあけ、立ち並んだものである。

六月二十五日、龍馬は山口政庁で長州藩主毛利敬親に謁し、羅紗《らしゃ》生地を拝領した。

七月三日、龍馬は山口から小郡《おごおり》へ出て、下関へむかった。

翌四日、下関へ到着した龍馬は、山口にいる木戸貫治につぎの書状を送った。

「御別後、お郡（小郡）まで参り候所、下の関ハ又戦争と弟思ふに、どふぞ又やジ馬ハさしてく礼《れ》まいかと、早〻道お急ぎ度《たく》、御さしそへの人ニ相談仕《つかまつり》候所、随分よろしかるべしとて、夜おかけて道お急ぎ申、四日朝、関（下関）ニ参申候。

何《いず》レ近日拝顔の時ニ残し申候。

七月四日　　　　　　　　　　　　　　　　龍

木圭先生　左右　　　　　　　　　　　　　　」

山口から小郡まできたとき、下関でまた海戦がおこなわれていると聞いた龍馬は、案内してくれる藩士に、道を急ぎ、戦争に参加したいと頼み、夜通し歩いて戻った、という内容である。

龍馬の書状はつづく。

「猶《なお》、此度の戦争ハおりから又英船が見物して、長崎の方へ参り候ハ、おもしろき事ニ候。

追白

先日御咄しの、英仏の軍艦の関（下関）に参候ものハ、兼而《かねて》参ると申《もうす》軍艦ニてハなし。飛脚艦《ひきゃくかん》のよふなるものと相見へ候よし。

兼而来ると申舶ハ、二舷砲門の艦にて、是ハ近日又参り可レ申か。

弟思ふに村田新八が不レ来《きたらず》ハ此故《このゆえ》にてハなきか。早ゝ。」

書状の上部に、細字で二舷砲門の軍艦について、書きこまれていた。

「此軍艦ニハ『アドミラール』及『ミニストル』も参り候やに承り候。

先日参候船ハ、是ハおらざりしよし。

是も又思ふべし。」

「アドミラール」は提督、「ミニストル」は公使である。

七月三日の海戦で、長州勢は小舟に大砲三門を載せ、夜の明けないうちに小倉沖の富士山丸に漕《こ》ぎよせた。舟に乗っていた六人の兵士は、富士山丸の舷側に漕ぎよせ、蒸気釜《じょうきがま》のあたりを狙い、三発の砲弾を撃ちかけ、すぐに海へ飛びこみ、福浦《ふくうら》へ泳ぎ帰った。

この砲声を合図に、長州側砲台がいっせいに巌流島対岸の大里《だいり》に砲撃を集中し、長州勢が猛烈な攻撃をしかけた。小倉藩兵は大里を死守し、激戦を展開したので、長州の諸隊は、戦果がすくないまま引き揚げた。

長州諸隊の指揮官は、幕府の巨艦がなぜ行動をおこさないのか、ふしぎであった。丙寅、乙丑の二隻の蒸気艦を主力とする長州海軍が、幕府艦隊と戦えば、その火力に圧倒されるのはあきらかであった。

富士山丸に小舟で奇襲をしかけたのも、できるだけ牽制《けんせい》しておきたいためである。

龍馬はこのあと薩摩に戻り、戦況報告をおえたあと、長崎に戻った。

龍馬が長州を離れ、鹿児島へむかっていた慶応二年七月七日（新暦八月十六日）の正午、灼《や》けるような陽の照りつける、高知城下本丁筋《ほんちょうすじ》を、三十数人の武士の一行が西へむかっていった。

土佐藩参政後藤象二郎、幕府普請役格《ふしんやくかく》中浜万次郎以下十七人と、送り人夫二十人である。一行のうちには、

御止書《おとめがき》（書記）　高橋勝右衛門
同　森田幾七
軍艦士官事務役　由比畦三郎《ゆいけいざぶろう》

同、蒸気機関学助教　松井周助《まついしゅうすけ》

らが加わっていた。

彼らは山内容堂から、長崎と上海で外国蒸気船を購入し、樟脳《しょうのう》、紙などの国産品を売りさばく貿易をおこなう命令をうけていた。

彼らは鏡川《かがみがわ》を渡り、荒倉《あらくら》峠を越え、須崎《すさき》、窪川《くぼかわ》を経由して、四万十川《しまんとがわ》に沿う険しい山路をたどり、宇和島城下へ出るのである。

七月五日に出立する段取りをつけていたが、その日の朝、突然異国船が浦戸港外に碇泊し、六人乗りのボートが港口から入りこみ、鏡川河口まで漕ぎよせてきたので、城下は大騒ぎになった。

象二郎が万次郎を伴い異国船に乗りこんだ。それはイギリスの測量船セルヘント号であった。

船長のフロックは、ハリー・パークス公使から山内容堂にあてた親書を持参していた。一時は浦戸、種崎の諸村で早鐘をうち、足軽鉄砲隊が海岸の台場へ駆けつける騒動がおこった。

そのため、出立が二日遅れた。

万次郎は幕府直参《じきさん》となったのち、幕府軍艦操練所教授となり、咸臨丸でアメリカへ渡航した。

その後、小笠原島の開発、捕鯨などをおこなっていたが、元治元年十一月、薩摩藩の請願により、幕府は万次郎を同藩開成所教授として出向させた。

万次郎は航海、造船、測量、英語を教えた。慶応元年には、薩摩藩の要請で伊地知壮之丞を伴い、長崎へ出向き、蒸気船を購入した。

翌慶応二年春、万次郎は山内容堂の強い要望により、高知に帰国。藩開成館《かいせいかん》教授に招かれた。

万次郎は帰国すると、すぐ故郷中《なか》ノ浜《はま》へ帰り、母の汐《しお》に会った。そのとき地元の豪家、池家に泊まった。当主道之助は四十歳の万次郎より六歳年上で四十六歳、当時としては老人といってよい年頃になっていた。

道之助は士分ではなかったが、文学、剣術、砲術を学び、二人扶持、雇足軽に登用された。だが眼病をわずらい役目を辞退、一代限り帯刀御免の待遇をうけて、中ノ浜に塾、稽古場を自費で建て、子弟の教育にあたっていた。

彼は万次郎が長崎へむかうとき、同行したいと藩庁に願い出て、許された。万次郎は道之助のほかに、立花鼎之進《ていのしん》、与惣次《よそうじ》という、二人の家来を連れていた。

立花は幕府軍艦操練所以来の万次郎の英語の弟子、与惣次は伊豆網代《あじろ》の出身で、西洋型帆船、蒸気船の製造にあたった、韮山《にらやま》代官江川坦庵《えがわたんなん》のもとではたらいた、船大工であった。

象二郎たちの一行は、高岡、須崎、窪川、田野々《たのの》と四万十川沿いの道をゆく。十二日に土佐と伊予の国境、西《にし》ヶ方《ほう》と葛川口《くずかわぐち》の番所で、出切手、往来切手の手続きをして、宇和島藩領に入った。

宇和島の庄屋二人が平伏して出迎え、駕籠二挺を持ってきた。象二郎たちは駕籠に乗らず、徒歩で宇和島城下へむかった。

途中、山の峠、あるいは風通しのいい木蔭《こかげ》に薄縁《うすべり》を敷き、三、四人の男が茶や水を支度している。

象二郎は万次郎にいう。

「この暑い時分に、気のきいたもてなしぜよ」

山内容堂は、親交をかさねている前宇和島藩主伊達宗城《だてむねなり》に、象二郎を会わせるつもりであった。こののち土佐藩と宇和島藩は、協力しあい、激動する時勢に処してゆかねばならない。

池道之助は、日記に記している。

「十二日七ツ半（午後五時）頃、城下着。中浜万次郎と小生、与惣次の三人は町会所へ泊まった。後藤様は町の酒屋へ泊まった。袴をつけた人が三、四人ずつ、昼夜交替で世話をしてくれ、実にていねいである。

後藤様、中浜御両所は、伊達侯に十四、十五の両日、召しだされた。小生も若党のうちに加えてもらい、ご城内を見物した。実にきれいであった。

宇和島藩では、二十間の蒸気船を購入しており、万次郎たちにその検分を頼んだ」

宇和島から便船で十七日に豊後水道《ぶんごすいどう》を渡り、臼杵《うすき》に着き、阿蘇《あそ》の外輪山をまわって熊本へ着いたのは二十一日。熊本から海路島原を経て長崎へ入ったのは、二十五日の昼過ぎであった。

長崎では麹屋町《こうじやまち》西川易次郎方へ宿をとった。そこは、龍馬の親友長岡謙吉《ながおかけんきち》（旧名今井純正《いまいじゅんせい》）が、長崎遊学のあいだ、出入りしていた家である。

西川家は、易次郎の父主助の代から土佐藩御用達をつとめており、この年の四月二十八日に、キニッフル商会からライフル銃千百挺を買いもとめ、土佐藩に納入していた。

象二郎は、易次郎に藩庁からの達しを知らせた。

「このたび御仕置所御用につき、易次郎へ以前の通り御用達仰せつけ、五人扶持仰せつけらる」

象二郎は、二十六日から、桜馬場《さくらばば》の上宿《じょうやど》、三浦藤蔵方へ移った。

象二郎は万次郎に案内され、翌日から長崎の町なかを見物し、外国商人たちの店舗を訪問する。

　池道之助の日記に記す。

「七月二十八日、中浜氏と同道して五ッ（午前八時）頃に宿を出て、古川町《ふるかわまち》姫路屋久右衛門という貿易商をたずねる。

　それからオランダ商人のレーマンという人の家をたずね、二階へあがり酒などご馳走《ちそう》され、各種鉄砲四、五十挺を見せてもらった。

　出島というところにあるレーマンの家は、窓にはすべてビードロを張りつめ、家内は贅をつくした結構な座敷ばかりであった。

　レーマンは遠眼鏡《とおめがね》を貸してくれ、海をへだてた向かいの大浦というところを見ろ、とすすめる。

　眺めてみると、イギリス、オランダなどの洋館がつらなり、異国の景色を見るようである。

　港内には唐人、イギリス、アメリカ、オランダなどの大船が二十艘ほど、檣《しょう》頭《とう》に色とりどりの旗をひるがえし、号笛を吹き鳴らし、実に見事な景色であった」

「二十九日、空は晴れ渡り、海上は深い紫紺の色に映えている。朝から髪をゆい、宿で留守番をする。そのあいだ西洋事情を記した漢書の素読《そどく》をした。

中浜は、後藤様、由比、松井ら四、五人連れで、大浦のボードウィンというイギリス商人をたずね、夕方に帰ってきた」

「三十日も天気。五ッ半（午前九時）頃、中浜と同道し、後藤様の宿三浦藤蔵方へゆき、金子《きんす》をうけとってきた。

この日も後藤様、中浜、由比、松井はレーマンのところへ鉄砲、大砲の見本を検分に出向いた。今夜は総出で丸山遊廓《ゆうかく》へ遊びに出向き、小生は一人留守をした」

中浜万次郎は、翌朝四つ（午前十時）頃帰ってきた。

道之助は前日、鍛冶屋町の大根屋という宿屋にいる知人の田村屋庄衛をたずね、英語の勉強をはじめたいと、相談した。

「せっかく長崎にきちゅうけんど、英語の片言もしゃべれんき、いつじゃち留守番ばっかりじゃ。英語を勉学したいがやけんど、何ぞええ手蔓《てづる》はないろうか」

大根屋には、かつて長岡謙吉が泊まっていた。同宿の土佐藩留守居組下許武兵衛《しももとぶへえ》と、下代《げだい》の岩崎弥太郎《いわさきやたろう》とのあいだに揉めごとをおこし、藩下目付に捕えられる事件をおこしたところである。

庄衛は道之助のために買いもとめていた単衣《ひとえ》もの、毛織の羽織、袴を渡し、代金四両を受けとると、耳寄りなことを教えてくれた。

「いまこの宿へ溝渕さんがきちょるがじゃ。先月は長州へ戦見物にいっちょって、むこうで龍馬さんに会うたといいよったが、いまは英語と砲術の勉学をしゆう。あの人に頼んで芝田の塾へ通うたらえいわえ」

「ほう、溝渕さんがおるがか」

溝渕は藩の探索方として知られている。土佐の領内を足まめに歩きまわり、道之助も郡奉行所《こおりぶぎょうしょ》で会ったことがあった。

「いま外へ出ちょるが、あれに頼んだら、世話するがを嫌とはいわんろう」

「そうかえ、そら、えいことを聞いたのう」

道之助は宿に戻った万次郎に、相談した。

万次郎は同意した。

「お前《ま》さんがそげに思うちゅうがやったら、わいがエゲレスの手ほどきをせんといかんところやが、なにぶん毎日せわしいき、どうにもならん。ほんなら、溝渕さんに世話をやいてもらうかえ。芝田というがは、長崎の英語伝習所にいた英語通詞《つうじ》の、芝田昌吉のことかよ」

「そうですろう」

万次郎はうなずく。

「あれなら、まちがいはないろう。稽古本はわいが買うてきちゃるきに、きっちりやりや」

道之助は、前途に光明を見た思いである。

万次郎は、そののち外出の際、道之助との同行を心がけるようになった。

道之助は八月五日、万次郎に連れられ、イギリス商人グラバーの屋敷をおとずれた。日記に記す。

「朝のうちは曇り、雨がポロポロ降っていたが、やがてあがった。昼食後、中浜氏とイギリス人ガラバ（グラバー）のところへいった。

実に建物は立派で、調度のめずらしいことは、筆舌につくしがたいほどである。イギリス商人のうちでは第一の金持ちで、諸国へ店を出しているということである。

縦二十間、横六間の蔵へ連れていかれ、大砲、小銃をおびただしく見せてもらった。

そのあと屋敷に帰り、上茶、菓子などをふるまわれた。ガラバは、小生に邸内の製茶場をくまなく案内したあと、夕食をふるまった。帰るとき手をとりあい、グウリデ〳〵といって辞去した」

道之助は、製茶工場の見学がつよく印象に残ったのか、三枚の略図を描き、つぎの説明をつけている。

「五十間四方ぐらいの、四方格子窓のついた家のなかに、茶を煎《い》るかまどが室内のまんなかをつらぬき、鍋《なべ》一枚に一人ずつ、老若男女が入りまじり、肌ぬぎで茶を煎っている。

幾人ぐらいがはたらいているのかと聞けば、六百人という。実に見事である。

ガラバが召し使う人の総数は千余人であるという。

大浦異人屋敷の前の道は幅四間、外側の塀は高さ四尺ほどに三角の切石を積みあげ、目塗りをして、そのうえに垣を組んでいる。

門は緑青《ろくしょう》で塗っている。路上には十間置きに、六尺ほどの高さの銅の灯籠《とうろう》を置き、ビードロの障子のなかに、毎晩火を入れて、夜中も明るくしている。

街路樹は一丈ほどの松である。

その日、暮れ六つ（午後六時）頃より、中浜氏がご馳走をしてくれた。五人連れで丸山の料理屋小嶋屋《こじまや》というところへいった。

芸妓が六人きて、三味線を弾き、騒ぐうちに夜が更けた。九つ（午前零時）頃に、こころよく酩酊《めいてい》して帰った。大馳走であったが、代金はすべて中浜氏が払った」

幕府長崎奉行所は、長州との戦いがおこってから、製鉄所の門を厳重にとざし、余人を入場させない警戒体制をとっていた。

幕府がこんど購入する軍艦は、長さ四十間、幅六間、三本マストの巨艦である。

後藤象二郎は、

「あげな軍艦を見たら、よだれが出るのう」

とうらやましがっていた。

八月十一日の道之助の日記に、

「今日、芝田大助さまへ入門し、英書の素読をはじめた。入門樽代《たるだい》金百疋《ぴき》（当時の一疋は十文）を納めた。溝淵広之丞さまは、家来太郎同道でいった」

広之丞は、家来を使う生活をしていた。

探索方としての手当を、充分に受けていたのである。

後藤は長崎で豪遊をした。

道之助は、日記にその様子を記している。

「今日、松ケ森で後藤様が異人に馳走をされるので、小生もついていった。格別おもしろいこともないが、めずらしいことである。

出席したのは、ガラバ、従者四人、芸妓十二人、狂言役者二人、舞い踊る。酒宴の終わりは居相撲、立相撲で、ガラバたちはおおいにめずらしがった。

九つ（午前零時）頃、一同帰宅した。松ケ森というのは、吉田屋というオランダ料理屋であった。

シャンパン一本の値段は二分から三分である。芝田塾の入門料が百疋であるのを考えると、目のくらむような高値である」

八月二十三日の日記に、象二郎たちが上海へ渡航することが記されている。

「今晩、異国飛脚船で、十二時頃出帆ということで、いろいろ御用が多い。九つ半（午後一時）頃大浦へゆき、アメリカ飛脚船に乗船した。

上海へ出向くのは後藤象二郎殿、中浜万次郎殿、高橋勝蔵（勝右衛門）は、御用人勘定方としてゆく。森田幾七は中浜万次郎従者として。ほかに由比畦三郎氏、松井周助氏。しめて六人、このたび上海行」

道之助も渡航するはずであったが、象二郎の家来とのかねあいもあり、人数が多すぎるというので、とりやめになった。

万次郎がたいそう気の毒がったが、道之助はつぎの上海ゆきに同行することになる。

渡航の理由は、蒸気船、帆船を買い求めることであった。長崎には思わしい船がないので、上海へ買いにゆくのである。

一行のうち、御馬廻の由比畦三郎は、開成館軍艦局掛、軍艦士官事務役。のちに土佐藩船夕顔《ゆうがお》の船長になった。

御馬廻松井周助は、軍艦士官兼帯蒸気機関学助教。のちに開成館商法掛となり、同館の長崎出先機関である土佐商会で、岩崎弥太郎に尽力した。

森田幾七はのちの晋三《しんぞう》で、弥太郎の三菱《みつびし》創立に協力することになる。

龍馬は鹿児島から長崎に帰り、本博多町の小曾根家に、おりょうとともに寄寓《きぐう》していた。

彼は、慶応二年七月二十七日、長州の木戸に、長崎の様子を知らせる書状を送った。

「五代才（五代才助）にハ火薬千金斗《ばかり》云云《うんぬん》頼置候。

一、小松、西郷などハ国ニ居申候。大坂の方ハ大久保（利通）、岩下（佐次右衛門）がうけ持《もち》なりとて、彼レ両人の周旋のよしなり。

一、（薩軍の）人数ハ七八百上《のぼ》りたりと聞ユ。

一、幕（府）の翔鶴丸艦ハ長州より帰り、又先日出帆致し、道中ニて船をすに《（洲）》のりかけて、今長崎へ帰りたり。

一、幕ハ夷艦《いかん》を買入致す事を大《おおい》ニ周旋、今又、二艘斗《ばかり》取入ニなるようす《（様子）》。

一、幕船たいてい水夫共何故にや、将の命令を用ひず。先日モ翔鶴丸ハ水夫頭及び其外《そのほか》十八人一同ににげだし行方不レ知。

一、私共の水夫一人（随分気強キ者ナリ）幕船へのりたれバ（夫もまだたしかにハ知れず。）もし関（下関）の方へ行《ゆく》よふなる事なれバ、平生の幕船とはちがい候かもしれず、御心得可レ然哉《しかるべきや》、為レ之申上る。

七月廿七日　　坂本龍馬

木圭先生
　　左右」

翌日、龍馬は朋友《ほうゆう》の長府藩士三吉慎蔵《みよししんぞう》につぎの書状を送った。

「何も別ニ申上事なし。然《しかる》ニ私共長崎へ帰りたれバ又のりかへ候船ハ出来ず、水夫らに泣〳〵いとま出したれバ、皆泣〳〵に立チ出るも在り、いつ迄《まで》も死共に致さんと申者も在候。

内チ外に出候もの両三人斗《ばかり》ナリ。

おゝかたの人数ハ死まで何の地迄も同行と申出て候て、又こまりいりながら国につれ帰り申候。

幕（府）の方よりハ大ニ目おつけ、又長崎でも我々共ハ一戦争と存候うち、又幕吏ら金出しなどして、私水夫おつり出し候勢もあり候得共、中〻たのもしきもの斗ニて、出行ものなし。

今、御藩海軍を開キ候得バ、此人数をうつしたれバと存候。

今朝伊予の大洲《おおず》より屋鋪《やしき》にかけ合がきて、水夫両三人、蒸気方三人斗も、当時の所、拝借とて、私し人数を屋鋪より五大（ママ）才助が頼にてさし出し候。

○木圭氏に手紙○わ長崎の近時のよふを承り記したり。を送りけるが、是ハ極《ごく》内ゝを以て御覧《ラン》被《なさ》レ成《れ》候得バ、極テたしかなるたよりにて山口に迄御送被レ成度。

　　慎蔵大人　　　　　　　　　　　　　　龍

　右七月廿八日　　　　　　　　　　　　　」

龍馬は、乙丑丸乗組みの権利を失い、その見返りに薩摩藩から六千三百両の拠出を乞《こ》い、購入したワイルウェフ号を失い、社中同志、水夫の衣食に窮するようになった状況を苦しまぎれに三吉に訴えた。

当時、同志の人数は五、六十人ともいわれたが、すくなくとも二十数人はいた。このほかに水夫を加えればかなりの人数になる。

彼らを一年間養うためには、すくなくとも千三、四百両は必要である。

龍馬はその経費を海上交易によって捻出《ねんしゅつ》しようとはかったが、長州が幕軍と戦っているとき、乙丑丸を借用することもできず、船を持たない海運業者となってしまった。

このため、社中同志全員を、長府藩が海軍をひらけば雇ってもらいたいと頼んでいるのである。

おりょうとともに暮らせる楽しさを味わう暇もなく、善後策をあれこれと考え、日を過ごす龍馬であった。

伊予の大洲藩から水夫、火夫三人ずつを、五代才助を通じ派遣の依頼があったのは、大洲藩の蒸気船が、かつて薩摩藩籍であったためである。

龍馬は後藤象二郎と中浜万次郎らが長崎へきており、外国商人を連夜丸山の料亭に招き、豪遊していることを溝渕広之丞からくわしく聞かされていた。

彼は社中血気の若者たちが、武市半平太をはじめ土佐勤王党の志士を数多く処断した後藤が長崎にきたと知って、仇討《あだう》ちをするため、彼の命を狙おうとするのを、ひきとめた。

「もうちっくと待ちよりや。様子をうかごうたほうがえいかも分からん。あれは近々に万次郎さんといっしょに上海へ渡り、蒸気船やら帆船を、仰山《ぎょうさん》買うてくるいいゆうきのう。俺らあの金蔓になるかも知れんぜよ。薩摩と長州だけ頼っちゆうよりも、土佐藩の力を借る方便も考えたほうがえいこたあないかえ」

「えっ、ほんなら後藤と手を組むつもりながですか」

「そうよ。社中の力を伸ばすためやったら、俺は誰《だれ》とでも手を組むぜ。幕府に尽力したち、えいがぜよ」

「そげなことをしたら、半平太さんらあは犬死にというもんではないですろうか」

「かまん、かまん。顎《あぎ》と俺とは、前から存念がちごうちょったがじゃ。海運業をまわあえ。

興起して、国力を海外にまで進展させるがが、俺のもくろむところよ。尊王じゃ佐幕じゃいうて、そげに、こまいことばあいいよったら、世界の大勢に遅れてしまわあえ。

えいかよ、イギリスを見てみいや。日本と似いたような島国じゃけんど、いまじゃ世界でいっち金持ちの国じゃろうが。えいか、おんしらも、堅いことばあいよらんと、ちくと商法の勉強でもせんといかんぜよ」

龍馬はおりょうと暮らす日々、金策に窮しても暗い気分になることはない。

長州で木戸からもらってきた米代二千数百両は、長崎へ戻ると借金の利払い、社中の経費などに、消えてしまった。

だが龍馬は小曾根家の離れで、おりょうといるとき、溜息《ためいき》をついていった。

「外に出たら出たで、金貸しにはつきまとわれる、命は狙われるで、ひとっちゃあ気のおちつく間もないけんど、おりょうを見よったら、極楽に住みゆうような心地になるき、不思議よねえ。お前んのような別嬪《べっぴん》といっしょにおったら、咲きさかった花を見ながら暮らしゆうようなもんやき」

おりょうは笑みをふくんだ流し目で睨《にら》む。

「なにやら、わてをよろこばすようなことをいうといやすが、よそへいかはるあいだに、浮気してへんやろなあ。そんなことしたら、ただではすみまへんえ。男の持物を一生使いものにならんようにするさかい、気をおつけやすや」

龍馬は袴のまえをおさえる。

「なんぜ、俺が寝えちゅうあいに、ちょん切るとでもいうがかえ」

「まあ、そんなことどすなあ」

「そげなおとろしいことというて、めっそう、俺をこっつめなや。俺の持物が無《の》うなってみいや、いっち困るがはおりょう、お前んじゃろうが」

「いいえ、いっこうに困らしまへん。いつまでも、あんさんの傍についててあげまっせ」

龍馬は悲鳴をあげる。

「こげなおとろしい女子《おなご》と暮らしよったら、夜やちひとっちゃあ寝れんで、身が細るばっかりじゃ」

「えっ、ほんなら浮気してるのどすか」

「いんにゃ、そげなことは何ちゃあするもんか。めっそ睨まんとってくれや」

龍馬はおりょうの勘のするどさに、身がちぢんだ。

彼は熟れきった果実のようなおりょうの魅惑のとりことなっているが、丸山遊廓のお元《もと》という十八歳の芸妓と、幾度か仇枕《あだまくら》を交わしていた。

お元は、天草の漁師の娘で、おりょうとちがい、浅黒くひきしまった体つきで、痩せぎすの立ち姿に、胸の隆起が目につく。龍馬はお元に、「かわうそ」と渾名をつけていた。

八月二十三日の夜、大浦から出帆したアメリカ蒸気船で、上海へむかった後藤一行は、九月六日の九つ（正午）に長崎港へ戻ってきた。

万次郎は上機嫌で池道之助にいった。

「上海へゆくときは、夜の九つ（午前零時）に船出して、二日めの晩四つ（午後十時）頃、着いてのう。

帰りは四日の六つ（午前六時）頃出帆して、着いたがは六日の昼ぜよ。上海も近いもんじゃ」

帰国祝いに丸山へ出向くことになったが、道之助も一行に同道し、座敷ではじめてオルゴールの音色を聴いた。西洋の音曲《おんぎょく》を耳にしたのは、はじめてであった。

芸妓は十人ほど出てきて、三味線、琴、笛、太鼓、鉦《かね》などを奏してにぎやかに時を過ごした。

龍馬は溝渕広之丞から、後藤らが上海で蒸気船、洋帆船を二隻ずつ買いいれてきたと聞いた。

広之丞は上海へ幾度か渡航しており、外国商人に知己が多い。

「象二郎は、えらい遊び好きとみえるのう。芸子《げいこ》を連れて、町なかを練り歩くこともあるらしいやいか」

龍馬は鼻先で笑った。

「こっちはワイルウェフが乱板《らんぱん》しちゅうし、乙丑丸は長州に持っていかれちょるし、荒海のなかを泳ぎよるような有様じゃというに、象二郎は殿さまのお手先商法で、金を撒きゆうがじゃろうかのう」

龍馬は、寄寓先の主人小曾根英四郎が、下関で長州藩に拘留される事件が八月におこったので、さっそく菅野覚兵衛（千屋寅之助）を下関へむかわせ、長州側の嫌疑をはらそうとつとめた。

小曾根は長崎本博多町のすべての地所を所有しているといわれる豪商で、長州屋敷、薩摩屋敷の御用達で、質屋も兼業している。社中をこれまで続けられたのは、薩摩藩の西郷らの庇護《ひご》と、小曾根の援助をうけていたためである。

八月初旬、大坂へ所用で出向いた小曾根は、帰郷の際、大坂町奉行から長崎奉行への書状を托《たく》された。下関に廻船が入港したとき、長府藩検視役が船中に乗りこんできて、乗客の荷物をあらため、書状を発見して小曾根を捕縛し、入牢《にゆうろう》させた。

龍馬はその知らせをうけると、ただちに菅野を下関へやるいっぽう、下関阿弥陀寺町の本陣、町作配役《さはいやく》で、飲み友達であった伊藤助太夫と、医師森玄道につぎの書状を送り、助力を依頼した。


「　尚下の事件ハ三吉（慎蔵）兄にも御申奉レ願候。

一筆啓上　益《ますます》御勇壮大賀至極奉レ存候。

扨《さて》時勢の事ハ一二、三吉兄の方に申上候間、御聞取可レ被レ遣《つかわさるべく》候。

扨此度使さし出候事ハ、誠に小事件の可レ笑《わらうべき》事ながら、又ゝ御面遠（倒）を願奉るべしと希望仕候。

其故《そのゆえ》ハ、長崎の者小曾根英四郎と申売人、七月廿八日大坂の方より関（下関）に着船仕候。

どふか其者ハ大坂町奉行より長崎健《タテ》（立）山奉行への、手紙を懐中仕候よし。

尤《もっとも》御召捕ニ相候はずの御事ニ候。

然《しかる》ニ彼者本ト《も》悪心無レ之《これなき》ものにて候。

其故近日菅野角（覚）兵衛が蒸気船より関に参り候間、くハ敷《しく》申上候。

本ト此小曾根なるものハ、長崎ニては長州御屋鋪《おやしき》御出入の家なり。

又此頃、乙丑丸の用達を、薩より申付候由ニて、浪士等長崎ニ出てハ、此小曾根をかくれ家と致し居候ものも在レ之《これあり》。

既私らもひそみ居候事ニ候間、悪心無レ之事ハ是レヲ以《もって》御察可レ被レ遣候。

然レ共、軍法として敵国ニ通じ候ものハ、先ヅ一ト先ヅ召捕とり（ママ）正シ方仕候ハ当然の事ニ候得バ、此上疑相はれ候得バ、何卒《なにとぞ》御返の御周旋奉レ願候。且《かつ》又猶ヲ嫌疑の筋も在レ之候得バ、其まゝ御止置□（不明）まゝ、其筋御通書被レ下候よふ奉レ願候。

然時ハ、薩州人さし立テ御受取申、薩屋鋪ニ所置仕度、何卒よろしく奉レ願候。

先ハ右斗《ばかり》早〻万〻稽首〻百拝。

八月十三日　龍馬

玄道様

助太夫様

近日私しも早〻関と心がけ候うち、小倉早落城も敵がなくなりしかと思へバ、誠ニ残念ニて先、長崎ニ止りおり候。

何《いず》レ近日、再拝／＼。」

森玄道は二人扶持報国隊士の町医であった。

龍馬は、第二次幕長戦争の直後で、気の立っている長州藩兵に、小曾根が斬罪《ざんざい》に処されるようなことがあってはいけないと、迅速に救出の手をうったのである。

龍馬は、小曾根のことが気にかかってならなかったのか、かさねて三吉慎蔵につぎのような大意の書状を送った。

「去る七月二十七日と八月一日で、小倉合戦は終わり、ついに落城したと承っています。

さて御内談下さったように、尊藩は巧妙な作戦をおこなわれることと存じます。はたしてそのとき、恐るべき実力をそなえる幕府海軍が、下関海峡を封鎖するようなことは、おこらないでしょうか。

そんな事はとても実際にはおこらないと思いますが、用心のためにおたずねいたします。

小倉にもう敵がいないと思えば、下関へ出かけるのも、何となく力が抜けたように思います。

将軍（家茂）もいよいよ死去して、あとは一橋慶喜か紀州茂承かと案を練っているそうですが、いずれにしても幕府は大打撃をうけました。

かねて高名な勝安房守も、また京都に出て、ぜひ長州征伐はやめるべきと主張し、会津あたりと激論しているそうですが、なんとも片づかないようです。

幕府はこの頃英国の援助をうける見込みが、まったくなくなったようです。これは薩藩小松帯刀からの知らせです。

かねてフランス公使は、幕府の味方をしていましたが、この頃では、薩摩藩から日本の実情を聞き、フランスには薩摩藩士二人が留学して、いろいろと交流があり、いま江戸にいるフランス公使は、近日本国へ帰るということです。

これは西郷の話すところです。

この頃、薩摩が兵を京都へ送りながら、戦をはじめないのは、深い理由があります。責めてはいけません。幕府が倒れるのは、間近です。

近頃の情勢は、まずこんなところです。

さて、森玄道に手紙で依頼したことは、実に小事件ですが、もし処刑されればむごいことなので、森玄道及び伊藤助太夫から申しあげたときは、よろしくお聞きとり下さるよう、お願い申しあげます。

（下関へいっている、長崎の商人のことです）

まずは早々　　　　万稽首々」

龍馬は長崎から下関の戦況を注視していた。恩師勝麟太郎が、五月末に幕府軍艦奉行に復職していることも知っている。

麟太郎が幕府艦隊を指揮して、関門海峡にあらわれることを、龍馬は懸念していた。師と砲火を交えるような状況に立ち至りたくないためである。

龍馬は、この頃長崎に出張していた越前福井藩士下山尚《ひさし》に、つぎのように語った。

「方今鎖攘《さじょう》の説一変して討幕の議相踵《あいつ》ぎ起こる。しこうして幕府自反（反省）の念なく専横日甚だし。

恐らくは救うべからず。子以ていかんとなす。かつ子は徳川氏の親藩に生まれ、上に春嶽公（福井前藩主）を戴《いただ》き、宜しく思う処あるべし。

政権奉還の策を速やかに春嶽公に告げ、公一身これに当たらば、幸いに済ますべきあらん」（下山尚述記「西南紀行」）

いま、全国で鎖国攘夷の説が一変して、討幕論があいついでさかんになってきている。幕府はそれに気づいてもなお、反省しようとしない。専横のふるまいは、日に甚だしくなるばかりである。

幕府はいずれ崩壊するだろう。あなたはどうするつもりか。徳川氏の親藩の家臣に生まれ、春嶽公の下にいて、考えるところがあるだろう。

大政奉還の策をすみやかに春嶽公にすすめ、公が身をもって、この実行にあたれば、幸いに幕府の崩壊は免れよう、という内容である。

この案は、春嶽が採らなかったので、立ち消えになってしまった。

しかし、龍馬はこの年正月に薩長連合を周旋し、六月には長州海軍に協力して関門《かんもん》海峡渡河作戦に参加した。

それにもかかわらず、龍馬は討幕の世論をくつがえし、大政奉還をすすめている。その内心を理解するのは、たやすいことではない。

徳富蘇峰《とくとみそほう》が、『近世日本国民史』のうちで、龍馬を水陸両棲《りようせい》動物と評したが、そういう一面が、ここにあらわれている。

時勢の先を読み、幕府を完全に崩壊させるのは得策ではないと考えたのか。あるいは薩長の戦力だけでは、幕府と長期戦になったとき、耐えられないと見ていたのか。

それとも薩長と幕府を何らかの形で共存させ、日本を疲弊させないでおこうと考えたのか。誰にもつかみきれない謎《なぞ》であった。

はるかな沖へ

上海から長崎に戻った後藤象二郎は、アメリカの一等航海士の資格を持ち、蒸気船の運転に通じ、流暢《りゅうちょう》な英語で外国商人と交渉できる、中浜万次郎の協力によって、蒸気船、帆船を買い求めた。

象二郎は豪放な性格で家中に知られていた。土佐弁で荒っぽいという意の、「がい」な男といわれた。

相撲《すもう》が好きで、上士の身分をかくすため、手拭《てぬぐ》いで顔を覆い、鏡川原で町人たちにまじって夜相撲の土俵に立ち、巻き落としなどの巧みな技で、なみいる強豪をなぎ倒した。

骨格雄偉で、膂力《りょりょく》衆にすぐれた象二郎が、どうしても勝てない男がいた。下町の町人で前押しがきわめてつよく、技をしかける余裕もなく押しだされてしまう。

象二郎はこの強敵に勝つため、蔵の梁《はり》に四斗俵を吊《つ》るし、それを突きはなし、はね返ってくるのを胸、肩でうけとめる荒稽古《あらげいこ》をかさね、ついに苦手の男を制したという。

象二郎は剣の遣い手としてもすぐれており、後年京都四条縄手《なわて》で、イギリス公使パークスを襲撃した刺客二人のうち一人を、下馬するなり斬《き》りすて、首級をあげたことで勇名をとどろかせた。

細事にこだわらない豪傑である象二郎は、のちに藩船買入れについて語っている。

「慶応二年七月のことよ。わしは三千両を持って長崎に出た。そいで蒸気船五隻を買うて、さらに帆船三隻を買いいれたがよ。その値段は総計八十余万両やった。当面何のめどもないずく、この大金を引受けたがやけんど、わし一人で処置できんもんは、長崎奉行に保証印をもろうて、ようようけりをつけたこともあったぜよ」

象二郎は藩債を発行して金策をした。その処理をおこなったのが、岩崎弥太郎であった。

龍馬は、おびただしい借金をも、ものともせず、外国商人たちとともに丸山花街で豪遊をつづける象二郎とは、天地のへだたりのある窮境にいて、打開策を講じていた。

慶応二年十月三日、龍馬の手帳に、つぎの記載がある。

「三両二分也《なり》
坂本龍馬、寺内新左（衛）門、多賀松太郎、菅野覚兵衛、白峯（峰）駿馬、陸奥元次（源二）郎、関雄之助
右ハ当月何月分慥《たしか》ニ頂戴《ちょうだい》仕《つかまつり》候《そうろう》。以上。
関雄之助　印
寅《とら》何月何日
印鑑○関雄之助
右ハ印鑑を以《もっ》て、坂、寺、多賀、菅、白、陸、関七人之《の》分毎月三日、壱人当三両弐歩宛頂戴仕候。以上。
寅十月三日」

これは、薩摩藩から受けとった給金の領収証であるといわれる。

社中の運営資金は、結成以来薩摩藩の補助を仰いでいたであろうが、このときにはじめて月額三両二分が毎月三日に支払われることになり、七人分の給料二十四両二分を龍馬たちが受けとったのであると、菊地明《きくちあきら》・山村竜也《やまむらたつや》編『坂本龍馬日記』では解釈している。

給金としてはずいぶんすくなく、長崎に遊学する書生なみで、しかも社中同志

のうち七人にかぎっているのは、運営補助金という意味であろうか。
菊地氏らは、龍馬らがこのような領収証を薩摩藩に納めることになったのは、ワイルウェフ号が沈没してのち、運用する船舶がなくなった社中のために、薩摩藩が保証して洋帆船を買いとったためであると見る。
沈没したワイルウェフ号の代金が、借財として残っているうえに、さらに洋帆船を薩摩藩から買い与えてもらった龍馬たちは、同藩の雇傭人《こようにん》の立場を明確にしなければならなかったのであろうか。
龍馬の手帳には、月を記載していないが、給金の記述のまえに、船を買いいれた記述がある。
「船買主与三郎
　請人《うけにん》　小曾根英四郎
　周旋　多賀ナリ
廿二日　プロイセン商人チョルチーに面会ス、船買入及商法ヲ談ズ。
廿三日　船見分《けんぶん》此日夷人《いじん》ヨリモ奉行へ引合、邸留守居へ談ズ。
廿四日　朝、邸留守居に行、
　但留守居ハ汾陽《かわみなみ》五郎右（衛）門也。（汾陽は、薩摩藩邸留守居役である）

廿五日　朝五時頃《ごろ》呉平三郎亜商と取替ゆる証文案紙成ル」
廿八日　船受取

船の買主は、鳴海屋《なるみや》与三郎という商人で、保証人は小曾根英四郎となっているが、取引は、薩摩藩の承認がなければおこなえなかったという、菊地氏らの推測は納得できる。

このとき買いいれた洋帆船は、「大極丸《たいきょくまる》」と命名され、のちの海援隊士が乗り組み航海し、慶応三年七月に、薩摩藩が土佐へ売却したと、勝海舟のあらわした『海軍歴史』中の「船譜」に記されている。

慶応二年十一月、社中同志と多難な前途をきりひらこうと苦慮している龍馬は、長崎に滞在している旧友溝渕広之丞に、つぎの書状を送った。

「先日入ニ御聴一候《そうろう》小弟志願略《ほぼ》相認候間、入ニ御覧一候。小弟二男ニ生れ、成長ニ及まで家兄に従ふ。上国ニ遊びし頃、深《ふかく》君恩の辱《かたじけなき》を拝し海軍ニ志あるを以、官請爾来《かんにこいじらい（ママ）》殴（四字棒消し）心刻骨、其《その》術を事実ニ試とせり。独《ひとり》奈《いかん》せん、才疎《おろそか》ニ識浅く、加レ之、単身孤剣、窮困資材ニ乏《とぼしきゆえ》故に成功速《すみやか》ならず、然《しかる》に略海軍の起《ごと》歩をなす。是老兄の知所なり。数年間東西に奔走し、屢〻《しばしば》故人に遇て路人の如くす。人誰《たれ》か父母の国を思ハざらんや。然ニ忍《しのん》で之を顧ざるハ、情の為《ため》に道に乖《もと》り宿志の蹉躓《さち》を恐るゝなり。志願果して不レ就《ならずん》バ、復何為《またなんのため》にか君顔を拝せん。是小弟長く浪遊して仕禄《しろく》を求めず、半生労苦辞せざる所、老兄ハ小弟を愛するもの故、大略を述《のぶ》。御察可レ被レ下《くださるべく》候。

十一月　　頓首《とんしゅ》　　坂本龍馬」

先日お耳にいれた私の志を、ほぼこの書状にしたためましたので、ご覧下さい。

私は二男で、成長するまで兄のもとにいました。江戸に遊学したころ、君恩に酬《むく》いるために、海軍に志があったので、藩庁に乞《こ》い、一生懸命に操艦術を身につけようとしてきました。

しかし才能に乏しく知識は浅いうえに、単身孤剣を抱き、常に困窮し、資材に不自由したために、奔走するもすみやかに成功しませんでした。

しかし、ほぼ海軍のかたちをととのえたのは、貴兄の知るところです。

数年間東西に奔走するあいだに、しばしば土佐藩の上士たちに会い、知らぬ顔をして通り過ぎました。

人として父母の国を思わないものがあるでしょうか。望郷の情を耐え忍んで故郷の人にも気づかぬふりをしたのは、情のために道を踏み誤り、宿志を遂げられなくなることを、おそれたためです。

志を達することができなければ、どうして君公の御顔を拝することができましょうか。これは私が長く浪人として天下を往来し、仕官することなく、半生の労苦を辞さないところです。

貴兄は私をかわいがってくれるので、ここに日頃の志を述べるところです。お察し下さい。

この書状には、郷士の弟として家中最下層の身分であった龍馬が、脱藩者として横目付《よこめつけ》からつけ狙《ねら》われた、危険にみちた年月の感慨がしるされている。

脱藩者はわずかな同志と連絡をとりあい、いつ命を落とすかも知れない浮浪の生活を送り、大半は戦場で死ぬか、敵に襲われ路傍に倒れる。

溝渕は旧友龍馬が、社中同志を率い資金に困っているのを見て、彼を後藤象二郎に引きあわせようと考えていた。

龍馬は前便にひきつづき、広之丞につぎの書状を送った。

「拝啓候。

然ニ昨日鳥渡《ちょっと》申上候彼《かの》騎銃色ゝ手を尽し候所、何分手ニ入かね候。先生の御力ニより候ハずバ外ニ術なく御願の為参上仕候。何卒《なにとぞ》御願申上候。

彼筒の代金ハ三十一両より三十三両斗《ばかり》かと存候。うち今一所より申来候もの四十金と申候。あまり法外に高金と存候まゝ無㆓余儀㆒先生を労し奉候。

宜《よろ》しく御聞込可レ被レ下候。

十六日　　頓首

才谷梅太郎

溝淵広之丞先生

左右」

龍馬は土佐藩の求める騎銃を手にいれるため、周旋していたのである。

龍馬が溝淵広之丞にあてた二通の書状のうち、最初のものは、広之丞が武藤《むとう》颿《はやめ》という土佐藩御馬廻《おうままわり》の上士の依頼により、龍馬の存念を聞こうとして書かせた返答書であるという。

この存念を吐露した文章は、非常な名文で、このボキャブラリーは龍馬のものではなく、おそらく長岡謙吉のものであろうと、高知の史家山田一郎《やまだいちろう》氏は推測されているが、その着目は正しい。全文にただよう詩的な風韻が、磊落《らいらく》な龍馬の文章とはちがうと感じるためである。

龍馬は、慶応二年十二月四日付の「坂本権平、御一同様」にあて、送った長文の書状の冒頭に、武藤颿と路傍でゆきあったことを記している。

「一、今春上京之節伏見にて難にあい候頃より、鹿児嶋に参り八月中旬より又長崎に出申候。

先日江《え》ノ口《くち》之人溝渕広之丞に行あひ候而《そうらいて》、何か咄《はな》しいたし申候。其後蒸気船の将武藤早馬（颿）に行逢《ゆきあい》候得ども、是ハ重役の事又ハ御国に帰れなど云ハれん事を恐れ、しらぬ顔して通行《すぎ》しに、広之丞再三参り、私之存念を尋候ものから、認《したた》め送り候処、内々武藤にも見セシ様子。

此武藤は兼而《かねて》江戸に遊びし頃、実に心路《こころ》安き人なれバ、誠によろこびくれ候よし。旧友のよしミは又忝《かたじけな》きものにて候。其私の存念は別紙に指上《さしあげ》候。御覧可レ被レ遣《つかわさるべく》候。」

この文面によって、十一月のうちに、龍馬は武藤颿とゆきあい、気づかぬふりをして通りすぎたが、颿は旧交のあった龍馬の身の上を案じ、広之丞を通じ、存念をたしかめさせた経緯が分かる。

颿は実名正毅《まさよし》。実兄清八は御山奉行、郡奉行《こおりぶぎょう》などをつとめた。颿は分家の武藤家の名跡を継ぐ。天保五年生まれで、龍馬より一歳年上である。

「御侍中先祖書系図牒《ちょう》」（高知県立図書館蔵）によれば、颿は文久二年十一月、御船奉行（仁井田《にいだ》御定詰《じょうづめ》）、同三年十一月、御軍艦習練御用、慶応元年五月、小目付役、同七月、御銀奉行、国産役兼帯を歴任し、慶応二年七月、軍艦第一等士官、事務役、蒸気機関学助教、軍艦局頭《かしら》、関船局御用兼帯をつとめ、土佐藩海軍の代表的専門家であると、山田氏は述べておられる。

龍馬が江戸で築地《つきじ》藩邸から桶町千葉の道場へ稽古に通っていた頃、武藤颿は築地か鍛冶橋《かじばし》藩邸にいて、英学を学んでいたといわれる。颿は土佐藩の上士、下士、郷士の対立など気にせず、龍馬や広之丞と親交をむすんでいた。

颿は長崎にきていた当時、土佐藩軍艦局頭をつとめていた。彼は新規買入れの軍艦を受けとりにきていたのであろうか。

偶然道ですれちがった龍馬を見て、その生きかたを知りたがったのは、旧友をなつかしむ優しい感情が動いたためであろう。

武藤颿は明治になって真田庵《さなだいおり》と改名した。山田一郎氏は、明治七年の官員録を見て、参議兼海軍職勝安房（海舟）、大輔《たいふ》兼海軍中将川村純義、そのつぎに大丞《だいじょう》として赤松則良《あかまつのりよし》（静岡）、肥田浜五郎《ひだはまごろう》（東京）、真田庵（高知）の名をつらねているのを知った。

明治期の海軍を創始した重鎮のうちに、颿が名をつらねているのは、龍馬を通じて勝海舟とつながりを持ったためかも知れないと、山田氏は指摘される。

土佐藩では、上士の子弟のあいだに、盛組《さかんぐみ》という、威勢のいい若者の集団があったことは、前に記した。

颿は後藤象二郎、由比畦三郎《ゆいけいざぶろう》らとともに、似通った年頃の盛組の朋輩《ほうばい》であった。

颿が名跡を継いだ武藤家の九代正利も、おなじ年頃で、盛組の巨魁《きょかい》といわれた乾退助とともに、乱暴をはたらき、安政三年七月、藩庁から知行高のうち十石の減石《げんこく》をうけた。

退助は、不埒《ふらち》の至りといわれ重罰をうけた。総領職没収、城下ならびに四カ村禁足の処分をうけたのである。

正利は早逝し、騆が名跡を継いだ。そのような過去の経歴により、騆は象二郎と当然親しい間柄であった。

騆は社中の運営に苦慮している龍馬を、象二郎に引きあわせ、土佐藩を背景にはたらかせようと、溝淵広之丞と相談をはじめた。


中浜万次郎の家来として、長崎で英語の勉強をしていた池道之助は、十月二十四日の夜半に、中浜万次郎の供をして長崎を出帆、上海にむかった。

道之助の日記にしるす。

「廿三日、天気。今朝、後藤（象二郎）様の宿へ呼び出され、上海行きの儀申渡される。（後略）

廿四日、天気。今晩上海行の船へ乗船の予定で、夜五つ（午後八時）頃オランダ国アデラントという蒸気船に乗った。

キイオンという人、中浜万次郎、松井周助、橋本喜之助、こんたや清平、予が、八つ半（午前三時）にアデラント号で長崎を出航した」

これまでいつも留守居役を命じられていた道之助は、ようやく上海行きの願望がかなった。

船は西風に乗り、順調に航海をつづけた。

「廿七日、少々雨が降り、浪《なみ》もあったが、上海に近づいた。百五十里ほど手前から潮の色が赤土のように変わり、濁ってきた」

百五十里といえば約六百キロである。そんな離れた海上まで、揚子江の濁流が流れ出ているはずはない。

里は唐里（一里＝約五四〇メートル）であろう。

長崎、上海間が、直線コースでおよそ七百キロである。

「五十里ほど沖に、案内船が錨《いかり》を入れていた。こちらの船をみると、艀《はしけ》に六人の男が乗って迎えにきたが、アデラント号は上海に幾度も航海しているので、手を振って返した。

案内船は夜になると、柱の上に灯明《とうみよう》をつける。その辺りから上海のほうを見ると、舟が浮かんでいるように見える」

「もっともこの地、五百里四方山なし。平地ばかりである。七つ（午前四時）上海に着いた。上陸してイギリスの旅人宿アシタハウスというところへ入った。中浜、松井は下の部屋、余らは二階にいる。飯のときはドラを打って知らせる」

「廿九日、天気。一同港へ出かけた。私と清平は留守番をいいつけられたが、部屋に錠をかけ、近所の店屋を見物に出た。

唐人が大勢歩いていた。

午後になって、万次郎が帰ってきたので、アメリカ人の犬が芸をするのを見物した。実によく芸を教えていて感心する。

夜、五人連れで星国盆湯（銭湯のようなものか）へいった。途中で一人の唐人が頼みもしないのについてきて、湯屋へ案内してくれるようである。

三丁ほど歩いて、ある店に入り、その男がなにかいうと、店の者が木綿の手拭いをだしてきた。風呂屋《ふろや》ではなかったので、皆大笑いをしてそこを出て十丁ほどゆくと、盆湯という看板の店があり、なかへ入ってみると風呂屋であった。

焼物の盥《たらい》のようなものに湯をみたし、手拭いで体をこする。ときどき線香をたてにくる。一人前二百文である。

帰途、女郎屋をのぞいてみた。道からすぐ梯子《はしご》がかかっているので、あがってみると四畳ほどの部屋であった。寝るところは仏壇のような形の寝台を置いていた。女三人、男二人がいたが、室内の汚いことはあきれかえるほどであった。

蜜柑《みかん》などを持っていたので、女郎たちにやり、大笑いしてそのまま帰った」

「十二日、天気。今朝、中浜、松井ら五人と同道して買い物にいった。中浜は七ドルでこうもり傘を買った。

それから蒸気船の試運転にゆく。十里ほど航行した。一刻《いっとき》（二時間）に七里ほど行った」

道之助は、十一月十八日に長崎に帰港した。彼は六ドルで上着、パッチを買いもとめ、異人風の衣服を身につけ、満足していた。

十二月二十日、道之助は日記につぎのように記した。

「今日聞くところによると、溝渕広之丞が十一月中に英船に乗り、どこの国へいったのか分からないそうである」

溝渕広之丞は、十二月初旬に長州へむかっていた。

龍馬は十二月十五日、木戸孝允あてにつぎの書状を送った。

「益《ますます》御安泰奉二大賀一候。

然に先日は薩行被レ遊《あそばされ》候と承り候得ども、長崎ニ於《おいて》も折あしく御面会申不レ上実失敬のヿ《コト》、此頃ハ赤（赤間関《あかまがせき》）廻《まわ》りニて御帰国と奉レ存候所、存外御手間とり候て昨日御帰りと先刻承り候。弟此度ハ万ゝ御礼も申上、少ゝ御聞（耳）ニ達し置度事も在レ之候て御尋仕候。

又承り候得バ、早明日御出船と、定而《さだめて》此頃御多用ニ候べしと奉レ存候得バ、事ニより近日山口までも御尋申べきかと奉レ存候間、何卒御面遠（倒）ながら御足お止められ候所を一筆御印《おしるし》置《おき》可レ被レ遣《つかわさるべき》よふ奉レ希《のぞみたてまつり》候。
頓首
十五日
追白、弟唯今ハ伊藤助大夫（ママ）ニとまり居申候。
再拝〻
坂本龍馬
木圭先生机下」

木戸は十二月十四日、鹿児島で薩摩藩主島津忠義に会い、下関に到着したのち、十七日に山口に戻った。

龍馬は溝淵とともに、下関阿弥陀寺町伊藤助太夫方に泊まっていたが、長州と土佐の接近をはかるために、溝淵を木戸に引きあわせようとしていた。

龍馬は溝淵とともに山口へ出向いても、木戸に会おうと考えていたが、ぐあいよく木戸と連絡がつき、下関で溝淵を木戸に引きあわせた。

木戸が十九日付で、龍馬に送った書状があり、つぎのような内容である。

「このたびは、せっかく遠路わざわざ溝口（淵）君がおいで下さったのに、なにかと忙しくて始終失敬ばかりはたらき、何とも恐れいりました。

この段、あなたから悪《あ》しからずおっしゃっておいて下さい。またこの品はまことに軽少で失礼かと思いますが、御餞別《おせんべつ》のしるしまでに溝口君にさしあげて下さい。このことも、よろしくお願いします。

なお先日は失敬をもかえりみず、従来の国情をお話し申しましたが、元来の行きがかりからみて、一朝一夕に弊藩と尊藩が協力にこぎつけるのはむずかしいと思います。

しかし貴国のほうでお望みならば、何としても御周旋いたしましょう。

今度も当方の真意をうちあけ、お話ししました。溝口君は御承知下さったようですが、実際には両国がこれまでの疑惑を氷解するのは、なかなかむずかしいことと存じます。

しかし、溝口君にわざわざお越しいただいたことは、ありがたく存じています」

龍馬と溝淵は、海路をとり三田尻から山口へ帰る木戸と同行し、山口へ出向いた。

溝淵は会談のあと下関に戻るが、龍馬は山口に残った。

龍馬はこの頃、長崎と長州のあいだを足繁く往復している。それは、長州藩と薩摩藩が共同の名義で商社をつくり、下関海峡の管理をおこなう話しあいを、かわすためであった。

　龍馬は十一月下旬に薩摩藩五代才助とともに下関で、長州藩政務座役広沢兵助（真臣《さねおみ》）と交渉し、薩長合併商社を設立する計画をとりまとめた。

『維新土佐勤王史』には、つぎの箇条書が議定されたと、記されている。

「慶応二年寅十一月、於馬関相対候事。

　薩藩五代より長藩広沢請取。

　商社示談箇条書
一、商社盟誓之儀は、御互之国名をあらわさず、商家の名号あい唱え申すべきこと。
一、同社中の印鑑は、たがいに取り替え置き申すべきこと。
一、商社組合のうえは、たがいに出入帳をもって、公明の算をあらわし、損益は半折すべきこと。
一、荷方船三、四艘《そう》あい備え、薩藩の名号にして国旗あい立て置き申すべきこと。
一、馬関通船の儀は、何品《なにしな》を論ぜず、上下ともになるべく差しとめ、たとえ差し通さず候ては叶《かな》わぬ船といえども、改めあい済まざる趣《おもむき》をもって、なるべく引きとめ置き候儀、同商社の最緊要たる眼目に候こと。

一、馬関通船あい開き候節は、日数二十五日前、同社中へ通信のこと」

この商社設立案は、五代才助が考案したもので、薩長共同出資の商社により関門海峡を管理し、通過する船舶をすべてさしとめ、積荷をおさえ、仲介貿易をおこなうのが目的である。

社中の経営がゆきづまっている龍馬は、実現すれば巨利を得られる下関海峡封鎖案を支持したが、長州藩では賛成しなかった。

木戸孝允が藩の使節として鹿児島へおもむくとき、毛利敬親は命じた。

「たとえ両藩の輯睦《しゆうぼく》を破るも、決して賛同すべからず」

海峡を封鎖して得る利益よりも、天下の批判を浴びることをおそれたのである。

龍馬が一挙に巨利を得て、社中を窮境から救おうという目論見《もくろみ》は、実現しなかった。

溝渕広之丞は、山口に数日滞在するという龍馬にいった。

「そりゃそうと、お前《ま》んもたいて大仕事はしゆうけんど、いつまでたったち、ひとっちゃあ金運がめぐってこんのう。こんまま薩長の手助けをしよったら、しまいにゃあ社中の同志も解散せんといかんなるろう。そこまで追いつめられるよりゃあ、いっそこっそ象二郎と手を組んで、土州の威光を背にしてはたらいてみたらどうぜ」

龍馬は声もなく、うなずいた。

「薩摩にゃ大極丸を買うてもろうたけんど、また一万両ばあの船価を払わせたきのう。乱板《らんぱん》したワイルウェフの借財とを合わせると、こじゃんとはたらいたち、にっちんもさっちんもならん。

この際じゃき広やんには本心をいうけんど、俺《おれ》は薩摩にゃ恩になっちゅうきに、なんぼはたらいたち頭があがらんがじゃ。それにひきかえ長州は、幕府との一戦に勝てたがは、社中の俺らあが、銃砲、蒸気船を買う手引きをしたきに、そのお陰じゃと恩人のように思うてくれちゅう。俺にしたら鹿児島におるよりゃ、下関におるほうが、何層倍も居心地がえい。町年寄の伊藤助太夫とも気が合《お》うちょるしのう。

なんというたち、幕府を相手にしての戦争に勝った長州の底力は、軽うは見られん。こん先は、長崎よりも下関の商人《あきんど》らあが、頭をもたげてくるじゃろうと、俺は見ちゅうが」

溝渕はうなずく。

「そうかも知れん。これまで長州は薩州を頼りにしちょったけんど、じこじこ力をつけてきて、いまじゃ対《たい》のつきあいになっちゅう。お前んの考えは、えいところをついちゅうにかあらん。

俺は前から思うちょったけんど、お前んと社中の士官らあは、蒸気船の操船にかけては手練《しゅれん》の者どもじゃ。どの藩からも引っぱり凧《だこ》になるばあの新知識を持っちょきながら、亀山の白袴《しろばかま》というて、事があれば刀を抜いてあばれまわる、ならず者《も》んみたいに、長崎じゃいわれゆうろうが。それは薩長のあいだをとりもちゆううちに、わが身をかえりみるがすくのうて、運がつかんかったからじゃ。

それよりゃ、後藤象二郎と手を結び、土州の家中の者んとしてはたらいたほうがえいろう。大極丸は、何やったら後藤に頼んで薩藩から買いとってもえいがぜよ」

「けんど、後藤が吉田元吉っつぁんの首をとった勤王党の片割れの俺らあと、手を組むろうかのう」

「そりゃあ、あいこじゃろ。後藤は顎《あぎ》（武市半平太）をはじめ、勤王党の錚々《そうそう》をかたっぱしから牢死《ろうし》させよったきのう。お前んらあにとっちゃ、不倶戴天《ふぐたいてん》の仇《かたき》じゃき、あれにも負い目はある。たがいのことじゃいか。

そげな昔のことは忘れて、ここで手を組んだら、お前んらあは大けな芝居を打てるぜよ。薩長に肩をならべ、土州を盛んならしめるがじゃ」

「広やん、象二郎がちっくと前から、長崎に貨殖局をひらいたがを知っちゅうろう。なんでわが身をひっさげて出てきおったがじゃろう。長崎にゃ狼《おおかみ》のごとき社中の者んらあがおって、首を狙われると思わんかったがじゃろうか」

広之丞は、肩をゆすって笑った。

「象二郎は猪《いのしし》じゃき、前を向いて走りだしたら、もう足がとまらんがよ。一遍会うてみいや。なかなかえい男ぜよ」

土佐藩が吉田東洋の遺策を活かし、高知城の東方九反田《くたんだ》に、開成館を創立し、軍艦、貨殖、勧業、捕鯨、鉱山、火薬、鋳造の各局のほか、医局、訳局を設けたのは、慶応二年二月であった。

開成館の運営を司《つかさど》ったのが後藤象二郎で、中浜万次郎を薩摩藩から呼び戻すよう、山内容堂に進言したのも彼であった。

貨殖局は、土佐の物産を藩外に売り、得た金で銃砲、軍艦を買うために設けた部局で、大坂と長崎に出張所を置いた。

象二郎が万次郎らをともない、長崎に出てきたきっかけは、長崎出張所がプロシャ人のキニッフル商会とのあいだに、銃器の売買交渉をしたが、その取りきめが土佐藩に損害をもたらすことが分かったので、それを解決するためであった。

貨殖局出張所は、キニッフル商会とのあいだに、土佐国産の樟脳《しょうのう》を抵当に三万ドルを前借りし、エンピール銃を一挺《ちょう》当たり十三ドルで購入する約款をむすんだ。

だが、その条件では土佐藩が非常な損失をこうむる。象二郎は下僚を長崎に出張させ、約款内容を変更させせようとした。

ところがキニッフル商会は、解約に応じることなく、強硬に権利を主張した。

「約款を取消すならば、軍艦を高知に廻航《かいこう》させ、藩庁と談判して、しかるべき賠償をとろう」

気性の激しい象二郎は、その報告をうけると、せせら笑った。彼は武力で恫喝《どうかつ》しようとする相手には、これを粉砕しかねまじいすさまじい闘志を燃やす性癖がある。

広之丞は語った。

「象二郎は長崎にきて、キニッフルとの揉《も》めごとはすんぐに片づけてしもうた。外国人は、こってい牛のごとき象二郎に会うて、辟易《へきえき》したがじゃ。けんど、象二郎には、大風呂敷をひろげる癖がある。

茶屋遊びも好きで、やりだしたらとまらん。船も蒸気船やら洋帆船やら買うて大けな借財をしちゅうがよ。実はのう、お前んのことを武藤颿が気になってたまらんいうて、象二郎にお前んの存念をいろいろ語ったがじゃ。

ほいたら象二郎はお前んに会いたいといいよったと。そんなわけでのう、たがいに顔をつきあわせ存念をうちあけたら、思いがけん道がひらけるかも知れん。

藩には蒸気船を動かせる士官の数が少ないき、社中の者んらあが帰藩してくれりゃ、このうえのことはないわよ」

「帰藩ということになりゃあ、後藤の一存とはいかんじゃろうが、まあ、話しあうぐらいなら会うてみてもえいねや」

龍馬は広之丞のすすめを、うけいれた。

薩長連合に大きな役割をはたし、諸国有志のあいだに高名の知れわたった龍馬であったが、たしかな後楯《うしろだて》のないまま、運営資金にも窮する彼にとって、帰藩は願わしいものであった。

龍馬は、ひとりごとのようにつぶやいた。

「俺のような者んが、なんぼ背のびしてみたところで、やることはたかが知れたもんよ。土州の金と力を頼りにできるがやったら、このうえもない話ぜよ」

龍馬が薩摩藩外国掛の五代才助と組み、長州へ銃砲、蒸気船を売りこみ、社中同志とともにめざましい活躍をしているという噂《うわさ》は、諸国にひろまっていた。

だが実情は、龍馬が五代のためにはたらいて、得た利潤のほとんどを薩摩藩に渡していたので、社中の財政はいつまでたっても豊かにならない。

ワイルウェフ号沈没の痛手が、龍馬を再起不能の状態におとしいれていた。その窮地から脱出するために、大極丸を買いいれてもらった龍馬は、その恩にむくいるため、気にそまない阿漕《あこぎ》な取引もやらざるをえない。

長崎のオランダ人ボードウィンが所有するアビソ号という、鉄製内輪船を龍馬が仲介して伊予大洲《おおず》藩へ、四万二千両で売りつけたのは、慶応二年七月であった。長崎の武器商人のあいだでは、アビソ号の価格はせいぜい三万両と見られていたので、大洲藩は割高な買い物をしたことになる。

ボードウィンは、オランダ陸軍軍医で、文久二年に長崎にきた。医療をおこなうとともに、弟子をとり、医学を伝授する。そのあいまに、諸藩の依頼に応じて蒸気船、銃砲の売買斡旋《あっせん》もしていた。

ボードウィンは、慶応元年に、アビソ号を薩摩藩から購入した。イギリスで一八六二年に建造され、翌年の文久三年に薩摩藩に売却した船である。

薩摩藩では、薩英戦争のあと、急速に海軍力を増強し、元治元年から慶応元年にかけての一年余りのうちに、十隻の船舶を購入したので、小型のアビソ号が不要となったため、ボードウィンに売ったのである。

アビソ号は内輪蒸気船、四十五馬力、積載量百六十トン。イギリスのギリーノックで建造された三本マストの鉄製船で、薩摩に購入されると、安行丸《あんこうまる》と命名された。

五万石の小藩の大洲藩が、蒸気船を購入したいと思い立ったのは、西洋の銃砲、軍艦の威力をそれまでに知っていたからである。

文久三年五月十日、かねて攘夷《じょうい》決行の日と幕府がきめていた日に、長州藩軍艦庚申《こうしん》、癸亥《きがい》が、下関田の浦沖に碇泊《ていはく》していた、二百トンのアメリカ商船ペンブローク号を砲撃した。

さらに二十三日朝、フランス通報艦キャンシャン号が下関豊浦《とよら》沖で砲撃をうけ、浸水し死傷者を出したが、そのまま上海へ逃れた。

二十六日にはオランダ軍艦メデュサ号が関門海峡で砲撃をうけ、損傷した。

六月一日になって、アメリカ軍艦ワイオミング号が関門海峡に入り、長府城山、壇の浦、亀山などの砲台から放たれた砲弾で戦死者を出しつつ、一時間十分のあいだに五十五回砲撃して、庚申丸、壬戌丸《じんじゅつまる》を撃沈して去っていった。

六月五日、フランス東洋艦隊の旗艦セミラミス号と、コルベット艦タンクレード号が下関を砲撃した。

セミラミス号は、三十五門のライフル砲から六十ポンドの弾丸を発射し、砲台を片端から破壊沈黙させたのち、陸戦隊を上陸させ、砲台の大砲を破壊、放火し、火薬庫の火薬弾丸を海中に棄《す》て、夕刻に去っていった。

翌六月六日の夕刻、鷗《かもめ》の啼《な》き声だけがひびきわたる夕凪《ゆうなぎ》の大洲藩長浜沖に、幻影のような大船があらわれた。

千石積み、五百石積みの廻船とは比較にならない、巨大な船である。浜番所の役人が遠眼鏡《とおめがね》でたしかめると、舷側《げんそく》に針鼠《はりねずみ》のように大砲を装備した軍艦であると分かった。

軍艦は急速に海岸に迫り、二十丁ほど手前で停止すると、バッテイラを下ろし、浜に着けると異人があがってきて、水をくれという。通詞《つうじ》が番所役人に、幕府神奈川運上所の書きつけを示し、飲料水の積込みを要求する。役人たちは、応じないわけにはゆかなかった。

藩兵が総出で追い払おうとしたところで、大砲を撃ちこまれると全滅するだろう。役人たちはやむなく応じた。

帆をあげず、外輪で水を搔《か》き、滑るように海上にあらわれたのは、フランス艦隊旗艦であった。

七月になると、薩摩藩がイギリス東洋艦隊の攻撃をうけ、善戦撃退したが、城下の大半が砲火によって焼かれた。

翌年の八月五日には、さらに横浜からイギリス、アメリカ、フランス、オランダの四国艦隊が、下関沖にあらわれ、関門海峡航行の自由を拒んだ長州藩の砲台にむかい、二百七十余門の大砲を発射した。

戦いは艦隊の火力が砲台を圧倒する一方的な攻撃に終始した。後装式百十ポンドアームストロング砲の威力は、日本人がはじめて目にするものであった。

大洲藩主加藤泰祉《かとうやすとみ》の姉千賀《ちか》は、長府藩主毛利元周《もうりもとちか》の室であったので、洋式軍艦、火砲の威力をくわしく知らされた。

家老の大橋播磨《はりま》と加藤玄蕃《かとうげんば》が、長州へ軍艦購入を斡旋した龍馬と五代才助に、蒸気船購入の交渉をはじめたのは、慶応二年正月頃であった。交渉はいったん中断されていたが、大洲藩郡中奉行国嶋六左衛門《くにしまろくざえもん》と、船手奉行所下目付井上将策《いのうえしょうさく》が、同年六月に長崎へ出張して五代才助に会い、買付けを依頼してきた。龍馬は、おりょうとともに三カ月近くを過ごした鹿児島から長崎に、桜島丸（乙丑丸）で着いたばかりであった。

龍馬は藩外の事情にうとい国嶋六左衛門に、アビソ号を高値で買わせるのに成功した。

五代才助は、手続きをすべて龍馬にさせようとした。

「アビソ号については、尊藩ご所望の儀を、宇和島藩物産方より聞き及び、社中の坂本龍馬に申し伝えておい申す。

アビソ号は新造蒸気船で、小型でごわすが値も手頃ゆえ、買いたかと申して参る向きが多うごわす。

しかし船主ボードウィンは、坂本とことのほか昵懇《じっこん》で、坂本がうんといわねば、いずれへも売りもはん。坂本は十三日の朝に長崎を発《た》ち、馬関へいくということゆえ、それまでに相談なさればようごあんそ。まずは社中へ出向かれ、名札を通じておかれるがよか。坂本はいま留守でごわすが、一両日のうちに戻りましょう」

五代は長崎の女性とのあいだに一女をもうけ、豪商永見伝三郎《ながみでんざぶろう》に預けていた。ヨーロッパに遊学し、洋服断髪の似合う才助は、薩人とも思えない、おだやかな応対をした。

社中の壮士たちは、町はずれの亀山という南西にむいた山の中腹にある、平屋の建物に住んでいた。

寺町通りの坂道をしばらく歩くと、急勾配《こうばい》の石段になる。坂の途中には、ちいさな祠《ほこら》があり、地蔵をまつっている。

案内の薩摩藩士がいう。

「この先の深崇寺《じんそうじ》と禅林寺《ぜんりんじ》のあいだの坂を登れば、亀山ごわす」

「この辺りは、人家がすくのうござるが」

薩摩藩士は、笑っていった。

「土地の者は、亀山の白袴といい申すが、それは乱暴者《ぼっけもん》のことごわす。それで町なかに住まわせりゃ危なかゆえ、人里離れた山中に住ませておい申す」

社中の玄関でおとなうと、白袴に刺子《さしこ》の稽古着姿の若者が出てきた。

来意を告げると、事情を知っていて答えた。

「坂本はいま五島に渡っておりますけんど、明晩には戻《も》んてきます。ご貴殿方には明後日の十二時頃、本博多町の小曾根英四郎宅へお越し下さい。坂本はそこで、薩藩五代才助殿とお待ちしちょります」

小曾根の屋敷は、丸山花街に近いところにあった。

町の雑踏のどこかで、ぶらぶら節の唄声《うたごえ》が聞こえた。

〽遊びにゆくなら　花月《かげつ》か　中《なか》の茶屋《ちゃや》
　梅園《うめぞの》裏門たたいて
　丸山ぶうらぶら
　ぶらりぶらりと　いうたもんだいちゅう

六月八日の正午、六左衛門と将策は、小曾根宅に出向いた。苔《こけ》むした庭の奥にある離れに龍馬たちは待っていた。

色白の美女があらわれ、京言葉で挨拶《あいさつ》をした。

「亭主はさきほどから、五代さまといっしょにお待ち申しあげておりまっさかい、どうぞお通りなはって下はりませ」

庭木に取り囲まれた涼しい座敷で、五代と龍馬がいた。

龍馬は五代よりもかなり大柄で、顔色は浅黒く、おだやかな口調でていねいに畳に手をつく。

「坂本です。先日はご無礼申しあげました」

五代はいう。

「アビソ号ご所望の件については、坂本君にお話し下さい。持ち主ボードウィンは、坂本君にすべてを任せておい申す。アビソ号はかならず尊藩へお引渡しいたします」

「ご配慮のほど、かたじけなく存じます」

六左衛門は礼をいう。

龍馬は六左衛門たちの前へ、アビソ号の図面をひろげた。

「長さは三十間、幅は三間、深さは二間、総鉄製内輪で四十五馬力あります。積載量は百六十トン。三本マストがあり、帆を使うこともできるがです。石炭は一昼夜に二万斤、種油は一斗を使います」

大洲藩の隣藩、宇和島藩物産方は、国嶋六左衛門と面識があるが、五代のきりだした四万二千両という売値は高すぎると知っていても、黙っていた。

薩摩藩外国掛と社中代表者を、はばかっているのである。

龍馬はしいてアビソ号を買うようにすすめなかった。

「私はまもなく桜島丸で長州に米を届けにいかんといけません。下関では幕府軍勢とのあいだに、ひと戦争あるでしょう。私も戦場に出ますきに、ひょっと死ぬかも知れません。

そんときは、五代君がすべて取りはからってくれます。私が生還すれば、ボードウィンと話をつけますけんど、売値については、五代君とご相談下さい」

その日は、商談をまとめる前祝いに、花月楼の磚《せん》の間という、タイルを敷きつめた洋間で、昼間から酒宴をはじめた。

龍馬は使いを走らせ、知人を呼び集める。大村《おおむら》藩の渡辺《わたなべ》昇《のぼる》、土佐の佐々木《ささき》三四郎《さんしろう》（高行《たかゆき》）、長州の伊藤俊輔らが集まってきて、酒席はにぎわいを増した。

龍馬が長州にいるあいだに、長崎ではアビソ号購入の交渉が進んでいた。

五代才助と社中の山本謙吉（菅野覚兵衛こと千屋寅之助）が、商談を進めていた。山本は、アビソ号を大洲藩に買わせ、それを借用して貿易事業をはじめたいので、その申し出をくりかえしおこなったが、六左衛門は応じなかった。

彼はいう。

「弊藩では、財政が窮迫しております。藩庁には、アビソ号を買う金はありません。それで城下の大商人対馬屋《つしまや》定兵衛の名義で買い求めます」

当分、表むきは薩摩藩船として登録するが、大洲藩ではアビソ号を社中に貸与する意向はまったくなかった。

彼らは大金を投じて得た蒸気船を貿易に用い、巨利を博して藩財政をたてなおすつもりであった。

社中がアビソ号を借用するとしても、借用の代金は月千両である。年間一万二千両になるが、大洲藩はなお大儲《おおもう》けをするつもりでいるようであった。

国嶋六左衛門は、船価の値引き交渉を粘りづよくすすめていたが、幕軍が小倉口で惨敗したのち、長崎で値段を問わず蒸気船購入をはじめたので、ついにアビソ号を四万二千両で買いとることに決めた。

五代才助は、龍馬にいった。

「大洲の船手方は、蒸気船を動かせん。いずれは船を借りてくれと頼みにくるにちがいなか」

アビソ号は、七月二十八日に大洲藩に引き渡された。龍馬の命名である。大洲藩がはじめて購入した蒸気船に、ふさわしい船名であった。

八月上旬、いろは丸は鹿児島へ航海した。船籍は、表むき薩摩藩となっているので、命名式を鹿児島でおこなわねばならない。

大洲藩御船手方井上将策は、運転方見習いとして、いろは丸に乗り組んだ。

社中の士官たちは、将策にていねいに操舵法《そうだほう》を教えた。

蒸気釜《じょうきがま》と内輪の音がやかましく、船体が震動し、慣れない将策ははじめのうちまったく眠れなかったが、そのうちに慣れた。

龍馬は世事にうとい六左衛門と将策に、親しみを覚えていた。いろは丸を大洲藩へ高値で売りつけたのも、気がすすまないままに、やむをえずやったかけひきであった。そうすれば、莫大《ばくだい》な借財を背負った社中の運営が、一時楽になる。

龍馬は素朴であるが、侍らしい気骨をそなえた六左衛門と将策の姿を宙に思いうかべると、胸を刺されるような自責のおもいを禁じえなかった。

――五代さんも、あんな人のよさそうな衆を、おどしあげよというがじゃき、たいちゃあ、えげちないぜよ――

いろは丸は大洲に引き渡されてから、四カ月以上がたっていた。そのあいだに、江戸から帰国した藩主に披露するため、大洲長浜《ながはま》港へ一度廻航した。

長崎から大洲長浜までは三日の行程である。いろは丸は、白線のはいった黒塗りの船体のペンキを塗りかえ、長浜港へむかった。

龍馬は運用方、機関方として乗船していた社中同志の橋本久太夫《はしもときゅうだゆう》、山本謙吉、柴田八兵衛《しばたはちべえ》（渡辺剛八《わたなべごうはち》）から、藩主帰国の朝の情景を聞いた。

「九月六日の朝、藩侯の御座船《ござぶね》が、二十三艘の曳船《ひきぶね》に引かれ、長浜沖へあらわれたとき、俺らあは御座船のうしろへまわっちょったぜよ」

時刻は巳《み》の四つ半（午前十一時）過ぎであった。

静かな海面は、晴れわたった空のもと、紫紺の色を深めている。

鷗と鳶《とび》の啼き声が聞こえる海上に、いろは丸の水を掻く響きだけが耳につく。

運転方をつとめた越後出身の橋本久太夫がいった。

「御座船、駒手丸のうしろ、二丁ほどに近づいたとき、ホイッスルを三度鳴らしましたら、駒手丸の上の間の障子が全部ひらいて、大勢こちらを見ておりまする。甲板に立っておった国嶋殿と井上殿が、とっさに舷側に手をつき、拝礼しておりました。運転方の山本が、大声で国嶋殿へ呼びかけました」

謙吉は、やかましい機関のひびきに消されないよう、大声で国嶋六左衛門をはげました。

「さあ、駒手丸の横手へ着けるぜよ。ゆっくり口上《こうじょう》を申しあげよ」

六左衛門は裃《かみしも》に威儀をただし、甲板に立っている。

「駒手丸では、近習《きんじゅ》、小姓らがこなたを指さし、右往左往しておりました。いろは丸が薩摩の旗を掲げているので、何事がおこったのかとうろたえたのでしょう」

久太夫は、そのときの様子を思いだしたのか、笑みをみせた。

「いろは丸が駒手丸の横に並ぶと、上の間の障子はしめられ、舷《ふなばた》に用人らしき者があらわれました。国嶋殿は、その者に一礼して挨拶をいたしました。卒爾《そつじ》の段々、ご容赦下されませ。手前は郡中奉行、国嶋六左衛門紹徳にございます。この船は長崎表にて買いもとめ、ただいま運びきたりしものにございます。

お許しを賜らば、お召し船を曳《ひ》き奉り、蒸気船の運転自在なることを、殿にご覧いただきたいと存じまするが、いかがにござりましょうやと、たずねました。

用人は上の間に入って藩侯の思召《おぼしめ》しをうかがい、国嶋殿に申された。先例にそむくことでもあり、曳船の者どもの心持ちをも思いやられ、蒸気船にての先曳きはならぬとのこと。国嶋殿は、かねて拙者どもと打ちあわせし通り、それならば、御座船のお邪魔をいたさぬよう、まわりを走りめぐってご覧にいれまする」

山本謙吉が橋本にかわって身を乗りだし、龍馬に語った。

「いろは丸を思いきり走らせ、駒手丸から五丁ほど先へいってから、取り舵《かじ》をとったがよ。いろは丸は舳《へさき》を左へむけて、じこじこうしろむきになって戻んていく。すれちがうときにゃ、上の間から大勢の侍が身をのりだし、なにやら声をあげ、扇子を振りよった。俺は半刻《はんとき》（一時間）ばあ、いろは丸で駒手丸のまわりをぐるぐる廻ってやったがじゃ。

港についたら黒山の町人らあが、たいて（たいそう）よろこんで大騒ぎをしよったちや」

国嶋と井上は、蒸気船を買いもとめた功によって、主君から褒美《ほうび》をうけることになった。

龍馬が、溝渕広之丞の、後藤象二郎と手を組み、土佐藩貨殖局や軍艦局の仕事をせよというすすめに心を動かされたのは、国嶋や井上のような正直な人物を操って、利を得なければならない現在の境遇から抜け出たいためであった。

彼は先に長崎へ帰る溝渕と別れるとき、頼んだ。

「広やん、俺は土佐藩へ帰参するき、どうぞ象二郎さんにひきあわせとうせ」

（『龍馬 五 流星篇』に続く）

この作品は二〇〇五年五月に角川文庫で刊行されました。
初出誌　「本の旅人」二〇〇一年一月号から一二月号まで連載
単行本　二〇〇二年四月、角川書店刊

集英社文庫

龍《りょう》馬《ま》 四 薩長篇《さっちょうへん》

2009年11月25日 第1刷 定価はカバーに表示してあります。

著 者 津本《つもと》 陽《よう》

発行者 加藤 潤

発行所 株式会社 集英社
東京都千代田区一ツ橋2-5-10 〒101-8050
電話 03-3230-6095(編集)
03-3230-6393(販売)
03-3230-6080(読者係)

印 刷 中央精版印刷株式会社 株式会社美松堂

製 本 中央精版印刷株式会社

フォーマットデザイン アリヤマデザインストア マークデザイン 居山浩二

本書の一部あるいは全部を無断で複写複製することは、法律で認められた場合を除き、著作権の侵害となります。

造本には十分注意しておりますが、乱丁・落丁(本のページ順序の間違いや抜け落ち)の場合はお取り替え致します。購入された書店名を明記して小社読者係宛にお送り下さい。送料は小社負担でお取り替え致します。但し、古書店で購入したものについてはお取り替え出来ません。

© Y. Tsumoto 2009 Printed in Japan
ISBN978-4-08-746508-2 C0193